KB252796

문화, 백일몽, 대증요법

문화, 백일몽, 대증요법

권유리야

새미

나는 욕망하지만, 결핍을 지향한다

문화의 핵심은 형식에 있다. 언뜻 보면 문화는 인간의 추상적 사유를 다루는 것처럼 보이지만, 실제로 이 사유는 형식이라는 표상을 거칠 때에만 의미를 갖는다. 따라서 문화에서 중요한 것은 내용의 깊이가 아니라, 형식 그 자체다. 형식으로서의 문화는 단지 내용을 담는 것이 아니라, 내용을 결정하고 더 나아가서 만들어내기까지 한다. 더 나아가서 형식은 의미와 무관하게 그것만으로 가치가 있다.

고급 레스토랑의 파스타 접시가 큰 이유도 여기에서 그리 멀지 않다. 큰 접시는 파스타의 양을 상대적으로 적어 보이게 한다. 접시의 대부분을 차지하는 것은 파스타가 아니라 접시의 빈 공간이다. 고급 레스토랑의 파스타가 맛이 있는 이유는 접시의 이 빈 공간에 있다. 파스타 접시의 빈 공간이 클수록 그 결핍감에 식욕은 맹렬히 타오른다. 한 입 크기도 되지 않는 파스타와 파슬리, 물감을 뿌린 듯이 흩어져 있는 초콜릿빛의 소스는 파스타를 음식으로 이해하기보다 하나의 미적 표상으로 보게 한다. 따라서 몇만 원이 훌쩍 넘는 파스타의 가격은 음식 자체에 대한 가치 지불이라기보다, 바로 이 접시의 빈 공간에 대한 가치 지불인 것이다.

그림이 예술이 되는 과정도 마찬가지다. 그림은 화가의 손에서 예술이 되는 것이 아니다. 현대 미술에서 그림은 갤러리의 은은한 조명, 그리고 무엇보다 세련된 액자 속에서 비로소 예술이 된다. 아무리 좋은 예술품도 액자가 없거나 갤러리임직한 공간이 아니라면 예술적 가치를 증명받기는 어렵다. 하나의 작품이 완성되는 곳은 화가의 아뜨리에가 아니라, 액자집과 판넬집 그리고 유명한 화랑이다.

이렇게 현대문화의 핵심은 내용보다 형식이다. 내용이 없어도 형식만으로 내용을 창출하기도 한다. 뒤샹이 전람회에 출품한 것은 내용이 아니라 내용이 없는 형식이다. 뒤샹은 형식을 예술로 만들었다. '샘'이라는 의미는 내용을 요구하는 지식인들의 지적 허영을 만족시켜주기 위해 추후에 억지춘향식으로 구성된 보조개념에 불과하다.

문화의 소비는 바로 이러한 형식의 소비를 말한다. 영국의 황실이 황실일 수 있는 것은 그들의 결혼식이 불필요한 형식적 절차로 가득 채워져 있기 때문이다. 우리나라만 해도 그렇다. 지체 높은 가문의 결혼 절차는 반드시 까다롭고 복잡하다. 세계적인 학술잡지의 기고 절차 등 모든 권위는 절차상의 형식을 까다롭고 복잡하게 만듦으로서 비로소 확보된다. 문화는 바로 이러한 불필요한 절차, 혹은 불편한 과정을 기꺼이 즐기는 것이다. 형식에 대한 지극한 관심, 불필요한 형식과 절차에 대한 애착과 향유가 바로 문화다.

현대의 미적 인간은 이러한 불필요한 형식을 통해서 자기 정체성을 증명한다. 일상에서 불필요한 형식과 장식이 많을수록 아름다움의 향유는 지고지순하다. 현대의 인간은 더 이상 사회적 동물이 아니다. 이성적 존재도 아니다. 현대의 인간은 미학적 존재다. 현대의 인간은 이 결핍을 형식화한 문화 속에서 비로소 살아있다고 느낀다.

이 책의 글들은 수년 동안 문화에 관심을 가지고 썼던 논문과 평론들이다. 게임, 대중가요, 영화, 드라마, 문학 등 삶의 전 분야를 문화적 시각으로 바라보려는 작은 노력들이다.

여기서 이 책의 글들 속에 현실에 대한 문화적 해석이 상상력 과잉으로 이어지는 측면이 분명히 있다는 점을 고백한다. 사실 모든 학문 연구가 대체로 그렇겠지만, 특히 문화연구에 있어서 일상의 도처에 반드시 특별한 의미가 존재할 것이라는 강박관념이 크게 작용한다. 잠복한 의미를 들추어 낸다기보다 만든다는 표현이 더 정확할 텐데, 이런 생각으로 현실의 표면 아래에 의미가 잠복해있을 것이라는 상상은 때때로 억지 확신의 형태를 띠기까지 했다. 하지만 문화연구가 결국 내용 없는 형식, 실체가 없는 담론의 작용이라는 점에서 여기의 글들이 실체적 진실을 정확하게 규명하고 있는가의 문제는 그다지 중요하지 않다. 이것이 아무리 현실을 결코 견인하지 못하는 유리된 담론이라 할지라도. 어차피 문화론은 지식인의 추상적 사유체계가 만들어낸 허구이기 때문이다. 좀 더 과격하게 말하면 담론이 현실에서 유리될수록 그 담론은 더욱 문화적이라는 이상한 결론에 도달한다. 기만이야말로 인식의 가장 중요한 작용이라면, 분화담론 역시 어떤 형태의 기만이고 허구일 수밖에 없다. 따라서 문화연구서를 읽을 때는 실체와 허구의 경계를 적당히 넘나들면서 그 담론의 흥겨운 구축 과정을 감상하는 것이 어떨까 한다.

2011. 9.
아기 고양이 와르가 내 품에 들어온 날

■ 목차

1. 집합 황홀경과 원시적 일체감, 흥겨운 정치

현대문화는 그 어느 때보다도 정치적이다. 현대의 문화는 개인의 정신을 고양시키는 사유의 산물이 아니다. 현대에서 문화는 일상에 대한 미학적 충동 이상이다. 문화를 통해 자기정체성을 구성하고 이 과정에서 다양한 권력 관계가 침투한다는 점에서 문화는 철저하게 정치사회적이다. 이는 그 어느 때보다도 현대의 문화가 집단적으로 향유된다는 점에서 확인 가능하다. 사실 현대에서 문화가 사회적 시선을 끌기 위해서는 막걸리의 소비 급증, 스마트폰 열풍 등 엄청난 양적 수치로 증명 가능한 것이어야 한다. 현대문화의 핵심은 엄청난 양적 압도에 대한 집합흥분이다.

물론 이렇게 되기까지에는 광범위하게 구축된 네트워크가 중요한 역할을 한다. 정교한 네트워크시스템은 문화를 집단적으로 향유하면서 고독한 개인들을 사회적 주체로 밀착시킨다. 문화 향유를 위해 밀집한 개인들은 그 근접성으로 인해 순간적인 감정이 고양되면서 강력한 시너지 효과를 만들어낸다. 거대한 인원이 동시에 모이는 데서 발산되는 폭발적인 에너지는 그 자체만으로도 강력한 정치적 의미를 갖는다. 그런 점에서 2008년 광우병 촛불집회에서 한국 사회 전체가 받은 충격의 핵심은 시민의식의 성숙이 아니라, 2398번의 집회와 참가인원 300만 명이라는 엄청난 수치에 있다. 2002년 월드컵 거리응원 500만, 2010년 남아공 월드컵 382만 명이라는 숫자가 빚어내는 사회 전체의 감정적 폭발 자체가 한국사회를 상징하는 문화상품이 되어 버렸기 때문이다.

이렇게 문화를 통한 폭발력이 특별한 것은 현대의 문화시스템이 연행과 축제의 방식을 채택하고 있기 때문이다. 촛불집회 당시 언론들은 한결같이 집회의 축제적 특성에 주목했다. 무정부적인 군중집회의 혼란으로 빠져드는 것이 아니라 새로운 형태의 민중적 축제의 장을 만들어내고 있다는 지적[1]은 정치적 저항이 문화적 형식을 통해 발산되고 있음을 분명히 인지한 것이다. 당시 촛불집회를 향한 긍정적 시선들은 저항의 목소리가 날이 선 이전의 정치집회와는 현격하게 다른, 자발적 즐김과 여흥의 집단적 축제의 형태로 바꾸어 놓는 데로 쏠려 있었다. 다시 말해서 대규모 시위와 응원이 특정 계층의 지지에 머물지 않고 사회대중의 압도적인 지지를 받으며, 강력한 정치에서 흥겨운 정치로 바꾸어놓은 것은 그만큼 현대의 문화가 거부할 수 없는 방식으로 정치적 기능을 수행하고 있음을 보여준다. 문화는 파편화된 개인을 하나의 공동체로 상상하게 하는 부드러움의 정치를 가능하게 한다. 서로 무관하게 살아가던 개인들은 문화 체험의 순간, 개별적 현전이 아닌 강렬한 공현전(co-presence)을 체험하게 된다. 소시짱을 외치는 순간, 소녀시대 팬들은 연령과 지위 고하의 구분이 없다. 똑같은 티셔츠를 입고 찢어질 듯한 기타음에 환호하고 헤드뱅잉을 하며 형광봉을 흔들 때, 비로소 자신이 한 집단의 구성원이라는 사실이 자각된다. 엄청난 인파가 집결하면서 발산되는 거대한 황홀경, 즉 원시적 일체감은 그 어떤 정책보다 유쾌하게 하나의 공동체를 상상하게 한다.

이렇게 보면 문화에 열광하는 대중을 단순히 우중(愚衆)으로 치부하기는 힘들다. 그간 지성은 소수의 엘리트만이 독점적으로 소유하는 엘리트의 지성만을 의미하는 것이었다. 사회에서 공인받은 교육과정을 이수

---

1) http://cafe.daum.net/moodol/KCzb/1948?docid=Hl23│KCzb│1948│200807090328
   30&q=%B1%A4%BF%EC%BA%B4%20%C3%D0%BA%D2%C1%FD%C8%B8%
   BF%CD%20%C3%E0%C1%A6 (검색일: 2011. 6. 7).

하고, 통용 가능한 증명서를 보유해야만 가능한 전문가지성은 소수의 지배엘리트를 위한 권력 획득의 수단으로 기능했다. 하지만 대규모 대중을 동원하는 문화매체는 대중지성의 가능성을 보여주었다. 전문가로 사회적 공인을 받지 않았지만 일상에서 체험한 지식들을 공유하며 현실적으로 유효한 지식의 공동생산에 나서는 지적 대중을 의미한다.2) 이때 대중지성의 인식론이 가능할 수 있었던 것은 대중들이 협업할 수 있는 네트워크라는 문화인프라가 구축되어 있기 때문이다. 아고라나 트위터, 카페, 유투브 등의 광범위한 SNS 문화는 전문가 지성에 못 미치는 개별 대중을 집단지성으로 진화하게 한다. 네트워크문화는 그 속성상 지식과 정보의 독점이 가능하지 않다. 대신 지식과 정보의 공유를 그 특성으로 한다. 인터넷 백과사전인『위키피디아』에서 하나의 단어에 대한 설명을 하기 위해 댓글 공간에 모여서 많은 네티즌들이 분주하게 의견을 나누는 행위, 네이버 지식in에서 질문하고 여러 네티즌들이 이에 응답하는 행위, 아고라방에서 시사쟁점에 대하여 격하게 토론하는 행위 등은 문화 매체와 집단지성의 밀접한 관련성을 증명한다.

이러한 지식과 정보의 공유를 가져온 네트워크 문화는 사회 위계 구조에 있어서 수평화 경향을 가져오고 있으며, 이로 인해 비전문가 중심의 집단적 지성의 활동을 가능하게 하면서 문화를 통한 사회변혁에 기대를 걸어보게 한다. 여기서 중앙집권적인 구조로서 기능하는 시민주의는 현재 이 시점에서 더 이상 제대로 작동하지 않는다. 개인 역시 더 이상 조직화되고 중앙집중화되어 있는 어떠한 집단과 공간에도 속하기를 거부한다. 개인은 구조 속의 단순한 하나가 아니라 이성과 질서를 넘어서는 복수적인 존재로서의 자신을 새롭게 발견하고자 한다. 이때 그 자신이 구조의 사회가 아니라 망網의 사회에서 살고 있음을 알게 된다. 대

---

2) 최항섭, 「레비의 집단지성: 대중지성을 넘어 전문가지성의 가능성 모색」, 『사이버커뮤니케이션학보』 제26권 3호, 2009, 290쪽.

중지성은 개별체로 존재할 때는 지성의 모습을 보이지만, 네트워크 문화 안으로 들어가면서 지성의 모습을 지니게 되는 것이다. 여기에는 타인이 자신과 같은 속성을 지니고 있다는 흥분이라는 형태의 심리적 동조가 중요한 역할을 한다.[3] 거리를 가득 메운 붉은악마의 집합흥분은 축구의 관중을 시민축제의 주체로 격상시키면서 흥분하는 지성의 새로운 문화물결을 보여주었다. 아고라방에서 격렬하게 논전을 펼치는 집단적 흥분 상태 속에서 자신의 존재 가치를 절실하게 체험한다. 반라의 몸에 태극기로 만든 비키니를 걸치면서도 타인의 시선을 전혀 의식하지 않고 자신의 감정에만 충실한 붉은악마들은 열정의 문화는 대중지성이 새로운 문화 네트워크 속에서 진화하고 있음을 보여준다.

이는 기존의 고뇌하는 지성, 비판적 지성에 익숙한 사람들에게는 매우 낯선 모습이다. MBC 텔레비전 <나는 가수다>에서 평가단의 평가는 자신들의 감정적 동요를 중요한 평가의 잣대로 삼는다. 평가단은 가수들의 열창에 눈물을 흘리거나 일어나 춤을 추는 흥분의 형태로 그들의 의식을 보여준다. 아무리 <최고의 사랑>의 열혈팬들이라 하더라도 드라마의 과도한 간접광고에 대해서는 냉정한 질타를 보낸다. 물론 네티즌들은 트위터에서 왈가왈부하는 과정 자체를 즐긴다. 따라서 단지 프로그램의 PD를 중도하차시키고 드라마를 조기종영하게 하는 강력한 영향력에서만 찾는 것은 대중지성의 흥분이 갖는 의미를 간과하는 것이다. 흥분의 결과가 아니라, 흥분의 과정에서 존재 가치가 발현된다는 점에서 대중지성은 매우 문화정치적이다. 즉 문화를 대중지성에 의한 네트워크 속의 흥분으로 보면, 문화가 정치적 관점과 사회적 행동의 틀을 구성하는 상징자원으로 역할을 하고 있음을 알게 된다. 이러한 대중지성의 관점에서 볼 때, 문화가 구성하는 사회적 정체성 냉철한 이성과 엘리트적 논리가 아니라, 감성에 근거한 원시적 일체감을 만들어낸다. 가수 김장훈의 독

---

3) 최항섭, 앞의 글, 297~298쪽.

도공연에 운집한 팬들의 심리 속에는 일본의 독도망언에 대한 분노보다 중요한 것은 무엇인가를 함께 하고 있다는 원시적 일체감이다.

따라서 문화 향유를 두고 특수계층의 구별짓기적 강탈로 보는 것은 맞지 않다. 물론 문화의 소비 행위 속에는 유한계급이 과시적 소비를 통해 자신을 하위계층과 구별하려는 의지가 분명하게 포착되는 것도 사실이다. 현실적 유용성과 무관한 낭비를 통해서 세인들의 선망과 부러움을 얻는 심리적 강탈은 문화매체 속에 구별짓기의 기능이 엄존함을 보여준다. 하지만 이러한 구별짓기는 그리 성공적이지 못하다. 대중은 짝퉁을 구매하면서 상류층의 화려한 생활을 적극적으로 모방함으로써 구별짓기보다는 오히려 통합되는 결과를 낳는다. 소비능력이 부족한 대중이 유한계급의 낭비를 단순히 선망하는 차원을 넘어, 그들의 낭비를 동의하고 짝퉁의 형태로라도 동조한다는 점에서 문화는 상상의 공동체를 구현하는 적극적인 통합의 계기인 것이다.

이는 국가 통합을 위한 집합의례의 기능으로까지 이어진다. 과거 독재시대에는 지배이데올로기를 일방적 국민의례를 통해 유포했다면, 현대는 흥분이 있는 문화 체험 과정이 국민을 구성하는 수단으로 채택된다.[4] 사실 어떤 집단도 공동체의식이 자동적으로 형성되는 것은 아니다. 따라서 집단의 기억시스템을 꾸준히 갱신하여 분열 없는 집단을 만들어가기 위해 국가가 문화적 접근법을 택하고 있는 것은 현대에서 매우 자연스러운 일이다. 단일민족문화의 신화가 급격하게 붕괴되고 있는 한국 사회에서 문화적 이질성과 사회적 갈등을 봉합하기 위해서 정부가 대중매체를 적극 활용하는 것은 문화의 집합의례적 기능에 대한 신뢰 때문이다. KBS는 <미녀들의 수다>와 <러브 인 아시아>를 방영 중이며, SBS는 <사돈 처음 뵙겠습니다>를 방영하기도 했다. EBS는 <얼쑤! 한국어쇼>를 2009년 신설했고, 아리랑 TV의 경우 <올 투게더(다다다)>

---

4) 최종렬, 『사회학의 문화적 전환』, 살림, 2009, 183~200쪽.

를 한국말로 방영하고 있으며, 국제교류 프로그램 <스왑 아시아>를 만들어 베트남이나 우즈베키스탄 등 외국 방송사와 프로그램 교류 협정을 체결했으며, 아시아 방송을 그대로 들여와 송출하고 있다.[5]

　이러한 프로그램들은 전적으로 다문화가족을 국가 경쟁력 상승의 바탕으로 삼는 국가정책기조를 경직된 방식으로 전달하지 않는다. 문화적 접근의 최고 지향점은 대중들의 감성적 동의를 이끌어 내어 대중의 성스러운 체험을 유도하는 데 있다. 국가적 위기를 타개하기 위한 어떠한 호소보다 박세리가 물에 빠진 공을 쳐내는 골프 경기의 한 장면이 대중의 감성을 자극하는 데는 성공적이었음을 말할 필요가 없다. 오랫동안 애국가의 배경 화면으로도 사용되었던 이 장면은 IMF 상태의 조국의 처지와 그대로 동일시되면서 국민들의 눈물어린 성금과 자발적인 헌신을 이끌어내었다. 모든 열광의 본질은 성스러움이다. 모든 열광 속에는 자신도 모르는 종교성이 내재한다. 종교에서 사용되는 상징체계의 효력은 의식이라는 구체적 행위를 통해서 드러난다. 종교는 성스러운 것을 숭배하는 필요를 충족시키기 위해 정기적으로 형식적인 의례를 갖는다. 마에스트로 정명훈이 이명박 대통령 취임식에서 연주하는 베토벤은 단순한 클래식이 아니라, 우리는 하나라는 종교적 신념의 표상이다. 올림픽에서의 메달수여식 장면은 텔레비전 화면으로 편집되면서 신성화된 세속적 실재로 탈바꿈한다. 집단적인 열광, 집단적인 흥분 속에 자신을 의탁하는 성스러움은 문화가 그 어떤 법적 장치보다 현실적인 규정력을 갖고 있음을 보여준다. 기독교인들이 부활절 예배를 드리며 예수의 부활을 기념하는 것이나, 콘서트에서 서태지의 노래에 눈물을 흘리는 팬은 자기를 초월한 종교적 자아로 부활한다는 점에서는 별로 다르지 않다.

　문제는 이렇게 성공적인 미디어 문화 이벤트는 종종 동료 의식이라는 집단적으로 고양된 감정과 공동체에 대한 열정을 창출하면서 정치종교

---

5) http://blog.naver.com/ychin21?Redirect=Log&logNo=120102402478(검색일: 2011. 7. 5).

가 탄생한다는 데 있다.[6] 국가적 행사에 연예인이나 예술인이 등장하는 것은 문화에 대한 열광을 국가에 대한 도덕적 헌신을 맹세[7]로 치환할 수 있는 집단의례의 기능을 간파했기 때문이다. 역사적으로도 지배자가 집단의 안정을 위해 강렬한 문화적 소모를 이끌어낼 수 있는 집단의례를 고안한 사례는 허다하다. 고도의 정치테크닉은 공동체가 구성되기 위해서는 공통의 의미를 공유해야 하며, 공통의 의미는 안정된 코드 때문에 가능하다. 대중을 억지로 동원하는 것이 아니다. 문화적 향연에서 대중에게 숭고한 갈망을 체험하게 하는 것이다. 올림픽을 보기 위해 텔레비전 앞에 모인 우연한 군중은 이렇게 정치종교의 성찬식에 참가함으로써 단일한 의지와 목표를 지향하는 대중으로 전화된다.[8]

여기서 문화를 통한 정치종교가 탄생된다. 월드컵 당시의 거리응원은 국가주의적 광기를 발산하는 기제인지 신애국주의의 가능성인지 모호하다. 역사적으로 파시즘이나 나치즘은 모두 효과적으로 정치종교의 역할을 수행했다. 테러와 폭력의 지배체제가 대중의 자발적인 찬어와 열광적인 지배담론이 종교적 양식을 빌려 전파되었다는 것은 쉽게 확인할 수 있다. 고유한 종교적 사고 패턴에 입각하여 반파시즘의 정치 교육은 반나치 투사의 영웅적 행위 및 비극적 희생의 신화화, 이들에 대한 순교자적 의미 부여, 성대한 주모 예식 등 종교적 메타포를 매개로 시행되었다. 문화적 집단의례가 소모적일수록 동일한 코드를 공유한다는 집단의 환각도 더욱 강렬해진다.[9] 강렬한 정치신화를 구축하려는 노력이 강렬한 문화 소모 속에서 이루어질 만큼, 현대에서 문화는 세속적 실재를 가공하여 신성화

---

6) 필립 스미스, 한국문화사회학회 옮김, 『문화이론』, 이학사, 2008, 158~159쪽.
7) 박선웅, 「의례와 사회운동」, 『한국사회학』 제41집, 2007, 32쪽.
8) 우연한 군중을 같은 믿음의 단일한 집합적 대중으로 만드는 정치종교의 메커니즘은 정통파와 이교도라는 수사를 통해 배제와 포섭, 적과 동지의 이분법을 정당화하고 강화한다. 대중민주주의의 장치들이 아래로부터의 자발적 동의를 견인해내고, 결국에는 대중독재를 정당화하는 지배 장치로 변화하는 것도 이러한 맥락에서다. 임지현·김용우 엮음, 『대중독재』, 책세상, 2004, 35쪽.
9) 최종렬, 앞의 책, 365쪽.

되고, 또 여기에 대중이 참여할 때 정치는 신성화하는 것이다.

그러나 이는 결코 대중의 우매함에 대한 근거로 활용할 수 없다. 지배자들은 대중의 집합흥분을 의도하지만, 대중 역시 무력한 정치의 볼모는 아니다. 어차피 역사는 객관적인 것이 아니라, 부분적이며 선택적이다. 따라서 신성성에 대한 대중의 심정적 동의는 전적인 복종이 아니라 타협적 평형, 즉 문화를 헤게모니의 관점에서 이해해야 한다. 권력의 조작에 휘둘리는 것이 아니라, 열광에 빠져 지배계층의 의도를 미처 간파하지 못하고 있다고 믿게 만듦으로써 권력의 의도를 무화시키는 것이다. 지배자가 자신을 지배하는 것이 아니라, 복종의 형태로 자신을 지배하도록 조정하는 것이다. 다만 지배엘리트들에게 대중의 의도는 콘서트의 흥분에 가려 잘 포착되지 않을 뿐이다.

이렇게 복종의 형태를 띤 지배라는 점에서 대중들의 동의를 겨냥한 각종 문화프로그램 속에는 매우 교묘한 정치공학이 작동하고 있는 것이다. 모든 체제의 성공여부는 그 구성원들이 체제의 정통성을 부여하는 의식에 자발적으로 참여하도록 만드는 것에 달려 있다. 체제가 자신들의 요구에 기민하게 반응하고 있다고 인정될 때, 개인은 권력이 요구하는 역할에 맞추어 자신의 정체성을 구축한다. 여기서 대중이 사회적으로 요구되는 정체성을 허락한다는 사실이 중요하다. 즉 대중은 단순히 지배계층의 요구에 순응하는 것이 아니라, 지배계층이 베푼 문화를 열광의 형태로 허락하는 것이다. 지배권력의 문화정치가 자연히 대중추수주의, 즉 대중이 욕망하는 다양한 문화장치를 고민하는 양상 자체가 추인의 권한을 가지고 있는 문화에 대한 대중의 열광은 그만큼 중요한 역할을 하는 것이다. 이 경우에 집권자가 가장 두려워하는 것은 힘을 가진 대중이 문화상품 자체에 몰두하면서 정작 정치적 의사표시를 포기하는 것이다.

이렇게 되면 문화는 지배층의 대중지배의 수단이 아니라, 피지배계층에 의한 독재의 수단으로 활용될 공산이 크다. 즉 문화는 위로부터의 독재가 아니라 아래로부터의 독재가 가장 자연스러운 방식으로 이루어지는 정치의 장이다. 국가적 의사는 의회와 같은 대의기구를 통해서가 아니라, 대중들의 갈채를 통해서 더 민주적으로 표명될 수 있다는 논리는 극악한 나치즘마저 정당화했다. 그러고 보면 파시즘은 지배에 저항하는 반란의 본성까지도 인정하면서 유대인들을 학살하게 만든 게르만 대중은 충격적일 만큼 무서운 존재들이다. 히틀러가 무서운 것이 아니라, 히틀러를 독재자로 요청한 대중이 공포스러운 것이다. 당시 유대인들의 급부상은 자부심으로 가득했던 게르만민족으로서는 매우 치욕스러운 일이었다. 어떤 형태로든 유대인에 대한 제동을 걸 필요가 있는 당시 독일 대중들에게 가장 필요했던 것은 거침없이 학살을 실행할 수 있는 잔혹한 리더였을 것이다. 히틀러에 대한 독일인들의 열광은 히틀러가 콘서트와 같은 선동방식으로 자신들을 설득하도록 내버려 두었고, 독일 대중은 이러한 선동에 열광함으로써 히틀러가 대학살을 할 수 있는 큰 바탕을 허락한 것이다.

여기서 문화시민권의 개념이 등장한다. 문화적 시민권이란 미디어를 소비하는 과정에서 수용자 스스로가 자신을 공적 영역에 노출시키는 과정이다. 이는 대중이 문화를 적극적으로 향유하는 방식이 곧 주체적 실천이 되는 과정임을 보여준다. 문화를 열정적으로 즐기는 행위가 하나의 문화적 실천이라 주장하며 민주주의와 오락의 합성어인 오락 민주주의라는 개념과 맞닿아 있다.[10] 정치란 언어를 매개로 사람들 사이에서

---

10) 문화적 시민권에 대한 논의가 활성화된 것은 1990년대 이후다. 단순히 시민권이라고 표현되던 말에 문화의 관점이 더해지게 된 배경은 전통인 시민권 개념으로는 설명하지 못하는 사회적 현실이 목격되기 시작한 것이다. 전지구화 과정이 진행되면서 인문학과 사회과학에서 중요한 연구 분야로 등장했다. 전지구화는 국가라는 개념, 국제관계, 자본의 축적, 문화의 정치학 등에 대한 새로운 시각을 요구했고, 이에 따라 학계에서는 이민자, 디아스포라, 홈리스 등에 대한 학문적 관심이 대두했다. 이들은 이제까지 전통적 의미에서는 의무나 권리의 언어, 즉 시민권의 언어로 표현되지 않았던 집단이었다. 이희은, 「문화적 시민권과 문화연구의 만남에 대한 모색」,

발생하는 자유로운 인간의 활동을 의미하고, 이러한 면에서 오락 역시 공적인 영역에서 발생하는 활동인 셈이다. 이는 정치적 영역과 문화적 영역이 국가와 일상생활이라는 범주로 대별되지 않고, 정치적으로는 국가의 틀 속에 있으면서도 문화적으로는 자신만의 삶을 영위하는 이중의 범주 속에서 이해되어야 한다. 그간 시민권은 정치적 영역과 문화적 영역이 국가와 일상생활이라는 범주로 대별되어 반대개념으로 사용되어 왔다. 그러나 문화의 시대가 도래하면서 정치적으로는 국가의 틀 속에 있으면서도 그 안에서 다양한 권리를 누리는 것이 가능하다. 물론 이는 개인적으로 행해지는 것이 아니라, 사회적 네트워크에 의해 이루어진다. 네트워크를 통한 공동체는 대중을 문화적 시민으로서 소속감과 권리 주장을 가능하게 한다. 여기서 문화는 차이를 만들어내기보다 공간에 대한 소속감을 구축하는 것이 더 중요하다. 물론 이는 자유주의에 기반을 둔 코스모폴리탄주의와는 근본적으로 다르다. 물론 개인들의 완전한 선택과 네트워크에 모든 것을 맡겨두자는 뜻은 아니다. 문화적 시민권에서 중요한 것은 포함과 배제가 이중적으로 작용하기 때문에 오히려 이를 잘 파악할 필요가 있다.

이렇게 볼 때, 문화는 주체적으로 만들어지는 과정이자 동시에 예속화 과정이기도 하다. 아무리 개인으로서의 주체가 유연한 시민권을 갖는다 하더라도 이러한 유동적 자유는 오로지 국가가 허락할 때만 가능하다는 것이다. 즉 문화가 시민의 잠재력을 끌어내려 했던 것인지 아니면, 사회참여마저 하나의 스펙터클로 만들어 버리는 마약으로 작용하는지에 대해서는 좀 더 깊은 분석이 필요하다. 2008년 촛불정국의 문화양상이나 2002년 월드컵 축구 때의 문화 지형이 어떠한 방식으로 문화적 시민권을 구성하는지, 오히려 SK 등의 통신사의 하부조직으로 전락한 것은 아닌지 따져봐야 한다. 고통과 처참함마저 문화상품으로 팔리는

『언론과 사회』 제18권 2호, 2010, 45~61쪽.

현실에서 문화시민의식과 예속의 문제는 깊이 들어가지 않으며 좀처럼 경계가 파악되지 않는다.

너무나 정치적인 문화, 문화가 이렇게 복잡한 만큼 오늘날 문화연구는 그만큼 더 어려워질 수밖에 없다.

2. 2000년대 벼랑 끝 청춘들,
싸구려 커피의 발원지

생존을 위한 색다른 고투

신세대에 관한 이야기는 언제나 신선하다. 아니 신선하다고 믿는다. 어떤 형태로든 과거와 차별되며, 새롭다는 점이 종종 흥미를 끌곤 한다. 10대 후반에서 20~30대 중반에 이르는 젊은 세대는 성적 관습, 구매력을 바탕으로 한 새로운 소비양식, 영상문화라는 환경, 컴퓨터와 같은 새로운 표현 방식으로 삶을 유희하는 사람들이었다. 신선한 젊음의 에너지, 창조적 상상력을 분출해 보임으로써 보기 좋게 기성세대의 뒤를 치는 모습이 시대를 이끄는 추진력으로 이해되곤 했다.[1]

그런데 2000년대 젊은 작가들의 작품에 등장하는 젊은 세대는 이러한 재기발랄함과는 거리가 있다. 유년의 대부분을 IMF 재난으로 채웠으며, 이후 굴곡 많은 경제와 정치 환란으로 신세대는 젊음을 마음껏 누릴 환경을 제공받지 못했다. 신세대의 상징처럼 보였던 정치투쟁은 여러 시민단체와 세대의 몫으로 균등 분배되면서 신세대의 입지는 한없이 초라해지고 있다. 지금 세간에는 장기하의 「싸구려 커피」 이야기가 화제다. 발바닥이 쩍 달라붙는다는 장판이야기가 2000년대 젊은이들에게 먹히고 있다는 사실만으로도 지금 신세대의 시계가 가난했던 70년대를 향해

---

1) 신세대를 생물학적 연령으로만 묶이는 것은 부당하다. 하지만 시대와 기성문화에 대한 대타의식이 이 연령대에 속한 젊은 층에서 대체로 유사하게 나타난다면, 신세대를 생물학적 연령과 관련짓는 것은 어쩔 수가 없다. 즉 생물학적으로 18~25세 사이의 연령에 속하며 유사한 시대의식을 가진 사람들로 정의하면 무리가 없겠다. 안영노, 「신세대: 그들의 정치경제」, 김진송 외, 『신세대론: 혼돈과 질서』, 현실문화연구, 1994, 100쪽 참조.

거꾸로 돌아가고 있음을 알 수 있다. 여기서 소규모 수공업 음반인 「싸구려 커피」의 성공이 그리 반갑지만은 않은 것은 이 현상이 신세대의 몰락을 예견하게 하는 시대적 징후로 해석되기 때문이다.

2000년대 한국문학에서 무모하고 당돌한 젊은이'에 대한' 공포증으로 구세대를 몰아붙이던 신세대는 이제 없다. 노년과 중년의 사이에 끼여 필요에 따라 선택되고 혹은 배제당하는 사회적 난민들. 오히려 삶의 공포증은 고스란히 취업게시판 앞에서 서성이는 젊은이들'의 것'이 되고 말았다. 김애란의 『달려라 아비』(창비, 2005), 이재웅의 『그런데, 소년은 눈물을 그쳤나요』(실천문학사, 2005, 이하 『소년』), 조영아의 『여우야 여우야 뭐하니』(한겨레출판, 2006, 이하 『여우』), 이기호의 『최순덕 성령충만기』(실천문학사, 2006, 이하 『최순덕』), 한유주의 『달로』(문학과지성사, 2006), 김려령의 『완득이』(창비, 2008), 김중혁의 『악기들의 도서관』(문학동네, 2008, 이하 『악기』), 김사과의 『미나』(창비, 2008), 한재호의 『부코스키가 간다』(창비, 2009, 이하 『부코스키』) 등은 한결같이 2000년대 젊은이들의 '생존을 위한 색다른 고투'를 환기하고 있다. 비참한 70년대적 환경에서 자기를 함부로 내던지는 이들의 고투는 절박하다.

상실에서 얻어내는 과잉 현존

지금 한국사회에서 젊은 층의 절망감은 '단지' 소설이 아니다. 실제상황이다. 지금의 10대들은 자본이 마음대로 이름 지은 1318세대, 1525세대, 2030세대들은 이른 바 인질경제라고 하는 세대착취현상 앞에 속수무책으로 노출되어 있다.2) 이러한 현상을 반영이라도 하듯 『소년』의 12살 준태는 자신은 이미 늙어버렸다고 고백을 하며, 『완득이』의 17살 완득이는 기초생활수급자로 학교에서 천덕꾸러기로 살고 있다. 『여우』의

---

2) 우석훈·박권일, 『88만원세대』, 레디앙, 2007, 68~78쪽 참조.

13살 상진이도 청운연립의 옥상집이 무허가라는 이유로 보상 한 푼 받지 못하고 쫓겨나야 하는 시한부 인생이다. 그럼에도 불구하고 이들 소설이 독자대중, 특히 10대 청소년들의 커다란 공감을 얻고 있다는 사실3)은 소설 속의 빈곤이 결코 남의 일이 아니기 때문이다.

그런데 소설에 대한 대중적 공감이 변경 불가능한 확정된 사실로서의 빈곤에 대한 것이라면 문제는 심각하다. 『여우』가 집이 철거당하기까지의 과정을 즐기고 있는 것은 아닌가 하는 의구심이 떨쳐버릴 수 없었고, 『소년』은 매춘부가 된 어린 소녀의 몰락을 설득력 있게 제시하지 못하고 있다. 사실 이들 소설에서 가족이 해체되고 통제 불가능한 불행에 빠진 데 대해 이들에게 책임을 묻기는 어렵다. 1997년 IMF 이후 한국은 20대 80의 사회를 지나 10대 90의 사회로 맹렬히 이행 중이다. 세계화는 부의 지역화를 정착시켰고, 절대빈곤의 세계화로 각인되었다. 극심한 빈곤은 결국 10대들을 강요된 나태에 빠트렸다. 강요된 나태, 즉 가난과 실업은 인간관계도 파괴했다. 유독 최하위계층에서 가정불화와 자살이 많은 이유는 이 때문이다.4) 이들은 불행에 대응하는 것조차 게을러서 상황은 극한으로 치닫게 내버려 둔다. 극도의 궁핍에서 나고 자란 청춘들에게는 넘쳐나는 풍요의 기억이 없다. 빛나는 과거가 없기에 고통스런 현실에 원한을 갖지 않고 자기만의 방식으로 적응해 간다. 「코탱의 골목」 「봉덕동 블루스」 「노는 인간」 「동백여관에 들다」 등 함부로 자기를 얕보는 『노는 인간』의 인물들이 그렇다. 특별히 『부코스키』는 탈출구가 없는 현실에 원한을 갖기보다 오히려 잃어버린 자신을 찾아가는 과정으

---

3) 인터넷 검색창에 '완득이'라고 쳐 보라. 우선 판매량각종 블로거들의 열띤 찬사가 『완득이』의 붐이 전적으로 유명출판사의 홍보마케팅 때문만은 아님을 알 수 있다. 2008년 12월 27일 기준으로 25만 부나 팔렸으니, 한국의 어중간한 청소년문학 시장에서 확실한 돌풍을 일으켰다. 문학계의 대박을 터트린 『완득이』는 청소년이 공감할 수 있는 주제와 문체, 만화 캐릭터 같은 주인공을 내세워 이른 바 영 어덜트의 감성을 사로잡았다는 출판계의 평이다. http://cafe.daum.net/semirae(2009. 3. 30) 참조.
4) 김만수, 『실업사회』, 갈무리, 2004, 186~188쪽.

로 바꾸어가는 능력이 돋보인다. 하지만 30살 백수가 실업의 고통을 부코스키라는 정체 모를 남자를 미행하는 과정에서 얻어가는 존재 확인의 가치가 충분해서인지 현실은 논의의 대상조차 되지 못한다.

물론 현실에 대해 발언하는 소리가 없지 않다. 『최순덕』은 이러한 10대의 이중적 착취에 대한 미학적 투쟁이라는 점에서 의미 있다. 나이 어린 계집애들을 데리고 영계보도방일을 하는 19살 고등학교 중퇴자의 「버니」, 지하철에서 구걸을 하는 고아원 출신의 두 청년의 「옆에서 본 저 고백은」, 사회와 분리된 채 살아가는 감자밭 어린이의 「발밑으로 사라진 사람들」 등의 모든 이야기 속에는 주로 10대들의 이중착취에 대한 고발의 목소리가 있다. 1318마케팅의 목표인 10대는 착취하기 편하고 유혹하기 쉬운 경제적 약자들이다. 부모들이 가진 구매력을 빼먹기에 가장 쉬운 매개물이고, 마케팅의 주체들은 그런 눈으로만 10대를 바라본다. 말하자면 지금의 10대는 가난에 볼모로 잡히고 또 한 번 마케팅의 대상으로 낙점된 이중의 경제인질이다. 하지만 『최순덕』은 자학의 어조로 물들이거나, 랩과 같은 과격한 미학적 고투로 인해 애초에 의도했던 고발의 목소리가 의도가 반감된 것도 사실이다. 이 의기소침한 목소리는 의도했든 그렇지 않았든 사회에 대하여 절대 침묵을 하는 것과 다르지 않게 되었다.

한데 재기발랄해야 제격이던 젊은층이 고통 앞에 절대침묵으로 버틴다면, 이는 생존을 위한 신세대만의 또 다른 방식의 응수일 수 있다. 권력이 없는 자들에게 침묵은 오히려 힘이다. 침묵으로 체제를 거부하지 않으니 친사회자로서의 가능성을 유보한 것처럼 보일 터이고, 자신의 사회적 책임을 회피하는 중요한 알리바이로 활용된다. 사실 소설 속 청년들의 고통은 근본적이다. 자신은 애초부터 재수가 없다고 믿는 『소년』, 의붓자식 콤플렉스로 똘똘 뭉쳐 열정 없이 소멸해 버리기를 기다리는 『달로』가 그렇다. 『완득이』의 어머니는 처음부터 집을 나간 상태였다.

『부코스키』는 주인공이 백수 이전의 삶을 아예 염두에 두고 있지 않았다.『여우』에도 과거의 행복은 제시하지 못한다. 이렇게 모든 불행이 '처음부터 그랬다'이다.

이점을 그냥 놓칠 수 없다. 바로 여기에서 '피해자의 당당함'이 나오기 때문이다. '원래부터 그랬다'는 '지금도 그럴 수밖에 없다'는 논리를 만들어낸다. 이들이 막다른 골목에 내몰린 삶을 감추지도 극복하지도 않는 이유, 오히려 추락하는 삶을 최선을 다해 과장하는 이유는 여기에 있다. 만일『최순덕』의「버니」가 집요하게 랩의 형식으로 끌고 가지 않았더라면 10대의 성적 타락은 평범한 이야기가 되고 말았을 것이다.「햄릿 포에버」의 유령의 전면적 돌출이 아니었다면,「최순덕 성령충만기」에서 성경의 문체를 노골적으로 패러디 하지 않았다면, 즉 과장하지 않았다면 불행의 근원으로 돌아가기 힘들었을 것이다. 자기가 선택하지 않은 과거는 현재 타락의 유용한 알리바이가 된다. 본래 그랬으니 마음껏 타락해도 된다는 논리, 그러니 '자신은 죄가 없다'는 논리는 세상의 경건함과 가치로부터 자신을 해방시킨다. 그리고 자기를 변호한다.

이 자기해방 혹은 자기추방을 통해서 역설적으로 신세대는 이 사회에서 존재해야 할 절박한 이유를 얻어낸다. 추방이란 예외가 된다는 뜻이고, 예외는 일반적인 규범에서 배제된 개별 사례이다. 하지만 예외는 배제되었다는 사실 때문에 역설적으로 규칙과의 관계를 유지하게 된다.[5]『노는 인간』에서「봉덕동 블루스」의 쓸쓸한 미혼과『악기』의「유리방패」의 취업낙방생은 결국 결혼제도와 직업제도를 긍정하고 만다. 이들은 자신이 사회의 낙오자라는 사실을 증명함으로써 체제 내에 있다는 사실을 역으로 증명한다. 사실 이 사회는 누군가를 배제시킴으로써만 그것을 포함하는 극단적인 형태의 예외관계를 적절히 활용한다. 비정규직, 실업자, 부랑아, 왕따 들이 불만에 차 있으면서도 결코 사라지지 않는 이

---

5) 조르조 아감벤, 박진우 옮김,『호모 사케르』, 새물결, 2008, 61쪽.

유는 이들이 예외라는 포함인 배제6)를 통해 심리적 보상을 얻기 때문이다. 따라서 젊은 세대의 자기추방은 진지하게 삶의 밑바닥을 통찰한 결과라기보다 생존을 위한 궁여지책의 산물이다.

물론 여기에는 제도의 허점을 개인의 몫으로 돌리려는 사회의 무책임성이 우선적으로 언급되어야 한다. 노인부양예산을 효도라는 이름으로 각 가정에 강요하며 그렇지 않을 경우 불효자라는 낙인을 찍어버리는 것이 공적 문제의 사적 이전이라는 이 사회의 얄팍한 떠넘기기다. 이렇게 사회적 난제를 개인사로 재정의하게 되면 '불행은 온전히 너의 것'이 된다. 그러면서 실업과 가난은 개인의 심리학적 차원에서 사회부적응, 무능력, 불안, 노이로제와 같은 청년 개개인의 책임으로 떠넘겨진다. '나는 불행하다'를 주문처럼 외우는 『달로』의 주인공, 자칭 30살 소년인 사회적 미숙아인 『부코스키』의 백수, 『여우』의 저능아 형 등 초라한 인생들이 직면한 거대한 경제모순을 개인적 차원의 느린 유머와 은빛 여우라는 환상 속에 매몰시키는 것은 이러한 맥락이다. 자연히 불법이주노동자 문제, 가족 붕괴, 매매춘의 아래에 깔려 있는 사회적 층위를 살짝 비껴간다. 이들 소설 어디에도 사회를 겨누는 원한은 찾아보기 어렵다. 현실의 심층을 뚫어보려는 최소한의 제스처도 보여주지 않는다.

그런데 불행을 묵묵히 견디며 사는 모습에서도 역시 신세대의 명민함을 느낀다면 역설일까. 이 견딤에서 신세대의 불행은 한 없이 강조될 것이고, 자신들이 마땅히 누려야 할 행복을 잃어버린 존재라는 점을 강하게 어필하는 효과를 낳는다. 결여를 상실로 옮기는 우울증의 기만적인 번역이 우리로 하여금 대상의 소유를 주장할 수 있게 해준다는 점이다. 이들의 의도대로 갖고 있지 않았던 것을 상실할 수는 없다. 역으로 무엇인가를 상실했다면 이는 이전에 그것을 가지고 있었다는 뜻이 된다. 『부코스키』에서 직장을 가기 위해 매일 이력서를 쓰는 거북이, 『여우야』에

---

6) 조르조 아감벤, 앞의 책, 66~67쪽 참조.

서 네 식구가 맘 줄이지 않고 살 수 있는 집이 돌이킬 수 없이 되어 버린 상실의 상황 속에서 대상은 분명하게 존재한다. 『완득이』가 해피엔딩으로 나아가는 것도 여기에 근거를 둔다. 『미나』에서 수정이가 미나를 잔혹하게 살해하면서도 침착하게 학교 갈 준비를 하는 것도 결여를 상실로 바꾸고, 궁극적으로 회복의 단계로 나아가려는 수순이다. 상실은 없는 것이 아니라, '과잉 현존'을 만들어낸다. 이전에 결코 가져본 적이 없었던 어떤 대상을 소유하는 유일한 방법은 아직 우리가 완전히 수중에 넣고 있는 어떤 대상을 마치 그것이 이미 상실된 것인 양 다루는 것이다.[7]

문제는 『여우』『부코스키』『소년』『완득이』등에서 상실을 통해 그럭저럭 대상을 소유하는 이면에는 신세대가 불가피하게 그림자인간이 되어 간다는 데 있다. 이러한 기획 속에는 자본주의가 좋아하는 말 잘 듣는 인간이 되겠다는 결심이 없을 리 없다. 복종의 형태를 띠지 않은 자발적 복종은 분명히 어딘가에서 권력과 만나게 되어 있다.

부재를 존재로 바꾸는 힘, 도착과 광란

이제 부조리한 사회에 피투성이 몸으로 맞서던 젊음은 없다. 사회로부터 자기를 추방하며 친사회적 제스처 속에서 기성세대의 견제를 피하려는 젊은이들은 무모하지 않다. 당돌함 속에 발랄함의 포즈를 부각시키며 대항의 의도가 없음을 은근슬쩍 노출한다. 말하자면 젊음은 세계를 겨누던 칼로 자기 심장을 찌르며, 이 자기처벌 속에서 출구를 모색하고 있다. 그러나 세계와 척을 지지 않으나, 그것이 세계와의 동맹관계는 아니라는 점에서 이들의 자리를 여전히 불안하다. 아예 선수를 쳐서 자기를 처벌하지 않으면 세계가 자기를 몰아낼지도 모른다는 공포 속에서, 존재와 부재의 경계에서 유령처럼 어른거린다. 2000년대 소설에는 유령

---

7) 슬라보예 지젝, 한보희 옮김, 『전체주의가 어쨌다구?』, 새물결, 2008, 221쪽.

처럼 혹은 그림자처럼 일상의 표면과 그 아래를 부단히 떠도는 청년들의 모습이 빈번하게 목격된다. 『소년』처럼 아무도 자기를 기억하지 못하는 유령과 같은 존재거나, 『달로』처럼 주변을 맴돌기만 하는 그림자가 있다. 특히 『달로』는 생의 이면에 대한 관심을 비수를 꽂을 것 같은 냉정함으로 그려내고 있다. 기억조차 지워져버린 존재하지 않는 존재들, 인간이 사라지고 단어가 사라지고 하다가 아예 자신을 세계로부터 살해해버리는 '적극적인 유령되기'의 양상이 펼쳐진다.

그런데 여기에는 그림자에 대한 신세대만의 새로운 해석이 작용한다. 햇빛은 반드시 그림자를 동반하기 마련이다. 따라서 그림자는 생존을 위해 아우성을 칠 필요가 없다. 비극적인 청년이 존재하지 않으면 세계 역시 존재하지 않는다는 말이기 때문이다. 자신이 발버둥 친다고 해서 달라질 현실도 아니고, 어차피 패배자인 것을 굳이 피 튀기는 싸움으로 주름살 하나 더 늘릴 필요가 없다는 그림자의식은 극단적으로는 『악기』처럼 햇빛 알레르기를 일으키거나 아니면 『달로』처럼 양지에서 스스로를 살해하기까지 한다. 여기서 존재와 부재의 틈새에서 서성이는 젊은 이들의 우울증은 광적이다. 우울증은 말 못하는 열정이다. 단지 우울해서 생기는 병이 아니다. 비범한 통찰력과 민감성으로 현실의 이면까지 날카롭게 꿰뚫은 자가 공포를 삭일 때 우울증이 된다. 우울증 환자들이 외부보다 자신을 지배하는 열정에 더욱 집착하는 것은 이 때문이다.[8]

젊은 세대가 우울증에 빠져있다는 점은 절박한 사정에도 불구하고, 대수롭지 않은 말투에서 감지된다. 『노는 인간』에서 햇빛이 없는 삶이 조금 아쉬웠을 '뿐'이라는 식의 대수롭지 않은 표현이 오히려 절박함으로 다가온다. 『여우』에서는 피아노를 친 사람이 누가 됐든 자기 기억 속에 그렇게 남아 있으면 '그만'이라는 표현도 마찬가지다. 처절한 발작과도 같은 고통을 별것 아니라는 식으로 '가볍게 툭' 던져버리는 말투 속에

---

8) 미셸 푸코, 김부용 옮김, 『광기의 역사』, 인간사랑, 1991, 165~169쪽 참조.

젊은 세대의 광적인 우울증이 감지된다. 하지만 이러한 광증이 가장 극명하게 드러나는 작품은 아무래도 김사과의 『미나』다. 하나의 시체 그리고 두 개의 울음, 그리고 셀 수 없는 어둠이 『미나』가 바라보는 세상이다. 출구 없는 입시지옥에서 10대 고등학생들은 생명을 살해하면서 비상구 없음을 선언한다. 편혜영이 『아이오가든』에서 끔찍한 시체더미를 보여주며 격정적으로 전복을 꿈꾸는 것이나, 천운영이 『바늘』에서 살점을 마구 씹어 먹으면서 새로운 질서를 희망하는 것과는 다르다. 편혜영이나 천운영은 아무리 파괴라 해도 이를 통해서 무언인가를 꿈꾸고 있다면, 『미나』는 수정이가 미나를 죽이고 광란의 아리아를 부르는 모습에서 아무 것도 바라지 않는 광기의 절정을 본다. 피로 낭자한 미나의 시체 앞에서 민호와 함께 환하게 웃는 수정에게서 진짜 절망이 한국문학 속에 막 도착하였음을 느끼게 된다. 서서히 죽음을 향해 가는 고양이의 낮은 신음소리와 작은 뒤틀림이 비닐봉지의 사각거리는 모습을 소름끼치도록 냉정하게 음미하면서 수정은 세계에 저항하는 것이 아니라 자기를 다독인다. 따라서 서서히 죽어가는 고양이에 대해 답답함과 지루함과 미안함을 동시에 느끼는 이 기괴한 애도는 수정의 광기가 어쩌면 정당할지도 모른다는 생각을 하게 된다. 선명한 슬픔이 아닌 복합적인 히비극만이 가능한 지금의 현실에서 수정의 광란은 정당방위일 수밖에 없다. 입시라는 가혹한 제도, 그럼에도 불구하고 죽으면 저만 손해라는 식의 모순된 논리 속에 살아있는 존재들은 미치지 않을 수가 없다. 과거처럼 자기를 잃어가면서 생의 이면에 다다르려는 낭만적 절망의 차원은 벗어났다. 완전한 암흑에 직면하여 이를 무감각하게 바라보는 초점 잃은 동공에서 진정 어찌 살아야 할 것인가 하는 신세대의 공포는 조금도 허구가 아니다.

사실 현대사회에는 희망이 부족한 적은 없었다. 현대사회는 언제나 좋은 사회라는 모델을 다량으로 생산해 내는 공장이었다. 현대사에서 일어났던 참혹한 전쟁들은 언제나 희망과 희망 사이의 충돌이었지, 희망 있음과 없음 사이의 충돌은 아니었다.9) 가장 확실한 고문은 억지가 아니라, 그럴싸한 말 고문이다. 내일은 달라질 것이라는 추측은 그렇게 된다는 확신으로 둔갑하여 마구 발설된다. 그러나 신세대는 이 모든 과정을 알고 있다. 이들은 세상의 모든 상처를 독차지하고야 말겠다는 결연함으로 희망의 허구성을 까발린다. 『소년』에서는 자신이 괴물이라서 결국 모두가 자기 곁을 떠나고 말 거라는 거지소년, 어차피 창녀가 될 거라는 초등학생, 인신매매에 자포자기하는 어린 누나, 이들은 모두 광기로 자기 삶을 파탄으로 내몰면서 희망 대신 절망에 반응한다. 그리고 절망의 열정은 끊임없이 재충전된다. 이들은 세계에 대해서 침묵하고 자기만을 벌하는 방식으로 세계를 벌한다. 그렇게 보면 젊은 세대의 도착과 광기는 단순한 자학이 아니다. '자기처벌을 통한 생존'의 한 방식이다.

김애란의 『달려라 아비』가 이러한 도착과 광란에 '부재를 존재로 바꾸는 힘'이 있음을 성공적으로 그려낸다. 「노크하지 않는 집」에서 세상이 나를 버린 것이 아니라, 그들이 통화중이어서 부재중이어서 전화를 받을 수 없다는 거짓 위로, 「누가 해변에서 함부로 불꽃놀이를 하는가」에서 창피해서 죽어버리고 싶은 순간이 곧 민족중흥의 역사적 사명 운운하는 국민교육헌장을 떠올리는 순간으로 대치된다. 김애란은 거짓위로와 도착의 방식으로 생존을 모색하려는 젊은이의 고뇌를 발랄하게 담아내는 데 성공하고 있다. 「사랑의 인사」에서 내가 버림받은 것이 아니라 아버지를 실종시킴으로써 원한에 의해 지배당하게 내버려 두지 않으려는 의지가 눈물겹다.10) 오로지 쓸모없고 혐오스러운 것만이 시간이 흘러도 살아남을 수 있다. 혐오를 유발하는 대상에 대해서는 아무도 주의를 두지 않는다. 누구도 접근을 꺼리는 혐오스런 대상이 자신에게 위

---

9) 지그문트 바우만, 정일준 옮김, 『쓰레기가 되는 삶들』, 새물결, 2008, 31쪽.
10) 김동식, 「달려라, 작가 - 생의 도약과 영원회귀의 잠재적 공존」, 김애란, 『달려라 아비』, 창비, 2005, 246~247쪽.

해를 가할 리는 없기 때문이다. 자기와 가족을 혐오스럽게 만듦으로써 견제와 처벌을 면하려는 태도가 비록 한심한 것이기는 해도 효과 하나는 확실하다. 사실 쓰레기 자체는 혐오감을 주는 이외에 뚜렷한 용도가 없다. 그러나 새것은 쓰레기 없이는 유지될 수 없다. 쓰레기가 만들어져야 새것의 필요성이 설득력을 얻는다. 그래서 체제는 언제나 쓰레기 생산에 열중한다. 기득권세대는 오히려 혐오스런 대상을 통해서 안전을 보장받고, 청년세대는 혐오로 무장함으로써 견제를 당하지 않기 때문이다. 이런 양측의 이해관계가 합치되는 지점이 바로 청년들의 '자발적인 쓰레기 되기'다.

이렇게 보면 2000년대 젊은 세대의 도착증이 단순한 탈사회적 돌출행동이 아니다. 스스로 나쁜 것이 됨으로써 좋은 것을 돋보이게 하는 역할을 외부로부터 인정받는다. 이렇게 자신을 절대적 외부인으로 고정하고, 쓰레기임을 강조하면서 생존을 도모하는 점에서 오히려 사회적이다. 흥미로운 것은 신세대가 이렇게 생계형 친사회적 존재가 되는 가운데 아버지세대를 이해하는 모습을 보여준다는 모습이다.

이해한다는 말, 공유된 죄의 메커니즘

그간 우리문학에서 자녀세대와 부모세대는 서로 별개의 심리적 영역에 속해 있었다. 사실 여부와 관계없이 세대 간의 경쟁관계로 설명하는 방식이 가장 깔끔하고 설득력이 있었다. 이런 논리는 20대와 386세대를 설명할 때 자주 등장한다. 유신세대는 개별적으로는 20대의 부모들이기는 하지만, 전체적으로는 자신의 세대에게 주어질 분량을 떼어서 20대에게 지원해야 하기 때문에 경쟁관계로 인식할 수밖에 없었다. 세대 간 협력보다는 국민 전체의 경제성장률을 높이는 것이 효율적이라는 유신세대의 향수를 가지고 있기 때문이다. 그런 점에서 박정희 독재경제의 혹독한 수업을 마친 386세대는 20대가 누려야 할 몫을 가장 많이 노리는 약탈자라는 논리다.11) 그러나 지금의 극심한 경제 환란에서 부모 자식을 따로 구별할 이유가 없다. 청년실업의 수치가 크게 체감되지만, 중년실업의 수치 역시 바닥을 치기는 마찬가지다. 사회주력부대라는 무색할 정도로 부모세대도 안락한 노후는 기대할 수 없는 상황에 직면해 있다.

2000년대 여러 소설에는 이러한 가난과 고독의 공포를 함께 겪은 두 세대 간의 애틋함이 자주 목격된다. 『여우』에서 숱하게 등장하는 '이해'라는 표현이 예사롭지 않다. 물론 세상이 마음에 들지 않아 거대한 폭발을 기다린다거나, 세상이 쓸쓸하다거나 하는 표현이 초등학생 어린 소년의 눈에 비친 만큼 진정성 있게 들리지는 않는다. 따라서 하루 종일 리모컨만 눌러대는 아버지나 포장마차를 하면서 점점 화장이 진해지는 엄마를 이해한다는 말이 '그냥'이라는 수식어로 인해서 유아적 이해의 한계를 벗어나지 못하는 것도 사실이다. 이는 『완득이』도 마찬가지다. 싸구려 카바레 춤 선생인 난쟁이 아버지, 지압용 구두창 파는 말더듬이 삼촌, 외국인 불법노동자, 그리고 불량담임 똥주 등 모든 관계에서 복잡다단한 현실의 문제는 훈훈한 인정으로 손쉽게 봉합된다. 물론 『달려라 아비』의 경우는 좀 다르다. 엉뚱함이 도리어 영원한 도약과 실존적 고양을 간절하게 표현하면서 삶의 이면을 애정으로 보듬고 있기 때문이다. 조금 만 더 시야를 세상 밖으로 확대했더라면 세상과 멋지게 조우하는 신세대를 볼 수 있었을 것이다.

이러 저러한 장단점을 고려하더라도, 2000년대의 작품들은 적어도 이해의 의지와 순수에 대한 갈망이 있다는 점에서 90년대 은희경의 『새의 선물』과는 다르다. 이는 어쩌면 현실의 차이가 아니라, 대응 방식의 차이일 것이다. 90년대 『새의 선물』에서 12살 진희가 세상을 절대로 믿어서는 안 될 것이라고 한 것이나 비슷한 또래의 『여우야』와 『완득이』『소

---

11) 우석훈·박권일, 앞의 책, 174~175쪽.

년』의 어린이들이 세상을 추악한 곳으로 보는 것이나 별로 다르지 않다. 현실적으로 보면 2000년대 세상이 훨씬 가혹한 곳이다.『새의 선물』에서 진희의 비극이 어머니의 자살과 아버지의 재혼이라는 개인적 차원에 놓인 것이라면, 2000년대 어린이들은 첨예한 사회 현실의 문제에 직면하고 있기 때문이다. 그런데도 90년대 진희는 세상에 대한 이해의 의지가 전혀 없었던 반면, 논리적으로 미숙한 2000년대의 아동들은 무작정 이해하려는 과욕을 부린다. 지금의 청년세대나 부모세대에게 서로에게 적대적 감정을 가질 이유가 없다. 2000년대 작품에 유독 어린화자가 자주 등장하는 것은 심리적 일체감을 형성하려는 의지가 작용했을 수 있다. 자녀세대와 부모세대는 발언할 수 없다는 점에서 닮아있기 때문이다. 기득권층에 의해 항상 호명되기를 기다리고 있고, 그래서 항상 타자로 머문다는 점에서 오히려 강한 연대감을 갖는다. 그런 점에서『완득이』이나『부코스키』를 성장소설로 보기는 어렵다.12)『새의 선물』의 진희가 결국 성장하면서 아버지의 질서로 포섭되는 것과는 달리,『소년』이나『여우』는 자포자기해 버린 부모와 함께 연대하면서 영원히 질서의 그늘에서 살아야 하기 때문이다.

그러니 이 연대는 '죄의식의 연대'이다. 영원히 성인이 되지 못하고 사회적 미숙아로 멈추어 버린『악기』의 인물들은 이를 은폐하기 위해 페르소나를 만들어낸다.「나와 B」의 거리의 기타연주자,「엇박자 D」의 음치,「유리 방패」의 M 등은 아무리 발버둥을 쳐도 적을 감당할 수 없어 가면을 쓰고, 그 안에서 자폐적으로 안주하는 비겁자들이다. 이들은「메뉴얼 제너레이션」처럼 전자제품을 만들기보다 그 제품에 대한 매뉴얼 제작에 몰입하거나,「비닐광 시대Vinyl狂 時代」처럼 음악이 아닌 음반 수집을 둘러싼 해프닝을 다루는 데 집중한다. 매뉴얼이나 음반과 같이 진짜를 소유하지 못한 것을 감추는 가면들, 삶의 본질대신 취향13)을 운운

12) 조연정,「백수가 간다」, 한재호,『부코스키가 간다』, 창비, 2009, 217~222쪽 참조.
13) 신수정,「리믹스, 원본도 아니고 가치도 아닌─DJ 소설가의 탄생」, 김중혁,『악기들

하며 사회로부터 한 발 물러선다. 그래서 이들은 비겁하다.『미나』의 부모는 필사적으로 자신의 아이들에게 죄를 물려주려고 하고, 자녀들은 어떻게든 세계의 가장 높은 곳으로 기어 올라가서 모두를 함부로 여기는 사람이 되고 싶어 한다. 이러한 '공유된 죄의 메커니즘'은 상대방이 도덕적 기준을 위반하도록 세심한 주의를 기울인 이후, 도덕적 불신 속에 빠진 상대방을 위로해 주면서 그 아픔을 나누면서 확실하게 전파된다. 그러나 둘의 결속을 튼튼하게 해 준 죄가 공유된 순간 대외적으로 그 죄를 부인되고 없는 것이 된다. 비극을 자녀에게 전수하고, 자기 불행을 확장시킨다는 점에서 두 세대는 단절이 아닌 연속성의 관계에 있다. 여기서 신세대의 자기선언으로 흔히 이야기되는 '나는 아버지처럼 살지 않겠다'는 슬로건은 효력을 잃는다.

물론 그렇다고 해서 '나는 아버지와 같다'는 뜻으로 완전한 합일로 이해하기까지는 어렵다.『노는 인간』에서 부모세대와 완전히 공감하기 어려운 미세한 균열을 발견한다. 이 작품집은 전체가 망설임으로 채워져 있다는 점에서 매우 현실적이다.「형제이발관」의 화자는 사회와 연을 끊고 사는 아버지를 이해할 수 있을 것도 같고 없을 것도 같다며 끊임없이 망설인다. 목이 마르다고 말하고 싶다는 사실을 말하려고 했으나, 입이 열리지 않았다고 의지를 놓아버린다.「동백여관에 들다」의 경우 더이상은 모르겠다고 아예 판단을 중지해 버린다. 아니면 불가능하다와 가능하다의 사이를 부산스럽게 오고 가다가 가능했으면 좋겠다는 기원으로 처리하고 만다. 이들은 의문 상태를 끝까지 끌고 가는데, 이는 의문을 발설하는 순간 사회로부터 추방될 것에 대한 두려움 때문이다.

결국 부모세대에 대한 이해는 진정한 애정에서 나온 것이기보다는 '방관의 결과'라고 해야 옳다. 방관자는 언제나 무엇에 대해서든지 이해할 준비가 되어 있다. 자기 문제가 아니기 때문에 너그러워지고 포용할

의 도서관』, 문학동네, 2008, 288쪽.

수 있는 것이다. 그래서 힘을 가진 핵심집단 속으로 매몰되는 것이라는
『미나』의 결론은 자녀세대의 이해가 결국에는 방관자적 타협에서 나온
것으로 이해하게 한다. 지금의 청년들은 아버지가 패한 이유가 아버지
의 무능이 아니라는 사실을 알고 있다. 자본의 위력 때문에 아버지가 무
너진 것이라면, 아버지를 이해한다는 것은 이를 통해 아버지의 실패까
지도 이해해야 한다는 논리를 만들어 낸다. 이는 결국 아버지를 무너뜨
린 자본주의 체제를 수락하는 것으로 이어지기 마련이다.

여기서 지금의 청년세대가 패자부활전이 허용되지 않는 시대에서 만
성패자가 될 준비를 하고 있는 것은 아닌가 하는 비관을 감지하게 된다.
현재의 승자독식게임이 가지고 있는 특이한 점은 경쟁 그 자체가 아니
다. 그보다는 패자부활전과 같은 보완장치가 거의 없을 뿐더러, 중간에
개입하는 보증자도 없다는 사실이다. 적어도 산업화 이후 우리나라에서
이렇게 완벽한 승자독식의 게임은 진행된 적이 거의 없고, 이렇게 차가
운 자본주의가 펼쳐진 적도 없다.[14] 개인이 불행히든 말든 도시의 스펙
터클은 날이 갈수록 거대해지고 장엄해진다는 『달로』의 고백은 이해라
는 표현이 세대담론에서 얼마나 무섭게 전이되고 있는가를 보여준다.

가장 무모한, 그래서 가장 본능적인

세계화 시대가 도래 하면서 낙관주의자들은 풍요가 일상화되었다고
한다. 한쪽에서는 실업의 일상화라고 비관론을 펼친다. 한 술 더 떠서 21
세기 한국사회는 고도산업사회이면서 고도실업사회이며 앞으로 더욱
그렇게 될 것이라 한다. 시대는 비관주의자들의 손을 들어주었다. 청년
실업자가 백만을 넘어섰으니. 청년실업자가 많아서인지 장기하의 음반
도 덩달아 대박을 치고 있다.

---

14) 우석훈 · 박권일, 앞의 책, 99쪽.

얼마 전에 장기하는 2009 한국대중음악상에서 3관왕의 영예를 안았다. 「청년실업」을 노래하던 가수가 스타가 된 것이다. 장기하의 출현은 대한민국의 청년백수들의 위상을 살피는 데 중요한 역할을 한다. 패배주의, 비주류의식을 20대들의 특권으로 바꾸었기 때문이 아니다. 이러한 B급 정서가 특정계층에만 가능한 특권이 되기 위해서는 여기에 낭만이라는 심리적 보상이 더 크게 뒤따라야 하는데, 지금의 한국 상황은 낭만이 끼어들 여지가 없다. 따라서 장기하의 공은 다른 데서 찾아야 한다. 만일 장기하가 메이저리그 소속이었다면 그의 음악이 조명을 받을 수 있었을까. 만일 자본주의의 그늘에서 마음껏 유영하며 후줄근한 패배자가 아니었다면. 얘기는 달라진다.

장기하 얘기가 많이 길어진 것은 이 가수의 모습에서 2000년대 청춘의 자화상이 그대로 겹치기 때문이다. 상실과 도착증을 오히려 보호색으로 삼는 지금의 청춘과 네온사인 휘황한 자본주의 한복판에 70년대의 패배주의를 무모하게 들고 나와 역설적으로 성공가도를 달리고 있는 장기하의 모습은 너무도 유사하다. 2000년대 한국문학에서 청춘들은 가난을 사적 영역에서 공적 문제로 역逆 이전해 버리는 무모함으로 생존을 보장받을 수 있었다. 빈곤에 허덕이는 청년들이 기득권자 앞에 뻔뻔하게 서기 위해서는 사실적인 빈곤만으로는 어렵다. 과장된 빈곤이어야 한다. 이뿐만 아니다. 자기를 추방하면서 자본의 구속으로부터 자기를 해방하는 명민함, 스스로 미쳐감으로써 자신의 부재를 존재로 바꾸어 놓는 것도 같은 맥락이다.

어차피 실패한다 해도 별로 잃어버릴 것이 없는 자들은 그 실패의 가능성 앞에서 무섭도록 결연해짐으로써 기득권자를 두려움에 떨게 만든다. 가진 것이 많은 자들은 여차하면 큰 피해를 입기 때문에 무모한 자를 두려워한다. 따라서 빈곤과 패배자라는 사실을 배짱의 근거로 삼아 더욱 처절하게 실패해'줄' 의향이 있음을 공론화하는 2000년대 문학의 청춘들, 이들의 능동적인 자학은 많이 가진 자들의 두려움을 이용하기 위한 것이다. 그런 점에서 이들은 인생을 거는 가장 무모한 생존본능으로 자본에 대처한다. '가장 무모한 방식으로 생존을 보장받으려는 존재'들, 이것이 2000년대 한국문학에 나타난 신세대의 자화상이다.

3. 문학이벤트; 위기가 허용한 고품격의 엔터테인먼트 산업

한국문단의 이례적 활기

최근 한국소설이 열기라 할 만큼 이례적인 활기에 들떠 있다. 세계적으로 유래가 드문 현상이라는 점도 흥미롭지만, 특별히 이러한 활기의 진앙지가 중견 혹은 노작가들이라는 점이 더욱 눈길을 끈다. 은희경의 소설집 『아름다움이 우리를 멸시한다』가 10만 부를 훌쩍 넘겼고, 조경란의 『혀』는 표절논란이 오히려 훌륭한 판촉마케팅이 되고 있다. 공지영 작가도 『우리들의 행복한 시간』과 『즐거운 나의 집』의 연이은 성공으로 스타작가의 입지를 확실히 굳혔다. 고은 시인은 노벨상 시즌에 맞추어 출간한 『허공』의 출간으로 국내외적으로 비상한 관심을 모으고 있다. 황석영 작가 역시 『개밥바라기별』로 『바리데기』의 성공을 이어가는 등, 한국문단의 다양하고 수준 높은 작품들이 중견이나 노작가의 손에서 나오고 있다.

그런데 중·노년 작가의 힘은 북 이벤트의 장에서 더욱 뒷심을 받는다. 활기의 배경에는 유래가 없는 문학작품을 둘러싼 각종 이벤트가 중요한 동력이 되고 있다는 뜻이다. 어느 순간부터 북 콘서트, 작가와 함께하는 문학기행, 팬 사인회, 강연회 등이 작품 출간에서 최우선적으로 고려해야 할 요소가 되었다. 다양한 매체를 통해 전달되는 이벤트 홍보와 언론 플레이는 문학의 근본적인 체질 변화를 예고한다. 보는 문학이 아니라, 관람하고 체험하는 문화산업으로.

대형인터넷서점을 클릭해 보라. 황석영의 『개밥바라기별』 홍보 강연회 목록이 제법 길다. KT&G와 예스 24가 공동으로 진행하는 '향긋한 북 살롱'의 첫 작가는 공지영, 홍대 문화 플래닛 상상마당카페에서 독자들과 작품에 대해 이야기를 나눌 수 있도록 했다. 최근작인 『즐거운 나의 집』낭독을 비롯해 사인회 등 다양한 팬 서비스가 제공될 예정이다. 상상마당 홈페이지에 개설된 이벤트창에 『즐거운 나의 집』에 대해 글을 올리는 네티즌 중 추첨을 통해 초대한다. KT아트홀에서는 '소설가 김훈과 함께 하는 북 콘서트'가 개최된다. 행사는 『칼의 노래』100만 부 판매 돌파를 기념해 준비한 것으로 김훈과 함께 공연을 즐길 수 있는 기회가 있다고 한다. 예스24 홈페이지에서 칼의 노래 이벤트 게시판에 댓글을 등록한 참가자 중 20명을 선정할 예정이며, 전경린 작가는 홍대 앞에서 삶에 대한 긍정이라는 주제로 강연회를 연다.

이렇다. 지금 문학이벤트는 과거와 같은 단순 홍보의 차원은 이미 넘어섰다. 메이저 출판사와 유명 작가의 의기투합은 오로지 대중 확보를 위해 문학이벤트라는 새로운 장르를 정당화하고 있다. 작가들은 스타연예인처럼 이곳저곳을 누비며 카메라 세례를 받고, 메이저 잡지는 이들의 소속사로 나서며 새로운 형식의 '문화엔터테인먼트산업'을 주도하고 있는 것이다. 이제 골방에서 책 읽던 시대는 지났다. 토론하고 논쟁하던 것도 옛말이다. 무대 위에서 관람하는 문학, 지금 문학은 근본적인 체질 변화를 시도하고 있다.

전략적 제휴, 문화연합전선의 그늘

오늘날 문화 분야에서 섞임과 혼성, 문화 품목의 탈경계적 유통과 소비는 세계적인 추세다. 자본주의의 충동은 한국문학에도 전통적 생산 문맥으로부터 이탈할 것을 강력히 요구하고 있다. 문학출판계가 인접 분야와의 '전략적 제휴'에 적극성을 보이는 이유는 여기에 있다. 출판계의 불황을 타개할 구원투수로 그 쓸모가 확실하게 입증된 이상, 앞으로 문학의 신분증명은 전방위적 제휴를 통한 문학마케팅을 통과하지 않고는 어려울 전망이다.

신경숙의 『리진』은 총 16만 부를 찍으면서 문학동네 출판사와 한국관광공사 공동 주관으로 경복궁 경회루와 경기 여주 일대를 둘러보는 문학기행을 열었다. 또한 인터넷서점 인터파크와 문학동네가 마련하는 『리진』 북 콘서트도 성황리에 치러졌다. 박기영 가수가 『리진』을 바탕으로 만든 곡을 발표하며, 성우의 소설낭독, 작가와의 대화가 준비된다. 또 작품 속 경회루에서 프랑스 공사 콜랭을 환영하는 연회 장면을 위해 『리진』의 춘앵무와 강연의 대금연주 장면을 재현했다.[1] 바야흐로 '문화산업 간 연합전선'이 풀가동되고 있는 것이다.

독서인구의 감소와 출판계의 불황이 어제 오늘의 일이 아닌 이상, 문학계가 거리로, 그리고 무대로 몸을 '움직이는' 전략은 어찌 보면 당연하다. 한국출판연구소가 올 추 실시한 국민 독서실태 조사에 따르면 우리나라 성인 10명 당 2명은 1년에 책을 한 권도 읽지 않는다고 한다. 서점 관계자들은 독서의 계절에 오히려 책이 더 나가지 않는다고 울상이다. 이에 대한 타개책으로 얼마 전 부산에서는 부산시 주관으로 출판관계자들이 대거 참석하여 '책과의 사랑을 선포하다'라는 의미심장한 행사를 치렀다. 출판사, 유통 서점, 도서관, 언론사 문학출판 담당 기자, 부산시 독서진흥 정책입안자, 일반 독서운동가 등이 함께 모여 부산지역의 독서의 현황을 점검하는 시간을 가졌다. 거의 빈사지경인 시민들의 독서의식에 대한 진단과 처방을 위한 모임이라는 점에서 자못 비장한 데가 있었다.[2]

상황이 이러니 근본적으로 연합전선의 구축에서 문학의 고유영역을

---

1) 이런 문학마케팅은 다른 작가나 출판사의 경우도 마찬가지다. 김별아의 『논개』는 캐나다에 체류 중인 작가가 책 출간과 함께 입국한 한 달여 기간에 맞춰 집중적으로 마케팅을 마련하고 있다. 김훈의 『남한산성』도 출간 이후 수십 차례 인터뷰나 대중행사를 치렀다. 유사한 예는 너무도 많다.

2) http://www.pusannews.co.kr/ 참조(검색일: 2004. 12. 1).

고집하는 것은 문학을 고립시키는 결과밖에는 나올 것이 없다. 소수의 문학 독자에 대한 기다림을 포기하고 다수의 대중관객으로 시선을 돌리는 가운데서 제휴의 기획이 출발한다. 실제로 문화 환경의 측면에서도 이 연합전선의 위력은 눈부신 데가 있다. 고유한 문맥으로부터 단절되고 파편화된 이질적 문화요소들을 뒤섞어 새로운 문화상품을 구성해 내는 혼합성의 기술은 광범위한 수용자 층을 만들어내고 있다. 그러나 영역 간 제휴의 신국면이 제기하고 있는 것은 정체성의 위기다. 문학과 음악, 문학과 무용, 문학과 관광 등의 잡종성은 '문학 내적 자질의 심각한 훼손'을 오히려 독려하고 있다. 북 이벤트가 대중들에게 공개된 장소에서 진행되는 이상, 어떤 형태로든 문학작품은 대중적 코드에 적합한 자질들이 취사선택될 것이다. 그도 그럴 것이, 최근의 문학 열기의 발원지가 다름 아닌 2030세대라는 사실이다. 최근 작품들을 베스트셀러 1위에 올린 원동력이 20·30대, 심지어 10대까지 내려간 젊은 층이라는 사실은 문학 내적일 자질에 있어서 문학의 변화는 필연적이다.

　이벤트를 통해서 작품의 깊이와 작가의 내밀한 정신을 전달하기는 어렵다는 것이다. 『리진』의 경우, 삶의 심연을 딛는 인간 존재의 불가해성이라는 작품의 테마가 제대로 전달될 리 없다. 춘앵무와 대금연주를 듣는 관중들이 과연 '나는 누구인가'를 끝없이 묻는 『리진』의 고독을 간파할 수 있을까. 화려한 공연, 활기차고 움직이는 공연장에서 명성황후의 깊은 슬픔을 떠올리기는 더더욱 어렵다. 이벤트가 『리진』에 대한 대중의 기억은 오직 춘앵무와 대금소리에 대한 관광의 체험으로만 남아있을 것이다. 박기영 가수의 출현으로 『리진』의 애잔한 분위기가 고조되는 것은 분명하지만, 여기에는 결코 절망을 환기하지 않는 고상한 문화적 감수성에 머무를 소지가 다분하다. 소리 없이 바닥을 치며 결국 죽음으로 생을 마감하는 비감은 줄글이 소설의 집요함을 따라가기 어렵다. 결국 '독자가 아닌 관객'들은 가수의 음악을 통해 잠시 문학을 환기할 뿐이고, 문학은 내면화를 포기하고 단순화를 감수해야 할 것이다. 대중을 겨냥한 문학마케팅에서는 '북'이벤트가 아니라, 북'이벤트'다. 문학행사는 더 이상 문학의 내면에 관여하려 하지 않는다. 문화적 감수성은 부드러운 삶의 분위기, 고상한 일상, 만족과 여유에서 작품이 가진 악착같은 고뇌의 의지를 풀어버린다. 그러므로 문화의 차원에서 향유되고 체험되는 문학이벤트가 결과적으로 문학을 역식민화하지 않는다는 보장은 없다.

이렇게 문학이 대중예술의 고급 소재로 변신하는 조짐은 작품 창작에도 이미 커다란 영향력을 행사한다. 이른 바 대박이라는 작품들은 휴머니티, 보편주의 등의 모두가 동의할 수 있는 공적인 문제를 매우 사소한 방식으로 처리하려는 '공적인 사소함'의 양상으로 흐르고 있다. 대표적으로 『우리들의 행복한 시간』이 그렇다. 사형수의 시한부 생명의 문제를 사랑으로 번역하면서 사랑 속에 내재된 생명의 기운에 대한 성찰의 가능성을 얼핏 보여준다. 하지만 시한부 사랑의 절박함이 소설 전면에 드러나면서 성찰의 기회를 놓아버린다. 『즐거운 나의 집』의 대박행진은 이혼과 양육에 얽힌 가족주의라는 거창한 명제를 갖고 있으나, 정작 시선을 모으는 부분은 이혼가정의 에피소드적 삼상들이다.3) 『우리들의 행복한 시간』의 시한부 사랑과 『즐거운 나의 집』의 이혼테마가 말하기 좋은 세간의 이야깃거리임을 작가가 모를 리 없다. 실제로 강연회의 독자 질문은 주로 이혼에 관한 쇄말사 중심의 하소연의 수준을 넘어서지 않았다. 이혼과 재혼 속에 내재된 근대가족제도의 억압과 저항 담론을 이야기할 수 있는 분위기는 애초부터 형성되기 어려웠다. 강연의 형식을 취하는 이상, 세 번의 결혼과 세 번의 이혼은 대중토크쇼의 가십성의 소재를 넘어서지 못한다.

------

3) 최근에 소수의 마니아층에게만 어필되던 이외수 작가가 오락프로그램에 출현하면서 인터넷 검색어 순위에 오르는 모든 현상은 문학이 사소해지는 단적인 사례다. 이외수의 문학이 아닌 인간 이외수와 관련된 특이한 개인사와 가정사 등 요즘 유행하는 예능인으로서의 이외수가 새롭게 주목받고 있다.

　물론 공적인 사소함이 현실적으로는 출판계의 커다란 금전적 보상이 되기만 한 것은 아니다. 시대의 보편명제 속에서 작가와 대중의 연대를 가능하게 했다는 점은 무척이나 고무적이다. 황석영 작가의 『바리데기』는 바리라는 설화의 주인공을 샤머니즘과 휴머니즘의 경계에 세워놓음으로써 한국의 보편성과 세계의 보편성을 두루 확보하고 있다. 연일 히트하고 있는 『개밥바라기별』의 효과는 더욱 크다. 노작가의 작품이라 보기 어려울 정도로 문장은 젊은 감각으로 충만하다. 짤막짤막한 장 구성과 시점 변화, 영상화된 짧은 문장은 어린 독자가 읽기에 벅차지 않을 뿐만 아니라, 여러 계층에 두루 호소력을 가질 것으로 보인다. 그러면서도 젊은 영혼의 고뇌와 사유의 무게가 결코 가볍지 않다. 인터넷 시대에 새로운 황석영을 발견하게 하는 수작이다. 이 때문일까. 강연회의 청중의 상당수가 젊은 층이라 한다. 『개밥바라기별』은 문학의 세대적 단층을 극복할 수 있는 흥미로운 사례를 보여주었다. 뿐만 아니라 작가 개인적으로는 시대에 저항하는 거친 투사의 이미지에서 유머와 여유가 있는 문화인으로서 확실한 이미지 변신에 성공하게 한 작품이라는 점에서 큰 의미가 있는 작품이다.

　하지만 작품의 성취와 이벤트는 별개 문제다. 이벤트라는 형식을 거치면서 작품의 문학성이 제대로 수용될 리 없다. 문학이 아닌, 문화상품으로서의 북 이벤트는 지성의 작용 없는 흥미의 차원을 넘어서지 못할 것이다. 엔터테이먼트 산업에 뒤늦게 뛰어든 후발주자로 성공하기 위해서 문화상품으로서의 문학은 자본의 헤게모니 속으로 자발적으로 포섭당하게 된다. 엄숙주의와 거룩한 별세계의 영역에 있던 작가들이 부드러운 문학으로 무대에 오를 때, 확보되는 것은 돈과 대중이지 독자가 아니다. 따라서 북 이벤트에 어떤 가치가 감춰져 있을지 모른다는 근거 없는 추론에 빠질 필요는 없다.

확인된 영웅들만의 무대

　북 이벤트에 대중이 몰려드는 것은 '볼 만하다'는 만족감 때문이다. 즉 스펙터클이라는 마케팅용 정서기제를 빼놓을 수 없다. 관객의 탄성을 자아내고, 열광을 체험하게 하는 이 스펙터클의 생산성에 따라 북 이벤트의 효과는 결정된다. 소비자들은 감정적 고양을 이끌어내는 문학상품의 환상을 소비하고 싶어 한다. 북 마케팅은 바로 문학을 매개로 하는 환상을 무형의 상품으로 제작하는 현장이다. 그런데 스펙터클의 생산력이라는 점에서 이는 소수의 스타작가에 제한된 이야기일 수밖에 없다.

　고은 시인은 『허공』이라는 시집 출간으로 팬 사인회를 진행하고 있다. "세계가 주목하는 고은 시인"이라는 홍보문구는 『허공』의 작품보다도 대시인 고은의 존재를 살아있는 인간의 스펙터클적 표상으로 삼고 있다. 작품이 아무리 흥미롭다 한들, 파란만장한 인간의 삶에는 미치지 못한다. 팬 사인회에서는 탈속과 환속, 시인·소설가·화가·실천적 지시인, 노벨싱을 연상시키는 세계적 문인의 풍모 등 드라마틱한 삶이 적극적으로 활용된다. 한국시사의 절반인 50년 내내 한국시의 살아있는 상징으로 오래도록 존재하는 동안, 시인이 보여준 드라마틱한 인생역정은 작품보다 더욱 흥미롭다. 이벤트는 대중들의 스펙터클에 대한 결핍감을 겨냥한다. 작가의 삶이 일상과 괴리될수록 대중의 결핍감은 풍부해지고, 사인회는 작가가 아닌 역사적 인간의 몸 전체에서 서려있는 파란만장의 기운을 체험하기 위한 대중들로 성황을 이룬다.

　만일 북 이벤트가 작품보다 인간으로서의 작가가 집중 부각된다면, 앞으로 문학에서 만족이란 독서가 아닌 가벼운 체험으로 변질될 것이다. 또한 줄글에서 오는 고요한 되새김보다 상품으로서의 스타작가를 구경하려는 의욕은 끝없는 문화결핍감을 양산해 낼 것이다. 여기서 문학의 본질 운운하는 것은 듣는 입장이나 말을 꺼내는 입장이나 불편하기는 마찬가지다. 출판계의 불황이 문학관계자 모두에게 얼마나 피하고 싶은 함정인가를 알고 있기 때문이다. 자본의 명령에는 어느 누구의 예외도 없으며, 문학시장의 제일선에 있는 출판사의 입장에서야 생존의 몸부림은 그만큼 절박할 수밖에 없음을 이해 못하는 바도 아니다.

그러나 지금의 상황은 절박함에 대한 대안의 차원을 넘어, 지나치게 의욕적이다. 지금 출판자본이 이끄는 문학시장은 '우연히' 스펙터클한 것이 아니라, '의도적으로' 스펙터클하다. 문학은 본질상 非스펙터클적이다. 북 이벤트는 문학의 본질보다 스펙터클의 본질에 순응한다. 침체된 문학의 활성화를 위해서 이벤트가 동원된 것이 아니다. 문학 자체가 볼거리가 되어가고 있는 인상이다. 그러니 스펙터클의 요소를 두루 갖춘 '대가들이 전례 없이 문학시장 전면 진출'이라는 기현상을 낳고 있는 것이다. 메이저출판사의 성공은 대가들의 스펙터클한 이력을 자기출판사의 페르소나로 연결시키는 데 있다고 해도 틀린 말은 아니다. 황석영 작가와 고은 시인의 경우 창비, 이문열 작가는 민음사, 신경숙 작가는 문학동네 등, 드라마틱한 삶을 산 스타작가들을 확보하는 것은 출판사의 권력유지에 필수적인 인적 교량이다. 이들이 겪은 남다른 유년사는 작품 표지 날개에 반드시 언급되며 작가의 스타성을 강화하는 주된 요소로 활용된다.

이러한 인적 자원의 요긴함이 가장 첨예하게 드러나는 부분이 '노벨상 후보'라는 문구다. 인터넷서점에서는 해마다 가을만 되면 노벨상 후보를 뽑는 투표가 실시된다. 한국문학과 노벨문학상의 거리를 가늠해보는 것이겠지만, 그보다도 작가인지도와 출판사인지도를 동반 상승시키려는 윈윈win－win전략이라는 측면을 무시할 수 없다. 창비가 시대의 변화에도 불구하고 여전히 막강한 영향력을 행사할 수 있는 이유 중 하나는 과거의 격앙과 정치적 저항을 스펙터클로 새롭게 포장해 내는 기민한 시대감각에 있다.[4] 창비의 정체성을 대변하는 고은과 황석영 두 사람

---

4) 그런 점에서 창비와 함께 우리나라 인문사회과학계의 잡지와 출판계의 양대 산맥이었던 문학과사회의 침체는 여러 요인이 있겠지만, 결국 시대를 기민하게 읽어내는 대

이나 노벨문학상 후보로 거론되고 있다는 점은 창비로서는 여간 소중한 사실이 아닐 수 없다. 이때 출판사가 과거에만 통용되던 대가라는 고정관념을 허물고, 여전히 살아있는 현재형 스타로 대중인지도를 창출하기까지 스펙터클 마케팅이 없이는 불가능하다. 작가가 아닌 문화계 스타, 깊이보다 화려함, 충족감이 아닌 결핍감의 활용, 본질이 아닌 마케팅의 능력, 이것이 현재 한국문학 활황의 정체다.

사정이 이러하니 신예들은 이 활황의 혜택에서 소외되기 일쑤다. 대중들은 화려한 이력을 가진 확인된 스타작가만을 원한다. 삶의 연륜을 갖지 못한 젊은 작가, 역경이 없는 신예들의 밋밋한 삶은 무슨무슨 문학상이 아니면, 그리고 박민규 작가처럼 근본적으로 문학판을 뒤집어 놓지 못하면 이벤트의 수혜자가 되기 어렵다. 70년대 생 작가들에 대한 문단의 고요한 반응도 이와 무관하지 않다. 편혜영, 김숨, 백가흠, 손홍규 등 일군의 70년대생 작가들은 이전 세대와는 선명하게 구별되는 미학적 급진주의로 시선을 끌었지만, 지금 이들은 노장들의 맞수가 되기에는 여러가지 면에서 역부족이다. 출판사로서는 문학적 인지도는 있지만 대중인지도가 확인되지 않은 신진작가에게까지 모험을 감수하기는 어려운 것이다. 더구나 신진들의 작품은 호흡이 짧은 단편 위주여서 이벤트를 하기에는 적낭하지 않을 수 있다. 노장들의 작품이 이벤트의 대상도서가 되는 것은 작품 자체의 완성도가 물론 작용했을 것이다. 하지만 그보다 이들의 작품이 주로 장편이며, 장편이 담고 있는 유장한 이야기가 이벤트 진행에 훨씬 적합하다는 기술적 사실을 간과할 수 없다. 그런 점에서 문학마케팅은 근본적으로 중견이나 노장에게만 유리하도록 되어 있다.

그러나 노장의 무대진출이라는 '형식상의 새로움이 사실은 내용상의

응력의 미흡이라고 말할 수 있다. 창비가 작품을 내는 족족 히트를 하고, 정통 독자뿐 아니라, 일반 대중까지 두루 포섭하면서 끌어 모을 수 있는 이벤트 운영방식에 전력 질주하는 것과 달리, 문지는 정통적인 문학주의를 그대로 고수하면서 결국에는 인지도 면에서 창비와 엄청난 격차를 벌리는 현실까지 오고 있는 것이다.

진부함'으로 이어지는 것은 이벤트의 한계다. 문학과 대중가수의 조합5)은 이색적이라는 것, 그래서 문화저변의 파급력이 있다는 사실 외에는 아무것도 전달해주지 못한다. 문학계의 새로움은 문화상품이 되는 순간 진부함에 직면한다. '2008 서울북페스티벌'에서 아무리 은희경, 이어령, 한승원, 한비야, 김형경, 성석제, 김훈 등 내로라하는 저명인사와 축제를 즐긴다 한들 그것이 정말 대화일 수 있는 것이며, 정말 문학의 위기에 대한 대안이 될 수 있을까. 대화의 장은 곧 스타를 보러온 팬들로 북적일 것이다. 작가는 추억과 에피소드를 적당한 웃음으로 버무려가며 친근한 이미지를 만들어낼 것이다. 사인을 하고, 악수하며 사진을 찍어주는 대중스타와 다를 바 없는 그냥 행사에 굳이 문학을 언급할 필요는 없다. 올라가는 것은 판매지수와 대중인지도, 흔히 보는 말 그대로 진부한 행사일 뿐이다. 이렇게 외양으로는 새로우나 내적으로는 진부한, 말하자면 '새로운 진부함'이 이벤트의 본질이다.

이 진부함의 피해는 모두에게 돌아간다. 마치 소속사와 스타라는 연예시스템처럼, 출판사와 거물작가는 서로가 서로를 강제하고 억압한다. 문학의 스타급 대가들은 스펙터클적 표상으로 존재하기 위해 출판사로부터 이미 진부해진 삶의 역경들을 반복 재생산하도록 요구받는다. 스타작가들은 대중의 열광을 자아내기 위해 끊임없이 이슈를 만들어 내고 언론플레이를 해야 한다. 조용하게 내면을 다지면 사회적 난국에 혜안을 빛내주던 노작가들은 찾아보기 어렵다. 비평의 본질이 새삼 되뇌어지는 시점이다.

---

5) 이러한 이색조합은 대중들에게는 꽤 설득력 있게 다가간다. 이와 관련하여 인터넷 블로그에 있는 글을 가져왔다. "황석영과 타블로, 정말 어울리지 않는 조합이다. 그리고 이 조합은 분명히 출판사에서 마케팅을 위해 인위적으로 연결시켰을 가능성이 많다. 하지만 마케팅 전략인 것을 알면서도 이 전략에는 왠지 속아주고 싶은 꽤나 괜찮은 조합이었다고 생각 한다" 여기서 황석영과 타블로를 인위적으로 연결시켰을 가능성이 있지만, 왠지 속아주고 싶다는 심정적 우호가 흥미롭다.
http://www.youngsamsung.com/campus.do?cmd=view&seq=2064&tid=159&pf=P 참조(검색일: 2005. 1. 10).

무지에의 의지, 비평은 실종된 이벤트의 현장

그런데 이벤트의 스타시스템이 아무리 소수의 엘리트작가 위주로 구축된다 해도, 문학판의 활황을 결정짓는 것은 결국 대중이다. 대중의 출현은 독자가 없는 출판현실에서 새로운 돌파구를 만들어 주었다. 문학이벤트의 관람층이 순수 독자가 아닌 일반대중이라는 점에서 대중의 열광이 없는 출판계의 활황은 기대하기 어렵다. 이벤트에서의 스타작가를 향한 대중의 열광은 가볍지만 숭고하다. 그러나 분명 예술가에 대한 경탄이지만, 유명세에 대한 막연한 동경과 충동이라는 점에서 대중의 숭고는 가볍다. 하지만 이 가벼운 숭고는 자본주의 경제와 관련이 있다. 열광은 새로운 것이며 더 좋을 수밖에 없다는 숭고의 논리는 경쟁을 위해 시장에 항상 새로운 것을 내어놓고 소비자를 놀라게 하는 자본주의의 기획에서 유도된 것이기 때문이다. 출판 마케팅의 성공 여부가 대중의 열렬한 환호에서 결정되므로, 오늘날 출판 현실에서 대중이야말로 스타작가보다 최우선적으로 고려해야 할 존재로 떠오른다.

그러나 문학판에 엄숙주의와 권위주의를 몰아냈다고 해서, 대중이 막강하거나 용의주도하다고 보면 오산이다. 이벤트에서 대중의 반응이 결정적이라 할지라도, 이들 역시 자본의 메커니즘 속에서 철저하게 휘둘리는 소비자에 불과하다. 북 이벤트가 척박한 출판시장을 회생시키는 고급상품이라는 이미지가 일단 확립되면, 이 문화운동의 마술에 걸려들지 않는 대중은 없다. 특정 도서가 이벤트의 주인공이 되는 데에는 어떤 의미가 존재할지 모른다는 막연한 희망, 그리고 이를 모를 경우 문화맹인이라는 모종의 죄의식을 감수해야 한다. 결국 대중들은 교양인의 소리를 듣기 위해 이벤트에 자발적으로 동원된 엑스트라다. 하나의 작품을 밀기 위해 동원되는 말의 양은 엄청나다. 신문 문화면과 TV와 라디오 문화프로그램, 그리고 인터넷 서점의 초기화면에 이르기까지 신간소개는 예찬적 언사를 반복해서 쏟아낸다. 독자는 이 말의 홍수에 기꺼이 길을 잃어준다. 어느 시대고 문화는 한 집단이 하위집단에 대한 지배를 공고히 하는 장이다. 그러나 이 권력은 위로부터 폭력에 의해 부과되는 것이 아니다. 지배계층이 문화적인 수단을 통해 대중의 동의를 확보해 나가는 협상의 과정에서 주어진다. 따라서 홍보의 홍수에 세뇌되어 서점에서 책을 고르는 손이 누구의 손인가는 자명하다. 대중의 뒤에서 책을 고르게 하는 '보이지 않는 손은 자본의 것'이며, 행사로서의 대중은 문학상품을 체험하는 관광객으로서 북 마케팅 행사장에 자발적으로 걸어들어 간다. 문화산업에서 자본의 이해관계는 언제나 대중의 타락을 부추길 때 최대의 소득을 얻는다.

문제는 이렇게 행사장 내에 비문학대중들이 대거 유입되고, 이를 떠미는 보이지 않는 손이 작용하면서 '비평의 설 자리가 없어진다'는 데 있다. 이성의 빛 대신 휴대폰과 카메라 빛으로 휘황찬란한 행사장에서, 스타작가를 보기 위해 몰려든 인파를 대상으로 문학 토론은 애초부터 불가능하다. 어쩌면 토론회조차 프로모션의 장으로 보는 것은 특정작가 개인의 문제가 아닐지 모른다. 시스템 자체가 아예 토론 없는 사랑방 대담으로 흐르고 있기 때문이다.

문학이 행사상품이 된 현실에서 비평가의 존재는 아예 생략되어 있거나, 아니면 용비어천가를 부를 것을 노골적으로 요구 당한다. 호기심과 환호가 대세인 이벤트에서 논쟁은 엄두도 내지 못한다. 비평적 질문이라도 던지면 상황이 심각해지는 사회분위기 속에는 모순을 말하지 않으려는 '무지에의 의지'만이 작동한다. 문제의 핵심을 보지 않으려는 이 적극적인 의지는 문학의 자기교정력을 마비시킨다. 작품과 작가를 향한 예찬만이 허용되는, 일방적 환호와 열광의 절정 상태가 강연회, 팬 사인회의 모습이다. 행사가 있는 곳, 그러나 '비평은 실종된 이벤트의 현장'에서 엔터테인먼트 산업의 새로운 주인공으로 떠오르고 있는 스타작가들을 본다. 이벤트에서 누구든 엔터테인먼트의 속성을 잘 이해하고, 예능인이 되어야 한다. 작가조차 세계와 정신에 대해 이야기하기보다 대중을 쥐락펴락하는 입담을 보여주어야 한다.

이러니 비평가가 등장하는 것 자체가 못마땅할 수밖에 없다. 스타작가의 경우 저자의 팬 사인회 혹은 강연회, 혹은 문학기행의 형식으로 비평가의 매개 없이 직접 대중과 만나는 경우가 잦아졌다. 『개밥바라기별』 강연회만 하더라도, 2007년 1월 7일 인터파크도서 사이트 온라인 사인회, 5월 13일 강남교보문고 1층, 7월 13일 광화문 교보빌딩, 8월 11일 서울 코엑스, 8월 16일 잠실교보문고, 9월 16일 롯데시네마 부산센텀시티 등 엄청난 양의 저자의 팬 사인회를 비평의 매개 없이 단독으로 진행하고 있다. 문학이 아닌 스타작가가 주목을 받고, 대중이 작가와 작품의 쓸모를 검증한다. 작가 – 비평가 – 독자라는 전통적인 대등관계는 대중 – 출판사 – 스타작가의 새로운 종속관계로 이미 바뀌었다.

모든 책이 양식이 되지는 않는다. 읽어서 오히려 해악이 되는 책도 있다는 말이다. 그런데도 독서인구가 급감하고 있다는 절박한 생존논리 속에 치러지는 이벤트에는 '그냥 책'이 있을 뿐이고, 이 책들은 무조건 '읽어야 한다'는 논리가 암암리에 유포되고 있다. 수년 전 큰 인기를 끌었던 '책책책, 책을 읽읍시다'라는 방송프로그램을 떠올려 볼 필요가 있다. 매주 방송에서 선정된 책은 조건 없는 신뢰를 받으며 매출고를 올려주었다. 처음은 독서인구의 확대라는 공익적 사명감에서 출발하였다. 하지만 독서가 책 고르기 게임으로 유희화 했고, 더욱 중요한 것은 대상 도서의 내용적 측면에 대한 평가시스템에 대한 고민은 보여주지 못했다. 출판시장이 협소해지는 것과 비평의 엄정성은 무관해야 한다. 당시 이 프로그램의 효과만큼 사회의 따가운 비판을 감수해야 했던 기억은 지금도 여전히 유효하다. 지금 세간에는 북 이벤트가 한국문학의 부흥이라는 중대한 문화적 역사적 사명을 감당하고 있다는 잘못된 인식이 만연하다. 이벤트는 이벤트로 족하다. 대중의 교양 체험을 볼모로 비평을 소외시키는 이벤트 만능론은 진지하게 고민해 볼 필요가 있다.

비평의 특권을 주장하는 것이 아니다. 그간 비평이 사회적 권력유지와 재생산에 관여하면서 다양한 문학권력을 형성하는 데 큰 기여를 한 것이 사실이다. 하지만 그렇다고 해서 비평의 존립 자체를 의심할 것은 아니다. 비평가는 독자가 작품의 공식적인 주장을 매끄럽게 좇아가도록 해설해주는 친절한 도우미가 아니다. 비평은 현실과 텍스트의 모순을 뒤집고 바로 잡아주는 불친절한 대화이다. 일방적인 열광과 환호가 존재하는 문학마케팅에서 비평의 전복적 대화는 더욱 더 요구된다. 북 이벤트 자체를 부정하지 않는다. 다만 이벤트가 인문학의 위기에 대한 유일한 대안이 되어서는 안 된다는 것이다. 또한 이로 인해 함량미달의 작품에 대한 비판을 무마하거나, 출판사의 이익을 위해 근거 없는 극찬을 유포하는 장이 되지 않기를 바란다. 이벤트만능주의는 어떠한 경우에도 비평가의 입을 닫게 만든다. 만일 그럴 수밖에 없다면, 비평가가 함께 하는 이벤트가 되어야 한다. 비평과 문학은 결코 적대관계가 아니다.

공익전도사로서의 문학, 빈곤의 은폐와 강화

19세기 말 프랑스 사람들은 신문의 인터뷰에 커다란 관심을 보였다. 에밀 졸라가 인터뷰는 공중이 가장 좋아하는 장난감이라고 비아냥거릴 정도였으니, 인터뷰에 대한 프랑스 대중의 수요가 어느 정도인지 짐작할 만하다. 뉴스 가치가 있는 대상을 상업화하여 뉴스로 가공된 인터뷰는 신문을 구입하도록 만드는 완벽한 수단임이 확인되었기 때문이다.[6] 관람되고 상업화되는 교양이라는 점에서 박물관도 같은 맥락이다. 박물관이 대중의 관심에 호소할 수 있었던 이유는 사실보다는 볼거리를 집요하게 환기시키기 때문이다. 박물관은 지식의 창이라기보다, 시대를

---

6) 바네사 R. 슈와르츠, 노명우·박성일 옮김, 『구경꾼의 탄생』, 마티, 2006, 92쪽.

들여다보는 '화면'으로서 사람을 매료시킨다.

인터뷰나 박물관의 출현이나 지금의 북 이벤트나 핵심은 다르지 않다. 대중과 교제하기 위해 대상 인물이나 텍스트에 내재된 깊이를 간명한 볼거리의 형태로 제시하는 방식, 교양의 사회적 가치를 강조하면서도 비판적 이성은 포기할 것을 암암리에 주문하는 억압의 논리라는 점에서 그렇다. 이제 북 이벤트는 전시와 교양을 접목하여 고상한 문화체험의 표준으로 자리 잡아 가고 있다. 시대의 변화에 동참하고, 광범위한 볼거리를 창출하면서도 결코 공익을 잊지 않는 노련함이 여기에 있다.

하지만 박물관이 없어도 역사는 존재한다. 물론 박물관이 있으면, 많은 사람들이 역사를 보고 알게 된다. 오히려 박물관이 있음으로 해서 역사는 화면 뒤로 망각될 가능성이 커진다. 따라서 박물관이 없을 때 훼손되지 않은 진짜 역사가 가능해질지 모른다. 문학도 마찬가지다. 오히려 인문학적 소양이 거의 필요 없는 문학이벤트는 문학의 빈곤을 은폐하면서, 한편으로 문학의 빈곤을 강화한다. 진화하는 북 이벤트의 테크놀로지를 볼 때, 문학이벤트는 문학과 무관한 외형적 사회 실천성만 축적될 공산이 크다. 독서가 사라진 시대, 이벤트는 문화사회의 지식 인프라를 구축하는 '공익전도사로서 역할'이 더욱 부각된다.

가수의 노래와 테마여행을 통해서 찰나적으로 문학을 환기하는 동안에도 자본주의 상품미학 혹은 사회적 공익 실천이라는 차원에서 이벤트는 색다른 유용을 가진다. 관람과 체험이 고상한 현대시민의 의무라면, 이러한 문화평등주의 속의 북 이벤트는 단지 대규모의 사회적 전시를 뜻하는 스펙터클 이상의 의미를 넘어설 수 없다. 문학은 개인의 자율적인 선택이다. 문학이벤트가 공공예술교육 프로그램처럼 사회적 실천의 의미로 해석되고 소비된다면, 문학은 없는 것이나 마찬가지다. 작가도 소용없고, 비평가도 소용이 없다. 모두가 제한된 자본주의 시장 안에서 미학의 상품화, 그리고 공공재로서의 문화교육일 뿐이다.

이렇게 북 이벤트에는 익숙한 사실과 새로운 사실이 나란히 병존하고 있다. 익숙하다는 말은 문학이 가장 낡은 영역이라는 사실이다. 새롭다는 것은 문학이 엔터테인먼트산업에서 새롭게 각광받는 흥미로운 소재라는 사실이다. 얼마 전 노벨상 수상자가 발표되었다. 전세계적으로 노벨상을 둘러싼 엄청난 양의 북 이벤트가 또 시작될 것이다.

4. 거대도시가 기획한 총체적인 세계 부인의 메커니즘

도시기획의 성공과 변두리

　현대 세계의 도시화는 인류 역사에서 유례가 없는 속도로 진행되고 있다. 세계의 도시인구는 1980년대 이후 2배 이상 늘어났고, 이 엄청난 증가분의 약 2/3이 거대도시로 흡수 중에 있다. 도시의 가파른 양적 팽창은 그와 동시에 제3세계 도시 혹은 슬럼과 같은 도시 변두리의 동반 팽창이라는 부작용 또한 심각한 것이었다. 이는 메트로폴리탄 거대도시의 출현 자체가 도시 내부의 불평등 및 도시 사이의 불평등을 심화시키는 기획을 그 안에 안고 있었기 때문에 가능한 문제다.[1] 여기서 슬럼이 도심의 번영을 위한 보험적 공간으로 예정되었다는 사실을 떠올리는 것은 중요하다. 물론 거대도시는 변두리에 대한 착취라는 불편한 진실과 정직하게 대면하지 않는다. 변두리에만 집중되는 기아와 절망, 그리고 공포를 거대도시는 고도의 문화적 규범과 사회적 제도로 가공하여 은폐하고 부인한다. 거대도시는 슬럼을 배치하고, 착취하고, 그리고 가공하는 야만성을 관습과 제도의 형태로 구사하는 총체적인 부인의 메커니즘을 작동시킨다. 즉 거대도시에서 문제는 단순한 야만성이 아니라, 야만성을 사회적 제도로 포장하는 것이 총체적인 부인의 메커니즘이다.[2]

　따라서 거대도시의 변두리는 도시 기획의 실패가 아니라 도시 기획의 성공의 결과다.[3] 도시 미관을 위해 변두리를 전체도시의 시각으로 잡히

---

1) 마이크 데이비스, 김정아 옮김, 『슬럼, 지구를 뒤덮다』, 돌베개, 2007, 318쪽.
2) 이삼성, 『20세기의 문명과 야만』, 한길사, 1998, 48쪽.
3) 실제로 전지구적으로 도시의 잉여인간이 발생한 가장 큰 원인은 인위적인 도시의 구

지 않는 곳으로 배치한 것이 도시의 기획이라면, 생존의 위기에 내몰린 변두리의 절망감마저 이국적 문화 체험의 소재로 재활용하는 것 역시 분명한 도시 기획의 결과다. 물론 변두리에 대한 이러한 이중의 착취는 철저하게 문화적 감성의 형태를 동원해 관철시키기 때문에 외견상으로는 의도된 불평등으로 인식되지 않는다. 현대도시의 기획은 감성에 기반한 철저한 감성정치다.[4] 문화적 취향과 심미적 가치가 중시되는 현대에서 냉철한 이성보다 감성을 자극하는 것이 개인이 타인으로 나아가 집단으로 융합하는 데 적합할 수밖에 없다.[5]

이렇게 도시기획은 야만적으로 사적영역까지 개입한다. 이를 위해 김연경의 「고양이의, 고양이에 의한, 고양이를 위한」(『고양이의, 고양이에 의한, 고양이를 위한』, 문학과지성사, 1997, 이하 「고양이」), 천운영의 「바늘」(『바늘』, 창비, 2001), 김경욱의 「누가 커트 코베인을 죽였는가」(『누가 커트 코베인을 죽였는가』, 문학과지성사, 2003, 이하 「커트 코베인」), 편혜영의 「문득,」「서쪽 숲」「저수지」「마술피리」「맨홀」(『아오이가든』, 문학과지성사, 2005), 김영하의 「고압선」(『엘리베이터에 낀 그 사나이는 어떻게 되었을까』, 문학과지성사, 1999)의 9편의 소설을 살펴 볼 필요가 있다. 9편의 소설에는 절망, 광기, 고통과 같은 개인적 정서를 소비하는 거대도시의 메타 문화적 양상이 선명하게 포착되고 있다. 여기의 소설들에서 이국적 감성을 소비하면서 환

조조정 때문이었다. 마치 제국주의 시대에 서구 열강들이 식민지를 수탈하며 이른바 제3세계를 건설한 것과 마찬가지로, 20세기 후반에도 도시의 구조조정은 어김없이 시도되었다. 울리히 벡, 박미애 외 옮김, 『글로벌 위험사회』, 길, 2010, 307쪽.

4) 여기에는 문화적 상징, 소비, 쇼핑, 레저, 이미지와 같은 미학적 기호로 소비되는 도시의 근본적인 형질변화가 중요한 요인으로 작용한다. 사실 현대도시는 물리적 실체성 대신 이미지, 기호, 상징과 같은 심미적 기호가 실현되는 과정 자체를 중시한다. 도시 경관 전반에 걸쳐 기호와 스펙터클의 의미체계와 같은 도시의 메타문화가 중요한 비중으로 부상하는 것이 현대적 삶이다. 조명래, 『현대사회의 도시론』, 한울아카데미, 2002, 171쪽.

5) 절망, 광기, 고통과 같은 사적 감성마저 문화기획의 소재로 활용하는 것은 공감의 공동체와 집단주의 사이의 깊은 상관관계를 암시한다. 박숙자, 「'통쾌'에서 '명랑'까지; 식민지 문화와 감성의 정치학」, 『한민족문화연구』 제30집, 2009, 214~216쪽.

영적인 시공간을 체험하고, 억압된 현실로부터 가상적으로 해방되는 과정은 현대도시에서 문화상품 속에 내재된 자본논리로 빠르게 흡착되는 과정6)과 다르지 않다.

이렇게 9편의 소설에서 도시의 기획력이 선명함에도 불구하고, 기존의 연구는 불연속적이고 자폐적인 인간 자의식에만 시선을 모으거나, 아니면 운명적인 결핍의 관점으로만 제한하는 한계를 보이고 있다. 음산하고 암울한 종말론적 이미지를 결과론적 관점에서만 해명하는 것 역시 마찬가지다.7) 이들 연구처럼 인간 내면에만 집중하여 도시를 인간 삶의 단순한 배경으로 축소시키게 되면, 인간 존재가 폐기처분되는 근원적인 이유를 파악하기가 어려워진다. 기존 연구의 동선을 그대로 따르게 될 경우, 9편의 작품에서 인간의 파국이 도시 정책의 불가피한 혹은 예기치 못한 부작용으로 오인된다는 점이다. 이는 이 모든 도착적인 현상의 핵심 원인이 되고 있는 고도화된 도시 기획의 문제를 고찰하지 못하는 결과로 이어진다.

그런 점에서 본고는 9편의 소설에서 현대도시 변두리의 비극이 신이 떠나버린 우연성에서 비롯된 실존적 위험이 아니라, 야만성을 합리화한 도시기획의 산물이라는 점을 확인하고자 한다.8) 이렇게 연출의 관점을 강조하게 되면 이제까지 의혹으로 남아있던 대도시의 번성과 그에 따른 슬럼의 동반 팽창이라는 측면을 해명할 수 있게 된다. 이를 위해 9편의 소설을 대도시의 욕망의 배출구로 슬럼의 야만성을 요구하는 양상, 사

---

6) 조명래, 앞의 책, 357~358쪽.

7) 이에 관련된 연구로는 박혜경, 「필사적으로 '나'를 찾아서 — 김연경과 김설의 작품들」(『문학과사회』, 1998년 여름호); 「문명의 심연을 응시하는 반문명적 사유」(『문학과사회』 2005년 여름호), 김병익, 「존재의 허구, 그 불길한 틈」(김경욱, 『누가 커트 코베인을 죽였는가』, 문학과지성사, 2003), 우찬제, 「비루한 운명의 볼록 렌즈 — 천운영론」(『문학과사회』 2004년 가을호), 신형철, 「섬뜩하게 보기」(『몰락의 에티카』, 문학동네, 2008)가 있다.

8) 9편의 소설의 중요한 특성이 되고 있는 극단적인 참혹함, 기형적인 광기, 자학적 쾌락, 그리고 비논리적인 허위의 양상들은 도시의 비극이 자연발생적인 것이 아니라 인위적으로 연출되었다는 정황 증거가 명백하기 때문이다.

적 고통이 사회적 고통으로 제도화하면서 나타나는 자학적 쾌락의 양상, 그리고 고도화된 부인의 메커니즘이 인간 실존을 제한하는 양상으로 나누어 확인 할 필요가 있다.

참혹함의 스펙터클과 슬럼의 예외적 정체성

현대 대도시의 활력은 구경거리에서 나온다. 스펙터클이 소비문화시대 최고의 이데올로기라는 말을 입증이라도 하듯, 구경거리가 없는 거대도시를 상상하기 어렵다. 도시 곳곳에 설치된 전광판, 점점 거대해지는 TV 화면, 현란한 네온사인 등 군중의 시각적 도취를 위한 스펙터클 기제들이 대도시를 점령하고 있다. 여기서 대도시의 삶이 스펙터클에 종속되어 있다는 것은 그만큼 현대인이 환각적인 이미지에 현혹되고 있다는 말과 같다.9) 실제로 스펙터클 속에서 진실과 허구 사이의 경계를 잃으며 자학적으로 쾌락을 즐기는 양상이 대도시의 중요한 일과다.

여기서 슬럼이 대도시의 욕망의 배출구라는 사실은 매우 중요하다.10) 거대도시에서 스펙터클의 환각을 대량으로 생산하는 데 슬럼의 역할은 매우 중요하다. 사실 21세기 대도시의 승패는 첨단문명으로 중무장한 도심부에 있지 않다. 공해와 배설물로 둘러싸인 슬럼에 대한 도시정책이 얼마나 세련되게 정교하게 구축되었는가에 달려 있다. 이와 관련하여 미확인 시체가 빈번히 출몰하는 편혜영의 「문득,」에서 최첨단 문명 도시의 도착적인 욕망을 확인해 볼 필요가 있다.

주변 식당 주인들도 몰려 나왔다. 길가에서 번데기며 곶감, 오징어 따위를 팔고 있는 노파들도 몰려왔다. 그들은 저런 개죽음이 다 있대,

---

9) 기 드보르, 이경숙 옮김, 『스펙타클의 사회』, 현실문화연구, 1996, 171~173쪽 참조.
10) 마이크 데이비스, 앞의 책, 30~129쪽.

쯧쯧, 혀를 차며 침을 뱉었다. 먹음직한 음식이 앞에 놓인 것처럼 침이 계속 고여 들었다. … (중략) … 사람들이 모여 웅성거리고 있자 재미난 일이 생긴 모양이라고 짐작했다. … (중략) … 연조직을 수중 생물에게 뜯어 먹혀 사지가 절단되고, 얼굴이 짓이겨지고, 물에 슬린 살갗이 벗겨지고, 구역질나는 냄새를 동반하는 익명의 죽음은 흔하디 흔했다. (편혜영, 「문득」, 96~97쪽)

　표면적으로 보면 「문득」에서 슬럼이 갖는 야만성과 참혹함[11]은 낯선 체험을 갈망하는 도시 관광객에는 매우 흥미로운 관광테마다. 대도시의 쾌락 가운데 하나는 현실과 맞바꿀 만한 충격적인 사실에 참여하는 것이다. "사지가 절단되고, 얼굴이 짓이겨지고, 물에 슬린 살갗이 벗겨"진 시체들이 권태에 지친 도시의 군중에게는 강렬한 충격을 선사한다. 충격적이고 낯선 것과의 접촉이 주는 즐거움, 즉 연출된 이국성은 도시 삶의 중요한 문화 체험이다. 단적으로 썩은 시체의 "구역질나는 냄새"에 "저런 개죽음이 다 있대, 쯧쯧, 혀를 차"면서도 실제로는 "믹음직한 음식이 앞에 놓인 것처럼 침이 계속 고"이는 도시 구경꾼들의 야만성만 보더라도 대도시가 얼마나 충격을 선호하고 있는지 알 수 있다.[12] 첨단도시의 화려한 삶이 소비에서 증명되는 것이라면, 가장 대도시적 소비는 실제의 삶을 구경하는 데 있다. 현대 대도시에서는 구경꾼이 될 때 비로소 시민의 자격을 얻는다. 고독한 도시의 개인들은 충격적인 현실을 구경하면서 비로소 구성원으로 조립되는 것이다.[13]

　이렇게 현대 대중의 도착적 관음증과 대도시의 안정 사이에는 깊은 상관관계가 있다.[14] 「문득」에서 슬럼은 감각적 과부하에 따른 대도시의 분열증적 위기에 대한 군중의 심리적 탈출구라는 막중함 임무를 수행한다.

---

11) 박혜경, 앞의 글, 207쪽.
12) 아서 클라인만 외, 안종설 옮김, 『사회적 고통』, 그린비, 2002, 200쪽.
13) 바네사 R. 슈와르츠, 노명우 외 옮김, 『구경꾼의 탄생』, 마티, 2006, 103쪽.
14) 올리비에 라작, 백선희 옮김, 『텔레비전과 동물원』, 마음산책, 2007, 19~20쪽.

"몇 구의 시체가 기생하고 있"는 "깊고 더러운 호수"는 도시 삶의 권태를 잊게 하는 요긴한 진통제다. 현대도시는 광란과 야만, 경악과 전율의 심리마저 심미적 관망의 대상으로 소비한다. 여기서 슬럼의 처참함이 도시 기획의 부작용이 아니라, 도시 기획이 성공한 결과라는 진단이 가능하다. 문제는 이로 인해 슬럼의 삶이 객관적 실체를 잃은 허구적 기호로 변질된다는 데 있다. 편혜영의 「서쪽 숲」이 주목되는 이유는 여기에 있다.

> 무덤은 도시의 영화를 상징하는 것이었다. … (중략) … 많은 것들이 쇠락하고 몇 개의 왕조가 무너져가는 동안 도시를 지킨 것은 무덤이었다. 무덤이 성소가 된 것은 실상 그것이 도시의 가장 큰 벌이였기 때문이었다. 도시 사람들을 먹여 살리는 것은 무덤을 보러 온 많은 직업을 만들어냈다. … (중략) … 수많은 방 중 하나에는 노인이 누워 있었다. 미라처럼 시커멓게 마른 노인은 죽은 신경을 고무줄로 동여매고 구멍이 숭숭 뚫린 뼈 속에다가 연골을 채워 넣고 있었다. (편혜영, 「서쪽 숲」, 183~194쪽)

「서쪽 숲」에서 집중적으로 부각되는 것은 무덤이 아니라, 무덤을 둘러싼 슬럼의 어두운 몽환이다. 도시 외곽의 음산한 무덤과 정체 모를 공장은 현실에 대한 경험적 사실을 환기하지 않는다. 검은 물이 흐르는 강, 음산하고 거대한 숲, 불법 약을 파는 약국은 몽환적 이미지로 인해 실체가 없는 추상의 공간으로 변질된다. "미라처럼 시커멓게 마른 노인은 죽은 신경을 고무줄로 동여매고 구멍이 숭숭 뚫린 뼈 속에다가 연골을 채워 넣"는 극사실주의적 묘사는 가감 없이 현실을 보여주기보다 오히려 비현실적 허구로 체험하게 한다. 슬럼의 딜레마는 여기에 있다. 슬럼이 탈현실화한 추의 미학을 가짐으로써만 존재 가능한 것이라면, 대도시가 있는 한 슬럼은 여전히 슬럼이어야만 하는 운명에 직면한다는 것이다. 언제나 관찰자는 타인을 왜곡되게 건설함으로써 그들 자신을 건설해왔다. 대도시는 슬럼을 범죄와 연결시킴으로써 이 공간을 보호해야 할 대상에서 배제해야 할 대상으로 바꾸어 버린다. 슬럼을 외면할 합법적인 근거를 마련하는 것이다.15) 대도시의 번성이라는 관점에서 슬럼은 추악할 수밖에 없는 당위성을 가진 공간이다. 그래서 「문득,」의 남편은 애초부터 실종 상태로 설정될 수밖에 없었던 것이다. 실제로 모든 처참함은 예기치 않은 사건의 결과가 아니라, 대도시의 정상적인 일상이다. 배제당하는 방식으로 집단에 포섭되는 극단적인 형태를 예외관계라고 부른다면,16) 처참할수록 존재 가치가 선명해지는 「문득,」의 슬럼은 분명 거대도시를 위해 예외적 정체성을 가진 공간이다.

그러나 슬럼의 추함이 아무리 연출된 것이라 해도 이는 단순한 가면이 아니라, 이 가면 자체를 예외적 진실로 볼 필요가 있다. 이는 시체를 악취나게 묘사하고 있는 편혜영의 「저수지」에서 확인 가능하다.

> 셋째가 던져준 과자 부스러기를 받아먹고 자란 쥐는 살이 통통하게 올랐다. 셋째는 녹이 슨 칼로 쥐의 배를 갈랐다. … (중략) … 숨을 곳을 찾지 못한 빌레들은 아이들의 벌린 입 속으로 드나들었다. 둘째의 귀로 꼬물거리는 구더기가 몇 마리 숨었다. 구더기들은 둘째 몸에 기생하며 목숨을 부지했다. … (중략) … 이웃에게 들키면 보호 시설에 가게 된다는 엄마의 말이 떠올랐다. 그러면 엄마는 감옥에 가게 될 터이다. 얌전히 엄마를 기다리고 있겠다던 약속도 떠올랐다. (편혜영, 「저수지」, 31~33쪽)

「저수지」는 부모로부터 버려져 병든 채 죽어가는 세 아이의 삶을 냉혹할 만큼 무심하게 전달한다. "벌레들은 아이들의 벌린 입 속으로 드나들"고 "귀로 꼬물거리는 구더기가 몇 마리"가 기어드는 상황은 지나치게 자세하다. "이웃에게 들키면 보호 시설에 가"야 하니 절대로 집 바깥으로 나가지 말라는 엄마, 그리고 죽음의 임박해서도 잔인하게 "녹이 슨

---

15) 지그문트 바우만, 이수영 옮김, 『새로운 빈곤』, 천지인, 2010, 93~152쪽.
16) 지그문트 바우만, 정일준 옮김, 『쓰레기가 되는 삶들』, 새물결, 2008, 60~61쪽.

칼로 쥐의 배를" 가르는 아이들의 사악함에는 어떠한 악의도 없다. 아이들은 의식 없이 죽음을 유희할 뿐이다. 모든 사물은 오직 그 한계에 의해서만 존재한다면, 「저수지」의 슬럼은 실체적 삶으로부터 완벽하게 격리되는 니힐리즘 속에서 예외적 정체성을 갖는다. 사실 현대미학에서는 겉 표면에 진실이 있다. 포스트모던 현대에서 가면이 그 배후에 진실을 은폐하고 있다는 생각은 맞지 않다. 가면은 내면을 은폐하는 위선적 장치라기보다 그 감추고자 하는 것을 생산한다.[17] 악취 나는 시체로 발견되는 아이들, 실종자 수색에만 골몰하는 경찰, 아이를 버린 엄마, 쥐의 목숨으로 광기어린 유희를 벌이는 아이의 모습은 진실을 잃어버린 것이 아니라, 그 자체가 새로운 진실이다. 스펙터클이 기억과 진실을 마비시키는 허구적 기호라면,[18] 슬럼의 처참한 스펙터클 뒤에 어떤 것도 감추어져 있지 않다. 정확히 말하면 표면에 노출된 처참함 자체가 슬럼의 예외적 의미다. 그렇기 때문에 「저수지」는 엄마에게는 아이들을 유기할 수밖에 없는 절박함을 설명하지 않는 것이다. 만일 「저수지」에서 엄마의 감추어진 진실을 설명하려 한다면, 슬럼은 자신의 존재 가치를 잃고 만다. 모든 재현 체계가 가면이라고 할 때, 슬럼의 예외적 가치는 거대도시가 기획한 가면, 즉 처참함에 있다.

요컨대 「문득,」 「서쪽 숲」 「저수지」는 대도시의 욕망의 배출구로서 슬럼의 참혹함을 요구하는 대도시의 야만적 기획을 보여준다. 미확인 시체가 빈번히 출몰하는 「문득」에서는 슬럼의 야만성이 도시 정책의 실패가 아니라 오히려 성공에서 기인함을 확인하게 된다. 「서쪽 숲」은 몽환적 이미지로 인해 슬럼이 실체가 없는 추상의 공간으로 변질되는 양상을 보여준다. 그러나 「저수지」는 슬럼의 광기는 대도시로부터 할당받은 기이하면서도 예외적인 정체성을 충실하게 수행하고 있음을 보여준다. 즉

---

17) 베아트리즈 꼴로미냐, 박훈태 옮김, 『프라이버시와 공공성』, 문화과학사, 2000, 35~45쪽.
18) 기 드보르, 앞의 책, 131쪽.

세 작품은 슬럼이 단순한 도시의 사각지대가 아니라, 대도시를 완전하게 하는 결정적인 보충물이라는 점을 암시한다. 이렇게 슬럼의 처참함이 대도시의 교묘한 연출력의 결과라면, 다음 장에서는 이러한 대도시의 기획에 하층민이 어떤 방식으로 대응하는지를 확인해 볼 필요가 있다.

제도화된 고통으로 인한 사적 인간의 몰락

슬럼의 존재 가치를 대도시의 욕망 배출을 위한 예외성에서 찾는다면, 이는 현대사회에서 고통조차 제도적 관리의 대상이라는 말과 같다. 실제로 대도시는 생로병사의 고통까지도 상품화한다.[19] 현대는 지극히 개인적인 충동과 일탈까지 일상적인 관리 시스템 속에 편입시킴으로써 인간의 사적 영역을 제거해 왔다. 대중의 소비패턴에 맞게 감정까지 재배치하는 도시의 감성조형술이 인간의 내밀한 영역까지 침투하는 것이다.[20] 그런데 고통은 공개 과정에서 가공되고 왜곡되기 마련이다. 세계의 슬럼화, 가공할 테러, 질병과 기아가 문명의 카메라에 포착되는 순간 도시의 고통은 심오한 철학의 영역에서 국제적인 지원과 같은 사회문제로 이행한다. 사실 진정한 삶은 제도 밖에 있다. 진성한 삶은 뚜렷한 목표를 갖지 않으므로 기획될 수 없기 때문이다.[21] 따라서 한 개체의 실존을 증명하는 고통 역시 사적일 수밖에 없으며, 또 사적이어야 할 당위성이 강하게 제기된다. 절망하는 과정에서 인간 고유의 실존을 스스로 구성하는 것이라면, 절망할 권리마저 박탈당한 하층민은 그야말로 완벽한 도시의 타자일 수밖에 없다. 「바늘」의 고통이 극단적으로 과격해지는 것은 이에 대응하여 고통의 사적 소유권을 주장하는 자기방어로 볼 수 있다.

---

19) 이도흠, 「고통이 관리되는 사회의 내면과 기억」, 『문학과경계』 2005년 봄호, 110~113쪽.
20) 박숙자, 「'통쾌'에서 '명랑'까지: 식민지 문화와 감성의 정치학」, 『한민족문화연구』 제30집, 2009, 216쪽.
21) 미셸 마페졸리, 신지은 옮김, 『영원한 순간』, 이학사, 2010, 20쪽.

툭 튀어나온 광대뼈와 꼽추를 연상케 할 정도로 둥그렇게 붙은 목과 등의 살덩이, 눈살을 찌푸리게 하는 목소리, 뭉뚝한 발가락

　… (중략) …

　나는 눈을 부릅뜨고 바늘들을 들여다본다. 스무 개의 바늘은 전부 뽀족한 끝이 잘려 있다. 바늘은 날카로움을 잃어버린 채 철사처럼 뭉뚝했다. 엄마는 일부러 바늘 끝을 잘라낸 것이다.

　'바늘을 잘게 잘라 매일 마시는 녹즙에 넣어봐. 가늘고 뾰족한 바늘 조각은 내장을 휘돌아다니면서 치명적인 상처들을 만들지. 혈관을 따라 심장에 이르면 맥박을 잠재우며 죽음을 부르는데. 아무런 외상도 없어.' (천운영, 「바늘」, 32~33쪽)

「바늘」에서 여자가 바늘로 타인의 피부에 문신을 새기는 과정은 수성적으로 자기를 파괴하는 과정이다. "바늘을 잘게 잘라 매일 마시는 녹즙에 넣어"서 "가늘고 뾰족한 바늘 조각은 내장을 휘돌아다니면서 치명적인 상처들을 만"드는 상상은 고통의 호소가 아니라, 자학에 가깝다. 본래 자학은 자기 과시적이다. 자학은 자신을 해침으로써 상대방에게 공포를 주입하려는 데 목적이 있다. 따라서 「바늘」의 문신 행위는 고통에 대해 온전한 자기 소유를 주장하는 일종의 감성투쟁으로 볼 수 있다. 학대하는 순간만은 고통이 온전히 자기 것이라는 사실을 명확히 하는 것이다. 사실 대중들의 관음증을 충족시키기 위해 대면 인터뷰를 남발하는 사회는 개인의 내면마저 공개하기를 요구한다.[22] 은밀한 침실, 신체와 취향조차 생생하고 심층적으로 보도되면서 하층민의 사적 고통은 사회 전체가 관여하는 공유지로 전락한다. 어떤 시기에 새로운 감성이 부상하기 위해서는 반드시 사회구조적 변화가 동반되기 마련이다. 감정은 신체적 반응이지만, 선험적으로 주어진 본능은 아니다. 오히려 경험을 통해 동

---

22) 그런 점에서 도시 부르주아는 철저하게 고통의 안전지대에 있다. 이들은 철저하게 삶을 사유화 한다. 정치적 갈등, 재정 상황, 종교 등 모든 것은 은밀한 곳에서 자신의 삶을 구성한다. 그램 젤로크, 노명우 옮김, 『발터 벤야민과 메트로폴리스』, 효형출판, 2005, 159쪽.

기화되고 시대적으로 학습되기도 한다.[23] 고통도 마찬가지다. 고통은 고통조차 소비하고 생산되는 자본논리 속에서 이해되는 사회적인 것이라면, 「바늘」의 사사로운 문신 행위 속에도 고통을 둘러싼 치열한 감정투쟁은 분명히 있다.

이렇게 감정을 둘러싼 투쟁, 즉 개별성이 압도적인 사회적 힘과 대면하여 유지될 수 있는가의 문제는 도시의 자아가 매우 복합적일 수밖에 없다는 논리를 만들어낸다. "내장을 휘돌아다니면서 치명적인 상처들을 만들"어 내는 원색의 절규가 강렬한 파토스를 발산하는 것은 단순한 자기파괴가 아니다. 파열되는 방식으로 자기의 고유성을 수호하려는 복합적인 인간 실존을 보여준다. "치명적인 상처들을 만들"어 "죽음을 부르는" 이상행동은 단순한 동물적 충동이 아니라, 사적 영역을 확보하기 위한 자발적 퇴행이라는 점에서 거대도시의 심리적 기반이 신경과민[24]이라는 사실을 알게 한다. 「바늘」에서 "툭 튀어나온 광대뼈와 꼽추를 연상케 할 정도로 둥그렇게 붙은 목과 등의 살덩이, 눈살을 찌푸리게 하는 목소리, 뭉뚝한 발가락"과 같은 극사실주의적 세부 묘사는 신경질적으로 도시의 표준화된 육체미학을 거부한다. 기괴한 상황을 세밀하게 묘사하는 여자의 목소리는 시대를 거스르려는 퇴행의 의도가 선명하다. 꼽추의 외모를 과장하는 여자의 태도에 자신의 외모가 남에게 거부감을 줄지 모른다는 사회적 두려움은 전혀 없다.

이는 21세기 도시에서 그간 금기시되었던 충격적인 아노미 정신이 급속도로 환영받는다는 사실과 관련이 크다. 동물적 야성, 추악한 쓰레기, 배설물, 가벼움과 같은 하층민의 의식은 더 이상 악의적으로 해석되지 않는다. 대도시는 이를 서양의 모더니티의 편협한 휴머니즘으로 환원하지 않는다. 오히려 살아있는 인간 실제를 가감 없이 보여주려는 노력으로 볼 수 있다.[25] 천운영의 「포옹」과 김경욱의 「누가 커트 코베인을 죽

---

23) 박숙자, 앞의 글, 232쪽.
24) 게오르그 짐멜, 김덕영 외 옮김, 『짐멜의 모더니티 읽기』, 2005, 36쪽.

였나」이 주목되는 이유도 같다. 하층민의 정신착란은 실존을 확보하기 위한 열정의 발로라는 점에서 그 의미가 복합적이다.

> 그날 그가 내게 오기로 한 것이 맞는가? 그가 나를 잊은 것이 아니라, 아예 나를 모르고 있었던 것은 아닐까. 애초부터 나와 결혼하기로 한 남자는 없었다. 나는 그를 단 한번 만났을 뿐이다. 어제 내가 그의 옷을 들고 등을 보이고 달아났을 때에야 그는 나를 기억해냈을 것이다. 언젠가 길거리에서 짐을 들어주었던, 그래서 자판기 앞에 서서 캔커피를 얻어 마셨던 곱사등이 여자를 떠올렸겠지. (천운영, 「포옹」, 244쪽)

> 나는 장미의 흉부를 등산용 커터로 찔렀다. … (중략) … 포도덩굴들이, 묘석처럼 서 있는 콘크리트길을 따라 기어오르고 있었다. 4월의 포도밭은 버려진 공동묘지 같았다. 그러나 나는 안다. 언제나 그랬듯이 봄이 가고 여름이 오면 이 버려진 땅에 포도 잎사귀가 무성하게 자라고 푸르른 포도 알맹이들이 주렁주렁 매달리게 되리라는 것을. 그리하여 장미는 포도밭과 함께 영원하리라는 것을. (김경욱, 「누가 커트 코베인을 죽였나」, 60쪽)

「포옹」은 결핵보균자였던 아버지로 인해 곱사등이로 살아야 하는 여자가 주인공이다. 꼽추여자에게 욕망의 결핍의 뒤틀린 삶으로부터 벗어날 수 있는 유일한 길은 그 남자와의 결혼이다. 그러나 결혼은 여자의 강박이 빚어낸 환상이다. "애초부터" 여자에게는 "결혼하기로 한 남자는 없었"다. 흥미로운 점은 「포옹」이 여자의 행동을 치료해야 할 질병으로 서술되지 않는다는 것이다. 오히려 여자의 정신착란은 진실에 대한 치열한 고투로 재해석된다. 사실 근대가 부정한 개인적 파토스야말로 도시에서는 인간의 본질을 해명하는 중요한 사회현상이다. 전통적으로 근대도시는 일탈에 비해 질서, 그리고 정열에 비해 지성에 더 높은 가치를 부여해 왔다. 하지만 현대 도시에서는 불가해한 정염이나 지극히 개인

---

25) 미셸 마페졸리, 앞의 책, 18~19쪽.

적인 교감이 사회의 핵심 영역으로 부상한다.26) 그런 점에서 「포옹」에서 여자의 망상은 배제된 하층민이 자기 실존을 극단적인 방식으로 체험하려는 열정의 결과로 볼 필요가 있다.

「커트 코베인」의 정신착란증도 같은 맥락이다. 1인칭과 3인칭의 두 시선을 자의적으로 활용하며 허구와 실제의 경계를 의도적으로 파기하는 정신착란증은 하층민이 자기 존재를 삭제하는 것이 아니라, 오히려 존재를 강렬하게 체험하게 한다. 남자는 자신을 버린 장미라는 이름이 같다는 이유로 옛 애인과 소설의 여주인공을 혼동하고, 장미라는 역의 여배우와 옛 애인도 혼동한다. 남자는 그로테스크한 정념 속에서 거대도시의 나른한 삶을 거부하고 순도 높은 자기실존을 경험하는 것이다. 따라서 "장미의 흉부를 등산용 커터로" 찌르는 순간, "포도밭과 함께 영원하리라"와 같은 발작적인 기괴함은 역설적으로 실존에 대한 가장 본질적인 고뇌로 볼 필요가 있다. 무엇인가 완벽하지 않을 때, 비로소 번식의 가능성이 만들어진다. 광기 속에서 진정한 인간 실존이 구성되는 것은 고통의 열정이 존재론적 관점을 취하고 있음을 말해주는 것이다.

그러나 이러한 광기가 개인적 절박함에서 유래하지 않고, 거대도시의 메타문화적 메커니즘 속으로 포획될 경우 실존의 허위성이라는 문제는 피하기 어렵다. 이를 위해 김연경의 「고양이의, 고양이에 의한, 고양이를 위한 소설」(이하 「고양이」)을 살펴볼 필요가 있다.

> "무슨 소리인가? 내 집에 세놓을 방이 어디 있나?"
> "지금 제가 쓰고 있는 방 말입니다. 그 방을 세놓겠다는 것이지요."
> "허허, 자네가 쓰고 있는 방을 어떻게 세를 놓나? 지금 자네가 쓰고 있는데. 내가 벌써 자네에게 세를 놓았는데 말이야." … (중략) …
> "자, 이제 떠나자. 방이 나갔으니 이 집에서 살 이유가 없지. 세입자가 죽었으니, 난 더 이상 세를 놓아먹고 사는 주인이 아니구나." (김연경, 「고양이」, 31~32쪽)

---

26) 미셸 마페졸리, 앞의 책, 88~113쪽 참조.

「고양이」는 글쓰기에 매달리는 스산의 철학이 얼마나 허망한 것인가를 언어적 차원에서 해명한다. 완벽하게 밀폐된 공간은 스산의 글쓰기가 현대도시에서 어떠한 사회적 의미도 갖지 못함을 암시한다. 스산을 압박하는 집주인의 기이한 논리가 의미 있는 것은 이 때문이다. "쓰고 있는 방을 어떻게 세를 놓나?" 혹은 "세입자가 죽었으니, 난 더 이상 세를 놓아먹고 사는 주인이 아니구나"와 같은 집주인의 괴담은 진정한 불안과 광기가 결여된 스산의 글쓰기를 조롱하는 것과 같다. 인간의 실존이 예측할 수 없는 사건과 불안에서 형성되는 것이라면, 고통마저 제도화된 도시는 더 이상 특별한 공간이 아니라, 막연한 장소에 불과하다. 이들은 아무런 의미도 부여되지 않은 이른바 비―장소의 존재들이다. 여기서 실체를 한 번도 드러내지 않은 고양이 소리는 사적 인간이 몰락해 버린 도시 인간의 텅 빈 정체성을 연상시킨다. 스산에게 가족과 친구가 없고, 기억조차 갖고 있지 않는 무정체성의 소유자인 이유는 고통마저 사회적 인지체계로 포함하면서 실존의 진정성이 포기되었기 때문이다.[27] 모든 것은 관습과 제도의 형태로 공론화 해버린 거대도시는 인간 개체에게서 자기 고유의 공간을 박탈해 버렸다. 이로 인해 인간 개체는 독자적인 공간에서 실재하고 있다는 느낌이 극도로 허약해졌다. 따라서 거대도시의 기획이 작동하는 순간, 하층민은 고유한 인격체가 아니라 구제의 대상일 뿐이다. 대도시의 하층민은 물적 풍요로부터 소외되고, 또 자기의 정체성조차 망각당해야 하는 무의미감에 시달리고 있다.

요컨대 「바늘」「포옹」「커트 코베인」「고양이」는 광기를 요구하는 도시의 기형적 기획을 보여준다. 「바늘」에서 자학적 쾌락은 파열의 방식이 아니고는 결코 실존을 감지할 수 없는 도시의 생존법이다. 「포옹」과 「커트 코베인」의 정신착란증 역시 격렬한 개인적 충동만이 개인의 실존을 확인하는 유일한 길이라는 사실을 확인해준다. 그런 점에서 「고양이」는 고

---

27) 박혜경, 앞의 글, 627쪽.

통과 광기가 사라졌을 경우, 도시가 직면하게 될 실존의 허위성을 경고한다. 지나치게 말끔하게 구획된 도시는 아무런 사적 인간의 존재가능성도 확보할 수 없는 막연한 장소이며, 격렬한 충동을 거세당한 도시인은 단지 방관자일 뿐이라는 것이다. 이는 도시 기획이 결과적으로 인간뿐 아니라 세계를 총체적으로 부인하는 과정을 확인할 필요성을 제공한다.

존재의 불확실성과 세계 부인의 태도

현대 대도시에서 공포는 일상이 되었다.[28] 풍요사회로 가는 지름길이라는 과학문명 자체에 이미 새로운 공포가 의도되고 있다는 것은 모순이다. 이는 현대에서 위험은 연출된 위해와 불안을 다루는 체계적인 기획의 관점에서 보게 한다. 대도시에서 위험은 거대한 사업거리다. 굶주림은 충족되지만 도시가 연출한 위험은 결코 충족되지 않으며, 무한히 자가 생산된다. 지배이데올로기는 인위적으로 풍요는 위로 집중시키고, 위험은 아래로 집중시킨다. 이렇게 위험의 연출이 권력의 기획인 이상, 하층민이 위험에 맞서는 깃은 현실적으로 가능하지 않다.[29] 다만 히스테리에서 무관심, 즉 부인의 습관을 내면화 하는 방법밖에 없다. 아는 것과 모르는 것 사이의 애매한 태도를 취하면서 상상하기조차 끔찍한 정보를 의식 속에 자리 잡지 못하도록 차단하는 부인의 태도[30]는 거대도시에서 하층민이 선택할 수 있는 유일한 생존 수단이다. 그런 점에서 편혜영의 「마술피리」에서 집중 부각되고 있는 선택적 망각을 세계 부인의 태도로 볼 수 있다.

---

28) 울리히 벡, 홍성태 옮김, 『위험사회』, 새물결, 1997, 54~55쪽.
29) 울리히 벡, 박미애 외 옮김, 『글로벌 위험사회』, 길, 2010, 84쪽.
30) 걸프전 당시 대중매체에 워게임war game으로 비유된 전쟁 이미지는 현실의 생산자와 재생산자가 공모한 부인 중 압권적 사례였다. 대중도 눈에 보이는 이미지 이상을 진정 알고 싶어 하지 않았다. 스텐리 코언, 조효제 옮김, 『잔인한 국가, 외면하는 대중』, 창비, 2009, 24~54쪽.

어쨌든 주어진 환경에 적응해야만 살아남는다. 루루는 진작부터 그걸 알아차렸다. 환경 탓을 하는 것은 불평 많은 고등 포유류뿐이다. 루루는 설치류로서의 모든 것을 빼앗기고 자신이 설치류인 것을 잊은 양 살고 있다. 그런 점에서 루루는 나와 많이 닮았다. 나는 지나간 일은 무엇이든 잘 잊는다. 엄마 역시 마찬가지이다. 그러니 어쩌면 내 엄마를 닮은 것인지도 모른다. 더 생각해 보면 그것은 나나 엄마, 그리고 둘만의 특징은 아니다. 모든 살아 있는 것, 그러니까 신생대 제3기 팔레오세世까지 거슬러 올라가면 발견되는 원시 포유류에게서 유래된 향성向性일 수도 있다. (편혜영, 「마술피리」, 199쪽)

「마술피리」에서 여자의 남동생은 고기를 먹지 못해 단백질 결핍증으로 죽어가고 있다. 과부인 엄마는 고기집 박사장과 재혼하기 위해 매일 고기를 먹는다. 그러나 엄마와 여자는 서로가 처한 상황을 묻지 않고 또 말하지 않는다. 연구원인 여자가 실험용 쥐 루루에게 단백질만 제거된 사료를 먹이는 행위는 무력한 자신에 대한 자학이며 동시에 엄마에 대한 복수의 행위임이 분명하다. 하지만 여자는 아무런 감정 노출 없이 "나는 무엇이든 잘 잊는" 버릇이 있으며, "엄마 역시 마찬가지"라고 하며 절망을 의식적으로 차단한다. 현실을 부정하는 것이 아니라, 단지 모르는 체 하는 것이다. 이러한 선택적 망각은 불리한 정보가 자신의 의식 속에 들어오는 것을 차단하기 위해 의도적으로 기억을 조작하는 행위다. 엄마의 가학을 인정하지 않기 위해서는 자신이 동생의 위중한 병세를 말하지 않아야 하며, 이는 엄마가 모르기 때문에 자신들을 돌볼 수 없다는 위로의 근거가 된다.

사실 대도시에서 공포는 재앙이 아니라 재앙의 예상이다. 예상되는 위험은 불확실한 것으로 강조된다. 합리적으로 해명할 수 없다는 불확실성 자체가 하층민에게는 위험의 공포를 증폭시킨다.31) 「마술피리」에

---

31) 울리히 벡, 앞의 책, 127쪽.

서 엄마의 가출 원인에 대한 어떠한 해명도 내놓지 않는 것 역시 바로 이러한 위험의 불확실성을 테마로 삼기 때문이다. 이렇게 도시 삶의 공포가 연출된 것이라면, 도시의 공포에 관한 논의는 위험의 극복 대신 수용의 문제로 초점이 이동할 수밖에 없다. 남동생을 "모든 것을 빼앗기고"도 "자신이 설치류인 것을 잊은 양 살고 있"는 쥐의 수준으로 강등시키며 엄마에 대한 증오를 망각하는 심리는 현실의 극복이 아니라, 현실 부인이다. 부인이란 어떤 객관적 현상의 존재 자체를 부인하기보다, 자신에게 불리한 현실과 연관된 싫은 생각을 부인하는 것이라는 점에서 생존의 문제로 이행한다.[32] 파국에 직면할 용기가 없는 자는 "주어진 환경에 적응해야만 살아남"기 위해서는 현실을 자의적으로 해석하는 부인의 태도를 내면화할 수밖에 없다.

그런데 이러한 부인의 태도는 현대의 무게중심이 자아 중심의 세계관에서 도시 중심의 세계관으로 이행하고 있음을 시사한다. 거대도시에서는 자아를 사회 속에서 상실하는 것을 도시의 완전함으로 이해한다. 도시 공간에서 하층민은 성숙하고 자립적인 존재가 아니라, 신경과민에 걸려 기꺼이 비극을 유희할 수 있는 충동적인 존재다. 대도시의 영향력은 비극을 휴머니즘으로 환원하지 않고 충동 자체를 유희하는 방식으로 하층민의 삶을 압박한다.[33] 이는 지엽적인 데 골몰하면서 자아도취적으로 허위의 삶을 과시하는 형태로 나타난다. 편혜영의 「맨홀」이 흥미로운 것은 이 때문이다.

> 우리는 맨홀에서 산다. … (중략) … 가스냄새가 풍기는 데다가 쥐가 드나들고, 좁고 가느다랗게 얽힌 배관 파이프가 채워져 있기는 하지만 따뜻하고 안락하다. … (중략) … 형제들은 좀 더 따뜻하고 안락한 맨홀에 대해, 단속반에게 잘 걸리지 않는 맨홀에 대해 정보를 나눈 후 다

---

32) 스텐리 코언, 앞의 책, 96쪽.
33) 미셸 마페졸리, 앞의 책, 13~19쪽.

시 헤어졌다. 형제라고 해서 딱딱한 빵을 나눠 먹거나, 좁은 맨홀에 모
여 함께 살 수는 없는 노릇이다. 부모들은 우리를 찾지 않는다. … (중
략) … 그들은 늙고 병든 홈리스보다 의무교육기간도 채우지 못한 아
동을 찾으러 다니는 걸 좋아한다. 아동 홈리스로 인해 정부는 재정의
손실을 일부 충당하게 되었다. … (중략) … 구호물자를 처치하기 위해
서라도 아동들은 센터에 들어가야 했다. (편혜영, 「맨홀」, 65~67쪽)

편혜영의 「맨홀」에서는 고아원의 혹독한 체벌을 견디지 못해 도망쳐
나온 아이들은 현대판 아우슈비츠에서 짐승보다 못한 존재다. 아이들은
소각장의 쓰레기 더미 속에서 살며, 장기밀매단에게 잡히면 내장을 적
출당해 소리 없이 죽는다. 그런데도 "가스냄새가 풍기는 데다가 쥐가 드
나들고, 좁고 가느다랗게 얽힌 배관 파이프가 채워져 있기는 하지만 따
뜻하고 안락하다"라며 사회가 이들에게 할당한 인성을 정상보다 과장되
게 수용하는 극단적 기형성을 보여준다. 이러한 허위 진술은 극도의 고
통 속에서 전능감을 느끼려는 자기도취적인 부인의 태도다. 도시의 위
험이 연출된 것이라면, 여기에는 반드시 연출가가 있기 마련이다. 위험
을 결정한 자와 결정에 참여하지 않은 위험의 강제 소비자는 의도하지
않은 위험의 부작용을 고스란히 떠안아야 한다. 심지어는 자신이 관여
하지 않은 위험에 목숨까지 희생해야 하는 경우도 있다.[34] 이를 수용할
수 없는 개인은 자신이 모든 상황을 지배하고 있다는 망상으로 자신의
공포를 망각한다.[35] 고통의 이미지가 누적되면 믿음과 지각도 변한다.
충격적인 외부자극을 접할 때 거기에 반응하지 않고 사소한 데 몰입하면
서 비현실적인 전능감에 빠지는 것이다. 이렇게 보면 도시에서 비극과
쾌락은 아주 강한 유대관계가 있다. 현대도시에서 극단적인 자기도취는
하층민의 자기방어이자, 특권적 자아의 전능 환상으로 보상을 받으려는
시도다. 자기도취자는 불확실한 자기가치를 지탱하기 위해 사소한 것에

---

34) 울리히 벡, 앞의 책, 338쪽.
35) 앤서니 기든스, 권기돈 옮김, 『현대성과 자아정체성』, 새물결, 2001, 307~308쪽.

집착하면서 자신에 대한 자학과 감탄의 혼란스런 조합에 의지한다.

물론 이는 도시가 유지되는 데 매우 유용하게 작동한다. 이들이 이렇게 허위감정에 도취해 있을 때 부모는 아이를 "찾지 않"아도 되며, 정부는 "아동 홈리스로 인해" 국제아동보호기금의 지원을 받을 수 있게 된다. 유기아동을 돕는 행위를 "정부"와 "아동보호센터"의 "단속반"과 같은 전문가에게 일임해 버림으로써 도시 전체가 교묘하게 집단적 책임감을 부인하는 것이다. 이는 자연스럽게 공장의 생산 공정처럼 문제적 상황과 전문가의 투입을 통해서 이들의 존재를 도시의 정상적인 과정으로 변질시킨다. 그러나 도시 삶에서 인간 실존의 진정성이라는 측면에서 가혹함은 역설적인 유용성을 획득한다. 사실 도시 삶의 과도함은 자기방어적인 향유의 한 형태다. 큰 죽음으로부터 인간을 보호하는 것은 작은 죽음, 즉 분노와 아이러니 그리고 과도함이다. 살아남으려는 과잉된 에너지는 이 과잉됨으로 인해 생존의 에너지를 강렬하게 발산하게 한다.36) 따라서 처참한 「맨홀」의 삶을 극도로 과장하는 행위를 생존에 대한 열망의 반어적 표현으로 해석할 여지는 충분하다.

그러나 역설적인 의미에도 불구하고, 이러한 경멸과 도취의 기이한 결합에서 강조되는 것은 도시 자체의 건재함이지 인간 존재의 확실성으로 나아가지 않는다. 이는 과거에 대한 경멸과 미래에 대한 거부의 심리가 동시에 작동하면서 나타나는 하루살이적인 발상으로 하층민의 존재 자체를 삭제하는 데로 귀결될 수밖에 없다. 이를 위해 김영하의 「고압선」에서 인간에 대한 보다 근원적인 부인의 문제를 확인해 볼 필요가 있다.

> 여자를 사랑하면…… 점쟁이는 그 대목에서 고개를 가로저었다.
> 당신은 사라집니다. 죽는다는 말입니까? 아닙니다. 사라집니다.
> … (중략) … 그때나 지금이나 그 남자는 있으나마나한 존재였다.

---

36) 미셸 마페졸리, 앞의 책, 115~122쪽.

> … (중략) … 할 수 없이 다른 사람들이 먹다 남긴 음식을 몰래 주워
> 먹었다. 그러고는 행인들을 구경하며 그들의 얘기를 엿들으며 하루를
> 보냈다. 아무도 그를 쳐다보지 않았고 말 걸지 않았다. (김영하, 「고
> 압선」, 215, 229, 238쪽)

「고압선」에서 남자는 소멸의 위기에 직면해 있다. 은행에서는 남자를 명퇴자의 유력한 대상으로 꼽고 있고, 매서운 홀어머니로 인해 부부 관계조차 어려운 처지다. 말하자면 남자는 존재 자체를 철저하게 부인당하는 "있으나마나한 존재", 말 그대로 투명인간이다. "여자를 사랑하면" 몸이 "사라진다"는 충고는 도시에서 개인은 어떠한 방식으로도 실존을 증명받기 어려운 철저한 부인의 대상이라는 점을 상기시킨다. 이는 거대 도시의 핵심이 자아실현이 아니라, 자아포기에 있음을 알게 한다. 여기에서 개인은 자신의 삶에 대한 통제력을 도시 기획에 양도해야 하는 존재론적으로 지극히 취약하다. 모든 지상의 권력이 갖는 구성적 순간은 피지배자의 불안과 공포다. "아무도 그를 쳐다보지 않았고 말 걸지 않았다"라는 말이 암시하듯 스스로 쳐다보고 말을 걸 수 있는 능력을 포기한 남자는 단지 도시가 보장하는 신분증명 속에서만 존재하는 하나의 소모품37)으로 전락하는 것이다.

물론 이 박탈의 과정은 대도시가 성숙하는 데 필수적이고 정상적인 과정으로 오인된다. 이런 도시에서 남자는 "행인들"의 "얘기를 엿들으며 하루를 보"낼 뿐, 외부 세계에 중대하게 영향을 미칠 수 있는 힘을 결여하고 있는 것이다. 도시에서 하층민의 무력감은 도시 연출력의 결과다. 대도시의 생존자란 사회에 대한 지배력을 완벽하게 박탈당한 자이다.38) 이는 대도시의 부인의 메커니즘을 특별히 사악한 의도와 관련짓기 어렵다는 사실을 말해준다. 생존의 불안에 직면한 어머니와 아내에게는 남자의 실종보다 남아있는 아파트 중도금과 자동차 할부금 문제가

---

37) 미셸 마페졸리, 앞의 책, 43~44쪽.
38) 앤서니 기든스, 앞의 책, 309~310쪽.

더 절박하다. 물론 이는 이들이 사악하기 때문이 아니라, 자기 삶에 충실하기 위해 타인의 비극을 외면한다. 자신에게는 이런 일이 일어나지 않을 것이라는 문화적 침묵과 회피의 낙관적 편견은 비극이 객관적으로 존재함에도 불구하고 인지적으로는 이를 부인하며 대도시의 공포를 정당화해왔다.[39] 따라서 이는 범죄의 문제가 아니라, 심리치료의 문제다. 대도시의 공포가 더 이상 외부의 자극이 아닌 일상이 자체적으로 동기를 부여하며 공포를 생산하는 도시에서 안전강박증은 자신의 생존이 최우선시 될 수밖에 없다. 실존적 위안이 없는 상태에서 하층민은 안전 혹은 안전을 가장하는 것에 대단히 집착할 수밖에 없다.[40] 이렇게 「고압선」에서 남자의 존재를 부인하는 것은 외부의 강압이 아니라 생존과 관련된 자연스러운 습관이라는 점에서 부인의 현실을 윤리적으로 판단하기는 어렵다. 자유시장의 교리가 자리 잡은 도시는 이러한 낙관적 편견을 적극적으로 생산하면서 도시의 책임감을 부인한다. 생존을 위해 불가피했다는 진정성을 가장한 고백이 각종 매체를 통해 과장되면서 거대도시에서 하층민은 합법적으로 부인되는 것이다.

요컨대 「마술피리」 「맨홀」 「고압선」은 대도시에서 부인의 메커니즘이 하층민의 존재를 삭제하는 과정을 확인시켜 준다. 「마술피리」에서는 선택적 망각이야말로 절망적인 현실을 견디는 돌파구로 인식된다. 「맨홀」에서는 자아도취적 허위진술이 지엽적인 데 골몰하면서 파국을 부인하려는 자기방어다. 「고압선」은 대도시에서 이런 자아도취가 궁극적으로는 하층민의 존재 자체를 삭제하는 기획이라는 점을 암시받을 수 있다. 이렇게 하층민이 자기 통제력을 외부에 양도하는 부인의 행위가 도시가 풍요롭게 운영되기 위한 필수전략이라는 점에서 거대도시의 비관적 전망을 확인하게 된다.

---

39) 스텐리 코언, 앞의 책, 5~148쪽.
40) 지그문트 바우만, 함규진 옮김, 『유동하는 공포』, 산책자, 2009, 226쪽.

지극히 정상적인 악의惡意

　본고는 9편의 소설을 통해서 현대 최첨단 거대도시의 풍요와 성장이 야만성을 합리화 하면서 가능했다는 점을 고찰하였다. 여기에서 문제는 현대도시가 단지 야만적이라는 데 있지 않다. 문제의 핵심은 거대도시가 이 야만성이 관습과 제도라는 교묘한 장치로 정당화한다는 데 있다. 슬럼의 참혹함을 스펙터클 속에 은폐하고, 개인의 고통을 공적 담론의 장내로 포섭하면서 사적 인간을 몰락시킨다. 결국 이는 현대도시의 무게중심이 인간 중심에서 도시 중심으로 이행하게 하는 결정적 요인이라는 점에서 심각한 문제가 된다. 따라서 대도시의 비정함의 원인을 인간 개체의 특수한 성격이나 특정한 집단의 인간성에서 찾는 것은 문제의 핵심을 비껴간 논의가 되기 쉽다. 거대도시의 존재 방식에서 핵심은 인간이 아니라, 도시가 어떤 메커니즘으로 작동되는가에 있다. 악을 당위로 세탁하고, 추함을 이국적 체험으로 재활용하는 도시의 교묘한 기획 속에서 하층민은 물론 인간 전체가 자기 운명에 대한 결정권까지 차압당한 무사유의 소모품일 뿐이다.

　이렇게 볼 때 거대도시에서 인간에게 어떠한 불변의 본질이 있다고 믿기는 어렵다. 야만성조차 도시의 영속을 위해 기획된 것이라면, 거대도시의 하층민은 어떠한 의지와 동기조차 소유할 수 없는 잉여적 존재일 수밖에 없다. 근원이나 동기 추적을 불가능하게 하는 온전히 우연적인 존재가 바로 거대도시의 변두리 하층민이라는 점에서 대도시의 삶은 조금의 낙관도 기대하기 어렵다. 하층민을 파국으로 몰아놓는 지극히 정상적인 악의가 바로 대도시의 기획이기 때문이다.

5. 「아바타」에 나타난 정치와 적에 관한 인식 문제

현대 정치의 은유, 「아바타」

2009년 12월 전세계 동시 개봉한 제임스 캐머런 감독의 영화 「아바타」가 세계 영화사상 최고의 홍행 기록을 수립했다. 세계 홍행 수입이 28억 달러로 기존의 「타이타닉」이 세운 18억 달러라는 세계기록을 큰 차이로 넘어서면서 세계 영화계를 놀라게 했다. 한국의 홍행 수치 역시 놀랄 만하다. 개봉 46일 만에 동원 관객수 1,119만 명, 총수입 1,010억 원으로 2006년 「괴물」이 기록한 1,301만 명과 매출 785억 원의 기록을 크게 웃돌면서 「아바타」의 세계적인 홍행 대열에 동참했다.[1] 그러나 이렇게 「아바타」의 홍행은 세계영화사를 새로 작성할 만큼의 문화적 일대사건임에도 불구하고 이에 대한 논의는 홍행의 위상에 미치지 못하는 실정이다. 영화의 홍행을 이모션 캡처와 3D와 같은 최첨단 영상기술력이 가져다 준 경제적 가치에만 환호하는 일간지와 인터넷 중심의 보도 태도는 「아바타」의 성공에 내재된 문화사회적 의미를 조금도 염두에 두지 않는 천박한 자본주의의 한계를 그대로 드러내고 있다.

물론 「아바타」에 대한 진지한 접근이 없지 않다. 이윤희의 「영화 「아바타」가 보여주는 극사실적 애니메이션 스타일의 특이성 연구」[2]는 「아바타」의 홍행 요인을 캐릭터의 특수성에서 찾는다. 「아바타」의 극사실주의적 시각스타일을 추구하면서도 실제로는 지시하는 대상을 갖고 있

---

1) 김형래, 「「아바타」의 홍행신화와 그 이면」, *Foreign Literature Studies* 제38호, 2010, 145쪽.
2) 이윤희, 「영화 「아바타」가 보여주는 극사실적 애니메이션 스타일의 특이성 연구」, 『만화니메이션연구』 제20호, 2010, 47~59쪽.

지 않기 때문에 캐릭터의 차갑고 기괴함에 대한 관객의 비난으로부터 자유롭다고 분석한다. 이 연구는 친화성의 개념으로 영화를 섬세하게 분석하는 점에서 의미가 있다. 김형래의 「「아바타」의 흥행신화와 그 이면」3) 역시 영화에 대한 진지한 접근이 돋보인다. 이 연구는 「아바타」의 흥행에 대한 찬사와 비판이 기술력과 신화적 상상력에만 집중되어 있음을 밝히고, 이 흥행 신화 뒤에 가려진 자본의 폭력에 대한 진지한 반성을 촉구하는 비판이 설득력 있게 제시된다. 하지만 두 연구는 학문적인 분석이라는 의미에도 불구하고, 연구의 결과를 상업적 흥행과 자본력이라는 상투적인 결과로 귀착시킴으로써 흥행이 갖는 시대적 의미 파악을 소홀히 했다는 한계를 갖는다.

사실 영화를 보는 것은 사회적 행위다. 영화는 어떤 형태로든 시대의 집합적 관념을 창출하는 데 기여한다. 관객은 자신도 모르는 사이에 사회 문제에 대해 당파적 독해를 하도록 이끄는 공적 성질을 지닌다.4) 어떠한 경우에도 영화를 보면서 현실을 회피한다는 것은 가능한 일이 아니다.5) 따라서 「아바타」의 세계적 흥행을 단순한 자본력과 영상기술력의 결합으로 협소화 하는 것은 「아바타」가 함축하고 있는 집단적 사유를 탐구하는 것을 포기하는 일이다.

따라서 「아바타」에서 지구의 자원 고갈과 판도라 침공, 이로 인한 새로운 정치영웅의 등장이라는 스토리를 재앙을 통한 정치력 구축이라는 현대 정치에 대한 은유로 이해해야 한다. 「아바타」가 유사한 스토리에도 불구하고 「아바타 SE」로 재개봉되고, 2편과 3편으로 지속적으로 제작될 예정6)일 수 있는 것은 「아바타」가 반영하는 현대 정치에 대한 대

---

3) 김형래, 앞의 글, 145쪽.
4) 다니엘 데이언·엘리휴 캐츠, 「합의를 구성하기: 미디어 이벤트의 의례와 수사」, 최종렬, 앞의 책, 286~308쪽.
5) 최종렬, 「서론, 뒤르켐주의 문화사회학」, 『뒤르켐주의 문화사회학: 이론과 방법론』, 이학사, 2007, 22~23쪽.
6) http://sports.hankooki.com/lpage/lifenjoy/201010/sp20101028201327944470.htm(검색일: 2010. 12. 6).

숭의 무의식적 공감이 있기 때문이다. 「아바타」에서 전면화하고 있는 전쟁은 세계정치권이 전쟁을 일상적인 의례로 활용하는 모습을 그대로 반영한다. 현대에서 재앙의 대다수는 우연히 발생하는 것이 아니라, 의도적으로 연출된다. 현대의 정치 시스템은 재앙을 연출하고, 이를 극복하기 위해 예측시스템을 가동하면서 정치력을 행사한다. 말하자면 재앙이 정상적인 정치시스템7)이 되고 있는 것이다. 9・11테러가 오히려 세계의 리더국가로서 미국의 위상을 확고하게 하는 역전의 기회로 역이용된 것처럼, 현대에서 재앙의 의도적 연출과 예측의 시스템은 특정권력이 지속될 수 있는 중요한 거점의 역할을 맡아 왔다.

바로 이 지점에서 지구의 자원 고갈이라는 절체절명의 위기로부터 출발해서 새로운 정치지도자의 출현으로 마무리를 하고 있는 「아바타」를 정치의 문제로 논의할 근거가 마련된다.8) 적과 동지의 구별이 명확하고, 이 적대감 속에서 자신의 존재가치를 확인하는 것을 정치라고 한다9)면, 「아바타」에서 전면화하고 있는 전쟁과 적의 문제는 허구가 아닌 일상적으로 경험되는 현실 그 자체로 볼 수 있다. 「아바타」에서 인간 실존이 적의 존재로부터 규정되고, 적이 존재하기 때문에 적대감이 정낭화되는 모든 과정은 현실 정치의 복사판이다.

이를 위해 전쟁이 물리적 충돌보다 먼저 인물들의 적대적 심리상태에서 유래되고 있다는 사실에 집중할 필요가 있다. 타자의 존재를 부정하려는 심리가 적대관계의 핵심으로 보려는 것이다. 다시 말해서 정치적 의미에서 전쟁은 결코 경건한 것도 아니며, 도덕적인 선도 아니다. 현실

---

7) 사실 현대에는 정치가 일상의 핵심에 깊숙하게 침투하고 있다. 평화를 국가의 본질로 하는 고대에는 전쟁이 정치적 현상으로 인식되지 않았다. 하지만 오늘날은 그렇지 않다. 칸트에 따르면 전쟁은 특별한 요인에 의해 발생하는 것이 아니라, 인간본성 그 자체다. 오히려 칸트는 전쟁이 사리사욕적인 충동이 아니라, 인간을 고귀하게 만들어주는 중요한 계기라고 한다. 이해영, 「전쟁, 정치 그리고 자본주의」, 『진보평론』 제11호, 1995, 11쪽.
8) 울리히 벡, 박미애・이진우 옮김, 『글로벌 위험사회』, 길, 2010, 19~36쪽.
9) 칼 슈미트, 김효전 옮김, 『정치적인 것의 개념』, 법문사, 1992, 40~65쪽 참조.

정치에서 윤리적으로 타락했다거나, 미적으로 추하다거나, 혹은 경제적으로 궁핍하기 때문에 적으로 규정되는 것은 아니다. 정치에서 적대감은 적의 문제가 아니라, 전적으로 적대감을 느끼려는 주체의 의지 문제다.

이러한 정치라는 개념으로 「아바타」를 정치 개입의 토대 마련 → 특정한 정치력의 구성 → 정치의 실천이라는 계기적 관계로 해석할 필요가 있다. 그리고 식민주의적 응시 속에서 판도라의 자연이 이국적 타자로 전락하면서 인간 정치가 개입할 토대를 마련하는 과정, 전쟁과 적대 관계를 연출하면서 특정한 정치력이 만들어지는 과정, 신성성을 빌미로 정치가 일상에서 실천되는 양상을 확인해야 한다.

이국적 타자만들기에 내재된 식민주의적 응시

판도라의 생명체가 전적으로 인간의 의도대로 맞춤 제작되었다는 사실에서부터 영화 「아바타」를 식민주의적 입장에서 논의할 근거가 마련된다. 3D 애니메이션으로 제작된 캐릭터들이 현실에서 비교 가능한 지시체를 갖지 않은 인위적인 기호[10]라는 말은 이 영화가 철저하게 비현실적인 상상력에 근거한다는 점을 말해 준다. 달리 말하면 판도라의 자연이 인위적으로 기획된 탈자연화한 공간이라는 의미로 해석 가능하다. 인간과 나비족의 DNA를 결합해 만들었다는 하이브리드 생명체 아바타, 첨단도시의 밤을 연상시키는 빛 푸른 발광체들은 판도라가 익숙하게 볼 수 있는 자연이 아니라, 인위적인 최첨단 테크놀로지의 경연장으로 보게 한다.

여기서 「아바타」가 판도라를 철저한 탈자연화된 공간으로 기획했다는 사실은 의미심장하다. 판도라의 탈자연화가 갖는 문제는 최첨단 기술력을 연상시키는 판도라의 생명체를 인간 세계에서는 볼 수 없는 특

---

10) 이윤희, 앞의 글, 56쪽.

이한 구경거리, 즉 이국적 타자로 전락시키면서 인간 정치가 개입될 여지를 만들어 준다는 데 있다. 물론 이국적 타자의 전략은 대상을 구경거리로 전락시키는 식민주의적 응시의 소산이다. 「아바타」에서 온 몸에 파란 빛을 띠는 꼬리 달린 나비족은 마치 판도라라는 야생보존지구에서 살아가는 동물처럼 신기한 눈으로 관람된다. 나비족은 이를 오직 특별한 구경거리로만 보려는 인간의 식민주의적 응시에 의해 이성이 결핍된 존재로 전락한다. 역사적으로 아시아, 아프리카, 남아메리카의 여러 나라들이 식민화되는 과정에서 시각적 식민주의는 큰 역할을 담당해 왔다. 당시 식민주의자들은 아시아, 아프리카의 토착민이나 자연의 훼손되지 않은 원시성을 예찬하면서도 동시에 이를 야만적인 타자의 개념으로 바꾸어 서양 제국주의의 확산을 정당화 했다. 물론 이는 서양세계를 합리적이고 문명화된 존재로 구성하기 위해 필요로 했던 비합리적이고 야만적인 타자, 즉 이국적 타자를 창출하는 서양 제국주의의 상습적인 과정이다.11) 이는 「아바타」에서도 판도라를 야만의 지옥으로 폄하하는 데서 단적으로 드러난다.

> 제군들은 지금 판도라 행성에 있다. 한 순간도 그걸 잊지 마라. 지옥도 여기에 비하면 휴양지나 다름 없지. 기지 밖에 살아 숨쉬는 모든 생명체가 제군들을 간식으로 먹어 치우려고 한다. 나비라 불리는 외계종족은 신경을 마비시켜 1분 내에 심장을 멈추게 하는 독화살을 사용하고, 뼈에는 탄소섬유성분이 들어있어 만만찮은 상대다.
>
> (00:06:43~00:07:21)12)

---

11) 하나의 예로서 19세기 프랑스 화가인 폴 고갱의 타히티 그림을 들 수 있다. 이른바 반문명적인 원시주의의 야성적 자유를 예찬하는 것으로 해석되는 고갱의 이미지들은 문화/자연, 문명/야만, 서양/비서양, 남성/여성 등의 이분법적 대립 구도 속에서 원시성을 이국적 타자로 설정하여 배제한다. 정형철, 「시각적 이미지와 식민주의적 응시」, 『제14회 부산외국어대학교 비교문화학과 집담회 발표집』, 2010, 2쪽.
12) 제이스 카메론, 「아바타」, 20세기폭스사, 2010, 이하 인용문의 괄호 안에 상영시간만 표시함.

지구의 자원개발위원회 대령은 판도라를 "지옥도 여기에 비하면 휴양지나 다름 없"다며 야만의 공간으로 폄하한다. 사실 나비족이 "1분 내에 심장을 멈추게 하는 독화살을 사용하"는 것은 지극히 정상적인 생존행위다. 그러나 대령은 근거 없이 나비족을 "외계종족"으로 주변화하는 자기중심적 논리를 전개하며, 정상적인 수렵행위조차도 사람을 "간식으로 먹어치우"는 야만적 행위로 왜곡한다. 사실 모든 담론이 주체의 왜곡 의지라는 점에서 볼 때, 야만주의 역시 이러한 왜곡의 산물이다. 야만주의는 분명 관찰자의 눈에서 만들어진다. 어떤 대상들이 야만적으로 보인다면 이는 그 대상이 야만적 특성을 가졌기 때문이 아니라, 대상을 야만적으로 보려는 주체의 의지 때문이다. 모든 개념은 특정한 의도에 의해 구성된다. 권력자는 특정한 의지에 맞추어 응집력 있는 언어 체계로 지식을 생성하고 유포함으로써 이것이 마치 객관적 현실인 것처럼 조작한다. 판도라가 도덕적으로 타락한 공간으로 조작될 때, 자원개발위원회가 언옵타늄을 채굴하는 행위가 정당성을 얻는다. 이렇게 보면 판도라가 지옥인 것은 객관적 사실의 문제가 아니라, 전적으로 그렇게 보려는 자원개발위원회 의지의 문제다.

여기서 「아바타」는 판도라가 지옥이라는 허위정보를 통해 나비족을 치료가 필요한 상태로 규정하고, 문제 해결을 빌미로 나비족의 삶에 함부로 개입할 수 있는 임상적 응시13)를 정당화한다. 엿보는 자의 힘, 특권계급의 강제력을 보는 행위 속에서 스스로 창출하는 것이 응시의 속성이라면 판도라를 야만적 공간으로 바라보는 임상적 응시 속에서 판도라는 애초부터 지옥일 수밖에 없다. 원래 자연은 아무런 선의나 악의를 갖고 있지 않다. 자연은 도덕적 실체가 아니기 때문이다. 파리지옥, 해충, 악어, 잡초와 같은 명명은 자연을 인간적 이해관계로 재단하는 식민주의적 독선의 결과다. 정확하게 말하면 인간의 이해 관계가 선행하고, 인간적

---

13) 정형철, 앞의 글, 3쪽.

필요에 따라 자연을 선의 개념으로 혹은 악의 개념으로 명명하는 것이다. 자연에 대한 임상적 태도가 정치적일 수밖에 없는 이유가 여기에 있다.

그런데 자연에 대한 임상적 응시도 대상 자연이 인간적 필요를 충족시켜 줄 가능성이 있을 때로 한정된다. 인간 정치가 개입하기 위해서는 그 대상 속에 인간의 이익에 기여할 수 있는 가치가 전제되어 있어야 한다는 뜻이다. 이는 그레이스 박사의 과학실험과 같은 순수학문분야에서도 확인된다.

> 나무들의 뿌리가 전기화학적으로 소통해요. 인간 신경 세포의 시냅시스처럼요. 한 그루는 주변의 1만 그루와 소통하고 판도라엔 총 1조 그루의 나무가 있어요.
>
> 아주 많군요.
>
> 인간의 두뇌보다 더 촘촘해요. 알겠어요? 일종의 네트워크라고요. 나비족은 그걸 이용할 수 있어요. 데이터와 메모리를 주고받는다고요.
>
> (01:32:09~01:32:51)

그레이스 박사의 입장에서 판도라의 나무는 에이와의 신성한 거처가 아니다. "나무들의 뿌리가" "인간 신경 세포의 시냅시스처럼" "데이터와 메모리를 주고받"으면서 "네트워크"를 형성하는 중요한 연구의 소재다. 여기서 지식이 반드시 권력과 공모한다는 사실에 유의할 필요가 있다. 지식은 담론화하면서 지식뿐만 아니라 지식이 기술하는 바로 그 현실까지 재구성한다.[14] 이는 박사의 연구 역시 자연을 경제적 가치로 환산하는 환원주의로부터 결코 자유로울 수 없다는 의미로 해석된다. 히틀러의 유태인 학살의 정당성을 제공한 우생학과 인종학이 정해진 결과를 위해 원인을 조작한 환원주의의 소산인 것처럼, 오늘날 정치적 통제의 패러다임으로 선호되며 경쟁적으로 연구되는 생물학적 연구 역시 정치

---

14) 로버트 J. C. 영, 김용규 옮김, 『백색신화』, 경성대학교출판부, 334~335쪽.

적 환원주의라는 지적을 면하기 어려워 보인다.[15] 판도라의 나무 뿌리에서 "일종의 네트워크과학"이라는 과학적 가치를 발견하는 박사의 연구가 아무리 순수 학문이라 하더라도, 지구 자원개발위원회로 하여금 판도라를 더욱 매력적인 식민지로 여기게 하는 근거를 제공한 것[16]은 분명한 약탈행위다.

대상을 문제적 존재로 보려는 임상적 응시는 그 시선 자체만으로도 바라보는 주체가 배타적 권력을 독점하고, 보임을 당하는 존재는 권력에 대한 접근을 차단한다.[17] 나비족은 알지 못하는 언옵타늄의 가치를 발굴하는 박사의 연구도 판도라를 과학이라는 특정 시선으로만 가치를 제한하려는 배타적 해석권을 스스로 갖는다. 따라서 체제에 응답한 자만을 선별적으로 수용[18]하는 식민주의적 논리에서 볼 때, 나비족은 자본의 가치를 전혀 알지 못하는 잉여일 뿐이다. 이러한 해석 체계와 무관하게 살아온 나비족은 수천 년을 살아온 에이와신전을 떠나야 하는 불법거주자, 즉 이국적 타자로 전락하고 만다.

그렇게 보면, 판도라가 인간의 상상을 초월하는 거대한 스펙터클을 가졌다는 이유로도 인간 체제의 잉여가 되기도 한다.

> 허공에 떠있는 산이야. 들어봤어?
> 가까워졌어. 네, 계기판 보세요.
> 플럭스 보텍스야.
> 그게 뭐지?
> 육안으로 조정한단 뜻이야.

---

15) 1930-50년대 록펠러재단의 천문학적인 연구자금을 지원받은 분자생물학자들의 연구가 요긴한 통제 수단이 되었던 사례는 그리 특별한 것이 아니다. 구영모, 「자본주의 생물 해적질을 통렬하게 고발하다」, 『당대비평』 제11호, 2000, 408쪽.
16) 김항, 『말하는 입과 먹는 입』, 새물결, 2009, 14쪽.
17) 정형철, 앞의 글, 2쪽.
18) 김수환, 「전체성과 그 잉여들: 문화기호학과 정치철학을 중심으로」, 『사회와 철학』 제18호, 2009, 80쪽.

맙소사!(허공에 떠 있는 거대한 산들을 보고 입을 벌리고 다물지 못
한다)
표정 볼 만하네.
(농담으로)판도라항공을 이용해 주셔서 감사합니다.

(01:55:05~01:56:30)

사실 「아바타」의 성공이 3D 영상혁명에 있다고 한다면, 이 첨단영상
기술의 대부분은 바로 이 판도라의 규모를 압도적인 스펙터클로 가공하
는 데 집중되어 있다. 압도적인 규모로 "허공에 떠 있는" 할렐루야산, 밟
으면 빛이 나는 최첨단 발광기술 LED 기둥은 인간 상상의 한계를 넘어
선다. 보는 순간 숨이 멎는 압도적 규모에 인간은 일차적으로 자신의 무
기력함을 절감한다. 이렇게 범위나 정도, 크기에 있어서 도피하고 싶을
만큼 거대한 순간에 직면했을 때, 상상력의 좌절된 데에서 오는 불쾌를
숭고[19]라고 한다면, "맙소사!"라는 짧은 탄성을 지르며 말을 잇지 못하
는 제이크의 심리는 분명 숭고에 해당된다.

물론 숭고는 단순히 자연의 위대함에 머리를 숙이는 겸손의 감정이
아니다. 숭고의 목적은 다른 데 있다. 「아바타」에서 숭고의 미학은 자연
의 위대함을 이를 인식하는 인간 이성의 위대함으로 대치되며, 이는 다
시 자연의 무지함과 대조시키는 인간중심의 미학이다. 판도라의 엄청난
규모에 충격을 받는 와중에도 제이크는 자신의 현재 놓인 위치가 어디
인가를 새롭게 규정하느라 이성적 사유를 총동원한다. 그 결과 자연은
그 압도적임으로 인하여 오히려 무능력해지고, 인간은 연약함으로 인해
서 더욱 강해지는 역설이 발생한다. 이로 인해 판도라의 광활한 자연은
인간의 사유 체계에 통합되지 못하는 의미 없는 객관적 실체일 뿐, 더 이
상 압도적인 자연이 아니게 된다.[20] 자연의 광활함을 사유의 결핍으로

---

19) 김광명, 「리오타르의 칸트 숭고미 해석에 대하여」, 『칸트연구』 제18집, 2006, 127쪽.
20) 사실 숭고는 근본적으로 공포나 고통의 감정과 관련되어 있다. 물론 이는 자기의 존
　　재가 소멸될 것에 대한 두려움, 즉 자기보존본능에 속하는 것이다. 오병남, 「칸트의
　　미학이론에 있어서 숭고의 개념」, 『대한민국학술원 논문집』 제47집 제1호, 5~8쪽.

연결시키는 이러한 전략은 식민주의적 응시를 배후에 은폐하고 있다. 스펙터클한 푸른 빛, 비주얼이 지나치게 강한 나비족의 신체는 아무런 사유의 능력이 없이 오직 인간의 눈길을 기다리는 신기할 볼거리일 뿐이다. 결국 상상할 수 없는 대상까지도 사유하는 인간의 이성을 발견하는 계기21)로 재활용된다는 점에서 숭고가 식민주의적 용도로 오용되는 것은 자명해 보인다.

그런 점에서 「아바타」에서 전면화하는 3D 풀스크린의 스펙터클은 어떠한 이데올로기도 개입되지 않은 순수한 볼거리가 아니다. 「아바타」의 스펙터클은 사유 능력이 있는 인간과 그렇지 않은 자연의 절대적 차이를 입증하는 탈자연의 이데올로기가 침투하는 통로다. 인간 정치의 시스템에서 자연은 언제나 단독으로 존재할 수 없었다. 자연의 가치는 오직 그것이 다른 요소와 맺는 관계로부터 비롯된다. 자연은 체제 속에서의 위치와 그에 따른 기능만이 중요할 뿐, 그것의 본질적 가치는 늘 고려 대상에서 제외된다. 이렇게 보면 3D의 최첨단 기술력의 성취라고 불리는 「아바타」의 경이적인 스펙터클이 얼마나 인간 중심적으로 자연을 배제하는 데 기여하는가가 드러난다.

요컨대 「아바타」에서 판도라의 자연이 부자연스러운 모습으로 묘사되는 것은 판도라를 이국적 타자로 전락시키려는 식민주의적 기획 때문이다. 판도라를 야만과 원시의 공간으로 그리는 것, 그리고 과학실험의 대상으로 인식하는 것, 그리고 엄청난 규모의 스펙터클이 강조되는 이 모든 과정에서 식민주의적 응시는 판도라를 인간의 개입이 절실한 결핍의 공간으로 전락시킨다. 이러한 판도라의 이국적 타자만들기와 식민주의적 응시는 자연스럽게 인간이 개입해야 할 필연성을 구축하는 데로 귀결된다.

---

21) 진중권, 『진중권의 현대미학 강의』, 아트북스, 2003, 247쪽.

기획된 재앙과 그로 인해 구축되는 정치적 실존

「아바타」에서 전쟁은 중요한 비중으로 영화 전체를 압도한다. 「아바타」를 제이크라는 한 정치 신인의 정치적 성공담으로 요약할 때, 영화에서 전쟁의 역할은 결정적이다. 현대정치에서 전쟁은 특별한 사건이 아니다. 독재체제를 구축하기 위해서 의도적으로 재앙을 기획하는 역사적 사례가 종종 증명하듯,[22] 정치에서 전쟁은 지극히 정상적인 권력시스템으로 부상한 지 오래다. 여기서 전쟁이 물리적 투쟁이라기보다 철저하게 심리학적 힘에 의존한다는 사실이 중요하다. 「아바타」에서 전쟁은 제이크가 지구를 공격해야 한다는 비합리성을 나비족에 대한 동료애라는 합리성으로 오인하도록 착각을 유도하는 심리적 패러다임이다.[23] 다시 말하면 적대감을 애국심으로 바꾸는 심리적 패러다임을 전쟁이라고 볼 때, 「아바타」에서 장애인 제이크가 판도라의 리더로 부상하게 된 결정적 계기도 여기에서 공급받는다.

> 넌 강한 영혼을 지녔어. 두려움도 없고. 하지만 멍청해! 아이처럼 무지하지.
>
> 저 생명체를 왜 데려왔느냐?
>
> 죽이려고 했는데 에이와의 계시가 있었어요. … (중략) … 내가 그 외계인을 살펴보겠다.
>
> 왜 우릴 찾아왔나?
>
> 배우러 왔어요.
>
> 하늘의 사람들을 가르쳐 봤지만 가득 찬 잔을 채우기란 불가능하지.
>
> 제 잔은 비어있는 걸요. 그레이스 박사 같은 과학자가 아녜요.
>
> 그럼 뭐지?
>
> 해병이었죠. 귀신 때려잡는 전사요.
>
> 나의 딸아. 네가 이 사람을 가르쳐라. 우리처럼 말하고 걷도록.
>
> (00:39:14~00:47:15)

---

22) 김학재, 「여순사건과 예외상태 국가의 건설」, 『제노사이드연구』 제6호, 2009, 160쪽.
23) 필립 스미스, 「코드와 갈등: 전쟁을 의례로 보는 이론을 향하여」, 최종렬, 앞의 책, 90쪽.

　　두 다리로 걸을 수 없는 장애인 제이크가 주술사 모앗의 신뢰를 얻은 유일한 이유는 제이크의 탁월한 전투 능력 때문이다. "귀신 때려잡는 전사", 즉 전쟁수행능력이 집단 내부의 정치적 위상을 결정하는 유일한 자격조건이라는 점은 「아바타」가 전투력과 정치력을 동일하게 보고 있다는 증거다. 실제로 한 존재가 그 집단의 주권자가 되기 위해서는 누가 적인지를 스스로 결정하고, 그리고 적대감을 행동으로 표출하는 능력이 탁월해야 한다. 전쟁은 타자를 전유하는 또 다른 형식이고, 주권자의 존재론적 사유를 폭력적으로 뒷받침하는 순간이기 때문이다.[24] 이때 주권자는 단순히 전투능력이 탁월한 자를 말하지는 않는다. 전쟁에 관한 한, 주권자는 적을 창출하고 만들어진 적과 투쟁할 수 있는 결정권을 스스로 갖는다. 오늘날 정치는 어쩔 수 없이 반평화적이다.[25] 전쟁을 마치 정치와 무관한 특별한 사건으로 이해하는 것은 전쟁과 테러가 일상화된 현대 정치를 제대로 해명하지 못한다. 「아바타」에서 귀신을 잡는 "강한 영혼"의 소유자인 제이크를 나비족으로 받아들이라는 "에이와의 계시"는 정치에서 전투력이 갖는 중요성을 잘 보여준다. 실제로 현대 사회는 애매모호하고 불투명한 재앙이라는 토대 위에 세워져 있다. 현대에서 재앙은 사회를 작동시키는 핵심 동력이다. 재앙은 현실을 생산하고 현실을 재구성하는 중요한 역할을 담당한다.[26] 재앙이 의례화 되는 시대에 적대감 역시 정치의 정상적인 한 부분으로 기능한다. 12년 동안 비상체제를 유지한 나치 치하의 독일은 이해할 수 없는 예외가 아니라, 오히려 근대국가의 범례로 간주된다. 최근 세계 도처에서 발생하는 경악할 만한 테러는 대부분 국가의 존립이라는 건강한 정치적 목적에서 시작된다.[27] 「아바타」는 지구와 판도라 사이에 벌어지는 전면전에는 판도라의 지배권을 겨냥한 정상적인 정치적 행위로 묘사하는 점이 시선을 끈다.

---

24) 로버트 J. C. 영, 앞의 책, 96쪽.
25) 이해영, 앞의 글, 32쪽.
26) 울리히 벡, 앞의 책, 22~24쪽.
27) 조르조 아감벤, 김항 옮김, 『예외상태』, 새물결, 2009, 52쪽.

허락해준다면 할 말이 있으니 그대로 통역해줘. 하늘의 사람들이 우리를 짓밟고 자신들이 원하는 걸 뺏으려 하니. 함께 맞서야 합니다. 바람처럼 빨리 날아서 다른 부족들에게도 알리세요. 토르크 막토가 부른다고. 나와 함께 싸웁시다. 형제들이여! 자매들이여. 하늘의 사람들에게 알립시다. 이곳은 빼앗을 수 없습니다. 여기는 우리 땅이라고!

(2:02:10~02:03:20)

전쟁은 언옵타늄의 채굴을 위해 지구 자원개발위원회에 의해 연출된 것이다. "하늘의 사람들이 우리를 짓밟고 자신들이 원하는 걸 뺏으려 하"는 긴급상황이라는 점을 주지시키지 않았다면, 제이크가 주도적으로 "싸웁시다"라며 나비족을 규합할 기회는 없었다. 이는 현대의 주권이 법을 수호하는 데서 나오지 않는다는 점과 관련된다. 권력은 법과 폭력 양쪽에 동시에 연루되어 있다. 법과 폭력이 동전의 양면으로 일체를 이루는 결정불가능성, 즉 법정립과 법유지 사이에서 끊임없이 진동을 거듭해 온 것이 오랜 정치적 관습이다. 정치에서 중요한 것은 적의 존재를 만들어내는 것이다. 적이 있으니 위기를 선포하고 기존 법률의 효력을 유예시키는 것은 주권자의 여러 권능 중 하나가 아니라, 주권의 본질이다.[28] 제이크는 판도라가 심각한 위기에 처해 있음을 선포할 수 있는 것은 제이크 자신의 선택으로 판도라에 침략해 왔기 때문이다. 자신이 전투용병으로 판도라에 침투됨으로 인해 제이크는 지구인으로서 쯔테이를 중심으로 하는 후계 구도를 해체시키고 판도라의 최고 주권자로 등극한다.

그런 점에서 제이크가 나비족의 후계자인 쯔테이에게 통역을 명령하는 장면은 최고 권력이 제이크에게로 이양되는 정권 교체의 순간으로 볼 수 있다. 사실 모든 언어는 타자의 고유성이 말소된 흔적이다. 어차피 타자는 타자인 이상, 말소되고 은폐되는 형식으로 존재할 수밖에 없

---

28) 홍철기, 「아감벤의 예외상태 비판: 『호모 사케르』와 『예외상태』」, 『오늘의 문예비평』 제60호, 2006, 198쪽.

다.29) 그렇게 본다면 나비족의 언어를 지워버리며 "할 말이 있으니 그대로 통역해" 달라는 제이크의 명령은 지금이 중대한 위기라는 사실을 의미하지는 않는다. 명령이 함축하고 있는 진짜 의미는 나비족을 통치할 새로운 주권자가 바로 제이크 자신이라는 사실이다. 물론 이 과정에서 고도의 심리전이 구사된다. 언어를 잃고 식물상태로 전락한 나비족에게 제이크 설리가 한 일은 "함께 맞서야" 할 적의 위력이 경악할 만한 수준이라는 사실을 강조한 것이다. 이는 정치의 핵심이 동지가 아니라, 적의 창출이라는 현대 정치의 본질을 그대로 반영한다.

이때 적의 존재가 주권자의 독재를 정당화하기 위해서는 적이 내집단보다 우월한 존재라는 사실을 강조해야 한다. 모든 집합의식은 야만적 폭력이 발생하는 그 순간에 자신들의 결속력을 야만적으로 지각하기를 거부하는 침묵의 연합 속에서 만들어진다.30) 따라서 나비족의 결속시키기 위해서는 인간의 무기는 치명적인 위력을 가져야 한다.31) 그런 점에서 박사의 죽음은 제이크를 중심으로 침묵의 연합을 만들어내는 결정적 계기가 된다.

> 조금만 참아요, 낫게 해 줄 거에요.
> 에이와시여. 도와주소서. 이 영혼을 받으시고. 여자를 돌려주시어.
> 조금만 참아요. 낫게 해줄게요.
> 기도를 들어주소서. 이 영혼을 받으시고 여자를 돌려주시어 부족의 일원으로 다시 걷게 해 주소서.
> 그녀를 만났어. … (중략) … 이젠 에이와님과 함께야 … (중략) … 그녀를 만났어. 제이크, 진짜 존재해.
>
> (01:58:24~2:01:58)

---

29) 김항, 앞의 책, 158~164쪽.
30) 베른하르트 기센, 「가해자의 트라우마: 독일 민족 정체성의 트라우마적 준거로서의 홀로코스트」, 최종렬, 앞의 책, 227쪽.
31) 장준호, 「국제정치에서 "적과 동지의 구분"에 대한 소고: 칼 슈미트의 "정치적인 것"을 중심으로」, 『국제정치논총』 제45집 제3호, 2005, 29쪽.

　「아바타」를 무명의 신인이 최고 통치자가 되어가는 정치적 과정으로 요약할 때, 그레이스 박사의 죽음은 단순한 생물학적 소멸이 아니라, 정치적 퇴장이라는 의미가 강하다. "그녀를 만났어. 제이크, 진짜 존재해"라며 과학을 포기하고 종교로 귀화한 박사에게는 적과 동지라는 정치 논리가 없다. 자신을 에이와에게 의탁하면서 그간의 모든 갈등이 소멸했고, 이로 인해 적의 존재도 함께 소멸되면서 박사가 존재할 정치적 명분마저 사라진 것이다. 이는 정치가 적대관계의 산물이라는 점에서 물리쳐야 할 적을 갖지 않은 과학은 어쩔 수 없는 정치의 보조 역할만을 할 수 있을 뿐, 정치의 전면에 나서기에는 역부족이라는 사실을 암시한다. 제이크 설리가 나비족으로 다시 태어나겠다고 선언한 시점과 그레이스 박사가 죽는 시점이 겹치는 것을 생각하면, 박사의 죽음은 분명한 정치적 의미를 갖는다.

> 이게 나의 마지막 영상기록이다. 오늘밤 어느 쪽으로든 결론이 나든 다신 이곳에 안 돌아올 거다. 가야겠다. 내 파티에 늦으면 안 되니까. 오늘이 내 생일이다. 이상 제이크 설리였다.
>
> (02:33:08~02:34:13)

　제이크가 "다신 이곳에 안 돌아올 거다."라는 말은 그레이스 박사의 지휘권으로부터 자유로워지는 것을 의미한다. 그간 제이크 설리의 모든 행위는 그레이스 박사의 지휘 아래에 놓여 있었다. 박사가 죽으면서 제이크는 구속당하는 자에서 판도라 전체를 구속하는 자로 정치적 위상이 급변한다. "오늘이 내 생일이"라는 말의 의미는 여기에 있다. 일단락되기는 하였으나 언옵타늄이 있는 한, 지구와의 전면전은 지속된다. 가공할 전쟁은 제이크가 놓인 상황적 특수성을 적극 활용할 기회를 제공한다. 제이크는 한편으로 적의 파괴력을 강조하면서 나비족의 연약함에 가담하고, 또 한편으로는 자신이 위력적인 적의 용병이라는 사실을 고백함으로써 적의 우월성에 다시 가담하는 이중적 적대관계를 통해 판도라의 대권을 이를 후계자로서의 입지를 다진다. 따라서 표면적으로 볼 때, 판도라대전쟁은 제이크의 윤리적 저항 혹은 휴머니즘적 헌신으로 보기 어렵다. 적과 동지를 구분하는 가장 극단적인 정치인 전쟁은 순수한 윤리, 종교, 도덕, 경제적 동기와 무관하다. 전쟁은 공동체 간의 실존적 대립이 최고 강도에 도달할 때 발생하는 특별한 사건이다. 모든 전쟁은 개인의 정치적 실존을 제외하고는 어떠한 강령과 규범으로도 설명하지 못한다. 처참한 살육의 현장에서 오직 강조되는 것은 살기 위해 최고 주권자에게 복종해야 한다는 정치적 실존뿐이다.[32]

이렇게 보면 「아바타」는 판도라 침공에 대한 인간의 반성이 주제가 아니다. 이는 하나의 표면적 은폐물일 뿐, 「아바타」는 철저하게 주권자가 자신의 지배권을 구축해가기 위해 위기를 연출하는 강자의 정치적 욕망에 기반해 있다. 알다시피 판타지는 대타자의 욕망을 위한 스크린이다. 모든 존재들은 오직 대타자의 결핍에 대한 대답으로 대타자의 빈 곳을 메워야 하는 정치적 의무를 자신도 모르게 지고 있다.[33] 이는 「아바타」가 나비족은 자기 고유의 삶을 인정하지 않고 제이크의 성공을 위한 하나의 배경으로 전락시키는 데서 잘 드러난다. 「아바타」에서 나비족은 오직 제이크 설리가 링크하는 순간에만 존재하고, 제이크가 링크를 이탈한 순간 소멸하는 정치적으로 죽은 존재들이다. 스스로는 아무것도 증명할 수 없는 텅 빈 정체성, 나비족은 배제되기 위해 일시적으로 포함되는 정치적으로 헐벗은 존재라는 점을 「아바타」에서 확인할 수 있다.

요컨대 「아바타」는 무명의 정치 신인이 최고의 통치자가 되어가는 과정에서 전쟁과 적대관계가 필연적으로 요청된다는 점을 보여준다. 강력한 정치력은 적의 개념과 예외적인 위기에서 나온다는 것이 현대 정치

---

32) 장준호, 앞의 글, 28쪽.
33) 슬라보예 지젝, 주은우 옮김, 『당신의 징후를 즐겨라! 할리우드의 정신분석』, 한나래, 1997, 36쪽.

의 본질이다. 전쟁과 적을 창출하는 것이 주권자의 권한이라는 점에서 제이크가 놓인 이중의 적대관계는 적대관계가 많을수록 정치적 권력은 강화된다. 현대가 집단과 집단 사이의 대립이 최고조에 달할 때 인간 존재가 가장 선명해지는 정치적 실존의 시대라는 점을 「아바타」는 제이크의 정치적 부상을 통해서 확인시켜 주고 있는 것이다. 이제는 이러한 정치력이 일상 속에서 어떠한 방식으로 실천되는지를 확인해 볼 차례다.

신성성을 빌미로 한 배제와 보호의 이중정치

근대 이후의 정치가 고대의 정치와 달라진 점이라면 정치가 일상을 토대로 삼는다는 점이다. 고대 그리스에서 정치는 결코 일상을 위한 것이 아니었다. 그러나 근대 이후 정치는 인간의 일상에 침투하는 것을 중요한 목표로 삼았다. 이렇게 정치가 일상에 집중되다 보니 정치가 인간 일상의 관리와 통제를 목적으로 하는 생체권력으로 패러다임이 달라지고 있다.[34] 그런 점에서 「아바타」에서 판도라의 가치로 대변되는 신성성을 생체정치라는 측면에서 논의할 가치가 있다. 「아바타」는 나비족의 일상이 에이외의 신성을 구현하는 데 바쳐져 있다는 점을 강조한다. 나비족의 주변을 떠다니는 에이와, 나무뿌리가 나비족 몸을 신비롭게 감싸는 생명전체성, 이크란의 꼬리와 나비족의 꼬리가 교접하면서 뿜어내는 교감의 하얀 포말 등 신성성은 나비족의 유일한 판단 기준이다. 제이크가 이들의 일원으로 받아들여진 유일한 이유도 바로 제이크에 내려진 에이와의 계시 때문이다.

그런데 「아바타」가 이러한 신성성을 나비족을 희생시키는 빌미로 그리고 있다는 점이 문제적이다. 「아바타」는 에이와를 모든 삶의 귀결점

---

34) 유홍림·홍철기, 「조르지오 아감벤의 포스트모던 정치철학」, 『정치사상연구』 제13집 2호, 2007, 159~170쪽.

으로 삼는 신성성이 과도해서, 인간 체제에서는 재현되지 않는 잉여일
뿐이라는 인간중심적 시각을 은연중에 노출한다.

> 여기서 기도하면 들어주서. 때론 이뤄주시고. 이 나무들은 우트라
> 야 모크리야. 소리의 나무. 우리 조상들의 소리.
> 소리가 들려.
> 그들은 살아있어. 에이와 님 안에. 너도 이젠 오마티카야야. 홈트리
> 나무로 활을 만들어도 되고, 여자를 선택해도 돼.
>
> (1:22:05~1:23:11)

사실 "자연과의 깊은 교감을 이해하려고 노력"하여 "여기서 기도하면
들어주서. 때론 이뤄주"신다는 신과의 일체감은 나비족의 입장에서는
신성이지만, 인간 정치에서 보면 적과 동지의 구별이 없는 정치성의 부
재일 뿐이다.[35] 인간중심적 사고에서는 "에이와 님 안에" "살아 있"는
판도라 전체가 정치 부재의 공간이다. 신비라는 말은 인간의 합리적 사
유로 설명할 수 없다는 뜻이고, 이는 결국 합리와 체제의 결핍 나아가서
는 정치의 부재로 볼 수 있다. 정치가 없으면 국가가 없다. 성스럽다는
것은 정치가 부재함으로 그들의 신체가 외부의 권력에 의해 희생될 운
명이라는 말과 같다. 죄가 없음에도 불구하고 인간에 의해 죄를 부여받
는 운명이라는 점에서 역설적으로 신성한 존재는 죄를 지은 존재가 될
수밖에 없다. 이렇게 「아바타」는 신성성은 죄로부터 자유로운 존재가
아니라, 죄에 가장 가까운 존재라는 역설을 성립시킨다.[36] 이로 인해 판
도라는 체제가 없는 혼란의 난민수용소가 되고, 자원개발위원회의 침공
에 직면한 나비족은 도리 없이 제이크의 지도에 운명을 맡길 수밖에 없
는 것이다.

여기서 신성성과 정치의 전후관계를 다시 점검할 필요가 있다. 정확

---

35) 칼 슈미트, 앞의 책, 62쪽.
36) 김항, 앞의 책, 181쪽.

하게 말하면 나비족의 신성함이 앞서고, 차후에 나비족의 무기력이 확인되는 것이 아니다. 나비족을 배제하기 위해서 나비족의 본질을 신성성으로 선고한 인간의 식민주의적 태도가 있다. 언제나 지배이데올로기는 이 신성성을 낯섦과 동일시한다. 정치적인 적을 판단하는 중요한 기준은 상대가 자신과 다른 낯선 자인가 하는 점이다. 물론 이 기준은 객관적이고 절대적 개념이 아니다. 전적으로 상대를 적으로 간주하겠다는 의지의 문제다. 일단 낯설다는 개념이 정립되면 그 대상은 불편하여 배제해야 할 적으로 만들어진다. 따라서 「아바타」에서 신성성은 나비족을 결핍된 존재로 규정함으로써 판도라의 지배권을 빼앗으려는 제이크의 정치적 의도가 만들어낸 허구일 뿐이다. 이를 좀 더 면밀하게 고찰하기 위해서는 나비족의 신성을 육체와 관련짓는 점을 확인할 필요가 있다.

> 내 몸을 믿어야만 한다.
> 나 좀 봐!
> 매일 길에 난 흔적을 읽고 냄새와 소리를 구분한다. 그녀는 항상 에너지의 흐름과 짐승의 영혼을 얘기한다. 이 모든 게 내겐 너무 어렵다.
> 보이는 게 다가 아니야. 그녀의 말에 귀를 기울여 그녀의 눈을 통해서 숲을 봐.
>
> (01:01:11~01:58)

「아바타」에서 나비족은 에이와의 신성을 구현하기 위해 일상적으로 "매일 길에 난 흔적을 읽고 냄새와 소리를 구분"하고, "에너지의 흐름과 짐승의 영혼을 얘기"하며 자신의 "몸을 믿어야만" 하는 육체적 존재로 묘사된다. 이크란의 꼬리와 나비족의 꼬리를 연결하는 것, 그리고 나비족과 인간과 땅이 미세한 실타래로 연결되는 것, 이 모든 경우에서 에이와의 신성은 육체의 감관을 통해 현현한다. 나비족의 역동성은 두뇌를 통과하지 않고 오직 육체의 감각에만 작용한다. 이들에게는 관념이 동반되어야 할 순수 형상조차도 육체에 직접 작용한다.

그러나 「아바타」의 전반적인 태도는 "보이는 게 다가 아니"며, 에이와의 "말에 귀를 기울여 그녀의 눈을 통해서" 느끼라는 것을 영혼의 작용으로 이해될 수 없도록 한다. 「아바타」는 이 모든 과정을 철저하게 인간의 시선으로 그린다. 인간의 입장에서 나비족의 과장된 몸놀림은 구상과 비구상 사이를 불안하게 오고가는 혼란일 뿐이다. 오직 모든 것이 육체에 집중되어 있다는 사실은 오히려 사유를 망각한 존재, 관념의 결핍으로 오인하게 한다. 물론 이 역시 전적으로 인식의 문제다. 대상이 어떠한 외양을 가졌든 혹은 대상의 신성이 어떠하든 이를 이성의 결여로 인식한다면 결여가 되어야 하는 사유의 폭력은 그간 익히 보아온 제국주의적 논리다. 지배자는 우연을 필연으로 조작하며 자신들의 논리를 정당화한다.37) 지구인이 판단의 주체이고, 자신들의 기준으로 판단한다면 결과는 언제나 지구인의 입장에 맞게 내려질 수밖에 없다. 이렇게 나비족은 신성성으로 인하여 인간의 권력 안으로 버려진다.

> 진정 우리편이라면 우릴 도와줘. … (중략) … 토르크 막토?
> 당신이 보여.
> 나도 당신이 보여(서로 손을 상대의 어깨에 올려놓는다). 난 두려웠어, 제이크 설리. 부족의 안전 때문에. 이젠 아냐.
> 쯔테이. 아테오의 아들이여! 당신 앞에서 맹세하노니 오마티카야를 위해 싸우겠어. 그러자면 족장이자 위대한 전사인 당신의 도움이 필요해!
> 토르크 막토! 당신과 함께 날겠다.
>
> (1:41:31-1:58:18)

절멸할지도 모른다는 절박감은 권력자와 타협하기를 타자 스스로가 요구하게 한다. 즉 모앗이 제이크 설리가 "진정 우리편이라"고 믿기 때문에 "우릴 도와줘"라고 제이크의 원조를 기대하는 것은 아니다. 압도적

---

37) 슬라보예 지젝, 앞의 책, 48쪽.

으로 불리한 상황에서 이루어지는 언어행위는 어떤 형태로든 가까운 곳에서 폭력이 행사되고 있음을 의미한다. 따라서 폭력에 몸이 노출되는 과정에서 중요한 점은 폭력이 행사되었느냐의 여부가 아니다. 인간의 출현에 공포를 느꼈다는 점만으로도 나비족은 이미 폭력에 노출된 것이다.[38] 말하자면 주술사 모앗이 제이크에게 전권을 위임한 것, 즉 신성을 포기한 것은 자발적인 행동이 아니라는 말이다. 타협으로 이끄는 노력들은 대체로 외부에서 그 동기가 주어진다. 아무리 자유의지라 하더라도 강압이 없이 나오기는 어렵기 때문이다.[39]

바로 이 지점에서 신성성이 새로운 인간의 생체권력을 정당화하기 위한 포석임을 알게 한다: 현대의 주권은 추상적인 개념이 아니다. 죽게 내버려두고나 살도록 만드는, 혹은 삶을 촉진하거나 죽음의 지점에서 삶을 부인함으로써 일상에 영향력을 행사하는 생체권력이다.[40] 생체정치의 패러다임은 생존 이외에 어떠한 선택의 여지도 없는 삶, 즉 헐벗은 삶들을 창출하여 이들을 체제 밖으로 밀어버린다. 그러기 위해서 소멸될지도 모른다는 공포를 주입하는 일은 매우 중요하다. 네이트리가 "부족의 안전 때문에" "난 두려웠"다고 고백하며 세이크에게 기대는 것도 같은 논리다. 사실 지상의 권력이 갖는 구성적 순간은 피지배자의 불안과 공포가 발생할 때다. 공포야말로 지배권의 본질이다. 국가는 테러를 후원하며 국민들의 충성을 요구해 왔고, 이를 통해 지배권력은 유지되어 왔다.[41] 삶의 필연성과 죽음에 대한 공포는 그 무게가 같다. 결과적으로 나비족이 지구와의 전면전을 승인하는 것은 "부족의 안전 때문"이다. 제이크에 대한 열렬한 지지의 실체는 판도라의 파국에 대한 나비족의 공포라는 것이다.

---

38) 도미야마 이치로, 손지연 외 옮김, 『폭력의 예감』, 그린비, 2009, 95쪽.
39) 발터 벤야민, 최성만 옮김, 『역사의 개념에 대하여 외』 발터벤야민 선집 5, 길, 2009, 98쪽.
40) 유홍림·홍철기, 앞의 글, 166쪽.
41) 지그문트 바우만, 함규진 옮김, 『유동하는 공포』, 산책자, 2009, 252쪽.

　이 순간 전쟁의 성격은 자원개발위원회의 침략에 대한 정당성에서 제이크 설리가 판도라를 지배해야 할 당위성으로 문제의 성격이 달라진다. 즉 판도라에서 전쟁은 제이크 설리의 정치적 존재 양식 그 자체인 것이다. 실제로 집단의 존립에는 전쟁이 단순한 수단이 아니다. 전쟁이 없으면 어느 집단도 존속할 수 없다. 법의 본질은 바로 여기에서 싹튼다. 법의 본질은 최고 주권이 스스로 통제력을 상실해도 되는 지점 그 자체다. 이런 기준에서 보면 제이크의 지배를 요청하는 나비족은 법에 대한 충실성을 보여주었다기보다는 자신의 삶을 위협하는 생체권력에 복종한 것이다.42) 이렇게 「아바타」에서 나비족을 제이크 설리의 보호 속에서 권력의 안으로 버려진다. 현대의 생명정치적 신체가 권력과 연관되는 방식은 편입이 아니라, 내버림이다. 무기력한 존재들은 법 밖으로 버려지는 것이 아니라, 오히려 법 안으로 버려진다.43) 그런 점에서 나비족은 인간의 정치체제를 구축하고 유지하는 과정에서 요청되는 배제와 보호의 이중적 희생물이다.

> 놈들이 사는 곳 반경 2,000km 땅 속에 언옵타늄이 매장돼 있어. 저게 다 돈이라고!
>
> (00:49:55)

> 쯔테이, 이 행성의 진짜 자원은 땅 속이 아니라 우리 주변에 있어요. 나비족은 그걸 알고 지키려는 거에요. 함께 공존하려면 그들을 이해해야 해요.
>
> (01:33:05~01:33:16)

　"언옵타늄"을 "저게 다 돈이라고" 하는 자원개발위원회의 입장에서 자본논리에 무지한 나비족은 오직 배제의 대상일 뿐이다. 그러나 나비

---

42) 에띠엔느 발리바르 외, 강수영 옮김,『법은 아무 것도 모른다』, 인간사랑, 2008, 160쪽.
43) 조르조 아감벤, 박진우 옮김,『호모 사케르』, 새물결, 2008, 38~42쪽.

족과 "함께 공존하려면" 나비족을 "이해해야"한다는 제이크 설리의 주장은 배제와 보호의 이중전략에 기반한다.44) 「아바타」는 이 배제의 방식으로 권력의 내부로 포섭시키면서 나비족을 이중의 정치적 피해자로 전환시킨다. 이렇게 본다면, 「아바타」에서 제이크 설리의 헌신은 휴머니즘을 흉내만 내고 있을 뿐이다. 제이크는 나비족을 자신의 지휘 아래 둠으로써 생명만을 연명하게 함으로써 오히려 나비족을 지속적인 불확정성 속에 가두었다. 사실 저항에서 중요한 것은 저항폭력 그 자체가 아니다. 억누를 수 없을 만큼의 분노를 지각하는가가 더 중요하다. 저항이나 군대의 공격이 개시되어야 저항이 성립하는 것은 아니다. 자신이 위험에 노출되어 있다는 절박감과 그에 대한 방어의 필요성을 스스로 인식하는 순간, 비로소 저항이 시작된다.45) 그런데 제이크 설리는 신성한 판도라를 위해 먼저 전쟁을 주장함으로써 나비족이 분노할 권리마저 빼앗아 자발적인 저항의 가능성을 차단한다. 이렇게 「아바타」에서 나비족은 제이크로부터 배제되고 동시에 보호되는 존재다.

요컨대 판도라의 신성성은 폭력을 정당화한다. 주권자의 폭력은 아무런 목적을 가지지 않는 폭력이다. 죽이기 위해서 죄인이 필요하고, 죄인이 있으니 죽이는 이 악순환을 정당화시켜 주는 것이 주권이다. 이런 관점에서 보면, 제이크의 투쟁은 승인된 폭력이지 결코 헌신이라고 할 수 없다. 바로 여기에 제이크의 폭력, 즉 정치가 가지는 교묘함이 있다. 제이크가 판도라를 수호하기 위한 보복전쟁은 죄와 속죄, 위반과 정죄, 그리고 배제와 보호를 반복하는 이중의 정치전략인 것이다. 이 이중성이 제이크의 주권을 견고하게 만들어준다. 결국 제이크는 판도라의 문제를 해결한 것이 아니라, 다만 문제를 은폐했을 뿐이다.

---

44) 김항, 앞의 책, 131~178쪽.
45) 도미야마 이치로, 앞의 책, 46쪽.

적대감의 연출

영화 「아바타」는 정치가 일상의 핵심으로 자리 잡은 시대의 산물이다. 국지전과 대규모 전면전이 세계 도처에서 끊임없이 발생하는 현대, 인간 삶이 영위되는 방식은 적과 동지를 구분하는 적대감에 근거해 있다. 현대에서 인간 존재를 정치와 분리할 수 없다는 논리는 여기에 근거한다. 체제 속에서 낯선 자를 구별하는 것을 정치로 볼 때, 시종일관 적대감과 전쟁에 근거한 「아바타」는 인간의 정치적 실존에 관한 영화라 할 수 있다.

이런 점을 염두에 둘 때, 영화 「아바타」는 제이크가 정치 부재의 공간 판도라에서 나비족을 배제하면서 인간의 정치적 실존을 구축해 가는 과정 그대로다. 우선 지옥이라는 명명, 생명체에 대한 과학실험, 판도라의 화려한 스펙터클에 이르기까지 「아바타」는 식민주의적 응시 속에서 판도라의 자연을 이국적 타자로 전락시키는 점을 확인하였다. 일단 판도라에 개입한 제이크가 정치가로서 우월한 위치를 확보하기 위해 전쟁과 적대감을 연출하는 점을 고찰하였다. 지구의 용병이면서 나비족의 수호자라는 이중적 적대관계라 최고 권력자로 군림할 수 있는 결정적 요인이 된 것이다. 마지막으로 「아바타」의 신성성은 나비족을 권력 안으로 버리는, 즉 배제와 포함의 이중정치의 희생물로 전락시키는 주요인이다.

이렇게 「아바타」는 현대 정치가 인간 삶을 안정시키는 것이 아니라, 오히려 인간의 실존이 불확실해지도록 위험을 장려한다는 사실을 알려준다. 현대에서 재앙은 예기치 않게 벌어지는 사건이 아니다. 현대 정치가 재앙을 제도화 한다는 말은 정치가 특정 계층의 의지의 소산이기 때문이다. 오늘날 납득할 수 없는 사건들이 세계 도처에서 일상적으로 벌어지는 이유는 바로 이렇게 사건의 연출과 그 결과에 대한 예측이 전적으로 최고 주권자의 자의적인 의식 속에서 창안되기 때문이다. 「아바타」가 갖는 시대적 의미는 여기에 있다. 「아바타」는 현실 정치가 특정 권력

의 개인적 의지에 따라 생산 재구성됨에도 불구하고, 이로 인한 통제의
이념을 보편적인 합의로 수용할 수밖에 없는 침묵의 연합이 바로 현대
의 삶이라는 비관적 결론에 이르게 한다.

6. 제휴, 그 이후, 예기치 않은 낯선 진실들

영향에의 갈구, 혼혈이라는 운명

문학의 시대가 가고, 영화의 시대가 열렸다는 말은 적어도 얼마 전까지는 유효했다. 하지만 지금은 사정이 다르다. 아날로그 문학과 아날로그 영화는 디지털 시대의 논리에 점령당한 지 오래다. 디지털의 기호와 감성이 고요한 상념보다 충격과 더 큰 충격을 적극적으로 요구하면서, 영화의 문은 이전과는 다른 방식으로 열리고 게임은 준비된 자신감으로 시대를 주도하고 있다. 디지털 영화들이 전성기를 구가하고 있으며, 디지털 시대에 하위문화의 첨병으로 게임이 벌어들이는 놀라운 소득을 빌미로 이제 게임은 주류문화에 강타를 가하고 있다. 게임이 변방에서 주류문화를 풍자하고 통속적으로 거부한다는 논의는 이제 더 이상 적당치 않다. 게임은 주류문화의 틀을 흔들어 대면서도, 또 한 편으로는 다른 장르를 기웃거리면서 스스로 체질 개선을 시도하고 있다. 90년대 이후 소설에서 바톤을 이어받아 정통 서사물의 적자로 자처하던 영화도 사정은 마찬가지다. 새로운 요구에 직면하여 디지털 영화들은 시간의 파편화, 사건의 절합과 같은 서사라는 아비를 부정함으로써 흥행과 예술성을 한꺼번에 쥔 영화는 한 둘이 아니었다.

디지털人들의 새로운 감성과 새로운 충격을 위해 이제 '장르 간 엿보기와 틈입하기'는 단순한 트렌드가 아니다. 각 매체 간의 상호침투가 만들어내는 결과물들은 이제 필수로 인식되고 있으며, 또 그런 만큼 이 결과들은 현실적인 매력을 보여주고 있다. 물론 여기에 가장 신이 난 사람들은 시장의 문화상인들이다. 하지만 이 시대 장르 침투가 시장의 논리로 환원된다는 우울한 진단은 기우에 가깝다. 매체와 매체 간의 제휴는 침체된 문화시장에서 경제적인 활력만을 불어넣은 것이 아니다. 익숙한 매체끼리 연합 혹은 의도적인 착종으로 혁신과 고품질의 예술품을 생산해 낸 예는 지금 눈으로 보고 있다. 브라질의 보사노바가 재즈와 팝 등 다양한 장르의 음악에 접목되면서 침체에 빠진 음반계를 구원하고, 브라질의 야성적인 감성을 세계적인 우아함으로 재탄생시키고 있다. 클래식과 대중가요가 접목된 팝페라도 여기에서 그리 멀지 않은 사례다.

이제 혼혈은 디지털 시대의 운명이다. 문화 간 상호 침투는 생존의 필수조건이라는 말이다. 과거 낭만주의 시대와는 달라도 한참 다른 이 시대에 모든 제작자들은 영향에의 불안이 아니라 '영향에의 갈구'에 시달린다. 영화 「300」과 「스파르타: 에인션트 워」(이하 「스파르타」)에서 '서사와 비주얼의 상호 침투'도 이러한 관점의 연장선상에서 진지하게 이야기할 필요가 있다.[1]

영화 「300」은 과감하게 서사의 자리에 디지털적인 게임 비주얼을 선보인다. 이 영화에 관한 한, 영화가 서사를 영상화한다는 고전적 명제는 이미 효용성이 없어진 듯 보인다. 익숙한 서사를 게임적으로 리세팅하며 현기증 나는 비주얼을 선보인 「300」은 개봉 2주 만에 제작비를 모두 회수하며 대성공을 거둔다. 게임 「스파르타」는 어떤가. 「스파르타」는 게임이 가진 태생적 한계, 즉 서사에 대한 열등감으로부터 벗어나려는 노력이 눈물겹다. 하지만 치밀한 스토리로 인해 오히려 게임의 그래픽이라는 중요한 요소에 소홀하게 했고, 이는 게임의 한계로 남게 된다. 더욱 흥미로운 것은 이렇게 영화 「300」이 '게임을 강하게 예감'하게 하고, 게임 「스파르타」가 '서사의 연장선상'에 놓이는 장르 간 상호침투의 현상이 예기치 않게 '이전에는 보지 못했던 낯선 진실'을 이끌어내고 있다

---

[1] 이 게임은 영화 「300」과는 무관한 러시아의 신생개발사 월드포지World Forge가 제작을 맡았다. 게임은 E3 2005에 처음 소개되었고, 그로부터 2년여의 개발기간을 거쳐 2007년 3월에 출시되었다.

는 사실이다. 문화 간 상호침투의 관점, 즉 영향에 대한 갈구가 영화 「300」과 게임 「스파르타」의 내부에 어떤 형질 변화를 일으키고, 또 그 것이 어떤 진실을 보여주느냐가 궁금한 것이다.

서사와 비주얼의 제휴, 과잉이 빚어내는 색다른 실험들

올봄 영화 「300」은 할리우드 블록버스터의 대공습을 알리면서 유난히 요란을 떨었다. 짧고 빠른 스토리 전개와 현기증 날 정도로 강한 이미지가 21세기적인 촬영기법과 화면으로 관객을 압도했다는 소문이 사실이었기 때문이다. 블루 스크린을 배경으로 HD 디지털 카메라로 촬영된 장면들은 그래픽 노블이라 불리는 프랭크 밀러의 만화 『300』[2]을 완벽하게 재현하면서 감탄을 자아냈다. 할리우드가 이란 국민에게 전쟁을 선포했다, 오리엔탈리즘의 유포다, 고급 포르노그래피다, 영화 「300」이 이렇게 내용에 관한 여러 삽음을 어렵지 않게 잠재우면서 놀라운 흥행을 이끌어 낸 것은 이 영화가 바로 '스타일'에 승부를 걸었기 때문이다. 'BC 480년. 300명의 전사들이 100만 대군과 맞섰다'는 포스터 문장은 단순한 카피에 불과하다. 「300」의 진가는 내용의 비장함에 있지 않다. 이 영화에서 의미 있는 사건의 연쇄라는 서사에 대한 전통적인 발상은 힘을 잃는다. 디지털 시대에 이 영화는 이전과는 아주 낯선 방식으로 만들어졌기 때문이다.

---

2) 이 영화의 원작은 프랭크 밀러의 동명의 만화 『300』이다. 프랭크 밀러의 만화는 그래픽 노블이라 불릴 정도로 비주얼에 있어서 기존 만화와 차별화된다. 이야기 하나하나가 그림과 글로 전개되는 만화(코믹스)에 반해, 그래픽 노블은 상당히 함축적인 그림을 이야기를 풀어나가는 독특한 장르다. 컷의 그림도 일반 만화에 비해 크게 나오고 압축적인 흑과 백의 선과 면을 강조하여 장면 장면에서 그림이 차지하는 비중은 압도적이다. 말 그대로 그림과 이야기가 들어간 소설인 것이다. 따라서 그래픽 노블은 그림 하나하나가 영화장면에 해당되기에 프랭크 밀러의 많은 작품들은 할리우드에서 영화로 제작된 바 있다. 「300」 이전에는 그의 만화 『신시티』를 쿠엔틴 타란티노 감독이 영화화하여 세계적인 흥행을 기록한 바 있다.

  문제는 '이야기'가 아니라, 그 이야기가 '어떻게 표현되는가'이다. 서둘러 말하자면 '판타스틱한 비주얼을 위해 서사를 양보'한 감독의 전략을 눈여겨 볼 것을 권한다. 그래서 그런지 「300」의 단순한 스토리는 다분히 의도적이다. BC 480년. 세계 정복을 꿈꾸는 페르시아 100만 대군이 작은 나라 스파르타를 침공한다. 스파르타의 레오니다스왕이 300명의 용사를 이끌고 테르모필레 협곡을 지키다 장렬하게 전사한다. 이 짧은 이야기에서 영화는 스펙터클의 극치를 보여준다. 보는 이를 흥분시키는 현대적인 메탈사운드조차 화면 비주얼로 인식될 정도로 영화 「300」의 모든 기술은 오직 비주얼의 위해 존재한다. 물론 영화가 비주얼 매체라는 사실을 모르지는 않는다. 요점은 「300」의 비주얼은 일반 영화의 비주얼과는 다른 '사실적 비사실주의'를 보여준다는 데 있다.

  특별히 배경에 사용되고 있는 색감은 유난스럽다. 사실감을 지우기 위해서 자연 배경은 모두 그래픽으로 만든 인공자연물을 선택했다. 인공자연물과 캐릭터와 합쳐지면서 부자연스러운 합성을 강한 명암 대비로 상쇄시켰고, 그래픽 노블을 영화화함에 있어서 최적의 선택인 그래픽 무비로 탄생시킨 것이다. 페르시아 사신이 구렁텅이로 떨어질 때의 검은 바탕, 레오니다스 왕이 300 용사와 출전할 때의 짙은 노랑, 전투 장면에서 종종 튀어 오르는 피의 검붉은 빛. 이때 강렬한 인공 색의 향연에 가담하면서 '게임의 그래픽'을 연상하는 것은 당연하다. 강렬하지만 자연스럽지 않은 색감의 인공주의는 「300」이 자신도 모르는 사이에 게임의 영역으로 침투하고 있음을 보여준다. 최근의 게임 경향이 게임 무비를 지향한다지만, 이는 어디까지나 의도된 부자연스러움까지 포기하지 않는 범위 내의 이야기다. 게임의 부자연스러운 그래픽은 게임의 한계가 아니라 게임의 본질이다. '의도된 부자연스러움, 인공적인 그래픽'을 통해서만 게이머는 지금 이곳이 현실이 아니라 가상공간이라는 흥분을 맛볼 수 있기 때문이다.

다시 말해서 이 영화는 매우 '게임적'이다. 게임에서 가장 중요한 것은 플로어flow 상태, 즉 몰입이다. 일시적으로 지각의 안정을 파괴하고, 순간적으로 느끼는 아찔함과 같은 지각의 혼란 상태를 게이머들은 즐긴다. 자연의 경이로움은 인간을 성스럽게 하지만, 인공의 마력은 인간을 도취시킨다. 인공적으로 만들어진 디지털 비주얼의 전투 장면들은 관객을 유사 게임 상태에 빠지게 한다. 이뿐만이 아니다. 영화의 등장인물의 얼굴은 게임에서 클로즈업된 캐릭터의 얼굴 포즈와 닮아 있다. 죽음을 향해 돌진하는 용사들의 얼굴, "I am Spartan"을 외치는 레오니다스왕의 모습 하나하나는 게임의 그래픽처럼 과장되어 있다. 선명한 검노란 색을 배경으로 치아가 다 드러나도록 크게 벌린 왕의 입, 그와 함께 목청껏 내지르는 파워풀한 사운드는 게임의 캐릭터와 조금도 다르지 않다. 어린 레오니다스가 늑대와 사투를 벌이는 장면, 아들의 목이 날아가는 장면, 재색화면에 특수 3D로 촬영된 튀어 오르는 핏방울을 보는 쾌감은 지극히 게임적이다. 이렇게 영화가 서사를 단순화 하고 비주얼에 선력투구한 잭 스나이더 감독의 전략은 주효했다. 소비문화시대의 젊은 층을 겨냥한 만큼, 스파르타와 페르시아를 300개의 복근과 수천만 개의 화살로 대신하면서 게임적 비주얼은 말초신경으로 역사를 간가하는 시대의 기호를 정확히 읽은 것이다.

그러나 아무래도 영화의 압권은 '화면의 속도조절'이다. 빠르게 지나가는 듯하다가 갑자기 속도를 늦추는 화면 미장센은 매트릭스의 슬로우 기법보다 한 발 앞선 것이다. 이른바 슬로우-퀵의 촬영기술은 의도적으로 현실감을 떨어뜨리면서 강렬함과 충격을 이끌어내는 게임 그래픽을 연상케 한다. 그런 점에서 「300」의 비주얼은 단순히 사건의 흐름이나 대사를 대신하는 정도에 머무르지 않는다. 영화의 '게임적 비주얼은 서사를 무력화'시키고 인공의 마술에 도취하게 한다. 인공의 마술은 역사조차도 무력화한다. 고대나 중세를 배경으로 찍는 영화의 대부분이

고증에 상당한 공을 들이는 것과는 달리, 이 영화는 BC 480년 펠로폰네소스반도라는 시간적 공간적 배경을 비웃듯 뛰어 넘으면서 오로지 레오다니스라는 왕을 부각시키는 데 전력을 다한다. 역사는 단지 레오다니스 영웅만들기를 위해 동원된 풍경에 불과하다. 컴퓨터 그래픽으로 희뿌옇게 처리된 화면은 영웅을 탄생시키는 데 모든 공력을 집중한 리라이팅 클래식의 진수를 보여준다. 역사는 인간을 고뇌하게 하지만, 비주얼은 인간을 유희하게 한다는 게임 일반의 법칙을 「300」은 그대로 이어받고 있는 것이다. 게임이 케이블 TV의 채널을 당당히 차지하고, 게임방이 청소년 오락의 중요한 무대가 되고 있는 이 시대에 「300」이 전세계적으로 7000만 달러를 벌어들일 수 있었던 마력은 바로 이 서사를 비주얼로 대체하면서 여기에 게임적 감각을 과감히 끌어들인 명민한 시대감각에 있었던 것이다.

영화 「300」이 서사를 잠재우고 게임적 그래픽에 근접하는 것과는 또 다르게 게임 「스파르타」가 그래픽보다는 '서사에 힘'을 실어준다는 점이 흥미롭다. 그간 게임에서 이야기는 논의의 대상이 아니었다. 1985년 세계적인 열풍을 일으킨 「테트리스」는 서사 없이도 충분히 매력적이었다. 그러나 이는 옛말이다. 현재 게임 산업이 문화의 첨병으로 각광받으면서 가장 절실한 것이 서사다. 게임에서 이야기는 게임 행위를 흥미진진하게 만들어 준다. 뿐만 아니라 게임의 그래픽을 비롯하여 게이머의 역할, 인터페이스의 설정 등에서 이야기가 전제되지 않으면 일관성을 유지할 수 없기 때문에 그 중요성이 더해지고 있다. 지금까지도 흥행전선에 있는 「리니지」「스타크래프트」 등은 스토리와 동영상 제작비로 오프닝에만 영화 1편에 버금가는 엄청난 제작비를 쏟아 부은 바 있다. 디지털 시대 게임에서 서사가 급부상하고 있다는 말이다.

오프닝 동영상이 「리니지」「월드 오브 워」 정도 수준에까지는 이르지 못하지만 서사의 비중에 있어서는 「스파르타」도 중요한 작품이다. 물론 이 게임의 스토리가 「리니지」「월드 오브 워」처럼 세계적인 성공을 거둘 만큼 특별한 서사 전략이 있는 것3)은 아니다. 이것이 문제다. 그러나 게임적 요소에 비해 서사의 힘이 상대적으로 강한 '정통 소설의 서사'를 구축하는 점은 분명 이채롭다. 오프닝에만 기반적 스토리를 제공하는 일반적 게임의 법칙과 달리 이 게임은 9개의 레벨마다 나름대로 정교한 서사를 제시한다. 어느 정도 훈련된 게이머라면 하나의 레벨을 통과하는 데 짧게는 10~20분, 길게는 30~40분, 더 길게는 1시간씩 걸리도록 기획되어 있다. 그런데 게임은 각 레벨 초기 화면에 상세한 이야기를 덧붙여 게이머가 단순히 미션에만 매달리지 않게 하고 어떤 서사적 과정을 밟아나가고 있는가를 분명히 인지시킨다. 그러기 위해 역사적 시간과 공간은 방대해진다. 영화 「300」이 좀 더 강한 게임적 그래픽을 창출하기 위해 BC 480년의 쌀라미 전투를 배경으로 삼는다면, 「스파르타」는 소설적 서사를 보여주기 위해 BC 700~300년의 에게해를 둘러싼 소아시아, 유럽, 북아프리카라는 방대한 지도를 펼쳐 놓는다.

　게임에서는 접하기 어려운 과거 회상에 의한 액자구성에서 서사에 대한 제작자의 고민이 묻어난다. 과거 회상과 액자기법은 정통 서사물에서 빈도 높게 활용되지만, 게임에서는 좀 낯선 사례다. 게임을 진행할 때는 레벨1부터 레벨6까지가 레오니다스의 과거 회상에 의한 액자 내부 이야기라는 사실을 알 리 없다. 레벨7에 가서야 비로소 레오니다스의 대사에 의해 액자 내부의 이야기가 페르시아와의 전쟁에서 승리해야 하는 이유가 되고 있음이 드러난다. 페르시아와 사투를 벌여야 하는 당위성을 뒤늦게 알게 되면서 게이머는 잠시 게임을 중지하고 서사를 이성적으로 인식하게 된다. 게이머는 게임에 몰두하기보다 레오니다스 왕이 정치적 야심을 실현해 나가는 서사적 과정에 흥미를 느낀다.

　물론 이러한 점은 게임으로서 「스파르타」의 한계인 것만은 틀림없다.

---

3) 이인화, 『한국형 디지털 스토리텔링』, 살림, 2005, 48~54쪽 참조.

게임 전체의 서사틀로 계획된 짜인 기반 스토리가 강할수록 게이머가 자발적으로 사건을 만들고 그 사건들의 배열을 통해 이야기를 끊임없이 순환시키는 장치, 즉 우발적 스토리의 실현 가능성이 그만큼 희박해지기 때문이다.4) 우발적 스토리의 비중이 많을수록 게이머가 구성하는 허구적 세계에 대한 몰입의 가능성도 커지기 때문이다. 그러나 「스파르타」의 플레이어는 치열한 대전 그 자체에 몰입되기보다, 정적政敵인 데모리투스를 제거하며 그리스 내부에서 주도권을 잡아가는 레오니다스 왕의 서사에 더 관여하게 만든다. 영화가 서사를 양보하고 비주얼을 포용함으로써 성공적인 체질 변화를 이룬 것과는 많이 다른 상황이다. 영화가 스파르타와 페르시아의 이원대립 체제로 갈등을 몰아가기 위해 서사 대신 비주얼에 집중하는 데 성공하고 있다면, 게임은 기반 스토리의 비중을 너무 크게 두어 그리스, 페르시아, 이집트의 3국 대립 체제로 서사를 방만하게 운영하면서 게임 몰입을 해치고 있다.

어쩌면 이는 이 게임이 이미 완성된 역사적 사건을 서사의 소재로 택하는 데서 생긴 문제일 수도 있다. 사실 에게해를 둘러싼 소아시아, 유럽, 북아프리카의 방대한 역사가 플레이어의 손끝의 감촉으로 살아나기 위해서는 서사의 규칙을 자제할 필요가 있었다. 주류문화의 사생아 혹은 B급 문화의 대표주자라는 콤플렉스를 벗어날 기회를 서사의 가능성에서 찾았지만, 역사물을 다룸으로써 '완성된 서사, 폐쇄적인 서사'로 인해 게임의 활력을 놓치고 말았다. 에피소드1, 에피소드2 하는 식으로 스토리의 끝을 두지 않는 것이 「스타크래프트」처럼 세계적으로 성공한 게임들의 대체적인 경향이다. 테란의 에피소드, 저그의 에피소드, 혹은 에피소드의 뒷이야기까지 제시하고, 여기에 새로운 유닛을 몇 년에 한 번씩 등장시키는 것은 게임에 완성은 없으며, 만족도 없다는 교묘한 게임 법칙을 감추고 있는 것이다. 「300」에 대한 폭발적인 관심과는 다르게, 「스파

---

4) 전경란, 『디지털 게임의 미학』, 살림, 2005, 36쪽 참조.

르타」는 일부 게임 마니아의 기억에조차 그리 선명하지 않다는 것은 이러한 완성된 서사, 폐쇄된 서사의 책임이 크다는 비판은 그런 점에서 새겨들을 필요가 있다.

서사와 비주얼을 의도적으로 착종한 결과는 이렇듯 성공과 실패라는 극명한 차이로 드러나고 있다. 물론 성공과 실패에는 작품 내적인 또 다른 요인들이 작용했겠지만, 서사와 비주얼의 속성에서 기인하는 점도 분명한 사실이다. 영화 「300」의 경우 비주얼과 게임을 극장에서 경험하게 하는 색다른 즐거움이 컸다. 하지만 게임 「스파르타」의 경우에는 서사의 규칙이 지나치게 엄격한 것이 문제다. 서사의 감옥에 갇힌 유닛이 자유자재로 그래픽을 유도할 수 없다는 점을 유희를 본질로 하는 게임에서는 용납하기 어려웠을 것이기 때문이다.

패션이 된 죽음의 저항성, 즐거움 없는 생존 욕구

서사의 체중 조절이 작품의 성취 혹은 시장의 성공과도 관련이 있지만, 두 장르에서 죽음과 생존에 관한 색다른 진실을 보여준다는 것은 뜻하지 않은 소득이다. 비주얼에 올인을 한 「300」이 죽음의 의미를 새로 쓰고, 서사에 강박된 「스파르타」가 예상하지 못했던 생존 논리를 제출하는 것을 통해 장르 간 상호침투가 그리 단순치 않다는 사실을 알게 된다.

고대전쟁을 배경으로 찍은 새로운 스타일의 느와르 영화라는 극찬은 영화 「300」이 '죽음이라는 테마'에서 나오는 것이다. 죽음의 비주얼은 그만큼 고혹적이다. 죽음의 비주얼을 유미주의의 극치로 올려놓기 위해 「300」은 전체를 회상의 방식으로 구성한다. 물론 회상과 비주얼의 결합은 적절했다. 회상의 목소리는 화면 밖 관객이 기꺼이 레오니다스 왕의 욕망에 가담하게 한다. 회상이라는 프레임을 거치면서 레오니다스 왕은 국가의 대의를 위해 악한 나라 페르시아를 거부한 성스러운 존재로 처리된다. 영화 전체에 배음으로 깔리는 회환 어린 보이스 오버는 노을 지는 듯한 노란빛 화면으로 환원되면서 죽음의 미학을 만들어 낸다. 보이스 오버는 플롯의 빈곤을 잊게 하고, 영화 속에 내재해 있는 어떠한 이데올로기도 무력화 한다. 회상과 죽음의 이미지는 설득하지 않는다. 그저 도취시킬 뿐이다.

하지만 좀 냉정해질 필요가 있다. 회상은 과거를 그대로 재현하지 않는다. 왜곡의 차원을 넘어 없는 사실을 새로 구성하기도 한다. 단 하나의 사실에서 여러 개의 진실로 구축할 만큼 인간의 기억이 가진 왜곡의 힘은 큰 것이고 보면, 여기에 기억의 서사를 비주얼로 바꾸는 과정에서 왜곡의 가능성은 더욱 커질 수밖에 없는 것이다. 기억하는 자의 욕망이 역사적 사실을 영화적 진실로 바꾸고, 비주얼의 화면 장치를 거치면서 이 영화적 진실이 관객의 감정적 진실로 바뀌는 이중의 왜곡이 발생하게 되는 것이다. 게임 「스파르타」만 보더라도 레오니다스 왕은 권력을 잡기 위해 정적을 제거하는 지극히 속물적인 모습이다. 물론 여기서 레오니다스가 사악한가 아닌가의 여부는 중요하지 않다. 영화는 영화 내적 진실의 영역에서 다루어져야 할 것이지 역사적 사실의 측면에서 접근해야 할 문제는 아니기 때문이다.

그런데 이렇게 왜곡임을 알면서도 별 거부감 없이 그 왜곡에 동참하는 것은 서사의 비주얼화로 인한 진실이 워낙 흥미롭기 때문이다. 비주얼이 만들어 낸 그 진실은 '패션이 된 죽음'이다. 삶의 고뇌를 목적으로 했다면 이 영화가 굳이 블루 스크린에 감각적인 영상을 펼쳐놓을 필요가 없었다. 선보다는 악이 매력적인 것처럼, 미학적으로 삶보다는 죽음이 훨씬 황홀하고 자극적인 법이다. 원색의 색감 대비 속에 피와 살육이 하나의 미장센으로 배치되는 이 영화는 죽음을 미학화한다. 삶과 죽음만이 있는 극단의 현실에서 모든 스파르타 남성들은 죽기 위해 태어난다. 영화에서 삶이라는 것은 유예된 죽음에 불과하다. 멋지게 죽을 수 있는 자가 바로 강한 자이며, 가장 화려한 죽음은 왕의 몫이라는 믿음은 스파르타와 「300」에 팽배해 있다.

따라서 300가지의 다른 죽음이 있는 이 영화에서 오리엔탈리즘을 말하는 것은 그리 적합지 않아 보인다. 물론 이데올로기의 관점에서 볼 때, 이 영화가 오리엔탈리즘을 조장한다는 지적은 당연한 것일 수 있다. 하지만 오리엔탈리즘으로만 이 영화를 설명하기에는 이 영화가 가지는 비주얼의 힘은 너무도 크다. 페르시아를 과도하게 부정적으로 묘사한 것은 사실이다. 하지만 페르시아와 스파르타의 대립을 동양과 서양의 대립으로 보는 것은 영화의 핵심인 비주얼의 힘을 설명하지 못한다. 전투 장면에서 상대를 악한으로 묘사하는 것은 어느 영화에서나 익히 보아온 논리다. 페르시아를 비정상적으로 희화화한 것은 오리엔탈리즘의 논리보다 300용사의 화려한 죽음을 선보이기 위해서이다.

이렇게 이 영화의 죽음은 화려하다. 화려함이야말로 가장 현대적인 미감이나. 영화가 플롯의 빈곤을 감수하고 비주얼을 선택한 것은 영화의 의도가 내용이 아닌 화면 비주얼 그 자체에 있기 때문이다. 맥주의 본질이 거품 그 자체에 있으며, 연예인이 화려한 미관만으로 존재 가치를 다하는 것처럼 「300」의 현란한 비주얼은 그 지체가 중요한 의미인 것이다. 같은 논리로 「300」의 화려한 죽음은 싸구려 볼거리로 치부되어서는 안 된다. 「300」의 화려한 죽음이 싸구려에 머무르지 않는 것은 이 안에서 시대의 안티를 발견할 수 있기 때문이다. 그간 이성의 문화는 지나치게 생명 기르기에만 골몰한 감이 있다. 모든 과학과 종교와 학문의 발전이 생명지상주의에 빠져들면서 죽음을 어둠 혹은 죄악과 동일시하여 왔다. 생명은 소중한 것이 아니다. 생명은 그저 살아있다는 객관적인 상태일 뿐이다. 마찬가지로 죽음도 의미가 되어서는 안 된다. 여기서 잭 스나이더 감독이 의했는지 여부는 알 수 없으나, 죽음을 화려하게 포장하는 영화 「300」을 통해 이 시대의 '생명지상주의에 대한 거부'를 발견하게 된다.

영화가 비주얼에 집중함으로써 죽음의 의미를 새롭게 발견하게 한다면, 게임 「스파르타」는 오히려 비주얼의 빈곤5)을 감수하고 서사를 강화함으로써 '생존에 집중'하게 한다. 여러 게이머들의 말에 의하면 「스파르타」에서 그래픽의 한계는 느린 속도와 함께 매우 심각한 문제라는 것이다. 이 게임은 대규모 전투를 지향하는데 하나의 미션에 동원되는 유닛의 수만 따져도 평균 5천 명 이상이다. 이러한 미션이 싱글플레이에서는 종족별로 10~12개씩 총 30개 이상이 등장한다. 그러다 보니 게임 중후반으로 가면 유닛수가 많아지면서 컴퓨터 그래픽카드가 감당하지 못하는 결정적 결함을 노출하고 있따. 이런 문제는 게임의 본질이 퍼포먼스와 유희라는 점을 상기시킨다. 하지만 아무리 게임이 퍼포먼스와 유희라 하더라도, 살아있어야 가능한 것이다. 또한 게임의 궁극적인 목표는 전투에서 승리하는 것이다. 그러나 단순히 승리하는 것이 게임의 주목적은 아니다. 단순히 자판만을 두드려 적을 무너뜨려야 한다면 굳이 생존해야 할 이유가 없다. 어디까지나 생존의 의지를 키워주는 것은 이야기다. 자판에서 느끼는 손끝의 쾌감도 살아있어야 가능한 것이다. 그간 게임 일반에 대해 가해진 비판의 상당 부분들이 게임의 파괴력과 살상력에 집중되어 있어왔다. 하지만 이들 비판은 적을 제거하려는 욕망 뒤에 가려진 생존의 욕구는 고려하지 않은 표피적인 관찰에 불과하다.

「스파르타」에서는 이 점이 주효하다. 레벨1부터 레벨9까지, 그리고 엔딩까지 작은 이야기들은 퀼팅하면서 큰 역사 전체를 완성한다. 「스파르타」의 존속은 이렇게 서사의 힘에 전적으로 의존한다. 다시 말해서 게임 「스파르타」의 '서사는 생존을 요구'한다. 게임 화면이 공간적으로 배열된 모든 것을 탑 뷰top view로 보여주는 것은 이러한 생존 전략과 관계

---

5) 물론 이 게임에서 부분적으로 재미있는 화면들은 가끔 잡힌다. 무엇보다 상대편 건물을 무너뜨릴 때마다 건물 잔해들이 뚝뚝 떨어져 나오는 장면, 건물 본진이 부서져 내리면서 엄청나게 큰 벽돌에 깔려서 중장보병들도 피를 흘리며 죽어가는 장면은 꽤 사실성 있고 하드 고어한 재미를 선사한다. 그러나 이는 화면 그래픽의 문제가 아니라 발상의 귀여움으로 해석할 수 있는 문제이다.

된다. 대개의 게임들이 그렇듯이 「스파르타」는 일인칭 시점보다 탑 뷰에서 쿼터 뷰quarter view에 이르는 삼인칭 시점을 많이 취하고 있다. 그래픽은 높은 고도에서 지상의 모든 지형을 있는 그대로 보여주면서 게이머에게 여기가 살아가야 할 공간이라는 암시를 던져준다. 연료, 생명치, 대사 등 화면 가장자리에 정렬되어 있는 여러 옵션 화면들은 게이머가 끊임없이 움직일 것을 권하며 살아있을 것을 명령한다. 게임의 영상에는 영화 영상에서 보이는 것과 같은 몽타주가 없다. 물리적 시간을 그대로 따라가는 게임 영상은 인간 삶의 연속성 혹은 서사의 연속성을 모사하는 것이다.

생존의 욕망이 「스파르타」의 핵심이라는 점은 이 게임이 RTS장르라는 점을 생각하면 쉽게 이해가 간다. RTS장르의 궁극적인 목적은 전투에서 승리하는 것이다. 그러기 위해 게임은 각 레벨마다 다양한 미션을 지시한다. 건물을 짓고 유닛을 뽑아 적과 물량, 전략전을 펼치게 된다. 레벨이 높아지면서 금, 나무, 식량 등 필요한 자원의 규모는 더욱 늘어난다. 물론 게이머는 처음부터 많은 수의 군사 유닛을 뽑아낼 수 있다. 하지만 군사의 수에 비례하는 금과 식량을 실시간으로 지원해야 하기 때문에 마냥 군사를 늘릴 수만은 없다. 금과 식량을 대주지 않으면 군사들의 이동력 및 공격력이 현저히 저하되는데, 이는 곧 전투의 패배를 의미하기 때문이다. 게임에서 지지 않기 위해서는 먹어야 하고, 내가 죽지 않기 위해서는 적을 살상할 수밖에 없는 것이 게임의 원리다. 게임이 철저하게 생존의 원리에 기대고 있다는 것은 전리품에서도 확인된다. 전투에서 승리하면 적들이 지니고 있던 무기나 갑옷, 자원들을 전리품으로 획득하는 재미는 크다. 스파르타군은 유닛마다 무기, 갑옷, 장신구들을 착용할 수 있다는 특징이 있다. 승리를 통해 적의 강력한 무기들을 자신이 직접 사용한다는 점은 게임이 영화 「300」과 달리 생존의 즐거움을 향하고 있음을 알 수 있다. 이러한 게임의 법칙은 발단에서 결말로 마무리될 때까지 존속해야 하는 서사의 법칙과 같다.

그런데 「스파르타」의 생존 의지는 어느 특정인의 것이 아니다. "Our troops are under attack!" 즉, 공격당하고 있으니 살고 싶으면 "공격하라" 하라는 외침은 아테네, 이집트, 심지어 페르시아인에게도 고루 적용된다. 신의 시각으로 위에서 조감하는 「스파르타」의 탑 뷰의 중립적인 시각은 이 게임이 어느 누구의 입장으로도 환원되지 않은 '생명의 평등주의'를 확인시켜 준다. 전투를 눈으로 보아야 하는 영화와 달리, 전투를 직접 실행해야 하는 게임의 속성상 적의 존재가 없으면 게임은 지속되기 어렵다. 와이드 샷, 클로즈업으로 나타난 얼굴은 그 얼굴이 그 얼굴이라는 지적을 받지만, 이는 「스파르타」 그래픽의 한계라기보다는 살아야한다는 욕망에 관한 한 인종과 국가의 차이가 없다는 보편성으로 볼 수도 있다. 레오니다스의 비중이 압도적인 것은 게임을 진행하기 위해서는 누군가의 입장에 서야 하는 필요성이라는 점에서 이를 영화 「300」처럼 레오니다스에 대한 일방적인 편들기로 보기는 어렵다.

하지만 생존의 보편성이 곧바로 게임의 생동감으로 연결되는 것은 아니다. 사실 생동감이라는 측면에서 「스파르타」는 현저한 문제를 노출한다. 생존 서사에 지나치게 결박된 나머지 '생동감에 대한 기대는 포기해야' 하는 아이러니를 경험한다. 이 게임에서 생동감 넘치는 캐릭터는 애초부터 계산되지 않은 것 같다. 서사에 대한 배려가 지나친 까닭이다. 게이머들은 마을을 경영하는 임무부터 떠맡게 된다. 유닛 생산도 직접 해야 하는데, 유닛도 복잡하게 구성하도록 설계되어 있다. 무기, 보조무기, 방패, 1·2·3단계 유닛을 한 세트로 조합하여 뽑는 일은 신선하기는 하지만, 이로 인해 대전이 지체된다는 문제를 낳는다. 창과 검은 동시에 장착을 못하는 규칙도 있다. 일꾼을 빼고 창과 두 번째 방패로 새총도 장착하고 정확히 300명을 뽑아서 부대를 지정하고 공격하게 되면 유닛들끼리 우왕좌왕하는 해프닝도 종종 발생한다. 영화 「300」이 비주얼 과잉이었다면, 「스파르타」는 이렇게 규칙 과잉이다. 게이머들이 유닛의 느린 이동 속도에 대해 불만을 토로하는 것은 바로 이러한 '서사의 규칙 과잉' 때문이다. 여기저기 규칙에 걸리다 보니 유닛이 제대로 조종되지 않는 것이다.

대사는 또 어떤가. 게임으로서는 여러 모로 성공작인 「스타크래프트」의 경우 유닛들의 공격소리나 비명소리는 종족의 개별성을 잘 살리고 있다. 테란의 소리는 "아!"라면 저그 종족의 소리는 "워", 그리고 프로토스의 경우는 "우~에"이다. 이렇게 각기 다른 소리, 다른 음성은 게임의 생동감과 재미에 크게 기여한다. 여기에 「스파르타」를 비교하면 이 게임은 단순하기 이를 데 없다. "공격하라"는 지겨울 만큼 동어 반복적이다. 게임의 생존 의지가 즉흥적인 현장 몰입과 유희의 감정으로 연결되기 위해서는 그래픽에 대한 배려와 함께 대사의 자유로움을 의식할 필요가 있다. 영화 「300」이 제법 괜찮은 흥행 성적을 낸 것과는 달리 「스파르타」가 이름조자 제내로 각인시기지 못한 요인 중에는 대사의 빈곤도 크게 작용한다. 기반 스토리만으로 모든 것을 충족시킬 수는 없다. 기반 스토리는 유희성을 사회적 이념으로 포장하는 역할과 함께 게임 전체를 지속시키는 기둥 역할일 뿐이다. 즉흥적인 쾌감, 끊임없이 자판을 두드리게 하는 현장 몰입은 게임 대사의 몫이다.

서사가 재현 양식이기 때문에 독자나 관객으로부터 감정의 자극을 유발한다면, 게임 대사는 시뮬레이션이기 때문에 플레이어로부터 행동을 유발하는 것이어야 한다.6) 게이머는 예정된 대사를 듣는 것이 아니라 상황과 갈등에 직접 개입하여 스스로 만들어내는 현장감 넘치는 표현들을 듣고 싶어 한다. 이러한 서사의 과잉은 「스파르타」의 생존 욕망을 권리가 아닌 의무로 만들고 있다. 살아있어서 그저 끝을 보아야 한다는 오기가 게임을 지속하게 하는 것이다. 그런 점에서 「스파르타」의 서사에서 나오는 생존 욕망은 그 의미가 매우 제한적이다.

---

6) 한혜원, 『디지털 게임 스토리텔링』, 살림, 2005, 20쪽.

　요컨대 영화 「300」은 죽음을 비주얼화 함으로써 생명지상주의의 반대편에 서고 있다. 이와 달리 게임 「스파르타」는 지나치게 서사에 힘을 실어줌으로 인해 생존의 욕망을 부각시키고는 있지만, 그래픽의 빈곤이나 대사의 문제가 해결되지 않아 게임의 가장 중요한 목적인 현장 몰입을 성공적으로 구현하지는 못하는 한계를 보여준다.

육체는 새로운 집단, 아무 것도 하지 않음으로써 저항하는 게으른 비판자

　스파르타, 아테네, 이집트, 페르시아라는 국가 명칭에서 알 수 있는 바와 같이 두 장르는 동일하게 국가를 단위로 생각하고 행동한다. 여기에 영화에서 보여주는 동양과 서양이라는 구획 짓기가 추가되면 두 장르에서 집단논리는 피하기 어려운 문제다. 하지만 영화와 게임 두 장르가 국가 간 권력 다툼을 소재로 하고 있다고 해도 집단의 문제로 해석되지 않는 점은 분명하다. 「300」과 「스파르타」의 역사적 사실들은 2007년 지금의 틀을 거치면서 색다른 형태로 변형되기 때문이다.

　앞서 말한 대로 영화 「300」이 오리엔탈리즘을 조장하느냐에 대해서는 좀더 논의가 필요하겠지만, 우선 이 영화에 동양과 서양이 등장하는 것만은 사실이다. 그런데 과연 이 영화를 보는 일반 관객이 스파르타를 오리엔탈리즘을 조장하는 서양으로 인식할지는 의문이다. 스파르타의 근육질 몸매들이 짐승처럼 묘사된 페르시아 연합군의 피를 튀기는 장면은 영화의 목적이 오리엔탈리즘이 아닌 육체 그 자체에 있음을 말해준다. 무지막지한 강자와 멋진 약자라는 설정은 드라마틱한 장면이 자연스레 보장되고 그만큼 육체로 시선을 모은다. 그런 점에서 오리엔탈리즘은 영화 「300」의 본질은 아니다. 인터넷에 올라온 감정 섞인 비난들은 분명한 타당성을 갖고 있음에도 불구하고 익숙한 논리에 기대려는 손쉬운 비판이라는 점에서 영화의 본질과는 거리가 멀다.

이 영화는 애초부터 역사적 진실과는 무관한 방향으로 진행되고 있다. 스파르타라는 역사적 배경은 육체의 향연을 위한 그럴듯한 풍경일 뿐이다. 역사적 사실을 기반으로 하면서도 영화는 페르시아 왕과 병사들을 왜곡하고 존재하지도 않는 가상의 괴물들을 등장시키는 등, 현실과 가상의 경계에서 오로지 육체만을 부각하는 데 공을 들인다. 「300」이 몸을 위한 영화라는 사실은 꼽추가 등장하는 장면에서 분명해진다. 키가 작아 페르시아 용사가 될 수 없다는 레오니다스 왕의 말, 그리고 그 앙갚음으로 스파르타를 배신한 꼽추가 페르시아의 신전에서 육체적 향락으로 배신의 대가를 누리는 것은 '육체야말로 새로운 이데올로기'라는 점을 말해준다. 인간 육체는 소비문화시대를 바라보는 창이다. 수세기 동안 육체를 무시해오던 근대의 정신주의자들이 이번에는 거꾸로 육체 담론에 투항하는 모습은 전에는 보지 못했던 일이다. 이 시대에 육체만큼 많은 이야깃거리를 만들어 내는 대상은 찾아보기 어렵다. 앙각으로 거대하게 압도해 오는 페르시아 황제의 맨몸이 얼마나 그 자체로 이데올로기를 생산하는가는 생각의 여지가 없다. 300명의 용사가 아무 것도 걸치지 않고 전쟁하러 나가는 것, 환각에 빠진 신녀의 아찔한 바디라인만으로도 이 영화의 육체는 어떤 언어보다 강한 설득력을 갖는다. 남성들은 영화에서 레오니다스의 복근과 자신을 비교한다. 여성관객은 여왕과 신녀의 관능적인 몸매에 자신을 겹쳐놓는다. 영화 이후 헬스클럽에서 몸만들기가 열풍을 일으켰다는 뒷얘기는 그저 나온 얘기가 아니다.

이렇게 육체의 미감에 연령, 성별, 지위 고하를 막론하고 사회 모두가 동의한다면 「300」의 육체는 그 자체로 이미 이데올로기이고 '보이지 않는 집단'이다. 이런 논리는 몹시 당황스럽지만 매우 현실적인 힘을 갖는다. 영화 속에서 혹은 그 이후 관객들은 끊임없이 현실의 자신을 영화에 합치시키려는 무의식적인 강박에 시달린다. 따라서 이 영화에서 육체는 어떠한 역사보다 강하다. 이런 시대에 육체의 이데올로기의 강제로부터 자유로운 사람은 그리 많지 않다. 국가도 역사도 아닌 '육체의 이데올로기에 통합되지 않을 수 없는 불안정한 존재'들이 이 시대의 개인들이라는 사실을 깨달은 관객은 그리 많지 않다. 크세르 크세스 황제의 "나는 관대하다"는 명대사는 어쩌면 육체라는 새로운 집단에 가담하지 않을 수 없는 이 시대인들의 강박관념에 대한 반어일 수 있다.

그런 점에서 이 영화의 색깔은 분명하다. 사력을 다해 페르시아와 싸운 스파르타의 강한 정신은 포장에 불과하다는 점을 분명히 한다. 고뇌하는 이성은 가라는 것이다. 당돌하게도 '인간 내면은 인간의 육체 위에서만 존재'하며, 이 육체야말로 가장 강력한 집단이라는 사실을 설득하지도 않는다. 영상의 화려함과 사운드의 향연 속에 근육질의 육체들이 부딪치는 장면들을 보여주기만 하면 자발적으로 여기에 동참하는 행렬이 줄을 이을 것이기 때문이다.

그러나 게임 「스파르타」는 통합에 대한 강박으로부터 자유롭다. 여기에서는 어떤 집단의 논리도 현실성이 없다. 레벨1에서 게임의 기반스토리에 해당하는 스파르타의 선민의식이 등장함에도 불구하고 게임에서는 집단을 규합할 근거로 이를 활용하지 않는다. "불멸의 하나님만이 중요한 사건 배후의 이유를 아"신다는 이야기, 그리고 "한 나라가 선택되었"다는 선민의식을 페르시아를 대적하는 당위성의 근거로 이용할 법도 한데 이는 그냥 배경 서사로 처리될 뿐이다.

이는 「스파르타」가 RTS게임이라는 데에서 기인한다. RTS게임은 견고하게 짜인 서사에 갇혀 플레이어가 누릴 수 있는 자유는 그리 많지 않다. 반면에 MMORPG나 RPG는 오프닝과 엔딩 정도만 기획이 되어 있고 서사는 게이머가 스스로 창출해 가는 과정 자체가 게임이다. 이들 게임은 특정한 하나의 이야기를 구성하는 기반 스토리가 느슨한 편이다. 대신 게이머가 새로운 이야기를 끊임없이 만들어 내는 에피소드의 비중이 매우 크다. 게이머를 몇 만 시간씩 열광시킬 수 있는 힘은 여기에서 나온다. 「리니지」가 출시된 지 10여 년이 지난 지금도 무서운 흡인력으로 유저들을 몰두하게 하는 것은 게이머의 자발적 갈등 형성이나 개별적인 스토리 구축이 가능하기 때문이다. 우발적 스토리의 비중이 클수록 플레이어는 스스로 힘을 키워나가야 하는 자립의 문제에 부딪히게 된다. 생존을 위해서는 집단을 형성하지 않으면 안 되는 상황이 되는 것이다. 집단적 결속적이 강해질 수밖에 없는 것이다.

그러나 RTS게임「스파르타」는 기반 스토리가 강하다 보니 우발적 스토리를 형성할 여지를 애초부터 차단당한다. 사실 기반 스토리는 게이머의 수행에 의해 우발적 스토리가 조합되어 구현되는 것이다. 그런데 「스파르타」에서 게이머가 누릴 수 있는 자유는 지극히 제한되어 있다. 기껏해야 선택한 캐릭터의 경험치가 쌓이면 그 캐릭터의 힘이 세지는 것을 보는 정도이다. 여기서 캐릭터의 힘을 키워가는 과정은 별 의미가 없다. 그도 그럴 것이「스파르타」는 미션을 시작하면 정해진 서사 목적에 강하게 제약되어 있기 때문이다. 캐릭터의 힘을 키우고, 유닛과 건물을 재빠르게 생산하는 방법에 대한 고려는 되어 있지 않다. MMORPG가 아무런 제약을 주지 않고 캐릭터의 힘을 키우는 과정 자체를 즐기는 것과는 대조적이다. 게이머의 플로우 효과를 지속시키기 위해서 게임은 끊임없이 연장을 해야만 한다. 때문에 온라인 게임에서는 잘 만들어진 게임이라는 완제품의 개념보다는 잘 만들어지고 있는 게임이라는 서비스의 개념이 중요하다.[7] 그러나 유닛의 이동 속도나 게임의 진행 속도가 지나치게 느리다는 게이머들의 불만은「스파르타」의 서사가 완제품이라는 사실에서 나온다. 여기에서 여기서 집단적으로 힘을 규합할 수 있는 여지는 근본적으로 존재하지 않는다.「스파르타」의 게이머는 느린 속도를 견디다 보니 집단의 소속감을 느끼지 못하는 고독한 개인일 수밖에 없다. 게임의 서사가 몸이 개입해 들어가는 체험적 서사라는 특성을 살리기 위해서는 우발적 서사로 촘촘히 짜여 빠르게 진행될 필요가

---

7) 한혜원, 앞의 책, 34쪽.

있다. 그러나 느리게 진행되는 「스파르타」는 게이머가 몰입하는 것이 아니라 고민하게 한다. 현실의 자신과 게임 캐릭터인 자신 사이에 거리가 커지면 몰입은 불가능해진다. 이 게임을 영화 「300」의 스토리를 그대로 따라가며 횡스크롤을 사용하는 액션게임으로 기획했더라면 문제를 어느 정도 줄일 수는 있었을 터이다.

이렇게 「스파르타」의 완고한 서사가 게임의 자유도를 현격하게 해치는 점은 게임으로서는 분명 한계다. 하지만 제작자가 의도하지는 않았겠지만 이로 인해서 '비판적인 시선을 확보'할 수 있다는 점에서 보면 「스파르타」의 한계가 장점으로 기능하는 측면도 없지 않다. 자유도와 게임 몰입이 정비례 관계에 있다면, 이는 자연적으로 게임 환경뿐만 아니라 현실 체제에 대해서도 거리를 갖기 어렵게 된다. 다시 말해서 게임에서 자유도는 집단의 진술 체계의 은폐 정도와 깊은 상관이 있다. 게이머는 게임에 참여한다는 느낌을 통해서 자신이 집단 이데올로기에 강요된 진술을 하고 있음을 느끼지 못하는 것이다.[8]

반대로 「스파르타」처럼 서사에 결박되어 게임에 몰입하지 못하는 경우, 집단에 대하여 비판의 시선을 보내게 된다. 「스파르타」는 게임 시작 단계에서 스파르타, 페르시아, 이집트 세 종족 중 하나를 선택하게 된다. 「300」이 레오니다스의 입장만을 대변하는 것과는 달리, 이 게임은 스파르타의 레오니다스 왕도 게이머가 선택할 수 있는 여러 인물 중 하나 정도의 의미만 가진다. 다시 말해서 일단 게임이 시작하면 종족의 개념보다 개인의 입장에서 게임을 수행하게 되는 것이다. 성벽 위에 병사를 배치하여 공선전이나 수성전을 치루기위 유닛을 생산하고, 무기를 선택하는 모든 판단은 개인들의 몫이다. 주위에 금광 두 개를 먹고, 나무에 시민 3~5명만 배치해주면 자원이 쑥쑥 올라오는 재미도 결국 캐릭터 혼자의 유희다. 연대의식은 찾기 어렵다.

---

8) 박태순, 「꿈과 게임 – 컴퓨터게임에 대한 정신분석학적 접근」, 한국콘텐츠학회, 『한국콘텐츠학회논문지』 제6권 제3호, 2006, 151쪽.

여기서 비판이라고 해서 「스파르타」의 유저들이 적극적으로 집단을 부정하는 것은 아니다. 게임에서 불만을 표시하는 길은 게임을 접는 일 밖에는 없다. 따라서 「스파르타」에서 냉정한 입장이라는 것은 자판을 덜 두드리고 마우스 조작을 덜 하는 정도에 머무른다. 이 게임은 인공지능이 50% 정도밖에 안 되기 때문에 나머지는 게이머의 성실한 손 조작으로 채워야 한다. 그러나 「스파르타」는 '하는' 것이 아니라 '하지 않는' 방식으로 불만을 드러낸다. 금, 식량, 나무 등을 채취하고 유닛을 생산하는 데 덜 적극적인 태도를 보여주는 정도에 머무른다. 그런 점에서 '아무 것도 하지 않는 게으른 방식으로 집단에 대한 저항을 수행'한다는 점에서 「스파르타」의 저항은 큰 의미를 발견하기는 어렵다.

이렇게 서사와 비주얼의 차이는 집단의 존재에 대해 영화 「300」과 게임 「스파르타」에서 서로 다른 태도로 나타난다. 「300」은 비주얼의 강조로 인해 육체가 새로운 집단 이데올로기로 떠오르게 되는 원인을 제공하고 있다. 반면 「스파르타」는 서사의 과잉으로 자유노가 현격하게 떨어지고, 이는 다시 집단에 그리 적극적이지 않은 양상을 드러내고 있는 것이다.

천국은 침노하는 자의 것

얼마 전 부산국제영화제에 영화감독 피터 그리너웨이가 영화 「야경」의 홍보차 한국을 찾았다. 인터뷰에서 그가 남긴 말이 인상 깊었다. "텍스트에 기반 한 영화는 끝났다, 죽었다는 말이다." 이미지에 기반 한 영화를 예찬하는 그의 발언은 디지털 시대 장르 간 침투가 이제는 창조의 중요한 소스로 인식되는 것으로 들어도 무방하다. 굳이 문화 간 침투, 혼종, 횡단이라는 용어를 사용하지 않더라도 디지털 시대에 퓨전의 양상은 쉽게 접할 수 있다. 자동차, 의상, 음식은 말할 것도 없고 제도와 삶의 패턴, 심지어 학문의 영역에까지 경계는 이미 무너져 내렸다. 제휴하지 않으면 생존할 수 없는 디지털시대에 이제는 어떤 미디어도 고립되어 존재할 수는 없다.

물론 우리는 제휴의 당위성을 인정한다. 하지만 중요한 것은 제휴 자체가 아니라 '제휴, 그 이후'다. 모든 실험들이 그래왔던 것처럼, 제휴의 결과가 어떤 진실을 가져다주는지, 그 진실이 어떤 가치를 갖는지, 혹은 현실 사회와 어떤 관계를 맺는지는 아직 실험 중이다. 영화 「300」에서 비주얼이 게임성을 체내에 주입하여 죽음과 육체라는 집단성으로 빠지면서도 다른 한편으로는 적극적인 미래를 꿈꾸는 것, 그리고 게임 「스파르타」가 정통 서사로 회귀하면서 생존과 개인의 의미를 어떻든 발견하는 것에 어떤 평가를 내려야 할지는 아직도 고민 중이다. 영화감독과 게임제작자가 이러한 결과를 의도한 것이 아니기 때문이다. 다시 말해서 '상호 침투의 결과들은 우연의 소산'이다. 세간의 합의가 형성되지 않아 불가피하게 주관적 해석을 이제 시도해야 하는 상황, 그리고 그 주관적 판단들이 균질하지 않다는 것은 아직은 매체 사이의 상호침투가 안정된 문화현상은 아니라는 사실을 보여준다. 하지만 미디어 간의 결합으로 인한 결과가 예측할 수 없을수록 그 사회는 역동적으로 꿈틀거리면서 무언가를 모색하는 사회라는 역설도 가능하다. 그래서 '상호 틈입에 거는 기대는 불안하면서도 이처럼 흥미로운 것'이다.

따라서 비주얼과 서사의 상호 침투가 영화와 게임에 있어서 새로운 유토피아를 제시했는지는 확신할 수 없다. 하지만 침노하는 자가 천국에 갈 가능성을 가지는 것만은 분명하다. '예기치 않은 낯선 진실들이 비록 허구일지라도 침투는 계속되어야' 한다. 역사는 이러한 낯선 진실들이 패러다임을 바꾸면서 진화하기 때문이다.

분명 '천국은 침노하는 자의 것'이다.

7. 「리니지」에 내재된 이중의 정치담론*

* 이 논문은 2009학년도 부경대학교 박사 후 연수과정 지원사업에 의하여 연구되었음.
This study was financially supported by Pukyong National University in the 2009
Post-Doc. program.
권유리야: 공동저자.
남송우: 공동저자: 부경대학교 국어국문학과 교수

인간사의 맥락에 놓인 「리니지」

2000년을 넘어선 지금의 문화소비형태는 후기자본주의의 끝자락을 보이고 있으며, 게임은 새로운 시대의 총아로 확실하게 자리를 잡았다. 단지 문화산업적 가치뿐만 아니라 인문학 연구에서조차 게임은 오랜 정체를 타개할 수 있는 요긴한 대안으로 떠오르고 있다. 물론 게임과 학문이라는 이종결합을 두고 오랫동안 논쟁이 거셌던 것은 사실이다. 하지만 IT시대라는 인간 삶의 근본적인 패러다임 변화에 맞서기에 순수인문학주의자들의 주장은 현실적인 설득력이 없었다. 이런 흐름을 타고 실물 경제의 위력이 갈수록 초라해지는 사이버시대, 게임은 가장 확실한 환금력[1]으로 인문학으로까지 영토를 넓히고 있는 것이다.

문제는 게임을 대하는 연구자들의 시각이다. 현재 콘텐츠학계의 연구 경향은 게임을 소설이나 영화 등 기존의 서사물의 연장선상에서 이해하려는 서사학적 입장이 굳건하다. 하지만 이는 게임을 소재적 차원으로

---

1) 한국에서 게임시장이 이미 엄청난 규모로 몸집을 늘리고 있으며 이에 대한 산업적 가치를 결코 소홀히 할 수 없게 되었다. 이에 자극을 받은 문화체육관광부 장관이 한국을 게임강국으로 만들겠다고 하면서 본격적인 투자를 예고했다.『부산일보』2008년 12월 5일자 문화부 기사. 실제로 현재 게임 산업으로 볼 때, 미국 블리자드사의 「스타크래프트」는 전세계 게임 판매량의 1/3을 한국시장에서 판매하였으며, 이를 대상으로 한 게이머들의 전세계 순위에서도 10위권 내에 항상 한국인이 60~70% 이상을 차지하는 기현상을 보이고 있다. 이러한 현상은 프로게이머와 게임평론가, 게임해설가라는 신종직업을 탄생시켰으며, 전세계 게임마니아들에게 한국시장의 환상을 심어주며, 프로게이머가 되기 위해 국내에 입국하려는 해외 마니아들의 입국 러시가 연일 계속되고 있다. 한창완, 「온라인게임의 사회적 기능 연구―「리니지」를 중심으로」, 『전자공학회지』제27권 제9호, 2000, 920쪽.

협소하게 이해하여 게임의 독자성을 도외시하는 문제를 안고 있다. 이에 대해 게임이 디지털시대의 산물인 만큼 게임학2)이라는 연구의 새로운 패러다임을 열어보려는 입장은 서사적 연구의 천편일률적인 결론을 상당 부분 극복한다. 그러나 여기에도 문제는 없지 않다. 대부분의 연구들이 게임 중독이라는 윤리적 차원에 서 있거나,3) 아니면 단선적인 도표와 그래프, 통계수치 등의 나열4)에서 게임이 놓여있는 사회문화적 맥락을 지워버리고 있다. 게임은 '그냥' 게임이 아니다. 게임이 생산 소비되는 과정에는 반드시 사회문화적 맥락이 개입한다. 굿의 변신이든, 신화의 일종이든, 아니면 퍼포먼스라 하더라도5) 게임은 인간 세계의 총체성을 고스란히 반영한다. 게임은 곧 현실이기 때문이다. 게임을 현실로 인정하는 데 주저하는 일반의 생각과 달리, 습관과 관습, 차별과 욕망, 성장과 죽음, 놀이와 정치 등 인간의 총체적 삶이 게임 속에 침투해 있다. 따라서 게임 연구는 인간 심성공동체의 온갖 사건을 촉발시키는 저변의 사회정치적 동기를 추적할 필요가 있다. 그렇게 될 때 게임이 서사학이나 공학 내에서 더부살이하는 것을 막아주고, 독자적 문맥에서 인간의 실제 삶을 심층을 탐구할 수 있게 된다.

그런 점에서 볼 때, 「리니지」는 게임의 새로운 가능성을 보여준다. 「리니지」가 게임시장에서만 폭발적인 반응을 보인 것은 이 게임이 단지 게임에 머무르는 것이 아니라, 인간사의 현장을 정확하게 반영하기 때문이다. 오랜 게임 시간과 광범위한 게임 환경에 놓인 인간이 연대감과 이기주의, 전투와 배려 등의 온갖 과정을 현실과 동일하게 겪는다. 따라

---

2) 한혜원, 『디지털 게임 스토리텔링』, 살림, 2005, 7쪽.

3) 김양은·박상호, 「온라인게임 이용이 게임 몰입 및 중독에 미치는 영향에 관한 연구 : 이용과 충족 접근을 중심으로」, 『한국언론학보』 제51권 제1호, 2007, 355~376쪽.

4) 김미진·윤선정, 「캐릭터중심 관점에서 본 게임스토리텔링 시스템」, 『한국콘텐츠학회 2005 추계종합학술대회 논문집』 제3권 제2호, 416~422쪽; 김서영·박태순, 「MMORPG 콘텐츠 분석틀」, 『한국콘텐츠학회논문집』 제6권 제10호, 2005, 80~88쪽.

5) 최유찬, 「컴퓨터 게임, 그 퍼포먼셜 내러티브」, 김원보·최유찬 공편 『컴퓨터 게임과 문화』, 이룸, 2005, 66~68쪽.

서 게임과 현실의 상동론에 입각하여 「리니지」에 내재된 이중의 정치담
론을 규명하고자 한다.6)

방대한 네트워크 속의 잉여인간

현대는 접속의 시대를 통과하고 있다. 근대경제의 중요한 특성이었던
교환은 네트워크의 관계로 대체되었다. 소유의 의미가 퇴색하면서 인간
의 본성에 대한 생각도 크게 달라지고 있다. 접속을 중심으로 돌아가는
세계는 지금과는 판이하게 다른 인간형을 만들어내고 있다. 오늘날 개
인은 독자적 지위를 포기하고 네트워크 안에서 새롭게 구성된다. 개인
들은 방대한 커뮤니티에 접속하면서 문화적 체험을 향유한다.7) 방대한
그물망 속의 단자들이 문화적 경험에 대한 접속권을 거래하는 신자유주
의 생활공간이 바로 온라인게임, 그 중에서도 MMORPG8)다. 네트워크

---

6) 게임 「리니지」는 신일숙의 만화 「리니지」를 원작으로 하였다. 만화를 바탕으로 1998
   년에 게임 「리니지1」이 출시되었고, 2005 「리니지2」가 업데이트되어 지금에 이른
   다. 2005년 당시에는 북미, 유럽, 중국, 일본, 한국 등 세계 12개국에 206만 명의 동시
   접속자를 가지고 있다. 「리니지1」과 「리니지2」를 합치면 사용자가 2005년 현재 400
   만 명, 누적 회원수가 1950만 명이다. 이 숫자는 전세계 온라인 게임 사용자의 50.9%
   를 차지한다. 이인화(2005, 8) 「작가 이인화의 '리니지' 게임론」 『신동아』 456쪽. 본
   고는 「리니지1」과 「리니지2」를 특별히 구분하지 않고 함께 사용한다. 하지만 주로 언
   급되는 내용은 「리니지2」이다. 연구의 주텍스트는 게임 「리니지」를 다큐멘터리화 한
   명운화(2008) 『바츠 히스토리아』, 새움을 연구 대상으로 한다. 게임을 그대로 인용하
   기 어려운 사정상, 게임의 과정을 조금의 가감 없이 사실 그대로 옮긴 다큐멘터리게
   임소설이 가장 적당하다고 판단했기 때문이다.
7) 제러미 리프킨, 이희재 옮김, 『소유의 종말』, 민음사, 2001, 11~15쪽.
8) MMORPG(Massively Multiplayer Online Role Playing Game), 즉 다중 사용자 온라인 롤플레잉
   게임이라고 말한다. 「리니지」 「뮤」 「라그나로크」 「구룡쟁패」 「메이플스토리」 「디아
   블로2」 「길드워」 「마비노기」 「조이시티」 등 브랜드 인지도가 높아서 일반인들이 흔
   히 온라인 게임이라고 부르는 게임은 바로 이 MMORPG를 가리킨다. 이 게임은 동시
   에 수천 명 이상의 사용자가 인공적으로 구현된 게임 속의 가상현실에 접속하여 마치
   역할극의 배우처럼 각자의 역할을 맡아 움직이는 게임이다. 이러한 과정에서 사용자
   들의 캐릭터는 여러 가지 사건을 겪은 경험의 수치에 따라 점점 더 높은 레벨로 성장
   해 간다. 캐릭터의 성장은 그가 입는 옷과 사용하는 무기, 습득하는 스킬 등을 통해 가

시대의 적자로서 MMORPG는 접속하는 인간이라는 새로운 인간종을
창안해 내었다. 이 게임은 동시에 수천 명 이상의 사용자가 인공적으로
구현된 게임 속의 가상현실에 접속하여 마치 역할극의 배우처럼 각자의
역할을 맡아 움직인다. 게이머는 게임을 시작하는 순간 복잡하게 얽힌
관계의 그물망 속에 놓인다. 「리니지」가 게임시장을 석권할 수 있는 요
인은 이렇게 접속하는 개인을 시스템화 하고 있기 때문이다.

> 「리니지」의 뜻은 '혈통'이다. 「리니지」에서 혈맹의 중요성은 아무
> 리 강조해도 지나치지 않는다. 「리니지」 형제의 핵심 시스템은 혈맹
> 인 것이다. 유저들은 자신이 속한 혈맹에 대한 긍지와 무한한 애정, 그
> 리고 충성심을 갖고 있었고 이런 기저를 바탕으로 혈맹의 역사가 묶
> 여「리니지」역사를 이루었던 것이다. 「리니지2」는 혈맹을 창설하는
> 데 있어「리니지1」처럼 군주 캐릭이 필요하지 않고 어느 캐릭이든 조
> 건이 갖춰진다면 창설이 가능했다. (38쪽)

> 사실「리니지2」라는 게임이 일종의 오락게임이긴 하지만 현실 생
> 활과 결부시키자면 혈맹시스템 하에서 친목활동을 통해 인맥을 형성
> 하는 것이라 하겠다. 「리니지」 혈맹시스템은 혈맹의 명예와 자부심이
> 생명이다. 혈맹의 명예는 곧 혈원의 자존심과 직결되며, 사실상「리니
> 지」라는 게임의 전부라 해도 과언이 아니다. (41쪽)

「리니지」는 오락게임이다. 그러나 "오락게임이긴 하지만" 엄청난 규
모의 "혈맹시스템 하에서 친목활동을 통해 인맥을 형성하는" 네트워크
게임이다. 「리니지」에서 네트워크 없는 개인은 존재하지 않는다. "「리
니지」 형제의 핵심 시스템은 혈맹"이어서 집단과 집단 사이, 개인과 집
단 사이 등 다양한 커뮤니티 활동9)은 「리니지」에서 필수적이다. 과거

시적으로 표현된다. 이인화,『한국형 디지털 스토리텔링』, 살림, 2005, 23쪽.
9) 초기 게임인 「리니지1」이 PvP(Player vs Player), 즉 1대1 대인전 중심이었다면, 후기의 게
   임인 「리니지2」는 GvG(Guild vs Guild), 즉 혈맹 대 혈맹의 집단 전투 중심이 되어갔다.

「리니지1」에서 드러났던 1인 캐릭터의 개인적 성장과 모험을 중시하는 데서 탈피하여 소집단의 전투, 나아가 혈맹의 성장과 전쟁으로 스토리가 확대되면서 혈맹시스템은 크게 강화되었다. 따라서 「리니지」를 하려면 혈맹에 가입하지 않고는 제대로 된 게임을 즐기기 어렵다.

그러니 「리니지」를 하려고 하는 한, 혈원들은 혈맹 위주의 막강한 네트워크 시스템의 요구에 자신의 몸과 마음을 맞추지 않으면 안 된다. 그럴 수밖에 없는 것이 혈맹의 모든 플레이는 군주를 위주로 한 협동플레이다. 군주는 능력치에 따라 여러 개의 부속라인을 소유할 수 있다. 또한 군주는 다른 혈맹의 성을 공격하기 위한 공성전이나 혈전 등으로 혈맹의 레벨을 올리는 등 게임 내에서 입법 사법 행정에 관한 모든 결정권을 갖는다. 군주에 순응하지 않을 수 없는 이유는 영웅적인 군주에 소속되어야 혈맹의 레벨이 올라가고, 이 혈맹의 정치적 위상에 따라 혈원의 지위가 결정되기 때문이다. 문제는 여기에 있다. 「리니지」가 거친 남성들의 전쟁판타지임에도 '네트워크에 순응적인 개인'들을 양산한다는 점이다.

혈원들이 자신을 포기하고 커뮤니티 지향적이 되는 「리니지」의 문제는 사실상 현실의 문제를 그대로 반복 재생산 하는 것이다. 노동을 상품화하는 산업시대와 다르게 놀이를 상품화 하는 접속의 시대, 문화적 경험에 대한 접속권을 거래하는 온라인 게임[10]이 현실이 아니라고 말할 수 있는 사람[11]은 많지 않아 보인다. 「리니지」의 네트워크적인 현실은 곧 실제 현실의 문제로 볼 수 있다는 뜻이다. 실제 현실에서도 개인의 개념은 우리가 알고 있는 것과는 달리 그리 견고하지 않다. 모순처럼 들릴지 모르겠지만, 유럽의 역사를 볼 때 자기인식의 과정은 사회 규율화 과

이인화, 앞의 책, 26쪽.

10) 제레미 러프킨, 2001, 15쪽.

11) 게임의 스토리텔링을 연구하는 대부분의 연구자들이 게임의 의미를 허구적 공간 내에서 찾는 입장을 보인다. 연구자들이 말하는 게임의 의미는 어디까지나 개연성의 차원을 넘어서지 못한다. 김미진·윤선정, 「캐릭터중심 관점에서 본 게임스토리텔링 시스템」, 『한국콘텐츠학회 2005 추계종합학술대회논문집』 제3권 2호, 2005, 418쪽.

정과 대단히 밀접하게 연관되어 있다. 인간의 영혼까지도 통제하는 사회 규율이 생겨나면서 개인의 발견 과정이 촉진되었다[12]는 기록은 개인의 개념에 대한 새로운 사유를 제공해 준다.

이는 혈원들의 레벨업 과정이 현실의 개인이 제도로 흡수되는 과정을 그대로 보여준다는 점을 보면 분명해진다. MMORPG의 캐릭터는 사용자가 조작할 수 있는 대상이지만, 사실은 다른 사용자 캐릭터들과의 관계 속에서 비로소 의미를 부여받는 사회적 존재다. 즉 「리니지」가 단순한 게임이 아니라, 게임화 된 사회생활[13]이라는 점에서 혈원들의 존재 가치는 자연스럽게 폄하된다. 따라서 「리니지」가 견고한 혈맹시스템을 구축하면 할수록, 혈원들은 권력을 합리화하는 작업 중에 총군이 만들어낸 존재가 되고 만다. 혈원은 생성될 뿐이며, 결국에는 혈맹으로 흡수된다. 집단의 권력과 같은 방식으로 만들어지고, 권력의 크기에 맞게 재단되는 존재가 「리니지」의 혈원이다.[14] MMORPG가 캐릭터 중심의 게임이라는 사실을 떠올려 본다면, 「리니지」의 혈원들을 통해서 현대 자본주의의 신체정치의 한 양상을 엿볼 수 있게 된다. 영토국가에서 인구국가로 이행하면서 신체를 산출해낸 현대 자본주의의는 이른바 순종하는 신체에 주목하면서 생명정치라는 새로운 패러다임을 열었다.[15] 생명을 통제하는 「리니지」의 정치체제 속에서 순종하는 신체들의 개인성을 자연스럽게 소멸된다. 이를 가장 잘 보여주는 사례가 혈맹의 상징화 작업이다.

---

12) 사회가 개인과 모임, 단체에 대한 통제를 강화하면서 개인들은 일반 규범과 교훈을 더 많이 지키고 보다 공권력에 더 순응하게 되었다. 사회 전반에 걸쳐 규율화 과정이 진행되면서 자기 발견과 개성이 급격히 발전하는 데 유리한 전제조건이 만들어졌기 때문이다. 리하르트 반 뒬멘, 최윤영 옮김, 『개인의 발견』, 현실문화연구, 2005, 70쪽.
13) 전경란, 앞의 책, 41~42쪽.
14) 베르나르 앙리 레비, 박정자 옮김 『인간의 얼굴을 한 야만』 프로네시스, 2008, 114쪽.
15) 근대 이후 등장한 정치의 새로운 주체는 특권을 가진 인간이 아니고 신체다. 근대 민주주의는 바로 이러한 신체의 요구와 제시로서 탄생했다. 근대 민주주의는 생명을 제거한 것이 아니라, 그것을 산산조각 내어 모든 개인의 신체 속으로 산포시키고, 이를 정치적 갈등의 쟁점으로 만들었다. 여기에 생명정치의 근원이 자리 잡는다. 조르조 아감벤, 박진우 옮김, 『호모 사케르』, 새물결, 2008, 36~244쪽.

천의혈맹처럼 클로즈베타에서 탄생한 CB연합 소속 프리스타일,
스나이퍼, 세계수혈맹, 그리고 The Best Generation 등 많은 혈맹들은
전서버로 흩어져 오늘날 명문혈의 근간을 이루었다.(58쪽)

당시 DK는 5개 라인으로 구성되어 있었다. 각 라인의 문장은 각기
다른 색이었는데, 레드, 골드, 오렌지, 화이트가 그것이다.
레드/ DK의 본라인, 켄트성을 상징
골드/ 기란성 DK동맹 라인, 황금성이라 불리우는 기란성을 상징
오렌지/ 사막의원다우드성을 상징
화이트/ 물의 도시 하이네를 상징 (63쪽)

어느 집단이든 결속력과 이미지화를 위해 상징을 활용하는 방식은 일
반화되어 있다. DK혈맹의 각 라인들은 고유의 문장색과 상징 의미로 라
인을 차별화한다. "레드" "골드" "오렌지" "화이트" 등의 문장색은 각 라
인의 정치적 위상을 이미지화 한다. 문장색은 순수한 이미지만을 전달
하면서 감상자의 상상력을 자극하기 때문에 메시지의 수용이 좀더 강력
하고 폭넓을 수 있다. 이미지화 작업은 간접적 점진적 장기적으로 감상
자의 의식에 영향을 미쳐 궁극적으로는 지배 체제가 추구하는 패권을
공고히 하는 데 큰 역할을 한다. 역사적으로도 독재자들의 경우 체제의
이념과 가치체계를 일방적으로 주입하는 방식보다, 집단의 비전에 대한
설득과 포섭을 통해서 구성원들의 동의를 끌어내려는 기획에 적극성을
보였다.16) 포스터와 그림, 신문 삽화와 같은 비주얼 이미지들은 어떤 체
제가 고귀하고 성스러운 비전을 갖고 있다는 실제적인 느낌을 갖게 한
다. 이 상징을 소유한 혈맹은 살아있는 숭고의 실체로 감각된다. 물론 이

---

16) 스탈린 체제는 동원 효과를 극대화하기 위해 동원 대상인 대중의 동참의식을 고취
　하려 했다. 이를 위해서 대중에게 비전을 제시해야 했고, 그 가장 중요한 수단의 하
　나가 바로 비주얼 이미지를 통한 호소였다. 이종훈, 「비주얼 이미지를 통해 본 스탈
　린주의의 성격과 담론」, 임지현·김용우 엮음, 『대중독재1 – 강제와 동의 사이에서』,
　책세상, 2004, 403~407쪽.

상징은 명문혈맹에 혈원으로 접속되어 있어야만 자기의 것이 된다. 말하자면 혈원들은 "명문혈의 근간"에 소속되어 "혈맹의 명예와 자부심"을 누릴 수 있는 삶의 이미지, 즉 라이프 스타일에 대한 접속권을 사는 셈이다.

이는 게임만의 이야기가 아니다. 현실에서도 고급상표가 붙은 제품을 구입한다는 것은 그 디자이너가 창조한 가치, 즉 상징에 자신도 가담한다는 사실을 의미한다. 명품을 소유한 자는 바로 이 상징에 가장 가까이 접속하고 있는 권력자가 된다. 따라서 오늘날 명품이라는 물건이 과연 현실의 물리적 공간에서 체험할 수 있는 것인지는 정확히 말하기 어렵다. 명품의 상징성이 탈물질화 하고 있는 이상 명품은 이미 가상현실에 놓여 있다고 해야 한다.17) 게임도 마찬가지다. 비록 가상현실이기는 해도 일단 그 안에 들어가면 모든 것은 현실처럼 물질성을 갖는 것으로 여겨진다. 하지만 이 안에서도 명문혈맹이 상징하는 바에 대한 체감 의미는 더욱 탈물질적이다. 게임에서 상징에 가장 가까이 위치해 있는 자는 바로 명문혈맹의 총군이다. 혈원들이 엄청난 사건과 영웅적 총군의 상징에 기꺼이 접속하고자 한다. 이러한 상징 맥락에서 "혈맹에 대한 긍지와 무한한 애정, 그리고 충성심"에 접속하려는 혈원들은 탈물질화되고, 마지막에는 상징체계를 구축하는 데에만 소비되는 '잉여인간'으로 전락한다. 이들에게 아무런 개성적 표식이 주어지지 않는 이유는 여기에 있다. 「리니지」는 기본적으로 무국적이라는 말이다.

> 신의기사단 고문 낭인도 혈원인 우성V, 노사장, 저승사자, 긴머리 천사, 플로리네, 묘랑지혼 등은 카오 캐릭인 김유신장군과 Loovely를 앞세우고 용의 계곡에 들어오는 중립무혈 캐릭을 척살하기 시작했다. (99쪽)

---

17) 제레미 러프킨, 이희재 옮김, 『소유의 종말』, 민음사, 2001, 251쪽.

「리니지」에는 특별함을 환기시키는 어떠한 국적도 지역도, 심지어 고유명사조차도 찾아볼 수 없다. 다만 혈맹과 혈원의 이름 정도가 고유명사로 생각할 여지를 남기기는 한다. 하지만 "신의기사단" "저승사자" "긴머리천사" 등에서 보는 바와 같이, 혈맹의 이름들은 어떤 특별한 의미보다 강렬함을 환기시키는 데에 목적을 두고 있어서 유사한 고유명사라는 점에서 이 역시 무국적이다. 사실 사이버 상에서는 성별, 인종, 계급과 같은 생물학적 정체성은 큰 의미를 지니지 못한다. 개인은 오직 게임 내의 사회의 일부분으로 편입되는 경우에만 의미 있는 존재가 된다. 「리니지」의 사이버 상에서 개인은 물리적 육체의 현시가 아니다.[18] 그런 점에서 「리니지」의 개인은 혈맹의 요구에 의해서 언제라도 변형될 불특정 다수의 잉여인간일 뿐이다. 게임에 빈번하게 등장하는 척살이라는 단어는 혈원들이 바로 잉여적 존재라는 사실을 극명하게 보여준다.

> 그녀는 우여곡절 끝에 마침내 용던 입구에 도착을 했고, 그곳에서 아무렇게 나뒹굴고 있는 내복단 시체들을 발견하게 된다. 마침 그녀가 그곳에 도착한 지 얼마 안 되어 한 무리의 신의기사단이 용던 입구로 진입을 했다. 그녀는 자신의 레벨이 초저레벨이라는 사실도 잊고 신의기사단 무리를 쫓아 용던 내부로 따라갔다. 신의기사단은 용던 내부를 향해 달리면서 눈에 띄는 일반 중립무혈 유저들을 향해 거침없이 화살을 당기기 시작했다. 신의기사단이 지나는 곳에는 일반유저 캐릭터의 시체가 즐비했다. 그녀는 이런 무차별적 학살 장면을 스샷으로 찍어댔다. 죽어가는 유저들의 문장은 각양각색이었으며, 어디를 살펴보아도 이것은 혈전이 아닌 무차별적인 학살이었다. … (중략) … 무차별 학살이 계속되자 참다못한 수십 명의 무혈 유저들이 대항했고, 이들을 신의기사단 소속 혈원인 v나의꼬마드웹v 가이아혈통, 에스6 등이 몰살시키는 일이 발생하기도 했다. 이들은 신의기사단 척살단인 죽음의신 소속이 아닌 일반 신의기사단 소속 혈원들이었다. (219~221쪽)

---

18) 전경란, 앞의 책, 2005, 26쪽.

게임의 "캐릭터"들은 "무차별하게 학살"당하기 위해 태어난다. 혈맹들은 명문혈이 되기 위해 끊임없이 다른 혈맹과 전쟁을 벌인다. 이 과정에서 혈원들의 신체는 "몰살"이냐 "척살"이냐의 차이일 뿐, 언제라도 "아무렇게나 나뒹굴고 있는" "시체"가 될 운명이다. 이 척살에 대한 열정은 계속해서 재충전된다. 군주라고 해서 예외는 아니다. 혈맹에서 레벨치가 높은 극소수의 군주조차 불가피하게 사라져야만 하는 잉여의 존재일 뿐이다. 군주가 되기 위해 식음을 전폐하고 레벨치를 높이려는 혈원들은 늘 대기하고 있다. 「리니지」의 이러한 혈맹관계는 부적합하고 쓸모없는 존재, 혹은 곧 폐기처분될 존재를 만들어내도록 부추기는 현대의 시스템과 닮아 있다.

오늘날 정치의 새로운 주체는 더 이상 이성을 가진 인간이 아니다. 현대는 체제의 번영을 위해 구성원들을 잉여적 존재로 찍어내고 있다. 현대인들은 자신들의 의지로 세계는 변화 가능하다는 확신으로 충만하다. 이들은 지금까지 존재해 온 세계를 거부하고 그것을 변화시키려는 결의를 당연하게 여기도록 훈련받아왔기 때문이다. 이 결의는 안으로는 강제적이지만 겉으로는 자발적이다. 「리니지」도 유사한 과정을 보인다. 혈원들은 방대한 네트워크의 주변에 무방비적으로 놓여있다. 물론 이들의 죽음으로 세계는 변화될 수도 있고, 그렇지 않을 수도 있다. 중요한 것은 이들이 죽음을 통해 증명하고 싶은 새로운 세계에 자신이 속하지 못할 것이라는 사실을 혈원이나 현대인은 모른다는 것이다.[19] 이들에게 열려있는 것은 정치적 소외의 가능성뿐이다. 게임 안에서든 밖에서든 네트워크의 구성원들은 집단의 대의명분을 위해 일시적으로 존재하는 시한부 인생들이다. 집단들이 종종 활용하는 대의명분이란 국가적 비상사태다.

---

19) 지그문트 바우만, 정일준 옮김, 『쓰레기가 되는 삶들』, 새물결, 2008, 52~53쪽.

합의된 독재에 드러난 부도덕함의 의지

현대란 모든 것을 잃지 않으려면 누군가가 명령을 내려야 한다는 명제에 의해 촉발되고 유지되는 영속적인 비상사태의 시대다. 전쟁은 예방 조치나 선제공격이 없으면 파국이 온다는 지배자들이 만들어낸 담론으로부터 시작된다. 지배자들은 잉여인간들에게 불안과 파국을 끊임없이 주지시키며 이들의 무자비한 분노와 공격성을 요구한다. 지배 이데올로기는 전쟁은 일상화 하면서 권력의 기반을 다지고 사회의 위계를 단단하게 한다. 말하자면 '제도로서의 전쟁'인 것이다. 「리니지」의 꽃이 전쟁[20]이며, 이 게임이 혈맹 간의 전투를 시스템화하고 있다는 사실에서 이 사실은 선명해진다.

> 「리니지」에서 전쟁은 필요악이다. 통계에 의하면 「리니지1」 유저의 80% 이상이 「리니지」에서 전쟁은 꼭 필요하다고 밝히고 있다. 하지만 같은 「리니지」 형제인 「리니지2」 유저는 「리니지1」보다 전쟁을 원하지 않는 유저의 비율이 높다. 그러나 「리니지」 형제의 많은 유저들은 전쟁은 필요한 시스템이라고 생각하고 있고 MMORPG의 기본적인 테마가 전쟁인 만큼 전쟁을 즐기기 위한 시스템이 공성전과 함께 곳곳에 상지되어 있는 것이다. (88~89쪽)

> 「리니지」에서 전쟁은 의아할 정도로 쉽게 일어난다. 그것은 단적으로 말해서 분쟁이 쉽게 일어날 수 있는 환경인 반면에 그것을 중재하거나 수습하는 시스템이 부족하기 때문이다. 현실처럼 언론기관이 있는 것도 아니고 법원이 있는 것도 아니다. 자신의 주장을 펼치기 위해서는 오로지 재빨리 키보드를 두드릴 수밖에 없다. (79쪽)

---

20) 전쟁을 통해 혈맹은 세력을 넓힌다. 4레벨 이상의 혈맹은 성城을 차지할 수 있다. 성을 차지하기 위한 혈맹들의 전쟁이 바로 공성전이다. 이인화, 앞의 글, 457쪽.

　"MMORPG의 기본적인 테마가 전쟁인 만큼"「리니지」에는 "전쟁을 즐기기 위한 시스템이 공성전과 함께 곳곳에 장치"되어 있다. 「리니지」는 "분쟁이 쉽게 일어날 수 있는 환경"을 시스템화 하는 반면, 분쟁을 "중재하거나 수습하는 시스템"은 아예 염두에 두지 않는다.[21] 여기에는 자발적인 갈등 형성이라는 「리니지」만의 특징이 큰 역할을 했다. 콘솔게임이나 서구형 온라인게임에서는 사용자가 스토리를 구성하기는 하지만 갈등 상황 자체를 형성하지는 않는다. 사용자는 주어진 갈등 상황에서 단지 자신의 행동을 선택함으로써 스토리를 만들어갈 뿐이다. 그러나 「리니지」는 어떤 동맹에 가담하여 누구와 대립할 것인가도 자발적으로 선택한다. 게이머의 입장에서는 개발자에 의해 주어진 갈등에 수동적으로 따라가기보다 사용자가 스스로 만들어낸 갈등이 훨씬 더 매력적일 터이다.[22] 「리니지」가 수천 시간씩 지속되고, 게임중독으로 죽음에까지 이르게 되는 현상도 이 자발적 갈등 형성 원리 때문이다.

　이렇게 「리니지」에서 전쟁은 '우연히'가 아니라 '의도적'으로 일어난다. 정확히 말하면 「리니지」에서 전쟁은 하나의 '제도'[23]이다. 「리니지」의 전쟁은 그 자체가 하나의 질서이거나, 아니면 질서 속에서 전쟁이 진행된다. 이는 질서와 폭력과의 밀착관계 속에서 유지된 현대적 삶과 별

---

21) 「리니지」의 혈맹은 친목혈과 전쟁혈로 나뉜다. 그러나 「리니지」는 세계적인 인기를 끌고 있는 「와우」에 비하면 경쟁적 게임의 요소가 훨씬 강조되어 있다. 「리니지」가 경쟁적 요소에 치중하고 있다면, 「와우」는 협력적 요소를 훨씬 더 강조한다. 「리니지」의 이러한 특성은 초보자가 쉽게 진입할 수 있는 편의성과 함께 초보자 숙련자 할 것 없이 장시간 게임에 접속하게 하는 주요인이 되고 있다. 김서영·박태순, 「MMORPG 콘텐츠 분석틀」, 『한국콘텐츠학회논문집』 제6권 제10호, 2006, 86~87쪽.

22) 이를 두고 이인화는 한국의 온라인 게임이 게임이라는 장르를 넘어 이제까지 인류사에 존재한 어떤 이야기 예술과도 다른, 전혀 새로운 서사 패러다임의 이야기를 출현시켰다고 극찬한다. 1000시간 이상 지속되며 고조되는 갈등 상황에 스스로 주인공으로 참여함으로써 사회 정의와 인간적인 자유의 가치를 깨달아가는 사용자라는 매우 특이한 이야기라고 한다. 이인화, 앞의 글, 454쪽.

23) 나치즘, 공산주의, 그리고 1950년대의 냉전적인 체제경쟁은 바로 폭력적인 질서들이었다. 체제의 기능적 상호의존체계 한복판에 폭력이 자리하고 있는 것이다. 신진욱, 「근대와 폭력」, 『한국사회학』 제38집 제4호, 2004, 19쪽.

반 다르지 않아 보인다. 인간사회는 질서를 쟁취하기 위해 오히려 얼마나 폭력적이었던가를 역사의 기록들이 증언하고 있다. 20세기 전쟁이 수반했던 대량살상은 제2의 경제 질서, 즉 산업화시대 경제를 창출하는 데 결정적 역할을 했다. 문명을 가능하게 한 대량생산체제는 실상은 대량학살무기가 없었으면 가능하지 않았다. 영토 확장을 염두에 둔 제국주의는 온갖 제도와 질서 잡기를 위해 엄청난 양의 살상무기를 동원하여 식민지 정복에 나섰다.[24] 따라서 "리니지에서 전쟁은 필요악"이라는 말은 단순히 유희를 일삼는 무지한 게임적 발언이라고 치부하기 어렵다. 총군의 일사불란한 지휘 아래 무차별적 척살을 주된 스토리로 하고 있는「리니지」는 스펙터클한 잔인성을 위해 기획된 인간 사회의 제도와 별도 달라 보이지 않기 때문이다. 두 차례에 걸친 걸프전, 그리고 9·11 테러의 보복 전쟁이 세계 질서를 재편하겠다는 미국의 야심을 채우는 데 이용되었던 것처럼 인간사회에서 혹은 사이버상의 게임에서 혼돈은 질서를 바로 잡는 데 큰 역할을 한다.[25] 즉「리니지」에서 전쟁은 인간세계와 마찬가지로 해소되어야 할 병리적 현상이 아니라 세계를 위한 적극적인 구성원리인 것이다.

> 일반 숭립무혈이 무차별 척살에 항의하며 용의 계곡 삼거리에서 간판을 켜고 시위를 벌이자, 분조위와 DK혈원들이 몰려가 시위대를 모두 척살하기도 했다. … (중략) …
> 척살용 캐릭들은 용던 계곡 위에 올라가 망을 보다가 계곡 아래를 지나는 일반 무혈유저들을 향해서 무차별적으로 화살을 난사했다. 또 일반 무혈 캐릭을 공격해 넘어뜨렸다. (99쪽)

따라서 "중립무혈이 무차별 척살에 항의하며" "시위를 벌이"는 것을 두고 폭력적이라는 폄하하는 것은 표피적인 진단에 머문다.「리니지」에

---

24) 이삼성, 『20세기의 문명과 야만』, 한길사, 1998, 125쪽.
25) 지그문트 바우만, 앞의 책, 65쪽.

는 아예 폭력이라는 개념이 존재하지 않는다는 편이 타당하다. 지배자에게는 폭력이 일시적인 충동행위가 아니다. 폭력은 집단의 친교와 연대를 촉진하는 유용한 사회적 제도이다. 다시 말해서 지배자에게 폭력은 결국 창조하는 권력으로 지각되고 기억된다.26) 총군 독주체제에서 합법이냐 불법이냐를 구분하는 일은 의미가 없다. 총군은 규칙에 대해 자유로우며, 규칙이 있다 하더라고 언제나 폐기될 수 있는 임의적인 개념이다. 「리니지」에서 규칙이란 현재로서는 특권을 가진 자와 권리를 박탈당한 자가 임시변통으로 짜 맞추는 모습을 보여주고 있을 뿐이다.27) 규칙의 적용 여부는 혈맹의 총군이 얼마나 강하고 능란하고 덜 양심적인가에 달려 있다. 사정이 이러한 데도, 총군의 권력에 소속된 혈원들은 불평하지 않는다. 혈원들은 자신이 우수한 혈맹에 소속되기 위해서 전쟁에 모든 것을 걸면서 체제에 자발적으로 동의한다. 좀 더 정확하게 말하면 혈원들은 강력한 군주의 독재를 원하기까지 한다.

> 「리니지」에서 혈원은 혈맹을 위해서 충성을 다하는 것이 본질이다. 충성의 본바탕에는 혈맹에 대한 애정과 자부심이 있기에 가능한 것이다. 혈맹의 문장은 각 개인 캐릭터마다 아이디 옆에 붙어 항상 따라다니는 얼굴 같은 것이어서 혈맹의 수치는 곧 자신의 수치였다. 혈원의 자존심과 혈맹의 자존심이 긴밀히 연결되어 있다는 점에 비추어볼 때 제네시스의 행동은 이해할 수 있는 측면이 있었다. (135쪽)

「리니지」에서 "충성"이라는 개념은 위로부터 요구되는 일방향적인 것이 아니다. 여기서 충성은 "혈원의 자존심과 혈맹의 자존심이 긴밀히 연결"될 때만 가능하다. 즉 「리니지」의 총군은 명예스런 "혈맹의 문장"에 소속되어 있다는 심리적인 뇌물을 공여하고, 그 대가로 혈원들로부터 충성이라는 사회적 양보를 얻어낸다. 언제 척살될지 모르는 운명을

---

26) 신진욱, 앞의 글, 18쪽.
27) 지그문트 바우만, 앞의 책, 123쪽.

혈원들이 마다않는 것은 이 게임이 명문혈의 일원이라는 심리적 보상을 제공하고 있기 때문이다. "혈맹에 대한 애정과 자부심"으로 충만한 혈원 내면에 도사린 가장 은밀한 충동은 '강렬한 예속성'이다. 그리하여 최고의 혈맹에 속해 있다는 기쁨은 DK혈맹 아키러스 군주가 자신들에게 가하는 폭압을 기꺼이 수락한다.

여기에는 이를 가능하게 하는 폭력의 중요한 본성이 작용한다. 폭력은 중요하게도 이를 주고받는 과정에서 상대와의 관계지향성을 드러낸다. 이 주고받음은 참여자들을 통제하고 조정하는 어떤 초월적 실재처럼 인지된다. 이런 실체화는 폭력에 있어 가해자나 피해자라는 구별을 무의미하게 만들고 결국 참여자의 책임을 면제시킨다. 여기서 주목하는 것은 폭력의 행위가 아니다. 이 폭력을 가능하게 하는 전제된 관계와 행위자의 힘이다.28) 「리니지」에서 폭압적인 전제정치가 수용되는 것은 집단에 소속되지 못하는 혈원의 불안을 총군의 폭압적이 상징하는 자신과 집단의 강한 결속력으로 해석하고 있기 때문이다. 총군의 강력한 독재에서 혈원들은 미래에 대한 확실성, 더 큰 체제에 대한 비전을 발견하려 한다. 따라서 위로부터의 선전과 강제 혹은 체제에 대한 지지의 수준을 넘어 아래층에서 먼저 자신들을 강력하게 규제하고 통치해줄 것을 요구한다. 그렇게 보면 「리니지」에서 혈원들은 우연한 군중이 아니다. 이들은 권력의 생산자들이다.

체제와 권력이 집단적 주체성을 만들어내고, 각 개인이 그 주어진 집단적 정체성을 자신의 것으로 받아들이도록 만드는 정교한 정치공학이 작동한다.29) 「리니지」는 총군이 혈원을 향한 독재는 강압적 지배의 양상을 헤게모니에 대한 자발적 요구의 정치로 바꾸어 놓는 것이다. 총군

---

28) 따라서 폭력을 반사회적이라거나 금기의 위반이라는 충동적 산물로 보는 견해는 많이 미흡하다. 물론 폭력이 질서를 부정한 측면이 강하지만, 이로 인해 폭력이 결국 관계를 강화하거나 새롭게 정립하려는 생성의 측면이 있음을 간과되어서는 안 될 것이다. 폭력은 그런 점에서 이중적이다. 김희봉, 「인간 폭력의 근원과 의미」, 『현상과인식』 제76호, 1998, 28쪽.

29) 임지현, 앞의 책, 19~29쪽.

에 대한 눈물겨운 충성심과 다른 혈맹에 대한 적대적 증오는 혈원의 욕망과 총군의 권력의 의지가 맞물리면서 만들어낸 독재 양식이다. 그런 의미에서 「리니지」의 폭력은 합법적인 행위로 격상된다. 여기서 「리니지」는 정치의 성격이 단단한 데서 부드러운 데로 바뀌어가는 현대의 정치적 과정을 그대로 보여준다. 「리니지」는 서로 배제하는 양자택일적 현상에서 서로를 포섭하는 복합적 현상[30]으로 독재의 패러다임을 바꾸어 놓기 때문이다. 이러는 과정에서 지배관계는 집단적 사랑의 문제로 이행한다.

> 붉은혁명의 화려한 전투력은 일반유저들의 탄성을 자아내기에 충분했고, 그들의 끈질긴 항쟁정신은 인기 최고의 전투혈맹으로 꼽히는 데 손색이 없었다. 그러나 무엇보다 붉은혁명을 붉은혁명답게 만든 것은 불굴의 정신이었다. DK동맹에 대한 혐오와 전투 의지가 그들을 불굴의 전사들로 만들어냈다. 이런 이유로 붉은혁명은 오랫동안 DK동맹에 대항하는 저항세력의 중심이 된 것이다. … (중략) … 리벤지스는 침착하고도 정교한 전투를 즐기기로 유명했다. 그들은 동수의 혈맹 대 혈맹의 전투는 거침없이 승리로 마무리 지어 유저들에게 깊은 인상을 남겼다. 리벤지스의 총군이며 인터페이스 라인의 군주인 나리타는 강력한 리더십으로 리벤지스의 무적신화를 만들어냈다. 또 리벤지스에는 반항세력을 대표하는 맹장 중의 맹장인 야적이 스트라이커로 맹활약을 하고 있던 터였다. 야적은 정교하고 교과서적인 정석 플레이와 찬스를 놓치지 않는 안목 있는 리더였다. 그의 섬세한 전투 지휘능력과 기동능력은 타의 추종을 불허했다. (105~106쪽)

"불굴의 정신" "DK동맹에 대항하는 저항세력의 중심"이라는 지배자에 대한 환각이 심해지면 그때는 이미 정치가 아니라 '사랑의 영역'으로 이행한다. 따라서 "화려한 전투력", "침착하고도 정교한 전투", 혹은 "교과서적인 정석 플레이"라는 찬사는 지배자에 대한 것이라기보다 추상화

---

30) 임지현, 앞의 책, 22~23쪽.

된 인간 존재에 대한 극진한 사랑의 표현으로 볼 필요가 있다. 독재자들이 어떤 방식으로든 자신의 외양을 가공하는 것은 피지배자들을 열광시켜 사랑이라는 심리적 공동체 속에서 피지배자의 이성을 마비시킨다. 대중들은 총군에게서 자신의 미래의 비전을 발견하며, 따라서 어떠한 폭압이라도 기꺼이 눈감아 주려 한다. 일반 유저로는 도저히 가닿을 수 없는 신의 경지에 다다른 총군에 대한 열정적인 사랑으로 독재는 영속화된다. 그런 점에서 총군에 대한 격렬한 사랑이야말로 '비용이 들지 않는 합의의 가장 완벽한 형태'일지 모른다.

　사실 사랑만큼 권력을 체험하는 형태는 흔치 않다. 사랑을 한다는 것은 자신과 타자의 관계를 자각한다는 것을 의미하는데, 현실에서 이 관계는 대부분 한 편의 영향력 속으로 다른 한 편을 끌어들이는 형태를 취하고 있기 때문이다.[31] 일반적으로 남자들이 여성에게 사랑을 나누는 방식은 지배권을 행사하는 방식과 별로 다르지 않다. 사랑은 권력관계의 다른 표현이다. 자신을 압도하지 못할 만큼 무능한 남성에게 매력을 느끼는 여성은 드물다. 그런 점에서 권력이 사랑에 앞설 수밖에 없다. 「리니지」에서도 마찬가지다. 언제나 격렬한 예속의 의지를 표하는 대상은 명문혈의 총군이다. 쇠잔해가는 총군에게 열정적인 경의를 표하는 혈원은 없다는 말이다. 「리니지」가 오랜 세월 변함없이 유저들의 접속이 끊이지 않는 이유도 이러한 원초적인 사랑과 권력의 은밀한 결합에 있다. 총군에 대한 격렬한 환호 속에는 총군과 혈원 양쪽을 만족시키는 권력의지가 내재해 있기 때문이다. 그리고 중요한 것은 이로 인해 양쪽 모두 권력에 예속되어 있으면서 서로가 선량하지 않다는 사실을 눈감아 준다는 사실이다.

　　06년 5월 21일 일요일, 아키러스는 진작에 공언한 대로 아덴성 홀
　에 전 혈원들을 모아놓고 드래곤나이츠 해체식을 거행한다. … (중략)

---

31) 스티븐 컨, 임재서 옮김, 『사랑의 문화사』, 말글빛냄, 2006, 391쪽.

… 각 인터넷 게임 포털사이트 기자들만이 DK의 허가를 받고 취재를
하기 위해 아덴성 안으로 들어갔다. 아키러스는 드래곤나이츠 해체와
때를 맞추어 「리니지2」 바츠 서버 자유게시판에 드래곤나이츠 해체
를 공식 선언한다. 그는 이 글에서 그 유명한 '악의 선택'에 관한 발언
을 한다. 3년 간 DK와 함께한 자신의 행적을 '당당한 악'으로 규정한
것이다. … (중략) …

　안녕하세요, 아키러스입니다. 세상에도 선과 악이 존재하듯이 「리
니지2」 세상에서도 선과 악이 존재합니다. 사람들은 누구나 선을 지
향하고 선택합니다. 하지만 본혈맹 Dragon Knight는 과감하게 선보
다는 악을 선택하였습니다. 악이었기에 선이 더욱더 빛날 수 있었다
고 생각하고 싶습니다. 억지로 선이라고 우기고 싶지 않습니다. 당당
하게 악이었다고 자신있게 말하고 싶습니다. (105쪽)

앞서의 논의대로 권력은 발산물이자 피지배자의 산물이며 피지배자
가 부도덕하게도 이 예속상태를 즐긴다[32]면, 여기서 악에 대한 논의가
나올 수밖에 없다. 권력이란 신과 영원성을 믿지 않는 인간들이 신앙을
이성으로 대체하고 이기심만을 충족시키려는 과정에서 나온 것이기 때
문이다. 영원함이 없으면 선함도 없다. 일단 모든 인간이 신과 영원성을
제거하면 오직 이 땅에서의 행복과 쾌락을 위해 할 수 있는 모든 행동을
취한다.[33] 사이버상의 「리니지」가 현실과 조금도 다르지 않은 이유는
이 게임이 지극히 인간적인 욕망에 애착을 갖기 때문이다. 신성한 정신
을 포기한 인간의 세계에서 총군에 대한 사랑은 지속성을 포기한 대신
강렬함을 취하게 된다. DK의 총군 아키러스가 "'악의 선택'에 관한 발
언"을 할 수 있었던 것은 이러한 인간적 욕망과 사랑에 모두가 합의하고
있기 때문이다.

　여기서 모두가 합의한다면 그 "악"도 "당당하게 말"할 수 있는 현실의
논리를 발견할 수 있다. 「리니지」가 승승장구할 수 있었던 요인은 바로

---

32) 베르나르 앙리 레비, 앞의 책, 51쪽.
33) 지그문트 바우만, 앞의 책, 187쪽.

이러한 '독재에 대한 만족과 부도덕함의 의지를 정당화'하고 있기 때문이다. 유능한 군주는 사람들을 선에서 멀어지게 하되, 그 악을 "당당한 악"으로 만들 수 있는 사람이다. 선을 행하는 데에는 지독한 극기와 제약을 뛰어넘어야 하지만, 악에 관한 한 모든 자유가 주어져 있다. 악이 활개를 칠 수 있는 범위는 매우 넓다. 다만 그 악을 합법적인 것으로 규정할 수 있는 기술이 있느냐 없느냐의 문제만 남는다. 「리니지」에서 지배 혈맹에 의해 사냥터에서 아무 죄도 없이 수백 명씩 학살당하며, 부당한 통제에 의해 척살령이라는 공포와 폭압의 그늘에 살면서도 일반 혈원들이 게임에 접속하는 것은 이들이 합법적인 악에 자기파괴적 쾌감을 느끼기 때문이다. 「리니지」에는 선과 악의 구분이 없다. 나쁜 혈원과 덜 나쁜 혈원, 혹은 힘이 있는 혈맹과 힘이 없는 혈맹이 있을 뿐이다. 이는 현실도 마찬가지다. 약자가 강자의 광포함에 맞서든 순응을 하든, 그 내부에는 양쪽 모두의 합법적인 악을 갈망하는가 아니면, 합법적인 악을 마음껏 누리는가의 차이가 있을 뿐이다. 결국 「리니지」에서 전생과 독재가 보여주는 것은 악의 합법화이며, 여기서 합리적인 이기주의 문화를 발견할 수 있다.

합리적으로 행동하는 불합리한 존재들

「리니지」가 세계적인 게임접속 수치를 갖고 있다는 말은 체계와 시스템이 합리적으로 설계되어 있다는 뜻이다. 친교와 관계가 중시되는 네트워크 사회에서 어떤 캐릭터가 성장하고 살아가기 위해서 시스템은 논리적 상식적으로 납득 가능해야 한다. 「리니지」에서 캐릭터의 성장이 그가 입는 옷과 사용하는 무기, 습득하는 스킬 등까지도 매우 정교하게 기획된 이유는 여기에 있다.

그런데 이러한 합리성이 언제나 정당하게 구현되지는 않는다. 선과 악, 혹은 지배자와 피지배자 모두 자의적으로 합리성을 활용하면서 발생하는 이른바 '합리성의 충돌'이 자주 목격되기 때문이다. 대표적인 사례가 2004년 6월에 발생한 바츠해방전쟁이다. 현실의 주요일간지와 월간지에서까지 심층 보도 될 만큼 바츠해방전쟁은 합리성과 불합리라는 점에서 꼼꼼하게 들여다 볼 필요를 제공한다. 바츠해방전쟁은 「리니지」의 가장 오래된 바츠서버에서 오랫동안 무소불위의 권력을 누려온 DK혈맹의 폭압에 대항한 저레벨 혈원들의 대규모 투쟁을 말한다.

> 그동안 DK의 위력에 억눌려 발언권 하나 제대로 갖지 못한 중소혈맹들이 이제는 강력한 자신감으로 무장하여 자기들만의 목소리를 내게 된 것이다. 엄청난 인원수와 접속률을 자랑하던 DK동맹도 계속되는 중소혈맹의 참전에 위축되었고, 격동에 휘말린 바츠정국은 한 치 앞도 알 수 없는 미궁 속을 달리게 되었다. 그리고 타 서버에는 내복단이라는 전례가 없는 조직이 생성되기 시작했다. 내복단은 서버 내 혈맹 간의 전쟁에 있어서 새로운 전기를 맞는 「리니지」 초유의 사건으로, 일개 서버에서 전 서버로 전쟁이 확대된 것이다. 그동안 바츠 서버에서 벌어진 DK의 사냥터 통제와 일반유저 무차별 척살에 대해 알고 있던 타 서버의 유저들과, DK동맹의 압제에 휘둘려 바츠 서버에서 타 서버로 이동하여 반왕으로서의 꿈을 접었던 유저들이 '내복단'이라는 이름으로 용던에서의 전투에 참여하기 위하여 고향으로 돌아온 것이다. 21세기 디지털 민주주의가 괴력을 발휘하기 시작한 것이다. (154~155쪽)

사실 DK혈맹과 총군 아키러스는 「리니지」 세계에서는 막강한 존재였다. 「리니지1」에서부터 활동하여 조직을 정비한 상태에서 2003년 7월 6일 「리니지2」로 넘어오면서 DK혈맹은 가장 먼저 강력한 전투력을 가진 혈맹원들을 대량으로 보유하고 있었다. DK혈맹은 게임세계에서 2인자가 없는 강력한 독재체제를 오랫동안 이어가고 있었다. 총군 아키러스는 기민한 상황 파악 능력과 유연한 혈맹관리 능력으로 대항 혈맹

의 도전을 그때 그때 분쇄하면서 거의 무소불위라 할 만한 광범위한 영
토를 구축했다. 이런 만큼 DK혈맹 지도부가 저지른 권력 남용34)으로
「리니지」 세계에는 언제나 크고 작은 불만의 목소리가 끊이지를 않았다.

급기야 "DK의 위력에 억눌려 발언권 하나 제대로 갖지 못한 중소혈
맹들이" 이제까지와는 다른 모습으로 "자기들만의 목소리를 내게 된"다.
DK총군인 아키러스의 독주에 반대하여 엄청난 연인원이 동원된 역사
상 유래가 없는 접전이 일어난 것이다. 이 혁명의 주역은 이른바 내복단
이라 불리는 최하위계층35)이다. 내복단이라는 독특한 이름은 갑옷이 없
어 내복을 입었다는 데서 붙여진 이름이다. 그만큼 레벨이 낮고 사회적
지위가 보잘것없는 존재라는 뜻이 되겠다. 그러나 영웅이야기 중심의
게임사36)에서 최하위계층인 내복단이 보여준 정치적 입장은 게임사에
서 유래를 찾을 수 없는 놀라운 것이다. 사실 「리니지」의 세계는 레벨에
따른 계층적 차별성이 뚜렷하게 제시되는 철저한 계층사회다. 레벨에
따라 입는 옷과 쓰는 무기 등 아이템이 다르며 출입할 수 있는 지역도 다

---

34) 바츠해방전쟁의 발발에는 두 가지 경제적 정치적 요인이 작용했다. 첫째, 10%에서
  15%로 바뀐 2004년 2월 16일의 세율 인상이다. 세금 인상은 상점에서 무기와 옷,
  마법방어를 위한 장신구, 각종 물약, 각종 마법서를 사야하는 40레벨 이하 D급 아이
  템과 무급 아이템 사용자들에게만 적용되었다는 데서 불만이 터져 나왔다. 이러한
  불만은 세금을 징수하는 지배혈맹에 대한 분노로 이어져 해방전쟁에 대한 광범위한
  공감대를 만들었다. 둘째, 정치적 압제다. 1천 개가 넘는 바츠서버 가운데 쟁혈이라
  불리는 전쟁혈이 사냥터를 통제하면서 문제가 발생했다. 2004년 3월 거대 3혈맹 단
  결식을 통해 무소불위의권력을 확인한 DK혈맹은 사냥터의 통제를 기정사실화하면
  서 이에 반대하는 일반 사용자들에 대한 무차별 척살령을 실시했다. 이 사건이 세금
  인상 문제와 함께 저레벨 민중 계층의 광범위한 결합을 낳았고 결국 바츠해방전쟁
  으로 이어진다. 이인화, 앞의 책, 84~89쪽.
35) 「리니지2」의 세계에는 현실 역사의 민중에 비유될 만한 계층이 존재한다. 통계 자료
  를 보면 40레벨 이하의 캐릭터들로 규정되는 이 민중 계층은 2003년 11월 25일 현
  재 전체 「리니지2」 플레이어의 85, 9%를 차지한다. 낮은 레벨의 군소혈맹원은 수시
  로 공격당해 죽고 들판과 음습한 동굴, 무너진 산채에서 혈맹 모임을 연다. 사냥터에
  자유롭게 출입할 수 없기 때문에 레벨을 높일 수 있는 기회도 적다. 이러한 계층 분
  화는 레벨 차이에 따른 이해관계의 충돌로 혈맹전쟁의 요인이 되기도 한다. 이인화,
  앞의 글, 457~458쪽.
36) 배주영・최영미, 「게임에서의 '영웅 스토리텔링' 모델화 연구」, 『한국콘텐츠학회논
  문지』 제6권 제4호, 2006, 110쪽.

르다. 따라서 이들이 총군인 아키러스에게 저항하여 "타 서버에는 내복단이라는 전례가 없는 조직"이라는 사실은 분명하다.

> 그들(내복단-필자주)이 입고 있는 옷이 비록 견습사의 옷일지라도, 그들이 들고 있는 무기가 비록 견습사의 검이라 할지라도 정의를 향해 불타오르는 그들은 두려움 없이 DK동맹에게 달려들고 있습니다. 그리고 DK동맹은 당황하고 있습니다. 아군인 바츠동맹마저도 크게 놀라고 있습니다. … (중략) … 내복단의 활약은 그들의 강함이나 약함이 중요한 것이 아니라, 절대강자 앞에서 유저들의 참여를 이끌어 냈다는 것 자체가 커다란 의미인 것입니다. (155~158쪽)

> 장장 1년간에 걸쳐 펼쳐진 1차 바츠대전쟁은 미완의 혁명으로 바츠역사에 기록되게 되었다. 하지만 연인원 수십만 명이 동원된, 비록 사이버상이지만 1950년 6·25동란 이후 한반도에서 벌어진 최대의 전쟁으로 기록된 이 전쟁이 온라인게임의 발전과 역사에 기여한 흔적은 만만치 않다. 중앙 일간지와 월간지, 그리고 다수의 인터넷 매체에서 이 전쟁에 관해 다루었고 그동안 게임 마니아용으로 치부했던 MMORPG에 많은 지식인 계층이 눈을 돌리는 계기가 되기도 했다. 바츠대전쟁은 단지 바츠서버의 전쟁일 뿐만 아니라, MMORPG 역사에 획을 긋는 혁명적인 사건인 동시에 대중문화 패러다임의 변화를 알리는 신호탄이기도 했다. (215쪽)

물론 바츠해방전쟁을 두고 "1950년 6·25동란 이후 한반도에서 벌어진 최대의 전쟁"이라는 표현이 지나친 과장임은 분명하다. 또한 내복단이 "견습사"의 "옷"과 "무기"로 "절대강자 앞에서 유저들의 참여를 이끌어냈다는 것 자체가 커다란 의미"가 있다는 주장 역시 진부한 해석이다. 그럼에도 불구하고 내복단이 보여준 자기 발견과 각성의 의지는 결국 인간의 존재에 대한 뼈저린 반성이라는 점에서 무시할 수 없는 의미를 갖는다. 적극적으로 독재에 동참하면서도, 그 체제가 과도하게 합리성을 상실할 경우 여기에 문제를 제기하는 모습은 사이버상의 대중에게도 합리적인 시민의식이 존재함을 보여주는 것이다. "MMORPG의 역사에 획을 긋는 혁명적인 사건인 동시에 대중문화 패러다임의 변화를 알리는 신호탄"이라는 자부심은 이런 차원에서 논의되어야 한다. 그런 점에서 합리성이야말로 지배층의 정신영역이라는 고정관념이 무너뜨린 「리니지」의 정치적 의미는 크다.

그러나 내복단의 합리성은 전적으로 인정하기에는 여기에 내재된 이기주의의 혐의가 적지 않다. 내복단들이 모여 결성한 바츠동맹군의 비열함은 DK연합군의 모습과 별반 다르지 않았다. 구체적으로 DK연합군보다 한 번도 우위에 서 보지 못한 바츠동맹군이 대승을 거둘 수 있었던 것은 이들이 기만전술을 택했기 때문이다. 공성전에서 동맹군이 보여준 속이기전략은 연합군에게 결정타를 날렸다.[37] 뿐만 아니라 바츠해방전쟁의 분수령인 아덴성 점령 후 동맹군 내부의 분열과 파렴치한 권력 다툼은 연합군의 치졸한 모습과 조금도 다르지 않았다. 그렇게 보면 바츠동맹군의 합리성에 대한 과찬은 역사적 의미를 부여하는 징도에서 그쳐야 한다.

따라서 내복단의 봉기가 가지는 의미는 DK연합군의 확실한 불합리성을 바츠농맹군의 불확실한 불합리성으로 바꾸어 버린 데 있다. DK연합군이 확실한 귄력으로 불합리한 폭압을 일삼았다면, 바츠동맹군은 봉기가 성공을 장담할 수 없는 불확실한 상황 속에서 타락한 방식으로 DK에 저항했기 때문이다. 바츠해방군과 DK연합군의 차이는 이들이 권력을 갖고 있느냐 없느냐의 문제일 뿐, 권력을 행사하는 방식에서는 다르지 않다. 여기서 합리적이라는 말은 단지 권력에 의해 만들어진 것이라는 사실을 알게 된다. 확실한 것과 이치라는 것은 지배 이데올로기가 제도와 규범의 이름으로 만들어진다. 「리니지」에서 DK라는 존재는 「리니지1」과 「리니지2」에 이르기까지 무소불위의 폭권을 행사한 만큼 영원한 불합리성의 상징이었다. 그런 점에서 바츠해방군이 도전한 것은

---

37) 이인화, 앞의 책, 102쪽.

DK혈맹의 부당한 경제적 조치가 아닐지 모른다. 바츠해방군은 무너지지 않을 것 같은 DK의 확실한 권력이며, 몰락하지 않을 것 같은 그들의 불합리한 권력에 저항한 것이다. 더구나 해방군이 보여준 초반의 단결과 후반의 내부 분열은 흥미로운 생각거리를 던져준다. 자유를 외친 이들의 봉기는 시간과 우연을 초월하는 어떤 영원히 확실한 진실을 담은 것은 아니라는 점을 보여준다.[38) 이렇게 바츠대전쟁에서 노출된 '합리성과 불합리성의 착종'은 언론플레이에서 더욱 선명해진다.

> 해리포터 총군은 인터뷰를 하며 미리 작성한 선전포고문을 기자에게 건네주었고, 당일 자정 해리포터의 참전은 기정사실화되었다. 특히 이날 해리포터 총군이 작성한 선전포고문이 플레이포럼에 실리면서 커다란 파급 효과를 가져왔다. (149쪽)

> 소설가 이인화는 2005년 『신동아』 8월호에 "가상현실에서도 정의가 승리해야… 그래서 '바츠해방전쟁'을 일으켰다"라는 제목의 기고글을 통해 당시 마지막 파르티잔들의 모습을 이렇게 묘사했다. (214쪽)

"해리포터 총군"이 DK혈맹에 대해 전쟁을 선포하는 방식, "선전포고문을 기자에게 건네주"고 "선전포고문이 플레이포럼에 실리"고 "인터뷰를 하"는 모습은 게임사에서 흔치 않은 일이다. "중앙 일간지에서 바츠대전쟁을 기사화"하는 차원을 넘어서 정치사회적 이슈를 심층 보도하는 월간지 『신동아』까지 "내복단의 출현"에 깊은 관심을 보이는 것은 분명 하나의 사건이다. 여기서 게임은 더 이상 사이버공간의 문제가 아니며, 삶의 연장은 더더욱 아닐지 모른다는 징후가 드러난다. 게임은 곧 바로 현실이라는 근본적인 발상 전환에서 「리니지」는 가상의 영역이 아닌 합리성과 타당성의 영역에서 논의를 전개하게 한다. 해리포터총군이 전쟁을 선포하면 현실의 게임 잡지가 이를 기사화하는 등 사이버 공간은 현

---

38) 이삼성, 앞의 책, 534쪽.

실 언론과 접맥되면서 「리니지」를 합리성의 영역에서 논의할 근거를 마련한다.

이러한 양상은 게임 공간에서도 언론을 합리의 영역으로 이끌어가는 것으로 드러난다. 특정 게이머와 개별적으로 대화를 나누는 귓속말 기능과 혈맹 간에만 대화를 나누는 차단적인 기능, 그리고 특정 게이머와는 대화를 차단시키는 기능, 전체 대화에 참여하거나 또는 불참하는 등의 다양한 대화지원기능 등의 합리적인 발언의 통로가 마련되어 있다.39) 게임 내 대화창을 통해서 혈맹 내의 구성원들을 설득하고, 게임 밖에서는 현실 언론을 활용하여 게임 세계에 대한 충분한 동의와 동참을 이끌어내는 것이다. 이렇게 내복단의 봉기는 안이든 밖이든 언론시스템에 대한 기민하게 대응하는 언론감각이 없었으면 가능하지 않았다. 다시 말하면 「리니지」가 현실 언론에서 큰 주목을 받았던 주요인이 전적으로 민중 봉기도 중요한 요인이기는 하지만, 이를 언론을 통한 합리적인 전달에 있다고 볼 필요가 있다. 문제는 반대의 목소리를 내는 깃에 도사린 함정이다. 바즈전쟁에서 증명이 되었지만, 「리니지」에는 언론의 통로를 과도하게 많이 열어두고 있다.

> 워낙 혈원 수가 많다 보니 혈맹의 힘을 믿고 비매너짓을 하는 유저들이 늘어났고 이들의 행동을 일일이 통제하기 힘든 지경에 이르렀다. 그러자 천의 총군은 특단의 조치를 내렸다. 천의 소속 혈원이 비매너짓을 할 경우 자신에게 직접 메일을 보내달라고 공표를 한 것이다. K검K는 이른바 '신문고 정책'을 편 것이다.

---

39) MMORPG에서 게임을 한다는 것은 기본적으로 게임 인터페이스를 통해 다양한 게임요소들과 상호작용하는 것이다. 따라서 다른 플레이어와의 다각적인 커뮤니케이션 시스템은 필수다. 전체 채팅창이나 일반 대화창에서는 일반적인 인사말, 개인적인 이야기들, 게임 정보, 게임 내에서 도움을 요청하는 등 여러 가지 내용이 교환된다. 또한 귓속말은 남이 엿듣기가 불가능하기 때문에 다른 사람이 들어서는 안 되는 내용, 예를 들어 다른 게이머를 공격하기 위해 작전을 짠다거나 하는 상황에 활용된다. 또한 길드대화나 파티대화를 통해 자신이 속한 길드와 파티원들과 배타적인 대화를 나눌 수도 있다. 전경란, 앞의 책, 11~12쪽.

천의 총군의 신문고 정책이 효과가 있었는지 확인할 수 없지만 천
의 총군이 신문고 정책을 제안한 것 자체가 당시 온라인 게임 문화에
서는 파격적인 것이었다. (57쪽)

<DK동맹 용던 수칙>
혈맹 및 동맹의 행동지침사항은 다음과 같다.
1. 모든 동맹혈원들은 용던을 주사냥터화하여야 한다.
2. 군주단의 정리 명령에 고레벨 혈원이라도 철저히 복종하자. 자
   신의 레벨업에 치중하여 정리하지 않는다면 동맹의 중·저레벨
   이 설 곳이 없다. 중·저레벨이 설 자리가 없는 혈맹은 결국 망
   한다.
3. 동맹끼리 몬스터 스틸 시비라는 일은 있을 수 없을 것이다.
4. 사냥을 마친 후 리스는 마을이 아니라 용던 곳곳의 쉼터에서 한
   다. 잡템 정리나 정탄, 화살의 보급은 보조 드워프 캐릭을 활용
   한다.
5. 뼈단척살 캐릭을 1인당 1캐릭 이상씩 쉼터 곳곳에 리스해둔다.
6. 잊지 말자. 용던에 들어온 캐릭터가 동맹 캐릭이 아닌 한 적이다.
   무조건 정리한다. (147쪽)

「리니지」의 네트워크가 확장되고 혈원과 혈맹이 늘어나면서, 이른 바
"비매너짓"을 하는 혈원과 혈맹이 늘어나면서 사이버 세계가 매우 혼탁
해졌다. 이를 타개하기 위해 천의 총군이 자기 "천의 소속 혈원이 비매너
짓을 할 경우 자신에게 직접 메일을 보내달라는" "이른바 '신문고 정책'
을" 펴게 된다. 말하자면 언론을 장려함으로써 통해서 언론을 통제하겠
다는 합리적인 발상이다. 내부고발을 통해서 그 내부의 소소한 부분이
지배권자에게 노출되고, 이는 자신에 대한 통제를 유발하는 요인이 된
다. 이러한 자기노출은 지배자에게 "DK동맹 용던 수칙"과 같은 간섭의
권리를 선물한다. 여기에 따르면 혈맹 내부에서는 "군주단의 정리 명령"
에 대한 고레벨 혈원의 철저한 "복종", 그리고 "중·저레벨이 설 자리"

를 마련해주려는 혈원 간의 배려는 결국 총군에 대한 무조건적 복종으로 이어진다. 뿐만 아니라 "잡템 정리나 정탄, 화살의 보급" 등 이념과 생활을 망라한 모든 부분에 걸친 소소한 간섭권을 갖는다. 신문고는 무례한 행동을 논의의 장으로 끌어들여 그 문제의 해결을 전적으로 총군에게 일임하는 총군독재를 허용하는 것이다. 상식과 달리, 지배자는 피지배자를 침묵시키기만 하지 않는다. 강제와 억압의 억지스런 방식보다, 피지배자들이 자유롭고 능동적으로 말을 하게 하는 합리적인 방식을 선택한다. 이는 신문고를 빌미로 총군이 부르고 혈원이 이에 응답하는 이데올로기의 호명과 응답의 과정과 다르지 않다.[40]

지배자들은 언론을 장려하면서 은근히 억압의 기회를 확보하는 합리적인 불합리성은 종종 활용한다. 여기서 신문고와 같은 언론민주주의에 내재된 '합리의 역설'을 볼 수 있다. 따라서 모든 것을 자유롭게 말하도록 허용하는 사회는 일단 전체주의의 위험을 의심할 필요가 있다. 대중이 말을 하도록 내버려 두지 않고는 어떤 독재자도 성공하지 못한다는 말의 의미는 여기에 있다. 「리니지」는 신문고와 같은 합리적 발언의 기회가 진정으로 민주주의를 만들어가려는 확고한 신념에 의해서 이루어진다는 관념을 능란하게 반박한다. 신문고와 생활규칙에서 나타나는 언론 통제와 장려의 이중성처럼, 「리니지」의 언론정책은 민주주의는 언제나 군주를 필요로 한다고 독재의 논리로 바꾸어 놓는다. 오히려 민주주의는 철학을 필요로 하지 않으며 원칙보다 독재자의 민주주의가 우선한다[41]는 말에서 합리와 불합리에 대한 착종과 허무를 경험하게 된다.

이렇게 「리니지」는 비현실적인 탈출구가 아니라, 오히려 현실보다 더 현실적으로 인간 권력의 부조리에 적극적으로 가담하는 양상을 보여주고 있다. 「리니지」의 세계와 현실 모두에서 개인들은 합리적으로 존재한다고 믿게 하면서 자신도 모르는 사이에 전체주의의 이념을 외치는

---

40) 황병주, 「박정희 체제의 지배 담론과 대중의 국민화」, 앞의 책, 510쪽.
41) 이삼성, 앞의 책, 534쪽.

복화술사로 살아간다. 그런 점에서 「리니지」는 합리적인 것 같으나 불합리하며, 새로운 것 같지만 많이 낡았다.

현실 정치의 색다른 버전

국회방송 2009년 1월 9일자 뉴스에 의하면 「리니지」가 외국산 게임 월드 오브 워크래프트를 누르고 1위를 차지했다고 한다. 정부도 올해를 한국 게임산업의 제2부흥기로 만들기 위한 전방위적 지원을 계획하고 있다.42) 「리니지」가 더 이상 가상공간만의 게임으로 보지 않겠다는 진지한 인식 전환을 엿볼 수 있는 대목이다. 게임 내부에서도 상황은 같다. 게임이 말초적 본능에만 충실해서는 유저들을 장시간 접속하게 할 수 없다. 「리니지」는 살아있는 인간의 욕망이 첨예하게 부딪치는 양상을 가상이 아닌 현실의 차원에서 접근하고 있다. 더욱이 여러 관계의 충돌을 현실 정치를 환기시키려는 의지를 보여주고 있다.

그런 점에서 「리니지」는 '현실 정치의 색다른 버전'이라 할 만하다. 「리니지」의 방대한 혈맹시스템은 현대의 네트워크적인 삶의 양상을 복사하고 있다. 혈맹시스템은 전쟁을 하나의 제도처럼 인지시키며, 인간 세계에 영속적인 비상사태를 선포한다. 여기서 개인들은 언제든지 대체 가능한 잉여적 존재들이다. 개인들은 자발적으로 지배 이데올로기에 예속되기를 즐기며, 심지어는 더욱 강력한 독재를 요청하기조차 한다. 이렇게 「리니지」 속의 현실정치는 합리와 불합리가 착종되어 있다. 바츠 해방전쟁과 같은 시민저항이 지배 이데올로기를 점검하려는 합리의 의지인 듯하지만, 또 한 편으로 독재전권의 타락을 다수가 행함으로써 불합리와 합리의 구별을 애매모호하게 한다.

요컨대 「리니지」는 선과 악, 합법과 불법, 권력과 저항 등의 '이중적인

---

42) http://cafe.daum.net/li2. 참조(검색일 : 2009. 1. 15).

정치담론'을 구사함으로써 우울한 현대인의 삶을 제시한다. 자본주의가 정치의 미시적 산포라고 하였지만, 자본주의의 오류가 빈번해지면서 오히려 정치의 부피는 더욱 비대해지고 있다. 다만 문화 사회 경제 등 모든 영역이 정치로 귀착되는 정치환원주의가 교묘하게 이중화됨으로써 제대로 감지하지 못할 뿐이다. 이러한 현실이 심상치 않고, 이를 다시 게임화 하고 있는 「리니지」는 더욱 심상치 않다. 게임 「리니지」를 주목해야 하는 이유는 여기에 있다.

8. 「양철북」과 『새의 선물』, 반反성장에 내재된 전복의 가치

반反 성장의 서사

슐렌도르프 감독의 「양철북」은 제2차 세계대전 후 독일령에서 자유도시로 독립한 폴란드의 단찌히를 배경으로 하여 히틀러의 나치집단의 잔혹한 세계 지배와 그로 인한 인간의 황폐상을 다루고 있다. 영화는 1927년 독일 소시민 계층이 급격히 나치즘에 추락하는 역사적 사실로부터 1945년 3월 나치가 붕괴하기까지의 전 과정을 3살배기 오스카의 시선을 통해 보여 주고 있다. 한편 은희경의 『새의 선물』은 '잘 살아 보세'라는 물질만능주의가 뿌리내리기 시작하던 1960년대 중·후반을 배경으로 한다. 박정희 정부의 야심찬 계획으로 시작된 근대화 프로젝트가 알게 모르게 등장인물들의 삶에 그림자를 드리우는 모습이 12세 소녀 진희의 시선을 통해서 날카롭게 파헤쳐진다. 이처럼 「양철북」과 『새의 선물』은 동일하게 두 어린 화자가 근대라는 거대한 힘에 짓눌려 육체적·내면적 '성장을 포기하는 양상'을 다루고 있다.

일반적으로 성장담에서 어린 화자는 심각한 혼란과 변동을 극복하고 혈연적 계층적 관계 안에서 세습된 지위와 역할을 수행함으로써 자동적으로 성인의 공중을 얻게 된다. 이때 어린 화자가 무리 없이 성인의 공중을 획득하기 위해서는 화자가 속한 사회 내부가 어린 화자의 내면적 성장을 강력하게 추동해낼 수 있는 집단적 이념이 존재해야 하며, 또한 그 집단적 이념은 개인적 자아와 상충되지 않는 연속성을 가진 것이어야 한다. 그러나 아쉽게도 「양철북」과 『새의 선물』에서는 개인의 사회화를 견인할 인류적 문화적 가치가 사상되어 있다. 두 작품은 동일하게 근대의 두 꼭지점에 위치하는 바, 이러한 근대의 두 모습이 「양철북」에서는 독일의 나치즘으로, 『새의 선물』에서는 한국식 초기 자본주의로 구체화된다. 그러나 두 작품의 배경이 된 독일의 제2차 세계대전과 한국의 1960년대는 모두 환상적인 근대화 프로젝트, 즉 유토피아 건설이라는 거창한 수사에도 불구하고 여성 문제, 식민지 문제, 환경 문제 등의 숱한 야만적 문제들을 양산해 냄으로써 등장인물들의 내면적 성장을 도모할 만한 진정한 가치가 부재하는 시대로 인식되고 있음은 주지의 사실이다.

이러한 시대에서 「양철북」과 『새의 선물』의 어린 화자들은 근대의 이념을 승인의 대상이 아니라, 환멸과 거부의 대상으로 폄하한다. 이는 어린 화자 주변의 인물들이 근대의 폐해에 감염되어 하나같이 윤리적 정당성을 결여하고 있기 때문이다. 근대라는 문제적 시기를 배경으로 하는 「양철북」과 『새의 선물』에서 어린 화자와 집단과의 결합은 애초부터 불가능하며, 따라서 '개인의 성장은 고행과 좌절로 압축'된다. 그리하여 진희와 오스카는 성장체험을 통하여 사회에 진입하기는커녕 오랜 기간 인류 역사를 지탱해 온 '성장이라는 보편적 가치체계로부터 일탈'하게 된다. 따라서 「양철북」과 『새의 선물』에서 오스카와 진희의 성장담을 '반反성장의 서사'로 규정하고, 여기에 내재된 '저항과 전복의 가치'를 고찰할 필요가 있다.

성장에 대한 거부

한국에서 1960~70년대는 식민지 청산과 반공이라는 역사의 특수성으로 인해 사회의 모든 동력이 경제와 정치로 수렴되던 시기였다. 『새의 선물』은 성장제일주의에 밀려 개인의 존엄성이 철저하게 망각되는 이 시기를 배경으로 하고 있다. 작품 속에 등장하는 군인/처녀, 반공/빨치산, 유지공장/비누냄새라는 대립항들은 이 시기의 문제 상황을 단적으로 보여준다. 즉 군인·반공·공장 등은 1960년대 근대화를 주도하는 제도적 장치이었지만, 이런 제도들은 처녀, 빨치산, 비누냄새 등의 부산물을 만들어내곤 했다.

> 군인과 그의 팔짱을 끼고 걸어가는 긴 머리의 여자. 이형렬과 이모의 뒷모습은 어쩐지 상징적으로 보인다. 군복이 한시성을 표상한다면 긴 머리는 처녀성을 나타내고, 또한 군복이 구속을 나타낸다면 긴 머리에서는 자유로운 젊음이 풍겨 나온다. 군복이 제한된 현실에 대한 보상심리를 자극받았을 때 긴 머리의 처녀성은 제물이 될 수밖에 없으며, 긴 머리의 젊음이 자유를 구가할 때 군복에게는 그녀의 배신을 돌이킬 수 있는 개인적 시간이 허용되지 않는다. 군복과 긴 머리 여자의 뒷모습에는 배신의 뇌관이 들어있다.
>
> — 『새의 선물』(89~90)[1]

> 반공영화에서 잔인하고 무식한 빨치산이 모습을 익히 보아온 나로서는 학자 집안에서 빨치산이 나왔다는 게 잘 상상이 되지 않는다. … (중략) … 그리고 '124군 부대'라는 영화를 단체 관람하고 난 다음날 담임선생님이 공산당, 빨갱이, 빨치산을 한데 묶어 그들의 잔학성을 얼마나 통렬하게 고발했던가. … (중략) … 어쨌든 시금 정여사 아줌마의 남편인 그 빨치산은 감옥에 갇혀 있는데 죽기 전에는 그곳에서 나올 수 없을 거라고 하니, 아줌마가 청와대에 직접 편지까지 보낼 정도로 열심히 남편은 탄원하는 것도 당연한 일이었다.
>
> — 『새의 선물』(300)

> 유지공장에서 나는 냄새는 익숙해져서 거의 못 느끼다가도, 한번씩 심하게 코를 파고들 때가 있다. 날이 흐려서 갑자기 냄새가 강하게 스며들었던 것은 사실이다. 나는 그 냄새가 코에 스밀 때마다, 온사방을 덮어버리는 그 기세로 보면 공장이라는 존재가 하늘에서 내리는 비나 눈 못지않게 한꺼번에 많은 사람의 기분을 바꿔놓는다고 생각하

---

1) 괄호 안의 숫자는 은희경, 『새의 선물』, 문학동네, 1999, 쪽수 표시.

곤 한다. 그러나 은밀히 스며든다는 점에서 보면 비나 눈보다 훨씬 음
산하고 불길하다.

―『새의 선물』(302)

군인과 빨치산은 반공이라는 국시 아래 모든 자유는 숨을 막아야 했
던 시대의 이념적 지향을 표상한다. "군복이 제한된 현실에 대한 보상"
을 위해 "긴 머리의 처녀성은 제물이 될 수밖에 없으며", 빨치산을 했던
대가로 "감옥에 갇혀"서 "죽기 전에는 그곳에서 나올 수 없"는 정여사 아
줌마의 남편은 "공산당, 빨갱이, 빨치산을 한데 묶어 그들의 잔학성을"
"통렬하게 고발하는" 교육용 소재로 전락한다. 읍내의 한복판에 위치한
유지공장은 많은 사람들의 반대에도 불구하고 경제발전의 견인차로 그
거대한 모습을 드러냈다. 그런데 공장은 근대성의 발전 정도를 가늠하
는 중요한 척도이다. 마을 사람들에게 일자리를 제공한다는 미명 아래
근대적 형태를 갖춘 유지공장은 물질적 풍요를 제공하는 대신 마을 사
람들의 삶을 잠식해 들어간다. "음산하고 불길"하게 "온 사방을 덮어버
리는" 유지공장의 냄새는 규율과 강제를 핵심으로 하는 근대의 부정적
측면을 보여준다. 결국 1960년대 근대화의 산업역군이었던 유지공장은
대형화재가 발생하면서 동네에 한차례 재앙을 불러 온다. 이후 감나무
집을 중심으로 한 마을은 근대의 모자이크인 공장, 군인과 빨치산의 이
데올로기, 가부장제 이데올로기 등의 억압에 의해 구성원들의 삶이 하
나 둘 스러져 가는 운명에 처하게 된다. 12살 소녀 진희는 일련의 비극을
목격하면서 미래의 희망과 성장을 포기하기로 결심한다.

나는 삶을 너무 빨리 완성했다. '절대 믿어서는 안 되는 것들'이라는
목록을 다 지워버린 그때, 열두 살 이후 나는 성장할 필요가 없었다.

―『새의 선물』(13)

진희는 1960년대 근대를 "절대로 믿어서는 안 되는 것"이라는 한 마디로 일축한다. "열두 살 이후 나는 성장할 필요가 없었"다라는 발언은 12살 소녀로서는 매우 당돌한 것이기는 해도 한편으로는 당연한 것이다. 세상이 불순한 것들로 가득 차 있고 미래의 희망은 전무할 때, 인간이 선택할 수 있는 길은 자신은 이미 "삶을 너무 빨리 완성했"으므로 더 이상 "성장할 필요가 없었다"고 합리화하는 길뿐이다.

진희가 이렇게 '성장을 거부'하는 데에는 가족사적 특수성이 중요한 원인으로 작용한다. 어머니는 대인 기피증과 우울증에 시달리다가 목을 매고 자살한다. 이후 아버지는 진희를 할머니 집에 두고 서울에서 재혼을 한다. 사실 아동의 존재는 근대로 오면서 미래 사회의 주역으로서 그 중요성이 매우 강조되었다. 따라서 근대의 교육 제도는 기성세대의 권력을 확대 재생산하는 데 바쳐졌던 전통의 방식과는 달리, 새 시대의 주역으로서 근대의 가치 규범을 내재화할 수 있는 아동 교육에 초점이 맞추어져 있었다. 이러한 교육 시스템은 학교 교육을 중심으로 하고, 여기에 가정 내에서의 훈육이 부가되는 형식으로 이루어졌다.[2] 학교가 지적인 세뇌를 통해서 근대적 가치를 학습하는 장으로 기능한다면, 가정교육은 여기에 육체적·정신적인 성장을 덧붙임으로써 한 인간을 균형 잡힌 인간으로 만드는 기능을 담당한다. 이 경우 가정교육은 어머니에게 전적으로 일임되었다. 그러나 어머니의 자살로 인하여 가정 내부가 교육의 기능을 상실할 때, 진희나 오스카와 같은 유아들은 성장제일주의의 근대적 흐름으로부터 이탈하기도 한다. 이와 같은 '모성성의 부재'는 「양철북」과 『새의 선물』의 두 작품에서 가장 먼저 눈에 띄는 공통점이다.

> 그날 어른들의 세계에 환멸을 느낀 나는 나의 장래가 두려워져서 성장을 멈추기로 결심을 했습니다. 영원히 세 살짜리로 살아가기로 한 겁니다.
>
> — 「양철북」 (53~69)[3]

---

2) 김진균·정근식 편저, 『근대주체와 식민지 규율권력』, 문학과학사, 1997, 222~223쪽 참조.

「양철북」의 주인공이자 화자인 오스카 마체라트는 폴란드 원주민인 카슈바이족 출신의 어머니 아그네스와 독일계 식료품상인 알프레드 마체라트의 아들로 태어난다. 그런데 오스카는 3살 생일 파티에서 인간 행태의 천박성과 속물성을 목격하고는 커다란 충격에 휩싸인다. 빵값의 안정과 젊음이 최고라는 동네 주민들의 저질스런 대화, 칼로 오스카의 키를 재는 잔혹한 독일군 병사 등을 보면서 어른들의 세계에 환멸을 느끼게 된다. 그러나 무엇보다도 오스카를 경악하게 한 것은 얀 아저씨와 어머니의 불륜이었다. 오스카의 어머니 아그네스는 젊은 시절의 애인이었던 얀과 결혼 후에도 부적절한 관계를 지속하면서 성적 쾌락에서 헤어나지 못한다. 오스카는 어머니의 불륜과 자살로 인해 자신이 성인으로 자라는 데 필요한 육체적 정신적 자양분을 얻지 못한다. 오스카가 진희와 마찬가지로 "장래가 두려워져서 성장을 멈추기로 결심을" 하는 것은 바로 이 때문이다. 영화 속 귀를 찢는 듯한 금속성의 고음은 오스카의 성장 없는 어두운 미래를 예고하고 있다. 이 금속성의 소리는 영화의 곳곳에서 들려옴으로써 영화 전체를 불안과 긴장으로 몰고 가는 데 기여하고 있다.

> "그놈이 크면 가게를 넘겨줄 거야. 그러려고 여지껏 땀을 흘린 거야."
> "오스카가 세 살이 되면 커다란 양철북을 사줘요."
> 양철북을 사준다는 바람에 엄마 자궁으로 돌아가려던 나는 소원을 포기했습니다. 하긴 탯줄이 없어져서 불가능한 얘기지만요.
> — 「양철북」 (53~69)

오스카의 특이한 출생 장면은 오스카가 얼마나 자신의 어머니를 비뚤어진 시선으로 보고 있는지를 보여준다. 일반적으로 출산은 그 고통스러운 장면에도 불구하고 생명의 탄생이라는 점에서 아주 성스럽게 표현

---

3) 숫자는 영화 VCR 쇼트 번호임. 이평래 · 조관연 외, 『영화 속의 동서양 문화』, 집문당, 2002, 143~147를 참조. 인용문은 영화의 한글 자막.

된다. 그 성스러움은 카메라가 어머니의 위치에서 촬영하기 때문이다. 어린 자녀의 성장을 주도하는 것은 어머니이기 때문에 카메라는 모성 지향적이다. 근대의 출산 장면은 출산의 고통을 세상에서 가장 고귀한 것으로 격상시키고, 아이의 첫울음 소리는 살을 찢는 어머니의 신음소리와 오버랩 되면서 점차 사라진다. 하지만 「양철북」의 카메라 앵글은 철저하게 오스카의 편에 서 있다. 태아인 오스카가 회전하면 카메라 각도도 그에 따라 180도 뒤집힌다. 뒤집힌 카메라는 질서와 가치가 전도된 나치 지배하의 사회에는 애초부터 나갈 마음이 없는 오스카의 심리를 대변한다. 오스카는 어머니의 찢어진 자궁 속에서 교활한 눈길로 세상을 노려본다. 만일 "양철북을 사준다"고 하지 않았다면 오스카는 어쩌면 "자궁으로 돌아"갈 수밖에 없었을 것이다. 오스카의 심장박동 소리가 커지면서 영화는 일순간 불안에 휩싸인다. 오스카가 태어날 때 처음 본 것은 필사적으로 날개짓을 하며 60촉 전구의 불빛을 맴도는 나방이었다. 날개짓을 하며 불빛에 달려드는 나방의 이미지는 양손에 북채를 쥐고 타락한 세계를 향해 필사적으로 저항의 양철북을 두드리는 어린 오스카의 상징이다.[4] 카메라의 시선은 60촉 불빛에서 세계의 불합리를 발견하는 오스카의 눈이며, "가게를 넘겨"주겠다는 아버지의 약속을 냉소적으로 저울질하는 오스카의 귀이다. 「양철북」은 이처럼 카메라를 오스카의 눈과 귀에 위치시켜 타락과 자살로 생을 마감한 어머니로 인하여 성장을 거부할 수밖에 없었던 오스카의 입장을 옹호하고 있다.

　　"집 안에서 북치지 말랬지! 북이 망가져서 다칠 지도 몰라. 북 내놔라! 그러다 다치면 또 내 탓할 거다."
　　"내놓으라면 내놔!"
　　"내 북이야 안 돼!"
　　"아ㅡㅡ악, 아ㅡㅡ악."

---

4) 이평래·조관연 외, 앞의 책, 129~130쪽 참조.

그때 소리를 지르면 유리가 깨져서 아무도 북을 못 뺏는다는 걸 알
았습니다. 누구든지 북에 손을 대면 나는 소리를 질렀고, 그러면 유리
가 깨지고는 했습니다.

— 「양철북」(113~125)

이제 오스카와 진희는 단순히 성장을 거부하는 차원에 머무르지 않는
다. 좀 더 적극적으로 기존 질서에 대한 파괴와 저항을 일삼는다. 당시
독일은 이미 군국주의의 깃발을 나부끼며 세계 정복의 야욕을 분명히
하였으며, 세계 침략의 목적으로 동원되던 독일 내부는 인간들의 정상
적인 삶을 기대할 수 없는 불모의 땅으로 변해 버렸다. 이 시기 오스카는
이미 신체의 일부가 되어 버린 양철북을 통해 자신의 의사를 표명하기
시작한다. 여기서 양철북은 군국주의 나치즘에 대한 저항을 상징한다.
저항의 도구인 양철북은 조금만 두드려도 찢어지도록 되어 있는데, 이
는 나치즘이 몰고 온 근대의 어두운 현실이 살얼음판과도 같이 매우 위
태로운 것이었음을 보여주는 것이다. 북소리는 오스카의 심장 박동을
내부에서 외부로 이끌어 내면서 인간의 내면적 심리를 안정에서 불안으
로 바꾸어 놓는다. 북이 전쟁과 공격의 파괴적 시대에서 공격의 선봉에
서는 것은 다 이러한 이유에서이다. 따라서 파괴와 저항의 상징인 양철
북을 몸에서 분리하지 않는 오스카의 모습은 자신의 존재 가치가 오로
지 시대에 대한 저항에 있음을 암묵적으로 보여주는 행위라고 할 수 있다.

정말 볼 만한 풍경이었다. 옷을 다 벗기자 똥으로 칠갑을 한 장군이
의 알몸이 드러났는데 똥이 문신 같은 무늬를 이루며 온몸에 덮인 탓
인지 남자애의 벗은 몸이라는 생각은 애초에 들지 않았다. 소리 높여
울면서도 장군이는 고추가 창피하여 한사코 두 다리를 오므리고 쭈그
려 앉았다.

— 『새의 선물』(47)

　　장군이 엄마는 스물세 살에 육군상사였던 장군이 아버지에게 시집
을 왔다. 읍내에서 20리나 더 들어가는 작은 깡촌에서 소작인의 여섯
째 딸로 태어나 권세 없고 가난하게 살아온 장군이 엄마는 제복을 입
었다는 사실만으로도 직업군인이라는 남편의 직업에 더없이 만족했
다. 부하들 사이에 '독사'라는 별명으로 불렸다는 장군이 아버지의 모
진 성깔도 '아랫것'들을 부리기 위해 어쩔 수 없이 사용해야 하는 '윗
분'들의 권위라고 여겼다. 장군이 엄마는 이삿짐을 옮길 때라든지 김
장독을 묻을 때 권력의 끄트머리에서 나는 향내를 조금 맛보았다. 그
러나 장군이 엄마가 그 썩은 향내를 일 년도 채 누려보기 전에 장군이
아버지는 세상을 떠났다. 남긴 것이라고는 유복자인 장군이뿐이었다.
게다가 군인으로서 장렬하게 순직한 것이 아니고 사병들 기합을 주면
서 제풀에 화가 뻗친 나머지 길길이 뛰다 녹슨 못을 밟아 어이없이 파
상풍으로 죽은 것이었다.

―『새의 선물』(38~39)

　　오스카가 양철북을 저항의 매개로 삼는다면 진희는 배설물을 저항의
도구로 삼는다. 근대의 환상 속에서 근대는 발전이며 선善이라는 암묵적
인 전제가 깔려 있다. 인간의 신체에 비유한다면 근대는 인간의 머리와
관련되지, 결코 인간의 항문에 관계되지 않는다. 인간의 머리는 상층에
존재하며 항문은 하층을 구성한다는 신체의 실제 위치가 발전은 상부와
관계되고 퇴보는 아래와 관계된다는 정신적인 면으로까지 전이된 것이
다. 그런 점에서 배설물은 절대로 근대와 연관 지을 수 없는 야만의 산물
이다. 진희는 바로 배설물의 이러한 속성에 주목한다. 진희는 가장 전근
대적인 배설물을 이용해서 장군이 엄마의 속물근성을 폭로한다. "옷을
다 벗기자 똥으로 칠갑을 한 장군이의 알몸"은 장군이라는 이름과는 전
혀 어울리지 않는 "도살장에 끌려나온 돼지"와도 같았다. 실제로는 "군
인으로서 장렬하게 순직한 것도 아니고 사병들 기합을 주면서 제풀에
화가 뻗친 나머지 길길이 뛰다 녹슨 못을 밟아 어이없이 파상풍으로 죽"
었는데도 장군이 엄마는 죽은 남편이 육군상사였다는 자부심 하나로 과

부의 삶을 버틴다. 육군이라는 직위는 장군이 엄마가 남편에 대해 가지는 기억이자 자존심의 전부이다. 아들을 김영수라는 이름을 버젓이 놔두고도 굳이 장군이라고 부르는 것도 육군을 권력의 한 부분으로 인식하고 그 "썩은 권력"의 후광에 기대고 싶은 심리의 표현이었을 것이다. 장군이라는 이름은 근대의 남성성, 세상의 중심에 서 있는 힘을 상징한다. 결국 장군이 엄마는 무기력하게 죽어버린 남편의 허위 권력에 기대어 자신의 남은 삶을 안타깝게 지탱하고 있는 것이다. 장군이 엄마의 권력에 대한 맹목적인 추종은 진희에게는 냉소와 조롱의 대상이었다. 따라서 진희는 가장 낮은 배설물을 들어 가장 높은 장군의 몸에 "똥으로 칠갑을"함으로써 허위적인 남성성에 냉소의 시선으로 응수하고 있었던 것이다. 높은 것을 무력화시킬 때 낮은 것의 존재 가치는 가장 빛난다. 높은 것이 허위적임을 인식할 때 그것을 공격할 최적의 무기는 가장 낮은 것, 즉 배설물이었다.

하나의 인간이 성장하는 것은 아버지의 질서에 편입되는 것이고, 미래의 발전을 지향하는 것이다. 뒤집어 말하면 성장을 거부하는 것은 바로 부성과 미래에 대한 거부이다. 그런 의미에서 '성장을 거부'한 자가 취할 수 있는 가장 익숙한 방법은 돌아온 길을 되집어 가는 길, 다시 말해서 '자궁으로 회귀'하는 길이다. 자궁은 모성성의 상징이며, 시간적으로는 과거에 해당된다. 미래가 우울함만을 보장할 때 인간은 기억은 행복했던 과거에 집착한다. 이때의 자궁은 어머니의 모성성이 아니라 '할머니의 모성성'임은 두 말할 나위가 없다. 「양철북」에서 할머니의 네 겹 치마폭은 일찍이 방화범으로 쫓기던 할아버지 요제프 콜야이체크를 숨겨주었던 도피처였다. 그리고 할머니의 치마폭은 콜야이체크가 바지춤을 여미며 나오는 모습과 그 이후 아그네스의 출생을 인과적으로 보여줌으로써 생명의 원천으로 기능하기도 하다. 그러므로 할머니의 네 겹 치마는 오스카를 세계의 고통으로부터 막아주어 네 겹의 치마 밑에서 잠들게 하는 평화와 생식의 상징인 자궁이며 태고의 원천, 즉 과거에 속한다. 할머니의 치마폭 속에 들어가려고 애를 쓰는 오스카가 성장을 거부하는 것과 모성성이 일정한 함수 관계에 있음을 보여주는 대목이다.

> 할머니가 나를 바라보는 눈빛에는 모든 할머니에게는 귀하기 마련인 제 손녀딸을 보는 대견함 이상의 안쓰러움이 있다. 그 눈빛이 바로 내게 엄마라는 존재의 상실을 떠올리게 하는 한편, 그 눈빛의 넉넉한 울타리 안에서라면 굳이 엄마를 그리워할 이유가 없다는 것을 깨닫게 해주기 때문이다.
>
> ─『새의 선물』(15)

진희에게 있어서 할머니는 어머니의 빈 공간을 채워주는 지모신과도 같은 존재이다. 할머니는 매우 엄격한 자세로 일관하였지만 진희에게만은 모든 것을 무제한적으로 허용하면서 공백으로 남은 어머니의 역할을 대신한다. 즉 「양철북」의 네 겹치마폭은 『새의 선물』로 오면 진희 할머니의 모습으로 대치된다. 할머니의 감나무집은 진희에게 "넉넉한 울타리"이며, 따라서 그 "안에서라면 굳이 엄마를 그리워 할 이유가 없"는 과거의 행복했던 공간이 된다.

> 아버지라고? 농담이야. 60년대엔 나에게 아버지가 없었지. 그러니 이건 새로운 농담이 틀림없어. 70년대식 농담인 거야. 시대라는 구획에서 자유로울 수 없다는 건 어쩔 수 없이 인정하더라도 맙소사, 아버지라니, 70년대엔 내게 아버지가 있다니, 이건 대단한 농담이다.
>
> ─『새의 선물』(380)

그러나 할머니를 통해 모성의 따뜻함을 맛보았던 진희와 오스카가 아버지에 대해 적대적인 것은 당연한 논리이다. 아버지와 자본주의와 근대는 같은 혈연관계로 묶인다. 어머니에 대한 완전하고 이상적인 신화에 고착된 어린이는 결코 아버지의 자리를 인정하려 들지 않는다. 이들에게는 아버지와 어머니는 종속관계이며 세상은 아버지의 것이라는 논리가 인정되지 않는다. 『새의 선물』의 진희가 아버지와 처음 만날 때 반가워하는 모습은 찾을 수 없다. 대신에 진희는 "아버지라고? 농담이야. 60년대엔 나에게 아버지가 없었지"라고 하면서 가부장적 권력을 "농담"이라는 말로 일축해 버린다. 「양철북」에서도 마찬가지이다. 오스카는 폴란드 우체국 전투에서 자신의 생부인 얀의 죽음에 절망하기보다 양철북의 먼지를 털어내며 새로운 양철북 하나를 얻는 일에 더 몰두한다. 지하실에서 연합군에 의해 아버지 마체라트가 죽음을 당할 때도 오스카는 태연하게 연합군의 품에 안겨서 아버지의 죽음을 감상하고 있었다. 이렇게 아버지의 죽음에 대한 오스카의 시선은 매우 냉정하다. 단지 어머니 마리아만이 처절하게 울부짖을 뿐이다. 두 작품에서 근대의 중추적 역할을 담당했던 아버지, 즉 가부장제는 비판과 극복의 대상에 불과한 것이다.

> "쳐봐? 북을 쳐 보라고? 칠 줄도 몰라? 치고 싶지 않아? 뭐든 다 할 수 있잖아?"(예수 동상에 뺨을 때린다. 북을 미친 듯이 친다.)
> "고얀 놈 같으니!!"(신부가 오스카를 야단치자 오스카 신부를 발로 찬다.)
> — 「양철북」(388~391)

「양철북」에서 '아버지에 대한 거부' 심리가 극명하게 드러나는 부분은 성당에서 예수 그리스도의 동상에 북을 메어주며 뺨을 때리는 장면일 것이다. 예수 그리스도의 동상에 뺨을 때릴 뿐만이 아니라, 고해성사를 듣는 신부에게도 발길질을 하는 오스카의 모습을 볼 수 있다. 신부神父라는 이름에서도 알 수 있듯이 신부는 하늘에서는 신에 관계되며, 지상에서는 아버지의 권위와 동일하다. "쳐봐? 북을 쳐 보라고?" "뭐든 다 할 수 있잖아?"라고 하며 세상의 질서와 절대권위의 상징인 예수 그리스도와 신부를 조롱하고 저항하는 행위는 근대 가부장제에 대한 저항임은 두 말할 나위가 없다.

성장을 거부하고 아버지를 거부하는 오스카와 진희는 근대의 시간적 흐름으로부터 한참이나 멀어져 있다. 오스카와 진희가 성장을 거부한다는 것은 이들에게는 미래가 존재하지 않는다는 것을 의미한다. 근대의 시간관으로 볼 때, 유아의 탄생과 성장, 그리고 죽음으로 향한 시간의 흐름은 일직선의 형태를 그리고 있다. 여기서 직선의 화살표는 미래를 가리키는 것이다. 말하자면 근대인은 시간조차도 진보한다고 믿는다. 물론 근대 이전에도 또 그 이전에도 시간은 분명히 존재했지만 그것이 시계라는 구체적인 물건과 함께 시간이라는 하나의 철학적 기반을 형성한 것은 근대에 와서 새롭게 나타난 현상이다. 그런데 오스카와 진희가 성장을 거부하고 자궁에 과도하게 집착하는 것은 불행한 현재, 혹은 더 불행할지도 모를 미래로부터 탈출하여 행복했던 과거로 안착하려는 '근대의 시간관에 대한 거부'라고 해석할 수 있다.

바라보는 시선의 우월성

「양철북」과 『새의 선물』이 우리에게 선사하는 충격과 당혹감은 실상 서사의 역사에서 유례가 없던 낯선 화자의 등장과 관련된 것이다. 일반적으로 어린 화자는 사건에 대해 불충분하고도 허술하게 인식함으로 해서 독자가 개입 여지를 남겨둔다. 독자들은 화자의 불충분한 설명을 통해 화자가 놓치고 있는 이면의 진실을 스스로 찾아내서 어린 화자의 미숙함을 메꾸게 된다. 한국에서 어린 화자의 등장은 6 · 25를 무대로 한 단편들에서 자주 애용되어 왔다.[5] 그러나 「양철북」과 『새의 선물』에서

---

5) 윤홍길의 『장마』에 등장하는 동만이는 순진한 어린 눈의 관점으로 좌우이념 대립의 상처를 그려냈다. 그 순진한 눈의 관점은 어른들의 이념 체계에 물들지 않았기 때문에 자유롭게 좌우를 넘나들면서 양쪽을 조망할 수 있는 인식의 창을 제공한다. 그리고 이 같은 어린 화자의 설정은 표현의 자유가 억압되었던 당대 현실에서 작가의 이념을 검열 받지 않을 수 있는 한 방편이기도 했다. 주요섭의 「사랑 손님과 어머니」도

어린 화자는 결코 어리숙하거나 순진하지 않다. 진희와 오스카는 세계 인식에 있어서 어른들을 능가하는 교활함과 지능을 가지고 있다. 오스카와 진희는 "세상이 절대 믿어서는 안 되는 것들" 또는 환멸로 가득 차 있다는 것을 일찍이 간파하고 이러한 세상의 흐름에 자신의 장래를 내맡길 수가 없다는 분명한 세계 인식을 갖고 있다. 그런 점에서 12살짜리 진희와 3살짜리 오스카가 이끌어 가는 서사는 단순한 관찰자로만 그치지 않는다. 보이스 오버voice over로 처리된 오스카의 내레이션은 매우 당돌하고 격앙되어 있다. 진희 역시 삶의 속속들이를 다 알고 있다는 조숙하고도 당돌한 목소리로 전지적 작가를 대신하면서 사건의 전후 사정과 그 이면들을 똑 부러지게 설명하고 있다. 다시 말해서 이 두 화자는 어린이의 외피를 입고 있음으로 해서 인간 삶의 전면에 나타나지는 않으나, 오히려 어린이라는 점을 역이용하여 기성세대의 아무런 저항도 없이 그 치부를 직접 열람하고 판단하며, 그럼으로써 기성세대를 배후에서 은밀하게 조롱하는 '교활한 시선'의 소유자이다.

슐뢴도르프 감독은 교활한 시선을 이른바 '개구리시각'이라 불리는 올려다보기 시점으로 영상화하고 있다. 슐뢴도르프 감독은 오스카가 보는 것을 찍기 위해서 카메라를 오스카의 눈높이인 1m 정도에 카메라를 맞추었다.6) 개구리시각은 인간의 감추어진 치부를 파헤치는 데 아주 유용한 관점이다. 개구리시각은 키 작은 어린 아이의 위치인 아래에서 위를 올려다봄으로 해서 키가 큰 어른들이 보지 못하는 타락한 사회의 뒷면을 정확하게 바라보는 데 아주 유용하다. 이 시각으로 보면 숭고한 모든

진부한 소재로 인해 자칫 삼류 소설로 전락할만한 남녀의 사랑타령을 6살 난 옥희의 순진무구한 눈으로 두 남녀의 내면 갈등을 객관화함으로써 개화기 시대의 유교적 윤리를 무난하게 비켜가고 있다.

6) 「양철북」에서 사용되고 있는 카메라의 시점을 그 빈도수에 따라 정리해 보면 오스카와 같은 키의 위치에서 쏘고 있는 쇼트와 어른 키의 높이, 그리고 카메라의 이동 등으로 인해 가변적인 위치 쇼트가 10:5:1의 비율로 나타나고 있다. 이 영화에서는 올려다보는 각도로 찍은 쇼트가 정상 쇼트의 두 배나 되는 큰 비중을 차지하고 있는 것이다. 이평래·조관연 외, 앞의 책, 143~147쪽 참조.

것은 하찮은 부스러기로 전락한다. 어머니의 위대한 모성은 성적 유희에 목말라 하는 육체성으로, 거대국가를 꿈꾸는 나치의 시민집회는 무도회장으로, 가족관계는 모두 근친상간으로, 모든 지배 이데올로기는 허울 좋은 명분에 지나지 않음을 쉽사리 눈치 채게 된다.

> 내 몸 밖을 나간 다른 나는 남들 앞에 노출되어 마치 나인 듯 행동하고 있지만 진짜 나는 몸속에 남아서 몸 밖으로 나간 나를 바라보고 있다. 하나의 나로 하여금 그들이 보고자 하는 나로 행동하게 하고 나머지 하나의 나는 그것을 바라보는 것이다. 그때 나는 남에게 '보여지는 나'와 나 자신이 '바라보는 나'로 분리된다. 물론 그 중에서 진짜 나는 '보여지는 나'가 아니라 '바라보는 나'이다. 남의 시선으로부터 강요를 당하고 수모를 받는 것은 '보여지는 나'이므로 '바라보는' 진짜 나는 상처를 덜 받는다. 이렇게 나를 두 개로 분리시킴으로써 나는 사람들의 눈에 노출되지 않고 나 자신으로 그대로 지켜지는 것이다.
>
> ─『새의 선물』(21)

『새의 선물』에서 진희의 시선 문제는 일찍부터 여러 논자들의 관심을 끌어왔다. 너무 어린 나이에 삶이 비애라는 사실을 깨달은 진희는 "삶과의 거리를 유지하"기 위해서는 자신을 적절하게 연출한다. 진희에게 있어서 "바라보는 나"와 "보여지는 나"는 분명한 역할 분담을 통해 차별화된다. 보여지는 나는 세계의 불합리에 적당한 타협의 제스처로 응수하는 반면 바라보는 나는 세계로부터 철저하게 은폐되어 세계의 불합리한 이면을 날카롭게 파헤친다. 유사하게 오스카는 자신의 몸을 자라게 하지 않는 방법으로 자신을 연출한다. 어린 아이의 몸을 가짐으로써 쉽게 기성세대의 주의로부터 벗어나고, 이리하여 은폐된 내면은 개구리시각이라는 유리한 지점에서 어른보다 훨씬 교활한 시각으로 세계의 부조리와 모순에 저항한다. 다시 말해서 진희의 바라보는 시선이나, 오스카의 개구리시각은 모두 "사람들의 눈에 노출되"지 않으면서 세상의 폐부를

적나라하게 파헤치는 세계 비판의 시선이다. 두 화자는 자신의 내면이
세상의 부면으로 부상하는 것을 철저하게 자제하면서 인간 세계의 타락
상을 은밀히 관찰하고, 그들을 왜소하기 그지없는 추악한 인간으로 떨
어뜨리고 있었던 것이다.

> 미스 리 언니는 두 번이나 손을 씻는다. 양은대야 속에 담긴 두 번
> 째의 비눗물을 소리 나게 버려버리고는 그러고도 자리를 뜰 생각을
> 안 하고 다시 두레박을 첨벙 우물 속에 빠뜨려 물을 긷는다. 이번에는
> 되도록 천천히 발을 씻는다. 그러나 치마를 가랑이 틈에 끼워넣고 선
> 채로 대야의 물을 발등에 쫙 끼얹는 것까지 끝냈건만 내가 입을 열지
> 않자, 언니는 한쪽 발씩 번갈아가며 고무신 코를 발끝에 걸어서 몇 번
> 흔들어 신 안의 물을 빼낸 다음 마침내 양장점 쪽으로 걸음을 옮겨 놓
> 는다. 고무신 안에 남아 있던 물이 발바닥과 마찰을 일으켜 걸을 때마
> 다 찌걱찌걱 소리를 낸다.
>
> — 『새의 선물』(97)

 진희는 감나무집의 다양한 인간들의 삶을 통해 세계의 본질이 참으로
보잘것없음을 파헤친다. 진희의 바라보는 시선 속에는 모든 사람들과는
차별화된 시선으로 세상의 의미를 건져내려는 '조숙한 아동의 우월감'이
내포되어 있다. 미스 리 언니가 삼촌에 대한 소식에 몹시 목말라 하는 것
을 알면서도 진희는 짐짓 무심한 척 그녀의 요구를 외면해 버림으로써
그녀의 안타까움을 만끽한다. 미스 리 언니가 "두 번이나 손을 씻"고 "한
쪽 발씩 번갈아 가며 고무신 코를 발끝에 걸어서 몇 번 흔들어 신안의 물
을 빼낸 다음 마침내 양장점 쪽으로 걸음을 옮겨 놓"는 기나긴 장면을 진
희는 어느 하나 빠뜨리지 않고 냉소적인 시선으로 세밀하게 관찰하면서,
어쩔 수 없이 삼촌방으로 향하는 미스 리의 안타까운 구애의 포즈를 포
착해 낸다. 자신을 능란하게 연출하지 못하고 오랜 발 씻기 행위가 결코
오지 않을 남자를 기다리는 부질없는 행위에 지나지 않는다는 것을 들

켜 버린 미스 리의 불행을 진희는 은밀히 조롱한다. 결국 진희의 시선은 대상을 은밀하게 관찰함으로써 신과 맞먹는 위치에서 대상을 조롱하는 '우월한 시선'인 셈이다. 우월한 시선의 덕분에 일반적인 상식이나 기존의 문학적 관습으로는 포착할 수 없었던 특이하고 낯선 인물들의 내면 드라마를 냉소와 조롱의 프리즘으로 보여줄 수 있었던 것이다.

『새의 선물』에서 나타나는 교활한 시선은 영화 「양철북」으로 가면 오스카가 소리를 질러 유리를 깨는 장면으로 치환된다. 오스카는 종종 세계에 대해 우월한 위치를 입증하는 한 수단으로 유리를 깨곤 했다. 유리의 출현은 근대 문명과 긴밀한 관련을 갖는다. 유리가 귀족만의 독점적 애호품의 단계를 지나 일반 서민이 이용하게 된 것은 산업혁명, 즉 근대 이후의 일이다. 산업혁명은 근대의 중요한 한 축으로서 공업화를 통한 기술혁신으로 성취되었다. 그런 점에서 기술 혁신의 산물인 유리 제작술의 발전은 분명 근대라는 시기를 상정하지 않고는 이해하기 어렵게 된다. 인류가 거울을 발명하면서 인간의 내면성을 발견하게 되었다면, 유리를 발명하면서 발견한 것은 인간과 인간 사이의 시선이라고 할 수 있다. 「양철북」이 근대의 문제적 지점으로부터 출발했으며, 근대의 발 명품 유리가 시선에 관계된다는 점을 종합하면 오스카가 유리를 깨는 행위는 분명 근대의 부정성을 비판하려는 의미로 해석할 수 있겠다. 유리는 안과 밖을 나누는 벽이면서도 시선은 통과시킨다.[7] 유리를 통해서 나는 타인에게 보여지거나 혹은 타인을 바라볼 수 있다. 오스카는 아버지 마체라트의 부식가게에서 커다란 괘종시계의 유리를 깨는 것을 시작으로 하여 가로등의 유리, 플로라 호텔의 창문, 입학식 날 담임선생님의 안경, 그리고 오스카의 병세를 진단하기 위해 엄마와 함께 찾았던 병원에서 파충류와 태아의 표본을 담은 시험관의 유리를 차례로 깨뜨린다.

---

7) 이성희, 「바라크와 유리성 ─ 남포동과 광복동의 시간」, 『오늘의 문예비평』 2002년 겨울호, 285쪽.

  "네가 바로 그 오스카로구나. 네 얘기는 많이 들었어. 북을 잘 치는
구나. 여러분! 오스카가 북을 잘 치죠? 그렇지만 북을 넣어둬야지. 북
이 쉬고 싶을 거야. 학교가 끝나면 또 치고. 이리 다오. (오스카는 계속
큰 소리로 북을 친다). 그만 두지 못하겠니? 오스카!!"(이때 오스카 소
리를 지른다)
  "아――악, 아――악."
  "나가!!"(오스카 담임선생님을 비웃는다.)

―「양철북」(137~153)

「양철북」의 오스카가 깨트린 유리의 면면을 살펴보면 매우 흥미로운
사실을 알 수 있다. 근대의 세계상은 우선 괘종시계, 즉 시계를 모델로 해
서 출발했다. 괘종시계는 근대의 정신과 경험을 가장 잘 압축해서 표현
해주는 근대의 발명품이다. 17세기 서양에서 시계는 정밀기계의 대표이
며, 특히 자동기계의 이미지를 자아내는 것이었다. 이 자동성 때문에 시
계는 단순히 도구로 그치지 않고 인간과 세계를 이해하기 위한 모델로서,
즉 인간 존재와 세계의 법칙성에 관한 은유로서 번번히 사용되어 왔다.[8]
또한 가로등은 미개한 전근대의 암흑을 비추어 준다는 측면에서, 안경은
말을 억압하는 대가로 권위를 얻는 글이라는 측면에서, 그리고 호텔은
정착에서 이동을 가능하게 하는 기동성을 준다는 측면에서, 오스카가 깬
모든 유리는 근대를 상징하는 상품의 목록들이다. 이렇게 본다면 오스카
가 깬 것은 단순한 유리라는 물리적 실체가 아니라, 나치 지배 하의 불합
리한 근대에 대한 거부감의 표현이라 할 수 있다. 유리를 깨고 난 후의 오
스카의 입가에 떠오르는 조소의 표정은 이를 잘 말해주고 있다.

  "층계에서 떨어진 건 언제죠?"
  "3년 전 9월 12일입니다."
  "그럼 척추를 검사해 봐야겠군요."

---

8) 이마무라 히토시, 이수정 옮김, 『근대성의 구조』, 민음사, 1999, 65쪽.

"하라는 대로 해라. 북은 이따 줄 테니까. 오스카 내가 갖고 있을게. 들고 있으면 옷을 못 벗잖아. 말 안 들으면 선생님이 고쳐주시지 않아."

"그럼, 내가 가지고 있을게."(의사 선생님이 북을 뺏으려 한다.)

"아 - - 악, 아 - - 악"(시험관의 모든 표본들 깨진다. 아래로 떨어진다. 마지막으로 시험관의 아기 표본이 깨어진다.)

"맙소사. 이런 놀라운 일이. 허락하신다면 이 사실을 의학 잡지에 쓰고 싶습니다. 이건 놀라운 일입니다. 정말!"(오스카 잔인하게 미소 짓는다.)

ㅡ「양철북」(154~167)

오스카가 마지막으로 깨버렸던 병원의 시험관 유리는 이점에서 훨씬 더 상징적이다. 「양철북」의 오스카는 시험관에서 알몸으로 표본이 된 채 관찰의 대상으로 전락한 태아를 자신과 동일시한다. 유리가 시선에 관련된다고 할 때 「양철북」의 오스카가 유리를 깨는 행위는 관찰당하지 않겠다는 의지의 표현이다. 지배 권력은 은폐의 정도에 정비례한다. 이와 정반대로 타인의 시선에 노출되었다는 것은 패배한 전쟁과 다름없다. 권력이 신비화 혹은 독재화할수록 밀실에 가까워지는 것도 바로 이러한 이유에서이다. 따라서 관찰을 당하지 않기 위해 오스카가 택한 길은 유리를 깨는 일이다. 유리 깨기가 시선의 쌍방향성 중 바라보는 시선만을 선택한 것이라면, 바라보는 시선이 효과적으로 작동하는 데에는 폐쇄화된 공간만큼 적절한 장소는 없다. 폐쇄된 공간에서 오스카는 세상의 실체를 비로소 보게 된다. 생일파티의 테이블 밑과 부모님의 침실 벽장에서 바라본 어머니는 정숙한 가정주부가 아니라 얀 아저씨와 정사를 벌이는 성적 쾌락에 영혼을 내맡긴 여자에 불과하다. 그리고 나치의 연설장 계단 아래에서 바라본 나치 독일은 군화발로 세계를 짓밟은 거대국가가 아니라 왈츠를 즐기는 인간의 예술성 하나도 처리하지 못하는 무력한 군대임이 드러난다.

또 한 가지 내가 어른들의 비밀에 접근하는 방법은 관찰이다. 할머니가 늘 칭찬하는 대로 나는 눈썰미가 있는 데다 내가 본 것들을 내 나름대로 분석하는 데 흥미를 갖고 있다. … (중략) … 그러나 바로 그렇게 남에게 관찰당하는 것을 싫어했기 때문에 나는 누구보다 일찍 나를 숨기는 방법을 터득했다.

— 『새의 선물』(19~20)

「양철북」에서 오스카의 아래로부터의 시선은 『새의 선물』의 진희가 "관찰당하는 것을 싫어"해서 철저하게 자신을 "숨기"고, 역으로 "어른들의 비밀"을 은밀하게 "관찰"하는 모습과 일치한다. 근대의 문화는 본다는 것, 즉 시선의 문화이며 그 역사는 눈의 역사에 다름 아니다. 서양 문화에서 눈은 자신의 두뇌보다 손이나 발에 비해 압도적인 권위를 부여받고 있다. 카메라 이전까지만 해도 예술, 과학, 종교, 사회 등의 지식과 재현의 방식들은 거의 대부분 시각에 의존하고 있었다.[9] 결국 오스카의 유리 깨기와 진희의 관찰은 시선의 문제로 모아진다. 유리를 깨고 타인을 관찰하는 시선을 통해 신적인 위치를 부여받고, 그리하여 우월한 위치에서 타락한 세계에 저항할 수 있었던 것이다.

반反성장에 내재된 전복의 가치

"크르트 내 아들. 넌 틀림없는 내 아들이야. 네가 세 살이 되면 내가 양철북을 사주고 성장을 멈추고 싶다면 내가 도와주마."

— 「양철북」(556~563)

'예수님 이제 저도 21살이 됐습니다. 이대로 있어야 할지 다시 자라야 할는지 말해 주십시오. 자라야 할까. 자라는 게 낫겠어.'(오스카 아버지의 관 위로 북을 던지다. 양철북은 관과 함께 무덤에 묻힌다. 이때

---

9) 심상용, 『현대미술의 욕망과 상실』, 현대미학사, 1999, 219~243쪽.

오스카의 동생 크르트가 오스카에게 돌을 던지다.)

"도대체 무슨 짓을 한 거야?"

"오스카가 자라고 있어! 오스카가 자라고 있다구요!"(오스카 피를 흘린다.)

– 「양철북」(641~653)

「양철북」의 오스카는 1945년 3월 나치 동조자의 전형이라고 할 수 있는 아버지 알프레트 마체라트가 매장될 때 북을 집어던지고 다시 성장하기 시작한다. 근대의 기획은 세계를 화해와 평화가 아닌 아버지/어머니, 어른/어린이 등의 극단적인 이분법적 대립으로 몰고 가면서 급기야는 제2차 세계대전이 발발하였다. 다행히 제2차 세계대전이 나치의 몰락으로 끝이 나면서 더 이상 세계는 부조리와 모순의 원천이 아닌 듯이 보였다. 따라서 이미 신체의 일부분으로 변해버린 양철북을 도구로 근대의 한 부분이었던 나치즘의 위선적인 치부와 이념적 불구성을 고발하기에 분주했던 오스카는 이제 세계와의 타협의 가능성을 시사한다. 그러나 그 성장이 진정한 것인가에 대해서는 매우 회의적이다. 영화는 마지막 부분까지 화면 전체가 희뿌옇게 처리되어 있어 밝은 미래와는 무관하게 보인다. 기차가 할머니의 네 겹치마를 뒤로 하고 폴란드의 들판을 가로질러가는 장면은 미래에 있어서도 근대의 무자비한 폭압은 계속될 것에 대한 암시이다. 이것은 "자라야 할까"라고 한참을 망설인 끝에 "자라는 게 낫겠어"라고 냉소 섞인 발언에서도 짐작할 수 있다. 오스카가 진정으로 성장을 원했다면 아들일지도 모를 동생 크르트에게 "네가 세 살이 되면 내가 양철북을 사주고 성장을 멈추고 싶다면 내가 도와주마"라고 말하지는 않을 것이기 때문이다.

그러므로 할머니와 이모, 그리고 아버지와 새엄마 어른들은 모두 이제 새해부터는 내가 보통의 열세 살짜리가 되리라고 기대할 것이다. 새엄마와 열세 살이나 어린 동생, 태어나서 처음으로 보는 것 같은 아버지, 어쨌든 그것은 나에게 있어 매우 새로운 삶인 것만은 틀림없다. 그러나 어른들과 달리 나는 새 삶에 대한 기대가 없었다. 새로 만난 삶이 또 새로운 방법으로 나를 조롱할 기회를 주지 않기 위해 어차피 그곳에서도 나는 삶을 멀찌감치 두고 보려고 애쓸 것이다. 그뿐이다.

-『새의 선물』(383)

『새의 선물』에서도 진희는 표면적으로는 세계의 방종과 무질서 앞에 저항과 냉소로 대처했던 모든 시도를 중단하고 어른 세계로 진입을 시도하는 것처럼 보인다. 그런데 진희 역시 오스카와 마찬가지로 생에 대한 기대 자체를 폐기한 상태에서 성장이 재개된다는 점이 주목할 만하다. 근대의 수레바퀴는 결코 중단을 모르며 악취 나는 곳의 순례를 무한히 반복한다. 오스카와 진희의 눈으로 볼 때, 근대의 흐름은 결코 선을 향하는 법이 없이 영원히 불합리와 불합리의 사이를 왕복할 뿐이다. 진희는 "보통의 열세 살짜리"로 "삶을 멀찌감치 두고 보"면서 전혀 "새 삶에 대한 기대가 없"이 성장을 재개하기로 결심한다. 이는 성장을 한참 망설인 끝에 마지못해 성장을 결정하는 오스카의 입장과 다를 것이 하나도 없다.

한 가지 재미있는 것은 이들의 성장이 피 흘림과 더불어 재개된다는 점이다.「양철북」에서는 아버지 마체라트의 죽음과 동시에 나치 집단의 몰락으로 세계는 질서를 회복하고, 오스카는 동생이 던진 돌에 맞아 피를 흘리면서 성장을 하기 시작한다. 『새의 선물』에서도 아버지의 등장과 진희의 초경을 치루는 시점은 정확하게 일치한다. 여기서 피는 여전히 남아 있는 저항과 폭력의 가능성을 시상한다. 근대의 기획은 이미 태생의 속성상 대립과 분열을 모태로 하고 있기 때문에 할머니의 네 겹치마 혹은 우물가의 평화와 안식은 아직도 요원한 일이며, 어찌 보면 그 세계를 완전히 회복하는 것은 불가능해 보이기까지 한다. 때문에 설령 나치 집단이 몰락하고 아버지가 귀환한다 하더라도, 그 질서는 일시적인 것일 뿐 근대의 이분법이 가지는 전쟁과 무질서의 가능성을 여전히 도

사리고 있을 수밖에 없다. 따라서 우월한 시선으로 어른들의 세계를 마음대로 파헤치고 그 위에 군림하던 두 명의 어린 화자가 세계 진입에 앞서 피를 흘리는 것은 '또 다른 저항과 폭력의 가능성'이 아직도 남아있음을 시사하는 것이다.

그러므로 「양철북」의 오스카와 『새의 선물』의 진희가 3살에서 21살로, 그리고 12살에서 13살로 단순히 육체적 연령의 증가한 것만을 가지고 성장을 얘기하기는 어렵게 된다. 진정한 성장은 세계와의 충만한 합일 속에서 내적인 성숙 과정을 밟아 가는 것일진대, 미래에 대한 전망을 폐기한 상태에서 세계에 진입하는 두 화자의 모습은 60촉 전구의 불빛을 맴돌면서 필사적으로 저항의 날개짓을 하는 나방의 모습에서 한 치도 벗어나지 않는다. 따라서 두 작품은 근대의 야만성에 대한 냉소와 조롱의 눈길로 '성장을 거부'하는 것으로 시작하여 '저항의 피'로 끝을 맺는 '세계 전복의 서사'라고 할 수 있다. 어린 화자의 시선은 결코 직접적으로 도덕적인 성찰을 선포하지 않으면서 근대 내부에서 그 기획의 허위를 적절하게 포착할 수 있는 유효한 장치이므로, 두 작품은 작품 말미까지 어린 화자의 시선을 포기하지 않는다. 그렇게 본다면 「양철북」과 『새의 선물』은 진희와 오스카의 유아적 시선을 통해 성장하되 성장하지 않는 '반反성장10)의 서사'라고 할 수 있겠다.

근대의 병리적 징후에 대한 낯선 대응

마샬 버먼은 『현대성의 경험』에서 근대화 된다는 것은 마르크스가 말한 "견고한 모든 것들은 대기 속에 녹아 버린다"는 말의 의미 속으로 들어가는 것과 같다고 말한다. 마르크스가 말한 이 구절은 근대 자본주의

---

10) 반反성장이라는 용어는 이정희, 「트라우마와 여성 성장의 두 구도」, 『여성의 글쓰기, 그 차이의 서사』, 예림기획, 2003, 17쪽에서 빌려온 것임.

의 모든 시스템을 일시에 뒤집어 버리는 근대의 혼란에 관한 경구로서 자주 사용되어 왔다. 여기서 견고하다는 것은 근대 이전 수 천, 수만 년 동안 인류를 강하게 결속시켰던 문화적 일체감을 말한다. 근대적 자아는 과거의 문화적 일체감을 해체하고, 자신을 근대성의 모든 소용돌이 속으로 던져 넣을 때 비로소 주체로서 성립할 수 있었다.

그러나 근대의 소용돌이는 또 다른 소용돌이로 교체될 상황에 직면하고 있다. 슐렌도르프 감독의 영화 「양철북」과 은희경의 『새의 선물』은 이러한 근대와 탈근대의 경계선상에 위치시킬 때 큰 의미를 갖는 작품들이다. 신성했던 근대의 이성이 부정적 징후를 끊임없이 드러낼 때, 근대를 살아가는 개인들은 이전과는 다른 태도로 현실을 대하지 않으면 안 된다. 그런 점에서 영화 「양철북」과 소설 『새의 선물』은 근대의 병리적 징후에 대한 낯선 대응 방식을 보여주고 있다. 두 작품이 집중하고 있는 근대의 경험은 과학과 계몽이성을 토대로 인간 해방의 신화를 이룩해 낸 긍정적 근대가 아니다. 「양철북」과 『새의 선물』은 근대가 뜻하지 않게 노출하고 있는 근대의 폐부를 집중적으로 들추어낸다.

오스카와 진희는 근대가 야기한 분열적 징후들을 즐기며 그 내부에서 비합리성을 생산해 내는 방식으로 막강한 근대의 장벽에 균열을 낸다. 말하자면 이들은 성장을 거부하는 것으로 합리적 이성이라는 출신성분과는 달리 철저하게 세속적인 욕망에 의해 유지되고 있는 이러한 근대의 모순을 노출시키고 있는 것이다. 어린 두 명의 화자는 찢어질 듯 날카로운 소리를 지르며 양철북을 두들기거나, 아니면 교묘하게 조롱하는 병리학적인 방식으로 근대의 어두운 징후를 즐긴다. 성장을 거부하고, 근대의 기념물들을 깨뜨리는 이들의 행위 속에는 근대주의자들이 가장 큰 자랑인 진보에 대한 야유가 내재되어 있다. 또한 근대가 구성원들의 인식과 육체에 각인시키고자 했던 훈육 시스템에 대한 비판과 거부의 의사도 암시되고 있다. 그런 점에서 슐렌도르프 감독의 「양철북」과 은

희경의 『새의 선물』은 진보와 성장을 교리처럼 떠받들며 지탱해가는 근대를 비합리적인 방식으로 부정하는 작품이며, 일그러진 근대를 토대에서부터 전복하려는 탈근대적 기획이라고 말할 수 있다.

9. 실체를 상실한 문화상상으로서의 동북아시아*

- 한 · 중 · 일 드라마 「꽃보다 남자」 연구

* 이 논문은 2010학년도 부산대학교 박사후연수과정지원사업에 의하여 연구되었음.
권유리야: 제1저자
이재봉: 공동저자, 부산대학교 국어국문학과 교수

동북아시아의 집단 정체성

지역주의가 부상하고 있다. 세계 정치 및 경제 등 많은 영역에서 국가행위자가 지역행위자로 대치되고 있다. 본격적으로 지역주의를 도입한 EU를 비롯하여, 아직 EU에 미치지 못하지만 북미주, 중동, 남아프리카, 중남미 등 세계의 거의 모든 지역에서 많은 국가들이 자신들의 지역공동체를 시도하고 있는 것이다.[1] 동북아시아 3국이 오랜 갈등관계를 청산하며 협력관계로 돌아선 것도 같은 맥락이다. 2000년대 들어 ASEAN+3을 축으로 하는 지역주의가 본격적으로 가동한 이후, 2003년 중국 주노의 동아시아 싱크탱크네트워크, 2004년 한국 주도의 동아시아포럼과 동아시아 정체성 함양사업, 2005년 일본 주도의 포괄적 인적자원개발 프로그램 등[2] 다양한 협력관계가 적극 추진되는 것은 그만큼 동북아시아에서도 지역주의에 대한 요구가 절실한 것임을 말해준다.

「꽃보다 남자」를 그냥 보아 넘길 수 없는 이유는 여기에 있다. 만화 『꽃보다 남자』[3]를 원작으로 한 드라마가 한중일 3국에서 거의 편차 없

---

1) 동아시아공동체연구회, 「동아시아 공동체와 한국의 미래」, 이매진, 2008, 193~194쪽.
2) 동아시아공동체연구회, 앞의 책, 2008, 172~173쪽.
3) 카미오 요코의 만화 『꽃보다 남자(花より男子)』는 일본에서 1992년부터 2002년까지 10년 간 만화전문잡지에 연재되었다. 1995년에 영화로 제작되었고, 1996년엔 TV판 애니메이션으로, 그리고 1997년엔 극장판 애니메이션으로 제작되었고, 각종 장난감, 팬시용품, 게임으로도 큰 인기를 끌었다. 한국에 처음 소개된 것은 1995년 삼성플랜에서 해적판으로 「오렌지보이」라는 이름의 만화로 발행된 것이었고, 1997년 ㈜서울문화사에서 단행본으로 출판을 한 뒤로 『윙크』와 『마가렛』에서 공동연재가 될 만큼 만화 『꽃보다 남자』의 인기는 대단했다.

이 동일한 형태로 3번이나 반복 재생산되었다는 사실은 중요한 의미를 갖는다. 2001년 대만의 「유성화원 – 꽃보다 남자」,[4] 2005년 일본판 「꽃보다 남자」, 그리고 2009년 한국판 「꽃보다 남자」는 최소한의 고유명사와 에피소드적 차이를 제외하고는 동일한 구성과 스토리로 만들어졌다. 이러한 동일성에도 불구하고 각각의 버전 모두가 세 번이나 범아시아적인 흥행을 기록한 것은 「꽃보다 남자」가 일국적 특성이 아닌 동북아시아를 하나의 공동체로 사유하는 특질을 보여주고 있기 때문이다. 여기서 「꽃보다 남자」를 동북아시아의 집단콤플렉스의 발현으로 볼 근거가 마련된다. 사실 집단의 정체성은 대개 스펙터클하거나 놀랄 만한 형태로 드러나지 않는다. 집단의 정체성은 가장 평범하고 일상적인 형식과 실천에서 미시적으로 분포해 있다. 따라서 범아시아적인 공감을 이끌어낸 드라마는 동북아시아의 집단 욕망을 확인하는 데 매우 유용한 매체다. 특히 글로벌시대의 드라마는 어느 특정 지역에서만 뿌리를 내리는 고정된 실체가 아니다. 드라마는 적극적으로 타문화와 치환하고, 간섭하거나 간섭당하면서 끝없는 상호작용이 벌어지는 교섭의 장소다. 그런 점에서 「꽃보다 남자」를 연구하는 일은 매우 중요하다. 잘 알다시피 동북아시아라는 지역정체성을 설명하는 데에는 서구에 대한 대타의식이라는 점을 무시할 수 없다. 식민과 전쟁과 같은 오랜 불화의 과정에서 서구적 문화양식이 동북아시아에 끼친 영향은 압도적이다. 「꽃보다 남자」에는 서구의 타자라는 동북아시아의 콤플렉스가 선명하게 포착된다. 사실 동북아시아로서는 식민과 파산과 같은 역사적 치욕이 서구를 강하게 의식하지 않으면 자신을 정의하기 어려울 만큼 심각한 것이었다. 이는 치욕스런 과거를 딛고 세계무대에 재등장하는 최근에도 여전히 극복되지 않는 후유증이다. 이런 상황에서 서구를 극복하는 가장 확실한 방법

---

4) 여기서 다루고 있는 「꽃보다 남자」는 대만판이다. 그러나 대만과 중국이 정치경제체제가 다르지만, 반드시 통일되어야 한다는 당위성을 공유한 민족공동체라는 점에서 대만판을 중국 국적으로 표기하기로 한다.

은 동북아시아를 하나의 집단으로 상상하는 것이며, 이 목적을 달성하는 데는 텔레비전 드라마만큼 집단정체성을 강하게 불어넣는 매체는 찾아보기 어렵다.5)

「꽃보다 남자」에는 동북아시아의 세계리더십에 대한 강렬한 욕망과 실패의 양상이 드라마 도처에서 선명하게 포착된다. 세계경제가 침체되어 있는 70년대 동북아시아만 예외적으로 고도성장을 이루었지만, 미국의 헤게모니에 비하면 주니어 파트너에 불과했을 뿐 실질적인 위협이 되지는 못하는 동북아시아의 한계를 「꽃보다 남자」에서 읽어낼 수 있다. 물론 70년대 중반 이후 미국의 헤게모니가 현격하게 퇴조한 것은 사실이다. 하지만 그렇다고 세계 리더십에 금이 갈 정도까지는 아니었다. 따라서 동북아시아의 도전에도 불구하고 미국의 패권6)이 여전히 강력한 현실에서 세계 초일류국가 진입이라는 동북아시아의 야망은 번번이 좌절당할 수밖에 없다. 이런 불확실한 미래에 대한 동북아시아의 대처 방식이 「꽃보다 남자」에서 확인된다는 점에서 이 드라마를 단순한 대중 드라마로 보기는 어렵다. 드라마에서 과도하게 전면화하는 물질로서의 명품에서 상상되는 지역 연대의 문제, 가족주의에서 노출되는 서구 자본의 파시즘적 논리, 기억상실증에서 강조되는 2인자의 공포가 바로 서구를 절대적 기순으로 오해하고 여기에 자신을 부합시키려는 과정에서 빚어지는 동북아시아의 한계를 확인시켜준다. 이에 본고는 과거의 실패를 극복하여 역사의 전면에 재등장하였지만, 여전히 국지적인 리더십에 머물러 있는 동북아시아의 한계를 한중일 드라마 「꽃보다 남자」에서 확인하고자 한다.

---

5) 팀 에덴서, 박성일 옮김, 『대중문화와 일상, 그리고 민족 정체성』, 이후, 2008, 12~33쪽.
6) 70년대 이전 미국의 리더십이 동의에 기초한 지도력인 헤게모니의 단계였다면, 70년대 베트남전의 패배 이후 미국은 전쟁과 같은 폭력과 희생을 바탕으로 한 강제에 의한 지도력, 즉 패권의 단계로 변모한다. 이수훈, 『위기와 동아시아 자본주의』, 아르케, 2001, 203~208쪽.

명품을 통한 새로운 감정공동체와 실패한 지역 연대

지금 동북아시아는 세계에서 유래가 없는 고도성장으로 평가받고 있다. 한중일 3국의 경제무역 규모는 일찌감치 94년부터 미국의 위상을 위협한 바 있다. 세계에서 가장 성장이 빠른 10위권 나라 안에 중국이 1위, 한국이 2위로 21세기 초에는 동아시아의 경제력이 북미를 초월할 것으로까지 예상하고 있다.[7] 하지만 이러한 경제적 번영과 달리, 한중일 3국의 과거는 그리 화려하지 않다. 역사적으로 아시아는 유럽의 타자로서 유럽적 자아의 필요에 따라 구성, 해체, 재구성을 거듭하는 불안정한 개념이었다. 근동, 중동, 극동 등 아시아에 관한 지리적 범주의 표준공간은 언제나 서구이었다. 서구유럽이 세계체제의 중심부로 등장함에 따라 아시아가 주변부로 전락하는 서세동점의 역사적 과정에서 아시아는 타율적이라는 인식을 탈피하지 못했기 때문이다.[8] 물론 압축적인 경제성장으로 최단기간 내에 소비자본주의의 정점에 도달한 현시점에서도 사정은 크게 달라지지 않았다.

이런 사정을 염두에 둔다면, 「꽃보다 남자」가 한중일에서 3번이나 반복 재생산된 이유를 경이적인 경제성장을 과시하려는 동북아시아의 집단한풀이로 보는 것은 그리 어렵지 않다. 과거가 치욕스러울수록 현재의 풍요를 과시하려는 욕구는 더욱 증폭되기 마련이다. 그러나 현재의 경제성장을 과장하기 위해서 동북아시아는 서구라는 기준에 자신이 근접해 있음을 강조해야 하는 문제에 봉착한다. 이를 확인이라도 시켜 주듯이 일본은 중국과 아시아 신흥공업국과의 연대를 통해서 세계 경제의 주도권을 잡겠다는 의도를 이미 밝혔고,[9] 한국은 또 한국대로 지식 주도

<hr>

7) 딩시만, 「동북아시아의 새로운 역할과 한중일의 협력 방안」, 『21세기 동북아시아의 새로운 협력과 발전』, 부산일보 창간 50돌 기념 한중일 국제심포지엄 자료집, 1996, 28쪽.
8) 박상수 · 조강필, 「중국경제의 글로벌화와 산업 리스트럭취링에 대한 전망」, 『중국학연구』 제24집, 2003, 430쪽.
9) 김원배, 「동북아시아의 도시 및 지역발전의 추세」, 『SDI Monograph Series No. 93 −

및 세계 친화적 발전 전략으로 동북아의 경제 거점으로 발돋움하려는 야망을 분명히 하고 있다.[10] 이렇게 보면 「꽃보다 남자」가 3번이나 반복 재생산된 것도 세계 경제대국으로 떠오르면서 식민과 파산의 기억을 깨끗이 씻어버리려는 집단의 열망이 작용한 결과로 해석할 수 있다.

이때 세계무대 진입이 자기 성취감에서 비롯된 것이 아니라 한풀이적 차원에서 서구를 강하게 의식한 결과라면, 이는 서구 제국주의가 철수한 현재에도 여전히 서구에 의해 자기 공간을 점령당하고 그들의 관점에 따라 자신을 조정하는 불행한 상황에 있다는 뜻이 된다. 드라마에서 전면화되는 명품에 대한 과시는 바로 이런 차원에서 논의되어야 한다.

> 샤넬의 신작 가방이야, 프랭크 뮬러야, 디올에도 신작이 있어. 이건 불가리인가? (일본, 제1화, 00:09)

> 흥. 프라다 핸드백이 뭐 대단하다고. 흥. 버버리 가죽코드 가지고. 셀린느 다이아몬드 목설이? 난 그럼, 줄리아 로버츠의 코. (대만판, 제1화, 04:26)[11]

보이스 오버로 "샤넬" "프랭크 뮬러" "디올"과 같은 명품을 나열하는 일본판 제1화의 첫 장면은 「꽃보다 남자」가 어느 정도 명품에 의존하고

M―7」, 서울시정개발연구원 1993, 2쪽.

10) 김대환, 「동아시아 경제 개혁의 비교 연구 서설」, 『발견으로서의 동아시아』, 문학과지성사, 2000, 347쪽.

11) 본고의 텍스트는 대만판은 유순차이 「유성화원―꽃보다 남자」(2001) 프리지엠, 일본판은 이시이 야수하루 「꽃보다 남자」(2005) http://channel.pandora.tv/channel/playlist.ptv?ch_userid=godspl#5644231.1jhj1&ref =(검색일: 2009. 12. 8), 한국판은 송병준 「꽃보다 남자」(2009)http://conpia.com/tv/drama/index.php?iCurPage=1&gID=918842709&category=(검색일: 2009. 12. 8)를 사용하였다. 서두에서 언급되었다시피 3국의 버전은 에피소드적 차이를 제외하고는 거의 다르지 않다. 따라서 본문의 인용문은 하나의 상황에 한 국가의 드라마를 선택하여 전체적으로 3국의 드라마가 고루 인용될 수 있도록 하였다. 각 나라별 등장인물의 이름은 다음과 같다. 한국판 남녀주인공은 구준표와 금잔디, 일본판은 도묘지와 츠쿠시, 대만판은 따오밍스와 산차이다.

있는가를 보여준다. 대만드라마의 시작도 다르지 않다. 방학을 끝내고 오랜 만에 만난 두 여학생이 방학 동안 구입한 "프라다 핸드백" "버버리" 가죽코트를 보여주는 등 명품 자랑이 노골적이다. 작품의 미학성은 애초부터 염두에 두지 않은 듯, 드라마는 과다하다 싶을 만큼 온갖 종류의 명품을 백화점식으로 나열한다. 화려한 저택과 고가의 명품들은 서사와 무관하여 그 자체만으로도 드라마의 성립이 가능할 정도다. 여기서 유래가 없는 압축적인 경제성장으로 국가적 파산을 이겨낸 동북아시아 3국이 급변한 자국의 위상을 과시하려는 욕망이 명품스타일을 과다하게 강조했을 것이라는 추론은 그리 어렵지 않다. 사실 명품은 실체라기보다 풍요를 과시하는 기호다. 소비자본주의의 특징 중 하나는 사물의 가치가 고유한 속성보다는 일종의 기호의 형태를 띠고 나타나는 것이다. 이 시대에는 자동차의 실체를 구입하는 것이 아니다. 캐딜락이나 체어맨과 같은 부의 기호를 구입한다. 이 시대에 소비는 단순한 경제적 지불행위가 아니라, 자신을 남과 분류하고 사회적 차이를 이루는 중요한 사회적 계기다. 그리하여 소비행위는 필연적으로 과시를 목적으로 하며 구별 짓기의 개념으로 이행한다.[12] 구준표가 신화그룹의 후계자인 것도 이 세상에서 두 벌밖에 없는 이태리 드레스셔츠를 입고 있기 때문이다. 이렇게 화려한 대저택과 F4의 온몸에 장식되어 있는 고가의 명품을 통해서 최상위계층임을 증명하는 것은 이들의 소비가 부를 과시하기 위한 수단임을 분명하게 보여준다.

    비행기 바뀌었네? 이거 대한민국에선 1년도 더 걸린다는데. 역시
신화가 달라.
    (기내방송이 나오고) 뉴칼레도니아?
    너무 놀라서 숨 못쉬겠냐? 기내 마스크 좀 꺼내줄까?
    구준표? 내가 너랑 같이 여행갈 사이냐? 아니 여행 같이 갈 사이라
도 그렇지. 뭐. 나한테 의견을 좀 물어보고. 스케줄도 좀 맞춰보고. 이

---

12) 원용찬, 『유한계급론』, 살림, 2007, 38~39쪽.

런 상식은 니네 신화유치원에선 안 가르쳐주니?
　좋은 데 같이 가고 싶고 준비 다 됐고. 너 없다고 대한민국에 큰일
날 것도 아닌데 뭐가 문제야? (한국판, 제5화, 42:36)

뉴칼레도니아라는 최상류층만이 갈 수 있다는 관광지가 아니고서는
F4 내에서 구준표의 주도권은 유지되지 않는다. 금잔디에 대한 사랑의
주도권은 구준표가 서민으로서는 꿈도 꿀 수 없는 최고급 신형 비행기
를 태워주기 때문에 가질 수 있다. 뉴칼레도니아 관광·최고급 신형 비
행기는 바로 신화그룹의 위세를 과시하는 기호가 된다. 실제로 특별한
경험과 물건을 받고도 답례를 하지 않는다면 이는 선물을 준 사람에게
종속된다는 것을 의미한다. 표면적으로 선물은 친소관계처럼 보이지만,
실제로는 상하관계를 결정한다. 즉 뉴칼레도니아 여행의 기회와 최고급
비행기 탑승의 기회에 대한 선물은 결국 구준표의 우월성, 즉 자기가 상
대방의 주인이라는 것을 증명한다.[13] 구준표의 과도한 선물도 자신의
사회적 지위를 확인시키는 특별한 기능을 한다. 그런 점에서 "비행기가
바뀌었네?", "역시 신화가 달라"라고 추켜세우며 함께 즐거워하는 F4의
우정, 그리고 금잔디의 사랑은 바로 구준표의 사회적 지위에 대한 동의
이며 승인으로 볼 수 있다. 더욱 흥미로운 점은 F4의 우정과 금잔디의 사
랑은 아무도 흉내 낼 수 없는 신화그룹의 자본력에 대해 적극적으로 선
망을 표함으로써 자신을 함께 긍정하는 동일시의 의지로 볼 수 있다.

　그런 점에서 드라마에서 명품이 갖는 기능은 막중하다. 드라마에서
명품 혹은 명품스타일은 국경과 계층 등 모든 차이를 넘어 거부감 없는
동의를 이끌어낸다. 이때 명품이 모든 차이를 무화시키는 공통의 언어
로 이해되는 것은 바로 명품 속에 내재된 감성을 자극하는 기능 때문이
다. 그간 분노, 동경, 수치심 등의 감정은 하나의 병적 증상으로 폄하된
것이 사실이었다. 근대적 이성의 논리 속에서 감정은 사적 영역으로 배

---

13) 박정자, 『로빈슨 크루소의 사치』, 기파랑, 2006, 38쪽.

제되어 주목받지 못했다. 하지만 오늘날의 소비자본주의는 소비의 과정에서 발산되는 감정범주를 이 사회를 조직하고 움직이는 공식적인 사회구조로 인식한다. 특별히 노동을 극도로 혐오하여 과소비 행위에서 존재를 증명 받으려는 유한계급의 경우에 이러한 감정의 공식적 기능은 더욱 선명하다. 유한계급은 기분전환을 위해 값을 치르고 곧 바로 폐기하는 과시적 소비에서 더 없는 행복을 느낀다. 따라서 이들의 연대는 더이상 합리적 절차를 밟지 않는다. 감정과 열정이라는 비이성적 방식이 중요한 결속 요인이 된다.14) 이런 미학적 패러다임에서 F4가 지닌 고가의 신발과 액세서리는 집단를 하나의 전체로 상상하게 하는 인식론적 동력이다. 뉴칼레도니아 별장과 전용비행기와 요트라는 명품은 계층 간 분열의 원인이라기보다 심리적으로 단일한 영토를 상상하게 하는 사회적 결속장치15)가 되는 것이다. 경제사적으로도 사치품을 통한 연대의 사례는 적지 않다. 중세유럽에 동방의 사치품, 실크와 도자기, 각종 진기한 중국 상품들은 봉건영주의 욕망체계와 사고습관을 자극하여 영주와 농노의 예속관계를 일대 전환시키는 계기가 되는 등16) 사치품은 경제발전 단계마다 공동체적 이상을 형성하는 데 결정적인 역할을 수행했다. 사치품을 소비하면서 내뱉는 잡담, 행동, 패션 등이 현대에서는 중요한 사회성의 근거가 된다.

그러나 엄밀히 말하면 한중일 드라마에서 명품을 통한 새로운 형태의 감정공동체가 미국 중심의 글로벌 문화자본주의를 목적으로 한다는 점에서 참된 의미의 연대로 보기는 어렵다. 다시 말해서 명품에서 환기되는 감정연대는 한중일의 서로 다른 욕망을 일시적으로 타협하게 하는 우발적인 감정이라는 측면도 생각해야 한다는 것이다.17) 이는 산차이를 둘러싼 루이와 따오밍스 사이의 대립과 갈등을 보면 확실해진다.

---

14) 미셸 마페졸리, 박재환·이상훈 옮김, 『현대를 생각한다』, 문예출판사, 1997, 180쪽.
15) 원용찬, 앞의 책, 2007, 149쪽.
16) 원용찬, 앞의 책, 2007, 122쪽.
17) 팀 에덴서, 앞의 책, 2008, 78~79쪽.

루이랑은 잘 지내지?

루이 얘기는 하지마.

왜 그래? 너희들 싸웠어?

너희 F4는 4대가문의 후계자야. 서로 잘 지내는 법을 배워야지.

누나. 루이는 이제 F4가 아니야. 그리고 난 영원히 걔를 안 볼 거야.

… (중략) … 이건 F4의 방법이 아니야.

그래. 다시 생각해봐.

이번에 대상은 루이야. 우리와 같이 자란 루이라고.

루이라서 더 용서할 수 없어. 너희들은 루이가 정말 산차이를 좋아
한다고 생각해? (대만판, 제7화, 01:59)

산차이가 자신을 두고 루이와 급격하게 가까워지자 따오밍스는 루이
를 F4에서 제명하고 산차이에게도 퇴학을 명령한다. 우정과 애정에서
빚어진 삼각관계로 인한 갈등은 충분히 가능한 일이지만, 고압적으로
F4라는 동맹에서 제명하고 퇴학시키는 것은 분명한 횡포다. 어릴 적부
터 "같이 자란 루이"와의 우정은 산차이를 연모했다는 이유로 "영원히
걔를 안 볼 거"라는 구준표의 말은 자신의 것은 누구도 넘볼 수 없다는
재벌엄마의 오만한 독재심리와 별반 다르지 않다. 바로 여기에서 F4라
는 동맹이 진정한 연대가 아니라, 어느 특정인을 위해 구성된 일방적 동
합임을 알게 된다. 진정한 연대란 통합이 아니다. 연대의 참된 의미는 차
이의 연대다.[18] 그러나 드라마의 모든 서사는 오직 F4의 리더인 따오밍
스에게만 허락되고, 나머지 3명은 자기만의 독립된 서사를 가질 수 없도
록 되어 있다. 말하자면 이들은 저마다의 의식의 공간을 부여받지 못하
고, 오직 따오밍스의 서사를 가능하게 하는 타자로만 존재하기를 요구
받는 것이다. 따라서 "루이는 이제 F4가 아니야"라는 제명 결정은 루이
가 따오밍스의 서사에 편입되지 않고 독자적인 노선을 추구하는 것에
대한 통합주의적인 발상이다.

---

18) 배윤기, 「의식의 공간으로서 로컬과 로컬리티의 정치」, 『로컬리티의 인문학』 제3호,
    2010, 133쪽.

　F4라는 동맹의 실체는 이렇게 인위적인 노력이 빚어낸 부정적 사례가 될 수 있다. 이들의 동맹은 폭력적인 통합의 논리에 근거하고 있는 것처럼 동북아시아의 연대도 서구를 기준으로 하는 획일적인 통합의 양상이 짙다. 사실 지역을 정의하는 모든 지리적 사실이란 그 지역 내 인간 활동의 공간적 시간적 움직임을 문화적으로 범주화한 것이다. 그렇게 본다면 동북아시아는 근대 이후 서구 유럽의 전지구적 확장과 함께 구성된 서구의 고안물이라는 주장을 피할 수 없어 보인다. 이런 상황에서 동북아시아라는 범주는 서구와의 차이를 분명하게 하기 위해 어떤 방식으로든 내부의 동일성을 만들어 내려는 인위적인 노력의 결과로 볼 수 있다.19) 즉 동북아시아의 협력이 이런 인위적인 노력의 과정에서 서구의 지역경제 블록화와 일체화에 대항하여 경제적 고립을 타파하려는 절박함 속에서 고안된 것20)이라는 점에서 차이의 연대를 기대하기는 어려워 보인다. 서유럽 혹은 미국이라는 세계적 보편에 대항하여 동북아시아라는 또 다른 보편을 설정해야 한다는 당위에 긴박된 나머지 동북아시아 내부의 미세한 특질들을 탐구할 여유가 없었던 것이다.

　따라서 동북아시아의 경제적 번영이라는 목적 외에 어떠한 접점도 고민하지 않은 상황에서 「꽃보다 남자」의 명품이 아무리 감정공동체의 계기를 제시한다 해도 이 연대의 의미는 제한적일 수밖에 없다. 동북아시아라는 보편이 실제한다기보다, 다만 그렇다고 믿고 싶어 하는 상상된 보편21)이라는 점에서 드라마에서 발견한 연대의 의미는 또 다른 폭력적 통합이거나 아니면 실재하지 않는 허구라는 비판을 면하기 어렵다. 이렇게 형식은 반서구적이지만, 내용은 서구친화적인 연대의 문제는 동북아시아 고유의 가치라고 믿어지는 가족담론에서도 그대로 드러난다.

---

19) 김은실, 「'동아시아 담론'의 문화 정체성에 대한 문제 제기」, 정문길 외, 『발견으로서의 동아시아』, 문학과지성사, 2000, 259~260쪽.
20) 홍석준·임춘성, 「동아시아의 문화와 문화적 정체성」, 한울아카데미, 2009, 29쪽.
21) 팀 에덴서, 앞의 책, 108쪽 참조.

빌려온 가족주의담론에 내재된 자본과의 공모

그간 동북아시아에서 가족주의는 여러 면에서 절대적 신앙이 되어왔다. 90년대 중반 이후 신자유주의 체제 하에서 유교자본주의는 정실자본주의와 부패의 상징되면서 아시아의 위기를 초래한 원인으로 지목되었지만, 유독 가족주의만은 비판의 대상에서 제외되었다. 오히려 위기타개의 마지막 피난처로 주목받을 정도로 가족주의에 대한 동북아시아의 신뢰는 종교적 차원에까지 이른다.[22] 하지만 「꽃보다 남자」를 면밀히 고찰하면 가족주의를 서구에 대항할 동북아시아 고유의 가치로 보기는 힘들다. 드라마는 겉으로 보면 가족을 진심으로 이해하기까지 젊은 이들이 겪어야 하는 가족 내 갈등과 해소의 과정을 유쾌하게 그리는 것처럼 보인다. 그러나 이는 다만 정情의 수사학으로 포장된 것일 뿐이다. 실제로는 철저한 파시즘의 논리에 의해 유지되는 서구의 자본주의의 폐해를 그대로 보여준다. 드라마에서 갈등의 진원지인 엄마를 보면 이 점은 분명해진다.

> 재계의 인맥과 재력은 상상도 할 수 없을 정도로 넓어. 이제 이해가
> 된다. 이렇게 너희들 집안을 곤궁에 빠뜨려서 산차이를 위협한 거야.
> 우리를 미끼로 산차이를 위협한 거야?
> 따오밍스 엄마는 가문의 대를 이을 사람이 산차이 같은 서민이라
> 는 걸 용납할 수 없었던 거야. … (중략) … 소유. 네 아빠가 감원당하
> 셨어.
> 왜요? 아빠는 새 부서의 과장으로 발령나셨잖아요?
> 그랬지. 그런데 방금 네 아빠한테 전화 왔는데 사장이 네 아빠를 낙
> 후된 공장으로 보낸다는구나. (대만판 제5화, 01:43, 58:02)

---

22) 조은, 「'동아시아 가족'이 있는가」, 정문길 외, 앞의 책, 2000, 175~176쪽.

재벌총수인 엄마가 산차이를 반대하는 이유는 단순하다. 최대 재벌의 후계자 따오밍스의 연애 대상이 "산차이 같은 서민이라는 걸 용납할 수 없"기 때문이다. 이때 산차이와 산차이의 "집안을 곤궁에 빠뜨"리고, 친구 아버지까지도 "낙후된 공장으로 보"내는 등의 무자비한 행동은 가문의 번영이라는 대명제 속에서 정당화된다. 사실 기묘하게도 드라마에서 엄마의 역할은 재벌회장의 역할과 겹쳐진다. 그룹회장이라는 타이틀이 없는 엄마는 의미가 없으며, 또한 재벌이라는 사회적 의미는 모성이라는 표현 속에서 더욱 큰 설득력을 얻는다. 여기서 이러한 포개짐의 논리는 사회가 무능력함으로 인해 발생하는 문제를 특정한 가족구성원에게 떠넘기기 위한 수단으로 자주 활용된다. 실제로 동북아시아 경제성장의 원동력을 유가적 가족의식에서 찾는 주장들은 대부분 가족이 담지하고 있는 친화력과 응집력을 사회적인 것으로 연결시키고 있다.[23] 이렇게 보자면 구준표를 정략 결혼시키는 것은 정확히 말하면 엄마의 욕망이 아니라, 재벌회장의 욕망이다. 즉 엄마라는 친밀성은 자본의 목적을 좀 더 쉽게 달성하기 위한 하나의 장치에 불과하다. 가족이라는 이름으로 자본의 심상을 가족의 환영에 일치시킴으로써 기업의 욕망을 채우는 데 이용하는 것이다.[24] 바로 여기에서 엄마의 존재는 사회적 욕망을 정당화하기 위해 가족을 사회의 계급관계로 연결시키고, 집단의 폭력을 가족애로 대치시키는 사회가 낳은 이중의 희생양이라는 논리가 가능해진다.

> 알다시피 따오밍스는 기업을 이어야 하는 막중한 책임이 있어요. 그래서 해서는 안 될 일을 감시하는 게 엄마로서의 책임이죠. 특히 커가는 과정에서 작은 돌들과 잡초들이 나타나면 나는 그런 것들을 빨리 제거해 줘야 합니다.
> 4억으로 나를 떼어놓으려고 나쁜 여자. (대만판, 제4화, 18:59)

---

23) 김태만, 「아시아적 가치와 동아시아 발전의 원동력」, 『동북아시아문화학회 국제학술대회 발표자료집』, 2000, 95쪽.
24) 이득재, 『가족주의는 야만이다』, 소나무, 2001, 121~122쪽.

저 하나로는 부족하세요?

나서지마!

호텔이 필요하시면 딸을 파시고 투자가 필요하시면 아들을 파시고.
그 다음에 또 무언가가 필요하시면 그땐 어떻게 하실 건데요? 이젠 남
은 자식이 없는데.

다 너희들을 위해서야.

그건 누가 판단하는데요? (한국판, 17화, 04:36)

구준표가 "커 가는 과정에서 작은 돌들과 잡초들이 나타나면" 이를
"제거해 줘야" 하고, "해서는 안 될 일을 감시하는 게 엄마로서의 책임"
이라는 엄마의 믿음은 결국 자본에 논리에 따라 취사선택을 결정하는 냉
혹한 재벌총수의 역할과 다르지 않다. 구준표는 이런 엄마가 제공하는
혜택을 고스란히 받으면서도, 오히려 엄마의 비정함에 대한 적대감정을
노골적으로 드러낸다. 하지만 이런 비난은 정당하지 않다. 엄마의 잔혹
함 때문에 이들이 일탈을 한 것이 아니라는 사실이다. 드라마에서 자식
들은 인제나 삶을 방종해도 좋을 정당한 이유를 엄마에게서 찾는다. 즉
일탈의 정당성을 확보하기 위해 엄마의 잔혹함이 요청되고 있다는 사실
이다. "호텔이 필요하시면 딸을 파시고 투자가 필요하시면 아들을 파"는
무자비한 재벌엄마가 존재할 때, 비로소 자녀들은 최고급 의상과 차, 화
려한 파티, 해외여행으로 삶을 탕진할 이유를 갖는 것이다. 결국 엄마는
분명 가족과 자본의 혜택으로부터 이중의 소외를 감당해야 한다. "다 너
희들을 위해서야"라고 말하는 엄마는 가업을 세계 굴지의 그룹으로 키
워야 하고, 또 한편으로는 구준표가 자본적 일탈을 감행할 명분까지 제
공하는 이중의 희생양이라는 편이 옳다. 말하자면 가족애의 실천과 혜
택이 매우 불평등하게 분배되고 있는 것이다. 가족주의가 서구의 절대
개인주의와는 다른 완벽한 도덕공동체[25]라는 기존의 상식과 달리, 동북
아시아의 가족주의가 폭력적이라는 지적은 바로 이 지점에서 나온다.

---

25) 함재봉, 『탈근대와 유교』, 나남출판, 1998, 270~276쪽.

  사실 역사상 전례가 없는 동북아시아의 고도성장이 가능하기 위해서
는 대단히 독특한 축적체제가 필요했을 것이라는 상상은 어렵지 않다.
실제로 동북아시아 재벌의 등장은 바로 가족을 희생양으로서 설정함으
로써 가능해질 수 있었다. 그런 점에서 원초적인 공동체인 까닭에 신성
한 가족과 달리, 특정인의 향락을 위해 모성이라는 친밀성을 이용하는
가족주의는 매우 불온하다.26) 따라서 헌신이 가치 있는 것이라는 엄마
의 믿음은 명백한 오해다. 사실 어느 문화든 갑작스런 소비문화 번성과
화려한 경제발전 이후에는 어떠한 형태로든 감정의 배출구를 요청하기
마련이다. 엄마는 다만 자본이 고안한 쓰레기통적인 존재로 이중의 희
생을 당하고 있을 뿐이다. 모성의 역할은 그런 점에서 자본에 협조한다
는 혐의가 짙다. 사회비용을 지불하지 않으면서 소비사회를 가능하게
하는 확실한 보험이라는 점에서 가족주의야말로 자본주의의 확실한 지
원체계인 것이다.27)

  지금 동북아시아는 각국의 방식으로 글로벌 도시로의 위용을 갖추려
는 메트로폴리탄 계획을 앞 다투어 내놓고 있다. 중국은 2008년 베이징
올림픽을 글로벌베이징의 마스터플랜을 알리는 시점으로 잡았다. 서울
과 동경, 타이페이도 글로벌 이미지를 강화하기 위해 첨단 글로벌 도시
로의 비상을 준비하고 있다.28) 이런 시점에서 「꽃보다 남자」가 가족주
의로 중무장하고 있는 것은 당연한 귀결이다. 실제로 자본주의는 가족
을 하나의 내부기관으로 소유한다. 산업화와 자본화는 철저하게 가족의
존재에 의존하고 있다. 19세기에 기반을 잡기 시작한 산업화가 핵가족
의 형성을 조장했고, 시장의 효율성과 가족의 지원이라는 다른 체계는
서로를 보충하면서 현재까지 존속해 온 것이다.29) 따라서 가족은 자본

---

26) 이득재, 앞의 책, 31쪽.
27) 이는 동북아시아의 재벌구조가 대우가족, 삼성가족 등 가족주의를 회사의 경영이념
    으로 대치시키면서 압축적인 성공가도를 달려온 데서 현실적 근거를 찾을 수 있다.
    김태만, 앞의 글, 82~97쪽.
28) 이동연, 『아시아 문화연구를 상상하기』, 그린비, 2006, 342~349쪽.

의 영토 안에 있는 내부식민지다. 자본주의는 자기에게 응답하는 친밀한 식민지적 형성체를 필요로 하고, 가족이라는 친밀한 식민지를 통해서 자본주의의 영속을 꾀한다.[30] 이때 친밀함은 늘 금전적 거래와 공존한다. 이는 친밀감이 심각한 권력의 문제를 제기한다는 말과 같다. 모성이라는 친밀함은 가족 내에서는 풍요의 기호로 작용하지만, 가족 밖으로 나아면 학대의 기호로 돌변한다는 점은 모성이 얼마나 자본의 간계에 쉽게 휘둘리는 피해자인가를 확인시켜준다. 비화폐적인 모성이 가족 바깥으로 나가면 철저하게 화폐적으로 돌변한다는 것이다.[31] 드라마에서 모성의 역할과 그룹회장의 역할이 맞물리는 것은 바로 가족과 자본과의 밀접한 관련성을 대변해준다.[32] 「꽃보다 남자」에서 따오밍스의 정략결혼이 기업 회생의 대안으로 떠오르는 것은 그만큼 가족관계를 자본적 가치로 인식하고 있다는 뜻이다. 구준표가 부모를 비난하면서도 결코 부모가 주는 풍요를 거절하지 않는 것도 결국에는 이렇게 가족주의가 자본논리에 포섭되었기 때문이다.

> 우리에게 자유는 오직 연애에 한정이야. 최종선택권은 부모님한테 있다는 거 잊은 거 아니지?
> 너들은 입으로만 남자 남자 했던 거야? 뭐야 진짜 남자도 아닌 것들이 그렇게 잘난 척 했던 거야? (한국판, 제5화, 34:16)

따라서 사사건건 엄마와 맞섰던 구준표이지만, 구준표가 부모와 결별하는 상황은 결코 발생하지 않는다. 자본과 분리되는 가족은 의미가 없기 때문이다. 가족주의와 자본의 욕망을 위반하지 않는 적당한 선에서

---

29) 울리히 벡·엘리자베트 벡-게른샤임, 강수영 외 옮김, 『사랑은 지독한, 그러나 너무나 정상적인 혼란』, 새물결, 1999, 63쪽.
30) 이득재, 앞의 책, 230쪽.
31) 비비아나 A. 젤라이저, 숙명여자대학교 아시아여성연구소 옮김, 『친밀성의 거래』, 에코리브르, 2009, 16~61쪽.
32) 울리히 벡·엘리자베트 벡-게른샤임, 앞의 책, 10~59쪽.

멈추기 위해 F4는 "우리에게 자유는 오직 연애에 한정이야"라며 가족의 울타리를 결코 벗어나지 않는다. 구준표는 "최종선택권은 부모님한테 있다는 거 잊은 거 아니지?"라는 소이정의 말을 수긍하며, 가족의 경계를 수호하는 모습을 보여준다. 만일 재벌가문을 이탈한다면, F4라는 명예도 가능하지 않다. 이렇게 볼 때, 동북아시아의 가족주의는 이 지역 고유의 신성함과는 거리가 멀다. 소이정이 도예명문가의 자녀라는 사실을 확인하기에는 드라마에서 도예 자체에 대한 깊이 있는 시선은 한 번도 보여주지 않는다. 도예가라는 사실은 단지 소이정이 최상류층 가문을 증명하는 기호에 머물고 만다. 전직 대통령의 손자이며, 세계적인 물리학자인 부모님을 둔 윤지후의 경우도 마찬가지다. 세계적인 물리학자이며, 전직 대통령의 손자라는 사실만이 필요한 것이지 이 가문의 본질에 대한 논의는 애초부터 기획되고 있지 않기 때문이다. 구체적 논의를 제시할 여력이 없는 것은 결국 동북아시아의 가족이 서구 자본주의에 대항하기 위한 실체가 없는 표상적 프레임에 불과하기 때문이다. 그간 동북아시아는 인구 규모나 영향력에서 다른 지역을 압도해왔음에도 불구하고 언제나 역사와 문화의 주변부로 인식되어 왔다. 따라서 동양의 가족을 신비화함으로써 서구의 발전주의 모델에 대한 대항적 담론을 추구하는 과정에서 새로운 동북아시아만의 가치를 새롭게 고안해내야 하는 상황에서 가족과 친족 등이 등장했을 가능성이 높다.[33] 즉 서양에는 없는 지고한 정신문화가 가족주의라는 동북아시아의 주장은 동북아시아의 내적 필요성에서 유래된 것이 아니라, 서양의 물질주의에 대한 대안적 필요성 속에서 생겨난 서구적 담론이라는 것이다.

그러나 비판은 곧 동의다. 무력한 상대를 굳이 비판해야 할 이유는 없기 때문이다. 비판자는 비판하면서 상대방의 강력함을 부지중에 승인한다. 비판의 양상이 강력할수록 상대방의 권세 또한 강력해질 수밖에 없

---

33) 홍석준·임춘성, 앞의 책, 13~14쪽.

다. 따라서 동북아시아의 가치 연구에 과도하게 집착하는 노력의 크기만큼 서구의 자본주의를 추종하는 예기치 않은 결과를 낳는다. 그렇기 때문에「꽃보다 남자」의 가족주의가 서구를 강하게 의식하여 만들어진 대안, 혹은 현실에서 실천되지 않는 선언적 의미 이상을 넘어서기 어려운 것이다. 가족주의가 당위론으로 일관하고 구체성이 결여되었다는 말은 곧 이 담론이 일상에서 실천되지 않고 있기 때문이다. 따라서「꽃보다 남자」를 통해서 확인할 수 있는 동북아시아의 가족은 동북아시아적 가치로 상징되는 이데올로기로서의 가족주의와는 상당한 거리가 있다. 여기에 따르면, 가족주의를 동북아시아 고유의 가치로 주장하는 것은 자본과 밀착되기 위한 전략이거나, 아니면 순수한 착각이나 허상일 뿐이다.34) 바로 이 지점에서 서구를 추종하는 동북아시아의 2인자 콤플렉스를 연구해야 할 필요성이 제기된다.

기억상실증에 은폐된 2인자의 공포

현재 한중일 3국은 동아시아에서 지역 강대국으로서 역할하기에 충분한 물적 기반은 확보한 지 오래다. 하지만 정치 군사적인 수준에서는 아직도 상당기간 미국의 영향력에 미치지 못할 것은 분명해 보인다. 중국만 하더라도 예전처럼 문명의 표준을 제시하여 주변에서 그것을 수용하게 할 능력이 있다고는 보기 어렵다. 따라서 중국이 지역강대국으로

---

34) 여기서 더 나아가 기존의 동북아시아담론 또는 담론만들기에는 아직 정제되지 않은 문화결정론이 강하게 작용하고 있음에 주목할 필요가 있다. 동북아시아 나라들 사이에는 문화적 동질성이 있고, 이를 잘 이용하면 하나의 통합된 주체로서 미래 세계의 주축이 될 것이라는 신념이 표출되고 있는 것이다. 다시 말하면 유교적 전통, 상호조화의 원리, 한자를 통한 의사소통의 실현 등은 정치와 경제 발전의 원동력이며 공동체로서의 동북아시아를 실현하는 힘이라는 낙관적인 신념이다. 그러나 정치나 경제 발전이 문화로 결정된다는 것은 단순할 뿐만 아니라, 명백한 오류다. 홍석준·임춘성, 앞의 책, 35쪽.

군림한다 해도 과거처럼 중화제국의 부활이 당장은 가능하지 않을 것으로 보인다.[35] 즉 한중일 어느 국가도 서구를 극복하기에는 여전히 역부족이라는 것이 전문가들의 주장이다. 중국의 화려한 경제성장은 사실 다국적 공동체를 꿈꾸면서 서구를 충실히 학습하는 학생의 모습에 지나지 않는다.[36] 이는 미국과 장기적인 파트너십 혹은 동반자관계에 들어간 일본의 경우나, 번번이 분단현실에 발목을 붙잡히는 한국의 경우에 있어서도 마찬가지다.[37] 여전히 서구는 극복의 대상이기만 할 뿐, 결과적으로는 서구의 논리를 실천하고 있는 것이 현실이라는 것이다.

이렇게 글로벌 자본주의의 관점에서 보면 지역은 해방의 장소가 아니라 조작의 장소다. 그 안에 살고 있는 사람들이 스스로 자신의 정체성을 벗어던지고 글로벌 자본에 동질화되어야만 비로소 해방될 수 있는 장소이기 때문이다. 「꽃보다 남자」도 이런 논리에 근거해 있다. 서구의 명품 스타일이 아니고서는 자신을 증명할 수 없는 F4의 허술한 존재감, 또 자본의 논리를 충실히 수행하면서도 겉으로는 이를 부정하는 허구적인 가족주의담론이 스스로 동북아시아의 초라한 현재를 확인시켜준다. 세계적인 자본에 의해 국지적 삶의 형태들이 마구잡이식으로 섞이는 상황이고, 동북아시아 역시 초국적인 자본에 강력한 위협을 받는 상황[38]에서 동북아시아의 고유성을 찾기란 쉽지 않다. 드라마에서 빈번하게 목격되는 '일상화된 폭력'은 존재감을 잃어버린 동북아시아가 거칠게 자기를 증명하려는 노력이다.

> 빨간 딱지다!! "From F4" … (중략) … 빨간 딱지는 뭔가요?
> F4로부터의 선전포고의 표시.

---

35) 백영서 외, 『동아시아의 지역질서 – 제국을 넘어 공동체로』, 2005, 창비, 29쪽.
36) 백영서, 「중국에 '아시아'가 있는가?」, 정문길 외 『발견으로서의 동아시아』, 문학과지성사, 2000, 68쪽.
37) 이수훈, 앞의 책, 209~214쪽.
38) 홍석준·임춘성, 앞의 책, 151~153쪽.

F4?

이 학원을 좌지우지하는 3학년의 4인조.

플라워 4, 줄여서 F4 그들을 거역하는 사람은 빨간 딱지가 붙여져
서 전교생한테 철저하게 이지매를 당해

어째서 모두들 F4가 하라는 대로 하는 걸까요?

4명 다 엄청난 부자의 자제들이야.

이 학원은 모두 그렇지 않나요?

규모가 달라. (일본판, 제1화, 02:28)

학원은 그들의 부모한테 막대한 기부금을 받고 있어 따라서 선생
님들조차 아무 말도 못해 그들은 학원 내에서 모든 자유를 약속받고
있어. (일본판, 제2화, 4:37)

F4의 리더 바보에다가 버릇없고 폭력적이고 제멋대로에 최악의 남
자, 그래도

(회상 시작) 자기가 돈 벌어 본 적도 없는 꼬맹이놈이 폼 나는 소리
히지 말라고! 이세 난 도망 안 가! 선전포고다. (일본판, 제2화, 13:21)

드라마에서 F4의 위세를 현실적으로 실감하게 하는 것은 "From F4"
라는 "빨간 딱지"다. "F4 그들을 거역하는 사람은 빨간 딱지가 붙여져서
전교생한테 철저하게 이지매를 당"하고 심지어 교장까지도 임의로 해임
할 수 있는 것을 보면, 빨간 딱지는 F4의 전권을 과시하는 무차별적인 폭
력면허다. 그럼에도 불구하고 폭력은 종종 상대방에 대한 우월성을 증
명하는 것으로 오해된다. 구준표는 누나가 날리는 거친 주먹에서 비로
소 자신이 사랑을 받고 있음을 느낀다. 그런 점에서 츠쿠시의 하이킥은
특별하다. "F4의 리더 바보에다가 버릇없고 폭력적이고 제멋대로에 최
악의 남자"라며 도묘지에게 날리는 하이킥은 두 사람이 연인으로 발전
하게 되는 결정적인 계기를 제공한다. 이렇게 「꽃보다 남자」가 모든 관
계의 시작과 중요한 순간에 폭력이 등장한다는 사실은 F4의 폭력이 진

정한 권력으로부터 외면당하고 있음을 증거 한다. 권력이 곧 폭력이라는 통념과 달리, 폭력은 권력의 부재일뿐이다. 권력은 언제든지 함께 모여 제휴하고 행동할 때 생겨나는 것으로서 이미 정당성을 갖는다면, 폭력에 의지하는 권력은 이미 권력이 아니며 아무런 정당성도 없다.[39) 결국 폭력은 약자들의 위악적인 자기보존장치라는 점에서, 드라마의 폭력은 세계 일류의 기업으로 성장하기에는 능력이 미치지 못하는 구준표 가문의 현실을 역설적으로 부각시킨다. 폭력을 하나의 정상적인 권력 사실로 간주하는 것은 약자가 권력을 획득하려 할 때, 흔히 쓰는 수법이기 때문이다.[40)

이렇게 「꽃보다 남자」에서 폭력의 일상화에서 동북아시아가 세계에 강력한 영향력을 행사하기에는 여전히 역부족이라는 사실을 보여준다. 즉 동북아시아의 전반적인 위상이 스스로 권위를 확립하기보다, 파괴적이고 특이한 행동으로 눈길을 끌려는 미숙한 상태에 머물러 있음을 암시한다. 드라마에서 F4가 10대를 전후한 연령대로 설정된 것도 이런 점을 뒷받침한다. F4와 그 여자 친구들이 고등학생이거나 아니면 대학 초년생으로 설정한 것은 드라마의 현실이 자기의 의지대로 삶을 기획하고 운영하는 성숙한 어른의 세계는 아니라는 뜻이다. 주 시청자층이 10대[41)인 만큼, 「꽃보다 남자」는 오히려 생각이 채 익지 않은 청소년의 돌출행동과 불안정한 감정 변화 자체를 희극화 한다. 설득력 없는 이유로 기득권층과 부딪치면서도, 자신도 모르게 지배담론에 순응하면서 철저한 자본주의 소비 지향적 삶을 사는 내용이 동북아시아의 현재와 많이 닮아 있다.

---

39) 한나 아렌트, 김정한 옮김, 『폭력의 세기』, 이후, 1999, 17~36쪽.
40) 김무경, 『자연회귀의 사회학』, 살림, 2007, 43~48쪽.
41) http://cafe.daum.net/tkaqkranfrhks/3NC5/1089?docid=Nei0|3NC5|1089|2009012
0093136&q=%B2%C9%BA%B8%B4%D9%20%B3%B2%C0%DA%20%BD%C3
%C3%BB%C0%DA%C3%FE&srchid=CCBNei0|3NC5|1089|20090120093136
(검색일: 2010. 5. 31).

동북아시아의 근대화는 곧 서구화라는 논리는 오늘날에서 여전히 유효하다. 오늘날 동북아시아의 대중은 노동을 통해 생산된 재화는 원하면서도 재화를 생산하는 노동은 회피하려는 욕망이 그 어느 때보다도 비대해 있다. 오직 경쟁적으로 소비하는 서구적 삶이 오늘날 동북아시아 대중의 경제적 이상향이다.[42] 사실 대타자에 대한 열정과 욕망은 개인과 사회가 어딘가 결핍되었다는 가장 분명한 지표다.[43] 그런 점에서 사회주의 시장경제체제를 목표로 21세기 초반에 미국 및 일본과 더불어 세계 3대 경제대국으로 부상을 겨냥한 중국, 국제 금융시장을 주도하는 역할을 강화하겠다는 일본의 21세기 비전, 세계 친화적 발전 전략으로 경쟁력을 강화하고 동북아의 경제 거점으로 발돋움하려는 한국의 야심찬 기획[44]에서 서구를 절대적 기준으로 보아 여기에 자신을 부합시키려는 사춘기적인 동북아시아의 모습을 확인할 수 있다. 즉 서구의 자본주의를 비판하는 만큼 서구적 자본의 향락을 열망하는 동북아시아의 현실이 「꽃보다 남자」의 청소년들에게 그대로 이입뇌고 있는 것이다. 이때 독자적 세계로 진입하지 못하고 사춘기적 혼돈 속에서 자기를 방치하는 모습은 산차이의 뉴욕행에서 극명하게 드러난다.

> 지나가는 사람이 다 스타로 보이네. 어디로 가야 되는 거지? 침착해. 침착해. 여긴 뉴욕이야. 난 여행객. 근데 내 짐이 없어. 야! 어디서 온 거야! 너 같은 꼬맹이가. 돈 있는 거 자랑하러 온 일본놈이냐! (일본판, 시즌 2, 제1화, 10:33)

도묘지를 찾아나선 츠카시가 뉴욕의 번화가에서 길을 잃고 "어디로 가야 되는 거지?"라며 혼란스러워 하는 츠카시는 바로 서구의 위력에 짓눌려 길을 잃은 동북아시아의 모습을 상징적으로 보여준다. 아무런 확

---

42) 원용찬, 앞의 책, 84~85쪽.
43) 김무경, 앞의 책, 79쪽.
44) 김대환, 「동아시아 경제 개혁의 비교 연구 서설」, 정문길 외, 앞의 책, 2000, 344~351쪽.

신도 없는 신흥부국의 청소년은 뉴욕의 "지나가는 사람이 다 스타로 보"일 만큼 자존감이 없다. "너 같은 꼬맹이가. 돈 있는 거 자랑하러 온 일본놈이냐!"라는 비아냥에서 경제부국이기는 하지만 세계를 리드하는 경제대국이 되기에는 세계적 위상이 여전히 미치지 못한 동북아시아의 현실을 쉽게 확인할 수 있다. 자국에 대한 불신은 도묘지나 재벌회장에게서 이미 드러난 바 있다. 도묘지나 재벌회장인 엄마에게조차 일본은 세계적 성공을 위해서 일시적으로 거쳐가는 경유지에 불과할 뿐이다. 재벌회장인 엄마가 아들을 늘 염려하면서도 아들이 있는 동경에서 함께 생활하지 않는 것은 이들의 궁극적 목표가 동북아시아가 아니라는 사실을 암시한다. 이들에게 성공이란 동북아시아를 떠나 서구로 가는 것이다. 변호사를 하기 위해서는 파리에 가야한다는 민서현, 소이정의 스페인 유학, 구준표의 뉴욕행 등을 모두 생각한다면, 동북아시아가 과연 지리적 실체로서 존재하는가는 의문이다.

　물론 동북아시아는 동남아시아를 비롯한 주변지역에 대한 영향력 확대를 추구할 능력은 이미 충분히 갖추었다. 그럼에도 불구하고 미국을 비롯한 서구 유럽의 패권에 도전하기 위해서는 동북아시아는 앞으로도 15~20년은 족히 걸린다는 것이 전문가들의 지적이다.[45] 이렇게 보면, 세계의 중심가 뉴욕에서 길을 잃은 츠카시, 그리고 천신만고 끝에 도묘지를 만나지만 외면당하는 츠카시의 모습에서 자기정체성을 망각한 동북아시아의 현재를 확인할 수 있다. 이미 밝혔거니와 동북아시아의 존재 가치가 서구와의 관계에서만 발견된다는 동북아시아의 자의식을 떠올려 본다면, 동북아시아는 지리적 실체라기보다 서구라는 기준을 위해

---

45) 중국은 1997년 IMF 위기에서 인민폐 평가절하 가능성에 대한 외부세계의 우려에 대해 국제사회에 책임을 지는 대국으로서 역할을 할 것이라고 주장한 바 있다. 2003년 12월에는 원자바오 총리가 미국 하버드 대학 강연에서 화평굴기론(평화로운 부상)을 제시하며 중국의 대국으로서의 부상을 정당화하려고 했다. 중국 내에서는 이미 1990년대 후반부터 대국으로 부상하는 것을 전제로 새로운 대전략을 수립할 필요성이 있다는 점을 강조하는 논의가 활발하게 전개되어 왔다. 백영서 외, 앞의 책, 405~406쪽.

부유하는 기표일 뿐이다. 3국 드라마의 마지막이 한결같이 불의의 사고로 기억상실증에 걸리는 황당한 결론은 바로 이 때문이다.

> 구준표. 이거 기억나? 여기에 있는 이름 기억 안 나?
> 뭐? 내가 이런 걸 어떻게 알아?
> 돌려줄게. 가져가!
> 이딴 걸 내가 왜 가져? 가져가. 버리려면 네가 버리면 되잖아.
> 그래?
> 구준표! 딱 한 가지만. 한 가지만 더 물어볼게.
> 수영? 난 수영 같은 거 안 해.
> 안 하는 거야? 못하는 거야?
> 너 뭐야? 네가 나한테 뭘 안다고 떠들어? (한국판, 제25화, 25:34)

일본은 미국에 이어 세계 2위의 경제력을 자랑하고 있고, 중국의 진출은 서방국가에게는 심각한 부담으로 작용하고 있다. 한국의 경제 위상도 세계적이라는 표현에 크게 어긋나지 않는다. 그러나 난데없는 기억상실증은 동북아시아가 세계의 초강대국으로 군림하기에는 여전히 머뭇거리고 있음을 짐작하게 한다. 금잔디와의 사랑이 결실을 맺을 수 있는 상황에서 구준표에게 님거진 문제는 세계적 CEO로서의 자질을 보여주는 것이다. 그러나 구준표는 서구라는 보편을 모방하는 데만 집중한 나머지 자기만의 독자적 가치로 서구에 맞설 능력은 충분히 갖추지 못했다. "구준표. 이거 기억나? 여기에 있는 이름 기억 안 나?"라는 금잔디의 질문에 "내가 이런 걸 어떻게 알아?"라며 답변을 회피하는 구준표의 태도는 결국 최강자의 자리를 눈앞에 두고 서구에 맞설 것을 거부하고, 서구를 극복하기에는 여전히 부족한 동북아시아의 공포를 상징적으로 보여주는 것이다.

실제로 현재 동북아시아의 영향력은 미국과 같은 초강대국의 지위를 인정받기에는 아직 이르다. 강력하게 동북아시아를 이끌 수 있는 리더십과 중심축이 필요한데 현실적으로 이를 담당할 국가가 마땅치 않은 상황이다. 즉 왕성하게 이루어지는 지역협력과 달리 리더십의 부재는 동북아시아가 세계 강국으로 나아가는 데 큰 걸림돌이 되고 있다.[46] 이런 상황에서 세계자본주의 질서를 주도적으로 기획하고 강제하는 미국의 패권적 지위는 오히려 더욱 강력해지고 있다. 94년 미국 주도로 출범한 WTO체제는 실질적으로 미국에게만 유리한 FTA체제로 변질되었다. 말하자면 미국 주도의 세계경제체제의 변화는 어떠한 공격도 허용하지 않는 난공불락의 성으로 세계경제 위에 군림하고 있다.[47] 이런 상황에서 세계 최강국을 꿈꾸는 동북아시아의 야망은 상상에서 멈추고, 현실은 2인자로서 만족하는 연습뿐이다. 중국의 경우만을 보더라도 경제의 급속한 성장으로 눈부시게 증가하는 국가경제총량은 중국제국의 부활을 연상시키는 데는 무리가 없다. 그러나 국가경제 총량이 아닌 국민 일인당 소득 지표나 내부의 계급·지역·민족 간 격차를 기준으로 성장의 지속가능성을 따져본다면 중국경제력의 미래에 대해 낙관과 비관이 팽팽하게 맞설 정도로 논쟁적이다. 따라서 중국이 미국을 제치고 세계 패권국이 될 것으로 전망하는 사람은 많지 않다. 상황이 이렇다 보니 동북아시아가 예전처럼 문명의 표준을 제시하여 그 주변에서 그것을 수용하게 할 능력이 있을지는 미지수다. 동북아시아의 경제 팽창은 다만 지역적 강대국으로 만족하는 정도에서 그쳐야 할 상황이며, 세계의 자발적 동의를 얻어내고 초강대국으로의 부상은 무리라는 주장이 설득력을 얻는다.[48] 같은 맥락에서 구준표가 기억상실증으로 현실을 회피하는 한,

---

46) 중국은 아직 협력과정에서 충분한 리더십을 발휘할 여건이 되어 있지 못하고, 일본은 이를 감당할 의지가 불확실하다. 특히 일본은 미국의 영향을 받을 가능성이 남아 있으며 다른 동아시아 국가들과의 관계 측면에서도 많은 장애가 존재한다. 한국은 또 한국대로 리더십을 발휘할 충분한 역량을 갖고 있지 못한 상황이다. 채재병, 「동아시아의 주권인식과 지역협력」, 『한국정치외교사논총』 제27집 제2호, 2006, 412~413쪽.
47) 이동연, 앞의 책, 27쪽.
48) 백영서 외, 앞의 책, 28~29쪽.

F4의 권력은 동네불량배의 폭력 이상이 될 수 없다. 현실에 직면하기를 거부하는 2인자의 공포, 자기가치에 대한 자포자기적 망각이라는 점에서 기억상실증은 세계의 리더로 인식하기에는 여전히 부족한 동북아시아의 위상을 확인시켜주고 있다. 그런 점에서 드라마의 마지막을 장식하는 F4의 서구 유학은 더욱 확실한 자기망각이라는 점에서 동북아시아의 한계가 어디인가를 확실하게 짚어주고 있다.

> 나, 떠나.
> 어디로요?
> 스웨덴.
> 얼마나요?
> 아마 4.5년쯤?
> 잘 됐네요. 가서 더 훌륭한 도예가가 돼서 오시겠네요.
> … (중략) …
> 나 미국에 가야돼.
> 미국?
> 이번엔 엄마 때문도 회사 때문도 아니야. 내가 결정했어. 멀쩡한 아빠를 죽이거나, 자식들을 억지 결혼시키거나. 나 최선을 다해 볼 거야. 그래서 기업을 살릴 수 있다면 다행이고. 그렇지 않나면 내 손으로 직접 닫을 거야. (한국판, 제25화, 07:19, 45:34)

한중일 3국의 드라마는 모두 F4의 서구 유학으로 마무리가 된다. 구준표는 "이번엔 엄마 때문도 회사 때문도 아니야. 내가 결정했"다고 하며, "기업을 살릴 수 있"기 위해서 뉴욕으로 간다고 한다. 소이정도 스웨덴으로 도자기 수업을 떠나는 데에서 동북아시아의 내적 기반이 매우 불안정한 것임을 확인시켜준다. 미래의 비전을 뉴욕에서 찾아야 한다는 구준표의 의지는 자기의 견해를 유보하거나 폐기하고 몸과 정신을 뉴욕식으로 재단장하는 확실한 자기망각의 의지와 다르지 않다. 다만 다르다면, 기억상실증이 무기려하고 수동적으로 자기를 방관했다면, 기억을 회복하고 뉴욕으로 향한 구준표는 자기가 재현하려는 대상의 정합성에 협조하려는 차이가 있을 뿐이다. 동북아시아라는 공간이 자기 실체를 잃어버리고 미국을 보편적 토대로 인식하고 체계화하면서 동북아시아 스스로가 자기 공간을 강탈당하고 있다는 점에서 본질은 같은 것이다.[49]

이렇게 볼 때, 「꽃보다 남자」를 통해 본 동북아시아의 정체성은 하나의 시대적 유행에 부응한 발명품이라는 지적을 면하기는 어려워 보인다. 동북아시아의 존재는 90년대 태평양지역을 소비력이 급격히 신장되는 매력적인 신천지로 인식한 미국이 새로운 시장이라는 개념에서 초국적 문화자본으로 침투할 공간이라는 인식에서 발명된 공간이라는 주장이 강력하게 제기되어왔다. 즉 동북아시아를 서구의 대중문화를 소비하는 서구문명의 변전소[50]로 인식하는 것은 미국이나 동북아시아나 결국은 같은 입장이다. 다만 「꽃보다 남자」가 조금 다르다면, 사춘기적 인물들의 기억상실증과 뉴욕행을 서구의 주변부로서의 곤경을 직접적으로 고백하는 대신, 이를 자기과시의 형태로 역이용하는 것뿐이다. 권력에 대한 의지와 복종에 대한 의지는 밀접하게 결합되어 있다. 인간 심리 속에는 강자에게 지배되기를 바라는 욕망이 권력에 대한 의지만큼이나 강렬하기 때문이다.[51] 그러나 이는 약자에 한해서 제한적으로 적용되는 진실이다. 강자는 이 모순되는 두 심리가 결합되어 있지 않다. 결국 「꽃보다 남자」가 복종본능을 지배본능으로 재포장한 것, 즉 약함을 자기 과시로 탈바꿈시킨 이미 서구의 2인자로서 공포감을 느껴야 하는 동북아시아의 현실을 강조하는 아쉬움을 보이고 있다.

---

49) 배윤기, 「의식의 공간으로서 로컬과 로컬리티의 정치」, 『로컬리티의 인문학』 제3호, 2010, 109~115쪽.
50) 홍석준·임춘성, 앞의 책, 2009, 152쪽.
51) 한나 아렌트, 앞의 책, 1999, 68쪽.

서구라는 보편에 투항

동북아시아의 재등장이 세계화의 주역으로 서구로부터 완전한 독립을 상징하는 것이 아니라, 오히려 동북아시아 고유성이 증발된 서구의 변방임을 「꽃보다 남자」는 보여주었다. 그럼에도 불구하고 「꽃보다 남자」가 한중일 3국에서 3번씩이나 반복 재생산되면서 광범위한 대중적 호응을 받은 것은 동북아시아가 삶의 보편적 토대를 서구에 두고 있기 때문에 가능한 일이다. 서구를 기준으로 삶이 재편성될 때, 동북아시아의 사유는 늘 유보되거나 폐기될 수밖에 없다. 「꽃보다 남자」에는 이렇게 동북아시아의 몸과 정신을 서구라는 정답으로 환원시키는 악순환의 양상이 정면으로 드러난다.

드라마에서 명품은 그 안에 내재된 동경과 모방의 심리를 유발하면서 계층을 뛰어넘는 동북아시아의 심리적 연대의 가능성을 제시한다. 하지만 명품에서 유추할 수 있는 연대의 가능성은 오히려 서구의 기준에 부합한다는 사실 자체의 강조, 즉 동북아시아를 서구의 영토 속으로 헌납하는 딜레마를 안겨주었다. 이렇게 동북아시아 고유함에 대한 고민 없이 명품을 통해 단지 경제적 연대와 활력만을 과시하려는 단순한 발상은 가족에 대한 애정까지도 서구 자본에 차압당하는 결과가 되고 만다. 드라마의 모든 갈등이 가족이라는 숭고한 동북아시아적 가치로 수렴되고 있지만, 실상 가족주의야말로 서구가 창안한 자본주의의 볼모이다. 자본의 유혹은 가족이라는 친밀성을 적극적으로 이용하며 동북아시아를 서구 자본의 영토로 귀속시킨다. 바로 드라마의 기억상실증은 이렇게 동북아시아 고유의 것이 과연 존재하는가에 대한 회의가 구체화된 것이다. 인물의 기억상실증은 서구에 동화되지 않으면 존재할 수 없는 현실을 직시할 여력이 없는 2인자로서의 동북아시아의 공포를 보여준다.

이렇게 「꽃보다 남자」는 동북아시아가 지리적 실체가 아니라는 사실을 반복적으로 제시한다. 동북아시아는 단지 서구의 문화상상, 즉 오리엔탈리즘이나 나르시시즘적인 동일시에서 만들어진 부유하는 기표라는 비관적 전망이 「꽃보다 남자」의 귀결점이다. 이 문화상상은 동북아시아 대중의 상상공간을 통제하며, 발전된 동북아시아의 세계열강에의 합류라는 상상이야말로 제국주의의 재판에 불과하다는 사실에 대한 확인이다.

결국 「꽃보다 남자」를 통해 본 동북아시아의 한계는 명확하다. 보편은 반드시 구체적 삶의 현장에서 어긋나고 기대를 저버리며 결국에는 배신한다는 사실을 의도적으로 회피하고 있다는 점이다. 서구라는 보편에 투항하는 것을 동북아시아의 역사를 극복한 동북아시아의 재기라고 믿는 한, 동북아시아는 언제나 스스로 소외될 수밖에 없다. 백색인종에 대항하는 황색인종의 연대로 서구를 극복하겠다는 발상은 서구를 더욱 적극적으로 승인하는 예기치 않은 결론을 만든다. 대타적인 입장은 의도와 무관하게 반드시 상대를 전제하기 때문이다. 따라서 중요한 것은 서구를 객관적 공간으로 인식하는 일이다. 그렇지 않으면 「꽃보다 남자」에서처럼 동북아시아의 진정한 실체는 영원히 요원한 일이 되고 말 것이다.

10. 가장무도회, 21세기 나르시스의 몰락

육체, 소비문화시대의 새로운 징후

시선을 놓아주지 않는 아름다운 얼굴과 날씬한 몸매는 현대인들에게 부와 명예의 상징이다. 소비문화시대 멋진 육체는 사유재산과 동일한 지위를 부여받고, 물신으로까지 숭배된 지 오래다. 물론 숭배의 대상이 되는 육체가 어머니의 자궁으로부터 나오는 경우는 드물다. 그것은 철저하게 미학적 기준에 따라 만들어진다. 자본주의는 태생적으로 유행을 빌미로 끊임없이 소비를 창출할 수밖에 없다. 이러한 자본주의의 유행의 바람이 이제는 육체 위에까지 불어 닥치면서 오늘날의 육체는 유행을 좇아 끊임없이 자신을 소비하지 않으면 안 되게끔 되었다. 보드리야르의 말처럼 현대에서 육체는 가장 좋은 소비의 대상이다. 수세기 동안 육체를 무시해오던 근대의 정신주의자들이 이번에는 거꾸로 육체가 얼마나 매력적인가를 설득하는 모습은 놀라운 일이다. 그리하여 과거에는 꿈도 꾸지 못했던 육체의 '개조'에 이 시대 사람들 모두가 동참하고 있는 것이다.

이렇게 육체의 아름다움에 집착하는 경향은 성형의학의 지원이 없이는 불가능하다. 화장이나 의상을 이용하여 외모의 결점을 가리는 데 만족하지 못한 현대인들은 성형테크놀로지의 도움으로 근본적으로 자신의 몸을 개조하려 한다. 현대의 의료계는 인간의 육체를 '관리'하느라 그 어느 때보다 분주하다. 머리끝에서 발끝까지 육체의 모든 부분은 성형의 대상으로 떠오른다. 이제 육체는 아름다움을 생산하고 소비하기 위해 온 사회가 결탁하여 만들어 내는 상품의 신세로 전락하여 버렸다. 물론 이것은 육체가 언제든지 수정될 수 있는 가변적인 물체라는 의식이 내재해 있기에 가능한 일이다. 육체는 더 이상 개인적 정체성을 담는 그릇이 아니다. 오직 육체는 시간과 금전을 투자해서 끊임없이 재구성되고, 그 치수와 형태에 따라 사회적 등급이 매겨져 출시를 기다리는 상품일 뿐이다.

흔히 사람들은 아름다운 육체를 무기로 세상을 편리하게 통과할 수 있다는 점에서 성형은 인간에게 행복을 가져다준다고 믿곤 한다. 그러나 육체에 새겨지는 성형의 흔적들이 과연 아름다움이 보장하는 행복의 최대치이며, 개인의 황금시대를 연출하는 보증서인가에 대해서는 쉽게 동의할 수 없다. 성형테크놀로지의 발달이 육체의 한계를 무너뜨리면서 인류에게 기쁨을 선사한 것은 사실이지만, 그에 따른 부작용 또한 만만치 않았기 때문이다. 이 시대의 성형산업은 각기 다른 육체에서 출발하여 단일한 육체 미학을 향해 가는 표준화산업이다. 성형 육체의 주인공들은 자아정체성과 타자를 내팽개치고 균일한 단 하나의 미학을 향하여 맹목적으로 질주하고 있다.

그렇다면 이제는 성형수술이 인류의 심성이나 사유 체계를 얼마나 심각하게 변화시켰는지 진지하게 생각해 보아야 할 때이다. 미학적인 육체에 가려진 소비문화시대의 새로운 문화적 징후를 파악하지 않으면 안된다. 성형에 눈먼 현대인들의 의식 밖으로 밀려나 버린 것은 인간의 실존적 질문들, 즉 '타자'의 문제와 그로 인한 '정체성'의 문제인 것이다.

젊음의 이데아, 노년의 종언

늙어버린 나르시스를 상상해 본 일이 있는가. 나르시스는 샘물에 몸을 던짐으로써 영원히 젊은이로 기억될 수 있었다. 나르시스뿐만 아니라 신화 속 요정들, 여신들의 육체는 하나같이 젊은 모습이다. 소비시대의 아름다움 역시 이러한 젊음에 동참한다. 소비시대는 본질적으로 젊음의 시대이다. 물론 어느 시대를 막론하고 젊음은 생명력과 새로움의 원천으로 인식되어 왔다. 하지만 젊음의 변화생성력을 소비시대만큼 아름다움의 소비시장으로 활용하는 사회는 찾아보기 어렵다. 성형산업은 끊임없는 소비를 창출하기 위해서 미의 최고 가치는 젊음에 있다고 강조한다. 성형산업에 있어서 젊음을 끊임없이 소멸시키는 시간만큼 고마운 것은 없으며, 성형산업은 여성들에게 시간의 흐름에 거역하라고 제안하고 있다.

이러한 점은 최근 TV나 영화 매체의 여배우들의 얼굴을 보면 좀 더 분명해진다. 배우들의 얼굴은 과거보다 현재가 훨씬 아름답고 젊다. 그러나 시간의 퇴적층을 용케 탈출하여 팽팽한 피부와 얼굴을 유지하는 것은 성형의학의 도움이 아니고는 생각하기 어렵다. 성형의학의 발달과 이를 수용할 수 있는 돈이 있는 한 배우들은 젊음을 끈질기게 붙잡을 수 있다. 사회의 조직화된 시스템은 미모의 스타들을 대거 농원하여 노년의 나이를 성형해야 할 필요성에 대해 전력을 다해 설득하고 있는 것이다. TV는 그 주된 매체이다. 성형의술의 도움이 없는 스타 이영애를 상상할 수 있을까. 현대 한국의 스타로 떠오를 수 있는 이영애의 힘은 사그러들 줄 모르는 젊음에서 나온 것이며, 그 힘의 공급원은 당연히 현대의 성형의학이다. 그녀는 수천만 원대에 이르는 피부 클리닉을 통하여 얼굴 위의 시간을 정지시킨다. 주름 하나 없는 그녀의 매끄럽고 투명한 피부는 성형이 얼마나 인생을 윤택하게 만들어주는가를 잘 말해준다. 이미 그녀의 젊고 투명한 이미지는 광고, TV 드라마, 영화를 통해서 불티나게 팔려나가면서 제작자들에게 대박으로 보답한 바 있다. '산소 같은 여자'라는 CF를 통해 한 번 완성된 순수의 이미지는 스스로 복제를 거듭하면서 이영애라는 이름 자체를 숭배의 대상으로 끌어 올린다. 대부분의 사람들은 이 젊음이 성형에 의해 조작된 것임을 알면서도 성형의 가치는 부정되거나 배척되기는커녕 오히려 적극적으로 조장된다. 물론 젊음은 개인적인 문제에 국한되지 않는다. 청년정신을 강조했던 어느 광고 카피가 시사하는 바와 같이 이 사회 모두가 '젊음에 대한 열병'으로 가득 차 있다. 가수들의 연령이 10대까지 내려가고, TV의 채널권은 청소년들 손에 넘어간 지 이미 오래이다. 대통령마저 이마에 주름을 펴고 쌍꺼풀을 하는 현실에서 젊음은 이제 '국시國是'가 되었다.

이렇게 젊은 육체를 강조하는 것은 그것이 소비문화시대에 가장 값나가는 '자본'이기 때문이다. 경기가 침체될수록 성형을 하려는 사람들로 들끓는다. 남보다 탁월한 외모로 경쟁에서 유리한 위치를 선점하려는 노력들이 성형에 모든 것을 걸게 만드는 것이다. 성형외과를 찾는 것은 치료가 아닌 경제적으로 매우 유효한 투자다. 육체는 하나의 자산으로서 관리 정비되고, 우월한 사회적 지위를 표시하는 여러 기호 형식 중의 하나로서 조작된다. 바야흐로 성형을 바탕으로 하는 새로운 카스트 사회가 도래한 것이다.

하지만 모든 사람이 똑같은 교육기회를 갖지 못하는 것처럼 모든 사람이 똑같은 성형의 기회를 부여받는 것은 아니다. 학교와 마찬가지로 성형은 하나의 계급 제도로 성립한다.[1] 선택받은 소수의 몇몇 사람만이 아름다움의 극치에 도달할 수 있기 때문이다. 그만큼 성형은 철저하게 자본의 논리와 결탁한다. 따라서 IMF도 피해 갔다는 성형외과의 번창이 아름다움의 평준화를 이룩했다고 믿는다면 큰 오산이다. 성형외과가 아름다움에 대한 접근성을 용이하게 한 것은 사실이지만, 아름다움의 차별화를 조장한 것 또한 사실이다. 성형의술이 생산하는 것은 소수의 미인과 다수의 성형부작용 사례이다. 성형 부작용으로 고통 받는 사례들은 어제 오늘의 일이 아니다. 그리하여 소비사회에서 미인의 기준은 오직 고급스런 성형 테크놀로지를 도입할 수 있느냐에 따라 결정된다. 자

---

1) 장 보드리야르 지음, 이상률 옮김, 『소비의 사회』, 문예출판사, 1992, 69쪽 참조.

본의 동원 능력이 미인의 탄생 여부를 결정한다는 말이다. 젊음은 은총인 시대는 지나갔다. 거액을 들여 성형하는 자는 젊을 것이며, 그렇지 않은 자는 늙을 것이다. 이렇게 젊음은 철저하게 자본의 논리에 따라 운용되고 유지되며 심지어는 세습되기까지 하는 것이다. 소비사회에서 젊음의 생산과 유통은 이렇게 불평등하다.

성형에 의한 신분증명제도를 꾸준히 유지하기 위해서는 성형에 대한 지속적인 수요 창출은 기본이다. 하지만 '성형=젊음'이라는 공식에 따르자면 수요는 자동적으로 창출된다. 시간의 흐름에 따라 육체가 노쇠의 길을 밟는 것이 인간의 숙명이기 때문이다. 즉 성형 카스트를 유지하는 비결은 꾸준한 세대교체와 젊음에 대한 욕구라는 진부한 공식이다. 한국은 실버시대 진입을 눈앞에 두고 있고, 평균 수명 100세를 앞둔 시대에 젊음은 값진 무기가 될 수 있다. 세대 간의 연계가 희미해지기 시작하면서 현세대가 미래의 세대 속에서 대신 살 수 있다는 위안은 더 이상 적용되기 어렵다. 평생을 치열하게 살아온 대가가 고작 죽음이라는 생각은 참으로 인간들을 견딜 수 없게 하며, 젊음을 무한히 연장하려는 데 매달리게 한다.

이러한 동일시의 바탕에는 아름다움에 대해서까지 사회적 합일을 이끌어내려는 사회의 지배적 의식이 깔려 있다. 미감만큼 주관적인 정서는 없다. 하지만 오늘날은 이러한 주관성마저 철저하게 계량화하고 객관화하여 일률적인 잣대로 아름다움을 측정하는 시대이다. 각종 미인대회는 대표적인 사례이다. 젊음에 있어서도 이점은 마찬가지이다. TV의 건강관련 프로그램은 현재 20종에 육박한다.[2] 건강하고 젊은 연예인들이 건강을 오락거리 삼아 웃고 즐긴다. 혈당지수, 맥박수, 심장 박동수, 허리의 유연성, 시력 등을 수치화하여 '노년을 포기'할 것을 강요하고, 젊음을 취득하라는 전 사회적인 공모가 온갖 방법으로 행해지고 있다.

---

2) 윤선미, 「미디어와 자본주의 사회가 만들어낸 몸의 상품성」, 숙명여자대학교 지역학연구소, 『지역학 논집』 제5집, 2001, 133쪽.

사회 전반에 불고 있는 웰빙 바람 또한 노년의 여유와 고요에 대하여는 고려하지 않는다. 건강이 젊음으로 직결되는 이 사회에서 가장 쉽게 노년의 불안을 극복하는 방법은 성형이다.

하지만 이런 논리는 무차별적으로 '젊음에 대한 동일시'를 강요하는 것이다. 노년기는 젊음의 방황과 좌절을 이끌어 줄 사회적 스승이다. '노년의 상실'은 바로 젊음을 비추어 줄 '타자의 상실'이다. 젊어지기 위한 성형시술이 보편화 일상화된 사회는 노년이 실종된 사회이다. 사라져버린 것은 노년의 형이상학이다. 따라서 이제는 젊음과 경쟁하는 것은 문제가 되지 않는다. 문제는 타자 부재의 시대를 맞아 진정한 '노년의 타자를 생산'하는 것이다. 어쩌면 성형의 메스에 의해 지구상의 모든 노년이 한결같이 젊음으로 환원되는 극단적인 동일자 시대로 마감할지도 모른다. 노년의 부재, 분명 이것은 인류의 커다란 위기이다. 또한 이는 미래가 없다고 믿는 시대적 불안이 독특한 형태로 표출된 것이기도 하다.

에로티즘의 생산, 성차의 소멸

나무로 만든 꼭두각시 피노키오는 코를 매개로 생명을 얻는다. 피노키오가 거짓말을 할 때마다 길어지는 코는 영혼의 진실에 대한 은유다. 흙으로 빚은 아담의 코에 생령을 불어넣었다는 성경의 이야기도 이런 맥락에서 그리 멀지 않다. 이러한 현상을 바라보는 입장들은 육체가 정신에 선행한다는 논리에 기대고 있다. 정신과 육체의 이분법을 채택하고 인간을 정신적 존재로 정의하게 만드는 데카르트식의 전통으로부터 이탈한다는 것이다. 하지만 이러한 논리는 소비사회에서는 적용되기 어렵다. 현대의 신화가 만들어낸 육체는 물질에 속하지 않는다. 육체도 하나의 관념이다.[3] 만져지는 관념이다. 이것은 근본적으로 육체와 정신의

---

3) 장 보드리야르, 앞의 책, 203~204쪽.

이분법적 구분 자체를 무효화하는 제3의 입장을 창출한다. 오늘날의 성형은 가면 그 자체로 얼굴이 되어버린 얼굴 없는 가면과 같다. 성형의 메스가 추구하는 핵심에 놓인 것이 바로 '내면 없는 신체'이다. 의사가 열고 재단하고 자르고 마음대로 꿰맬 수 있는 그저 대상으로서의 육체이며, 무감각한 수공업의 대상일 뿐이다.

여기서 하리수를 떠올리는 것은 그리 이상하지 않다. 긴 생머리, 가녀린 몸매, 여자도 반할 정도의 예쁜 얼굴로 등장한 그녀가 한 화장품 회사의 CF 광고에 출연하면서 유교의 정신적 패러다임에 거대한 지각변동을 몰고 왔다. 34 - 24 - 35라는 하리수의 신체 사이즈는 현대 상품미학의 틀에 맞추어 특수 제작되었다. 하지만 그녀의 상품성은 시중의 상품들이 갖고 있는 이데올로기를 과감히 무너뜨린다. 제조와 포장의 공정을 완벽하게 마친 후의 상품이 아니라, 성형의 '과정' 자체를 하나의 상품으로 내어 놓고 시청자들을 현혹한다. KBS 방송은 2001년 6월 11일부터 15일까지 장장 5일에 걸쳐 트랜스 젠더 여성의 분만을 온 천하에 알렸다. 그 결과 「인간극장」은 그간의 평균 시청률 5~6%의 3배 이상인 16~18%를 기록하였고 인터넷 게시판은 2만 2000여 건 이상의 시청자 의견으로 도배를 했다.[4] 커밍아웃 한 동성애자 홍석천을 1년 6개월 동안 실업자로 내몰았던 방송가가 유교적 성질서를 흔들어 버린 하리수에게만 유독 관대했던 것은 그녀의 육체를 휘감고 있는 상품성, 즉 '에로티시즘' 때문이다. 성적 매력이 넘치는 하리수의 몸매는 남성들의 눈을 유혹하고 소비자들의 욕망을 부채질하는 것이지만, 홍석천이 가진 가냘픈 몸과 이미지는 대중이 요구하는 강한 남성의 조건과는 거리가 멀다. 즉 이영애의 성형이 젊음의 이데올로기와 손을 잡았다면, 하리수의 성형은 에로티시즘에 근거를 두고 있다.

오늘날 육체의 재발견과 소비를 포괄하는 개념은 성욕이다. 아름다움

---

[4] 윤선미, 앞의 글, 141쪽 참조.

의 지상명령은 성욕의 개발자로서의 에로티시즘을 초래하는 것이다. 그리고 에로틱한 육체를 지배하는 것은 교환의 사회적 기능이다.5) 육체의 에로티시즘에는 매상을 늘리는 힘이 있다. 이것이 하리수의 성전환을 결정짓는 가장 중요한 요소다. 하리수의 몸매는 시청자들의 호기심에 가득 찬 시선을 끌어당기고, 방송 시청률은 연일 최고치를 기록했다. 그녀의 몸 전체에는 노골적인 성적 이미지가 씌워지며, 그녀가 내뱉는 성적 언어들은 사람들의 입에 오르내리며 지속적으로 소비된다. 소비시대에서 아름다움과 에로티시즘은 불가분의 개념이며, 에로티즘의 자질은 근본적으로 남성보다는 여성 쪽이 훨씬 더 풍부하다. 대중매체가 하리수에게 열광하는 이유는 바로 이 '여성의 육체'에 내재해 있는 에로티즘의 경제적 가치 때문이다.

하리수의 성공 사례를 통해 볼 때, 소비사회에서 성적 욕망과 매력을 생산해야 하는 것은 여성들의 숙명이다. 하지만 행복과 쾌락을 생산하기 위해 수도사적인 금욕과 싸우느라 오늘날 여성의 육체는 매우 지쳐 있다. 대중매체들은 온갖 이벤트 등을 통하여 전세계의 표준 아름다움을 저해하는 온갖 욕망을 잠재우라고 압력을 넣고 있다. 이것은 명백한 억압이다. 현대 소비사회는 어떠한 억압적 규범도 존재하지 않으며, 심지어 그러한 규범을 원칙적으로 배제한다고 믿으면 그것은 대단한 오해이다. 호리호리한 몸에 대한 매혹이 이만큼 큰 힘을 발휘하는 이유는 그것들이 '폭력의 한 형식'이기 때문이다. 168의 키에 몸무게 48kg, 24인치의 허리, 35인치의 가슴둘레를 유지한다는 것은 거의 불가능하다. 야윈 모델들의 사진에 나르시즘적으로 빠져들기 위해서는 육체를 남성의 미학적 기준에 굴복시키고 괴롭히지 않으면 안 된다.6) 현대 성형의학이 분

---

5) 물론 여기서는 현대사회에서 교환의 일반적 영역인 에로티시즘과 본래 의미의 성욕을 분명하게 구별할 필요가 있으며, 또한 교환되는 욕망의 기호를 매개로하는 에로틱한 육체와, 환상의 무대이며 욕망의 거처로서의 육체를 구분해야 한다. 장 보드리야르, 앞의 책, 195쪽
6) 장 보드리야르, 앞의 책, 214~215쪽 참조.

만한 하리수의 육체는 이렇게 숭배와 학대라는 두 개의 폭력이 치열한 각축전을 보이는 전쟁터이다. 현대 미술가 바버바 크루거가 인간의 몸은 전쟁터라고 일찍이 선언한 것처럼 몸을 둘러싼 소유와 통제의 싸움은 이제 성적 욕망과 매력을 생산하는 성형이벤트 산업의 발전과 함께 더욱 치열해지고 있다.[7]

하지만 화려한 육체의 불꽃놀이에 밀려 정작 놓쳐버린 것은 '성 정체성'에 관한 물음이다. 하리수를 탄생시킨 '성형性形'기술과 '성형成形'미학의 결합으로 정체성의 동요는 표면화된다. 대한민국 법원이 합법적인 여자로 선언한 이경은이 자궁 없는 불임의 여성이라는 사실은 언뜻 받아들이기 힘들다. 음성변조기를 통과한 것처럼 안으로 감기는 듯 불투명한 하리수의 목소리에서 어렵지 않게 남녀를 구분할 수 있었던 기존의 성관념은 무력해진다. 하지만 자본주의 상품미학은 이러한 혼란마저도 상품화힌다. 시청자들은 하리수의 곡선에서, 목소리에서 남성과 여성의 교묘한 착종에 호기심어린 혼란을 경험한다. 이러한 혼란은 현대에서 성 성체싱이란 더 이상 개인의 내부에 존재하는 동질적이고 고정된 본질이 아니라는 점을 반영한다. 인간의 선택권을 벗어난 결과로 무조건 수락해야 할 운명으로 인식되지도 않는다. 현대인들이 사로잡힌 것은 동물의 탈피 과정과 똑같이 성형수술대 위에서 육체가 계속 진화해 나가는 과정 그 자체이다. 영원히 완결을 바라지 않는 육체의 탈피 놀음에서 정체성을 정의한다는 것은 하리수의 광고 카피처럼 '새빨간 거짓말'이다. 보드리야르는 포스트모던 사회 현상 중 특히 이 다름, 구별, 차이의 제거에 초점을 맞추고 있다.[8] 즉 하리수의 육체는 남성 아니면, 여성이라는 이분법의 전통적인 성 정체성과는 그 성격이 판이하다. 하리수의 육체는 새로운 형태의 가장假裝이기 때문에 전통적인 성 정체성이 가지고 있는 사실성에 의해서 규제되지 않는다. 이것은 어떠한 정체성

---

7) 윤선미, 앞의 글, 147쪽.
8) 장 보드리야르, 앞의 책, 10~19쪽 참조.

과도 무관한 여성성의 시뮬라르크이다. 본인의 주장과는 달리 하리수는 여성도 남성도 아니며, 그렇다고 제3의 성도 아니다. 그렇지만 하리수는 여성인 체한다. 시뮬라르크의 속성 그대로 하리수는 여성으로서의 '진짜' 징후를 생산해 낸다는 점이 문제를 어렵게 만든다. 이미 법원은 주민등록번호 뒷자리 숫자 '2'를 부여함으로써 하리수를 여성으로 규정하였으며, 하리수 역시 완벽한 여성의 삶을 살고 있다. 여성 화장품 모델로 당당히 연예계에 데뷔한 것은 잘 알려진 사실이다.

심리학과 의학은 바로 여기서 동요하는 이 성 정체성 앞에서 그만 무력해지고 만다. 그렇다면 하리수의 성전환 성형수술을 통해서 찾아낸 육체의 진실은 무엇일까? 그것은 '성 정체성에 대한 허무'이다. 여성도 남성도, 제3의 성도 아무것도 아닌 완벽한 '성적 타자의 상실', 그것이 하리수의 성형수술이 남긴 허무의 실체이다. 이제 하리수는 전례가 없는 원본 없는 이미지이며, 이미지 그 자체로 현실을 대체하고 끊임없는 복제 이미지를 만들어 내고 있다.

하얀 가면, 검은 역사의 망각

육체에 대한 정치적 변형은 성형수술의 역사에서 매우 중요하다. 육체는 시간의 풍화작용에도 불구하고 어디서나 통용되는 화폐이며, 여전한 잠재력과 견인력으로 권력이라는 테마를 이끌어 낸다. 현대사회에서 성이 권력 행사의 중심부로 부상하며, 이러한 권력은 사회구성원의 신체를 통제함으로써 지배력을 과시한다. 즉 육체는 힘의 불균형을 반영하거나, 때로는 적극적으로 생산하는 공장이기도 하다. 이제 성형의학은 육체에 단순히 아름다움을 주입하는 것을 넘어, 얼굴 위의 '인종과 역사'를 '수정'하는 데로까지 활동 영역을 넓혀간다. 성형의학은 이제 자신들의 번창에 인종론까지 이용하고 있다는 이야기이다. 인종론은 누가 튼튼하며 누가 병에 걸렸는지, 누가 종을 재생산하고 개선시킬 수 있으며, 누구를 배제해야 하는가를 결정하는 수단으로 외모를 이용했다. 푸코의 말대로 육체의 규율과 인구의 조절이라는 계몽주의적 이상에 기반을 둔 세계에서 성형외과 의사들은 신체 개조의 수단을 제공하고 신체를 인종적으로 용인할 만하도록 만들기 시작했던 것이다.[9] 육체 위의 시간을 성형하고, 성性의 전환을 거쳐 이제는 인종 청소부 노릇까지, 성형의학의 미래는 끝이 없어 보인다.

'얼굴 미학'은 '인종 미학'이다. 서구중심의 논리에서 신은 백인만을 좋아한다고 믿어진다. 기독교 예수의 얼굴도 서구적인 인종 미학이 만들어낸 것이다. 예수의 얼굴이 서양의 백인 중년 남자의 평균 얼굴이었다면, 그렇게 만들어진 얼굴은 하나의 모델로 새겨지게 된다. 그런 식으로 예수의 얼굴 위에는 서구의 오만한 지배 이데올로기가 작동하고 있는 것이다.[10] 백인에 의한 선택과 배제의 논리에 의해 밀려난 것은 흑인의 납작하고 짧은 코, 번들거리는 검은 피부, 유난히 반짝이는 하얀 치아이다. 백인 중심의 인종미학에 의하면 흑인의 까만 피부는 미개의 상징이거나, 부패와 악덕의 상징이다. 제2차 세계대전 당시 독일인이 되고 싶었던 유대인은 독일인이 사회적 구성물이라기보다 실제로 정의된 색관적 범주라고 당연히 생각했다. 이것은 흑인과 백인에 대해서도 마찬가지이다.

이렇게 피부색으로 행, 불행이 결정되는 사회에서 성형의학은 흑인들이 비극적 운명을 뒤집을 수 있는 절호의 기회다. '검은 피부'가 '하얀 가면'을 쓴다는 것은 부정적 운명에서 긍정적 운명으로 옮겨갈 수 있다는 것을 의미한다. 마이클 잭슨은 그 대표적인 사례이다. 마이클은 검은 피부라는 생물학적 요인에 의해 결정되어 버린 자신의 얼굴, 자신의 운명에 반역을 꾀한다. 그의 성형 이력서는 그의 노래 경력만큼이나 오래되

<hr>

9) 샌더 L. 길먼, 곽재은 옮김, 『성형 수술의 문화사』, 이소출판사, 2003, 36~37쪽 참조.
10) 이진경, 『노마디즘 1』, 휴머니스트, 2002, 572쪽 <그림 7.18> 해설 참조.

었고 다채롭다. 성형은 잭슨 파이브 시절부터 시작해서 1990년대 들어 수차례에 걸쳐 시술되었다. 실제로 미국에서는 고수머리를 펴고 피부색을 밝게 하는 시술이 20세기 초 아프리카계 미국인 사이에서 엄청난 인기를 누렸다. 조금이라도 덜 흑인처럼 보이려는 소망은 백인의 외모를 닮으려는 사람들과 미용시술자가 결탁하게 해 주었다. 미국인 워커 부인은 미백용품과 고수머리 펴는 기구 덕에 최초의 아프리카계 미국인 백만장자가 되었다.11) 마이클의 *Black or White*나 *They Don't Care About Us*에서 "희거나 검거나 중요하지 않다", "희다 검다 말하지 마"라는 흑인 옹호적인 가사와는 대조적으로 하얀 피부에 대한 열망을 감추지 않는다. 뮤직 비디오에서 세계 최초로 시도한 몰핑기법은 바로 검은 피부가 서서히 하얀 피부로 변해가는 자신의 성형 인생과 일치한다.

그러나 그의 피부는 그의 노래가 그런 것처럼 아름다움을 생산하지 않는 온갖 성형 테크놀로지가 유아독존적으로 버티고 있다. 몇 년 전 서울 공연에서 보여준 바와 같이 한 번 공연에 144개의 스피커, 190여 명의 출연자와 스태프, 대형 리프트 웬만한 소도시가 쓰는 전력 소비, 총 430통의 장비, 컴퓨터로 조정되는 바리 라이트가 없다면 공연은 형상화되기 힘들다.12) 그러나 그의 공연에서 테크놀로지는 이야기성의 단단함이나 풍부함을 지원하는 병참이라기보다 그것만이 앞장을 서는 독존적 형태라는 점에서 전도의 양상이 두드러진다. 이렇게 마이클 잭슨은 피부도 그렇고 음악도 그렇고 절대적으로 테크놀로지에 의존한다. 백인의 하얀 아름다움에 대한 열망으로부터 시작된 성형 이력은 이제 얼굴을 드러낼 수 없는 흉악한 몰골만을 남기고 끝이 났다. 한때 건강과 희망과 권력의 상징이었던 하얀 피부가 지금 그에게는 재앙의 상징이다. 하얀 피부를 갖기 위해 마이클은 '모멸당하는 아프리카를 망각'해야 했고, '굴종의 역사를 수락'해야만 했다. 그의 성형은 개인의 피부색과 니그로의

---

11) 샌더 L. 길먼, 앞의 책, 153쪽.
12) 이성욱, 「테크놀로지교의 전도사 마이클 잭슨」, 『말』 제125호, 1996년 11월, 237쪽.

역사를 맞바꾼 어리석기 이를 데 없는 거래이다. 역사를 망각한 마이클의 피부는 지나친 성형으로 인해 지금 썩어 들어가는 중이다. 1980년대 후반부터 백반증 증세가 온몸을 덮어버렸다. 하얗게 타들어가는 피부, 마이클 잭슨은 이제 백인보다 더 하얀 피부를 가졌다. 그토록 소망하던 하얀 가면은 이제 진짜 피부가 된 것이다.

알렉스 헤일리의 『뿌리』에서 보았던 바와 같이 백색 대륙 최초의 흑인노예 쿤타킨테는 엄지발가락이 잘리며 인종 차별에 온몸으로 저항했다. 그러나 자본주의의 위력은 쿤타킨테의 이러한 반역마저 무화시킨다. 손에 돈을 쥔 쿤타킨테의 후예들은 반역보다는 성형의학에 의지하고 타협하는 정신을 기른다. 그 결과 성형외과 의사들은 백인의 피부를 열망하는 자에게 얼굴을 변형시켜주는 대가로 흑인의 정신적 순결을 빼앗아버렸다. 성형의사의 손을 움직이는 원리는 쾌락과 행복이지, 진실을 검열하는 기능은 없기 때문이다. 백인에게는 하나의 사실이 있다. 스스로를 흑인보다 우수하다고 생각하는 사실 말이다. 흑인에게도 하나의 사실이 있다. 어떤 대가를 치러서라도 백인에게 뒤떨어지지 않는 가치를 증명하려고 애쓴다는 사실이다.[13] 성형수술은 달콤한 목소리로 운명을 개척한다는 거짓 자부심을 심어주고, 민족과 역사를 배신하게 하는 의무를 지웠다. 흑인에게는 오직 하나의 운명만이 존재한다. 그것은 백인이다. 성형수술은 이런 비뚤어진 사고의 위에서 전개된다. 검은 피부에는 흑인의 처절한 저항의 역사가 담겨 있다. 성형은 흑인의 '검은 역사를 망각'하게 한다. 성형은 단지 흑인성이라는 봉인에 갇혀 있던 마이클을 백반증이라는 질병 속으로 가두어 버렸을 뿐이다. 마이클 잭슨처럼 정서적 탈선의 결과로 뿌리를 내리지 말아야 할 곳에 오히려 뿌리를 내리는 비뚤어진 현실의 결과이다. 다시 말하면 그것은 '인종 성형이 빚어낸 타자 상실의 비극'이다.

---

13) 프란츠 파농, 이석호 옮김, 『검은 피부, 하얀 가면』, 인간사랑, 1998, 15쪽 참조.

역사의 막다른 골목

인류 역사에서 거울은 분쟁의 시작이다. 거울이 없던 원시시대 인류는 타자의 반응을 통해서 자신의 얼굴을 짐작할 수 있었다. 원시시대에는 자신의 정체성을 확립하기 위해서 타자의 존재 혹은 타자와의 관계는 필수적이었다. 그러나 거울이 등장하면서 인류는 타자의 도움이 없어도 자신을 발견할 수 있게 된다. 거울에 비친 얼굴은 온전히 나만의 소유이다. 거울의 등장은 이렇게 관계 중심의 역사에서 자기중심의 역사로 이행하는 분기점이 되었다. 거울의 위에서 싹튼 성형의 이데올로기도 자기중심의 문제로부터 자유롭지 못하다.

성형이 생산해낸 육체, 그 외모에 대한 관심은 20세기의 불문율이 되었고, 독재 권력처럼 흉포하지는 않았지만 줄기차게 암묵적 동의를 얻어왔다. 현대의 표준미학에 순응해야 하는 대중들에게 그 불문율은 견디기 힘든 부담이 아닐 수 없다. 노년은 젊어지기를, 남성은 여성이 되기를, 그리고 흑인은 백인 되기를 실천하여 어떻게든 규정된 아름다움의 지경으로 편입되지 않으면 안 된다. 소비문화시대 아름다움은 의무이며, 추함은 금기이기 때문이다. 아름다움을 획득하기 위해 이 시대 시민들은 오직 거울에만 집중하는 나르시스트가 될 수밖에 없다. 21세기 나르시스트들은 샘물이 아닌 TV를 응시하면서 자기도취에 빠진다. 그러나 샘물이든 TV이든 여기에는 타자가 끼어들 여지는 없다. TV 속의 얼굴들조차도 자아와 동일시의 대상이라는 점에서 타인이지 타자는 아니다. 나르시스트를 사로잡는 것도, 나르시스트를 유혹하는 것도 오로지 자기 자신이다. 이렇게 성형의 이데올로기는 거울의 끊임없는 자기 반영성, 즉 자기가 자기를 반복해서 비추는 '자기중심의 이데올로기'이다.

그러나 인류가 거울의 끈질긴 압력, 즉 성형의 이념에 사로잡혀 있는 한 21세기는 새로운 밀레니엄의 시작이 아니라 역사의 막다른 골목으로 표현될 수밖에 없다. 오직 아름다움을 향해 미친 듯이 몰려드는 사람들

로 성형외과가 성시를 이루는 것은 거울의 자기도취적인 동일성에서 빚
어진 문제들이다. 이러한 자아도취증은 통합할 수 없는 것조차도 무차
별적으로 자기 안으로 동화시키거나 완전히 흡수하여 버린다. 성형은
아름다움의 규범을 자기에게 억지로 통합시키는 폭력이다. 샘물에 몸을
던진 나르시스의 죽음은 이러한 폭력의 결과가 얼마나 무서운 것인가를
잘 보여주는 예이다. 거울에 영혼을 빼앗긴 21세기 성형 나르시스트들
은 지금 영원히 타자에게로 돌아오지 못할 강을 건너고 있는 중이다. 그
들이 남기고 간 과제, 즉 인류에게 절실하게 필요한 것은 '타자중심의 윤
리학'이다. 자기중심이 아닌, 자아의 외부에 엄연히 존재하는 타자로부
터 사유를 시작하는 것으로 방향을 틀어야 한다. 자아와 타자와의 평화
로운 관계 맺기, 그것은 성형이 몰고 온 혼란을 잠재울 유효한 방법론이
될 것이다.

11. 장기하 음악과 건강한 삼류 아마추어리즘*

* 이 논문은 2009학년도 부경대학교 박사후연수과정 지원사업에 의하여 연구되었음.
  권유리야: 제1저자
  남송우: 제2저자, 부경대학교 국어국문학과 교수

청년 대중의 민감한 집단 무의식

지금 한국의 인디음악계는 전에 없는 활황에 들떠 있다. 90년대 초반 <서태지와 아이들>이라는 걸출한 언더그라운드가 등장했으나, 이내 자본의 논리에 순응하고 말았다. 2000년대 초반에는 <크라잉넛>이 다시 주목을 받았으나 서태지만큼 강한 비주류의 정체성으로 무장하지 못했으며, 지금의 <장기하와 얼굴들>처럼 사회적 담론을 생산하기에는 진지함이 부족했다. 2008년 '제10회 쌈지사운드페스티벌'에 출전하면서 존재를 알린 <장기하와 얼굴들>은 인디음악계뿐만 아니라, 한국대중음악사에서도 이채로운 존재다. 장기하의 음악은 특이한 창법과 볼거리를 만들어내면서 새것에 목마른 음악계의 갈증을 풀어주었다는 단순한 차원을 넘어선다. 모든 신드롬은 시대적 욕망과 밀착되어 있다. 장기하 신드롬 역시 분출의 기회만을 엿보고 있던 한국사회의 욕망이 장기하라는 출구를 찾으면서 나타난 사회적 현상으로 볼 필요가 있다.

그렇게 보면 장기하의 의미를 해석하는 데 청년정신의 급격한 퇴조라는 우울한 시대 진단을 외면하기 어렵다. 학교는 거대한 인간사육장으로 바뀐 지 오래고, 청년실업문제는 거의 해결을 포기한 상황이다. 그러는가 하면 자본논리에 훈련된 젊은 층은 소비문화의 집중사격을 받는 이중고에 시달리고 있다.[1] 무기력한 시대에 '홍대 앞'으로 명명되는 인디밴드들은 탈권위, 탈체제 등 온갖 '－탈脫'의 전위역할을 자처하며 여

---

[1] 우석훈·박권일, 『88만원세대』, 레디앙, 2007, 71쪽.

전히 청년문화의 산실을 자처하고 있다. 하지만 독아론에 빠진 대다수 인디밴드가 이 시대 청년층과 소통한다고 보기에는 무리가 따른다.

이런 상황에서 장기하의 출현은 중요한 의미를 갖는다. 등장한 지 1년이 채 되지 않은 짧은 시기에 광범위한 계층을 설득할 수 있었던 것은 장기하의 음악이 철저하게 대중의 요구에 밀착되어 있기 때문이다. 출구를 찾지 못해 발산되지 못한 이 시대 대중의 집단무의식을 장기하의 음악이 시의 적절하게 건드리고 있다는 점에서 장기하의 음악은 음악의 문제를 떠나 중요한 사회적 사건으로 보아야 한다. 그러나 대다수 분석들은 이 대중성을 축자적으로 해석한다. 장기하가 인디 출신이라는 점을 각인시키면서도 TV 혹은 라디오 같은 대중매체나 굵직굵직한 대중행사에 꾸준히 참여하는 점, CD를 직접 만드는 자가생산방식을 오히려 흥미로운 대중프로모션의 소재로 활용한다는 점이 가십성의 소재처럼 다루어진다.2) 인디라는 특수성을 재빨리 대중마케팅의 시스템 속으로 끌어들인 뛰어난 시대감각이 주효했다는 입장인 것이다. 그러면서 홍대 앞과 인디밴드가 때 아닌 특수를 누리기도 했다.

그러나 장기하 열풍을 인디라는 측면에서만 조명할 경우, 장기하의 음악에서 인디음악의 중요한 특징인 체제 저항의 성격이 미약해진다는 점을 해명하기 어렵다. 오히려 장기하 현상에서 인디밴드라는 점을 뒤로 하고 대중성이라는 측면을 전면화 할 필요가 있다. 이때 대중성을 우울한 시대와 젊은이들의 패배주의3)라는 식의 부정적으로 해석하는 것은 장기하의 신드롬이 가지는 진정한 의미를 놓치게 된다. 사실 장기하의 음악은 경쾌하다. 미미시스터즈의 현란한 율동, 장기하의 촌스러운 패션이나 노랫말 모두 밝고 명랑하다. 더구나 신드롬은 개인들이 집단적 움직임에 동조가 없으면 가능하지 않다. 이때 대중의 동조가 심리적

---

2) 성기완, 「왜 인디밴드 장기하에 열광하나」, 『서울신문』, 2009. 6. 8.
3) 하재근, 「장기하와 쉐끼리 붐, 루저와 산티의 대두」,
   http://v.daum.net/link/3307435/http://ooljiana.tistory.com/535(검색일: 2009. 6. 1).

안정감을 목적으로 한다[4]는 점에서 장기하의 음악을 긍정적으로 연구할 당위성을 발견한다. 무명의 인디밴드가 한국대중음악상 시상식 온라인 투표에서 최고의 주류스타 빅뱅을 제치고 1위를 차지하는 이 기현상 속에서 이 시대의 젊은 대중이 빅뱅과 같은 대중스타에게서 경험하지 못한 색다른 열정을 장기하의 음악에서 충족시키려 한다는 점을 생각해 볼 수 있다. 결국 장기하 신드롬의 정체를 연구하는 일은 이 시대 '청년 대중의 건강한 집단무의식을 해명'하는 계기가 된다는 점에서 충분한 유효성을 획득한다. 장기하의 음악[5] 속에 이 시대의 건강한 욕망이 어떤 방식으로 투영되어 있는지 고찰할 필요가 있다.

경계가 없는 건강한 삼류정신

장기하의 음악은 모호하다. 랩이라고 하기에는 어색한 창법, 내레이션이라 말하기도 어려울 정도로 분명하게 음조가 감지된다. 그러나 멜로디라고 하기에는 음의 고저가 의도적으로 누락되어 있어서 어떠한 형태로든 정의 내리기가 쉽지가 않다. 심리 상태도 모호하기는 마찬가지다. 슬픔, 분노, 기쁨, 이별과 같은 다층적 정서가 동시에 제시되어 선명한 인상에 익숙해 있는 청취자들은 적잖이 혼란스럽다. 다만 『눈뜨고코베인』『청년실업-기상시간은 정해져 있다』『청년실업-착각』『싸

---

4) 현택수, 『일상 속의 대중문화 읽기』, 고려대학교 출판부, 2003, 5쪽.
5) 이글에 인용된 장기하의 음반과 수록곡은 다음과 같다. 『눈 뜨고 코베인 2집』(파고뮤직, 2008.4)에는 「아빠가 벽장」「납골묘」「하이웨이 몽키스타」「엄마 몰래 SPACE」「바홈톨로메」「하늘은 UFO」「지구를 지키지 말거라」「횟집에서」, 『싸구려 커피』(붕가붕가레코드, 2008.6)에는 「싸구려 커피」「느리게 걷자」, 『청년실업 1집-기상시간은 정해져 있다』(붕가붕가레코드, 2008.12)에는 「어려워」「군바리의 관계를 종식시키자」「미토콘드리아」「못 만날 거야」「넌 어제와 같은데」「포크레인」「4차원의 세계는 언제나 시작이다」, 『별일 없이 산다』(붕가붕가레코드, 2009.2)에는 「아무것도 없잖어」「나를 받아주오」「그 남자 왜」「멱살 한번 잡히십시다」「싸구려 커피」「느리게 걷자」가 수록되어 있다.

구려 커피』『별일 없이 산다』의 5개 음반이 시대의 그늘을 살아가고 있는 청춘들의 신세타령이 전면에 부각된다는 점만은 분명하다. 하지만 빈번하게 반복되는 주절거림은 결핍으로 인한 슬픔인지, 아니면 모든 것을 놓아버린 자의 권태인지조차 모호하다.

흥미로운 점은 이렇게 불분명한 정서 표현이 오히려 '대중과의 교감'을 가능하게 하는 요인으로 작용한다는 점이다. 90년대 문민정부 출범 이후 가요계에서는 눈에 띄게 개인의 목소리가 부각되었다. 사회 전체를 포괄하는 집단적 관심사는 점점 더 찾기 힘들어졌으며, 집단의 힘으로 현실을 변화시킬 수 있다는 믿음 역시 희박해졌다. 거기에 김대중 정권의 교체 이후 노동운동 탄압 등의 복잡한 상황에서 이성적 사유를 요구하게 되었고, 이는 개인의 영역을 더욱 넓힐 것을 요구받았다.[6] 뿐만 아니라 90년대 물질적 풍요와 문화적 모티프의 확산으로 개인들은 내면성으로 침잠하면서 70~80년대 거대담론의 긴장을 풀어버렸다. 이 시기 '개인이 되라'는 요구는 어떤 분야에서건 환영받았다. 고독한 자아의 범람 속에서 집단 모두가 공유할 수 있는 접점에 대한 고민은 희박해졌다.

그러나 장기하 음악은 여러 면에서 모호함을 통해서 모두가 공유할 수 있는 시대의 공감대를 만들어낸다. 우선은 <장기하와 얼굴들>이 구사하고 있는 프로모션의 방식이다. 앨범의 디자인은 의도적으로 촌스러움을 과장함으로써, 참신하고 도발적인 효과를 극대화하고 있다. 가수가 직접 CD를 제작한다는 자가생산방식 자체가 광고되면서 <장기하와 얼굴들>은 대중적 인디의 전형이 되었다.[7] 이는 특별히 가사에서 분명

<hr>

6) 이영미·안석희, 「1990년대 후반 이후 노래운동·민중가요의변화」, 김창남 편, 『대중음악과 노래운동, 그리고, 청년문화』, 한울아카데미, 2004, 47~48쪽.

7) 장기하의 존재는 매우 특이하다. 클럽 공연을 꾸준히 개최하여 홍대 근처 인디출신이라는 사실을 안팎으로 각인시킨다. 뿐만 아니라 다른 인디밴드의 게스트 역할도 마다 않는다. 동시에 TV나 라디오 같은 대중매체에 얼굴을 내미는 일도 게을리 하지 않는다. 각종 굵직한 메이저 문화 행사에도 참여한다. 그러면서도 메이저라는 인상을 주지 않는다. 장기하의 특이한 정체성을 짐작하게 하는 대목이다. 성기완 『홍대 앞 새벽 세시』, 사문난적, 2009, 245~246쪽.

하게 포착된다. 「어려워」에서 "생각만 내 맘대로 할 수 있으면 될 텐데 그게 너무 어려워"라는 표현, 「넌 어제와 같은데」에서 "어제는 행복에 겨워서 그 옛날 부르던 그 노래를 불렀는데 오늘은 이상하구나"라는 표현에서는 명확한 사건의 전후관계를 의도적으로 누락시킨다. 다만 실연의 상처로 상심해 있다는 점만을 암시받을 수 있을 뿐이다. 「나를 받아주오」에서도 "너를 만나고 돌아온 내 마음은" "공연히 울먹였"다고 한다. 그저 막연하게 "나를 받아주오"라고 반복할 뿐, "공연히"라고 하면서 자신에게 일어난 특별한 연애사를 대중의 문제로 보편화한다. 빈번하게 사용되는 "나"와 "너" 등의 인칭 대명사, 그리고 "그게"라는 식의 구어적 지시대명사의 사용, 그리고 "공연히"와 같은 모호한 부사어를 적극적으로 활용하면서 애매함의 효과를 극대화하는 것이다. 이는 대중이 구체적 상황맥락에서 벗어나 손쉽게 감상에 몰입할 수 있게 한다.

　가사의 이러한 의도가 선명히게 전달되도록 장기하의 음악은 음의 고저가 별로 없는 주절거림의 방식을 채택한다는 사실은 매우 중요하다. 한국적 구어체 가사의 가능성을 발견해낸 <산울림>이나 <송골매> 초기 배철수의 보컬이 보여주었던 사설을 늘어놓는 듯한 창법이 <장기하와 얼굴들>의 사운드에 전면화하고 있다.8) 일상적 구어를 그대로 가져와 자연스럽게 흘러가는 창법은 전적으로 가사에 몰입하게 한다. 한국의 타령조처럼 상대방을 크게 염두에 두지 않은 듯, 혼잣말로 뇌까리는 가사는 외부에 대해 시선을 거두고 내면으로 시선을 모은다. 주절거

---

8) 이러한 주절거림이 느닷없는 것이 아니라 세대적 연속선상에서 바라보기도 한다. 한국적 구어체 가사의 가능성을 발견해 낸 <산울림>이나, <송골매> 초기 시절 배출수의 보컬이 보여주었던 사설을 늘어놓는 듯한 창법, 그리고 <신중현과 엽전들>의 리프에서 보이는 한국적 펜타토닉 화성 같은 것들이 장기하의 사운드에서 전면에 부각되어 있다. 게다가 젊고 활력 있는 록 뮤지션들이 주로 사용하는 불을 뿜는 듯한 전기기타 사운드를 자제하고, 대신 힘이 없는 통기타 사운드를 리프 플레이의 중심에 놓는다. 70년대 통기타 시대의 포크 사운드가 그 배경에 있다는 것을 알 수 있다. 장기하의 음악이 한국말로 빚어낸 록음악의 잊어버린 전통에 기대고 있다는 말이다. 성기완, 앞의 책, 2009, 247~248쪽.

리는 행위 자체가 언어적 주술로서 고통을 치유한다면, 장기하의 음악은 언어 주술을 통해 인간 내면의 상처를 스스로 치유하는 기능을 훌륭하게 수행하는 것이다.

그런 점에서 후렴구는 매우 중요하다. 가사의 주절거림이 듣는 사람의 내면을 따뜻하게 보듬어 준다면, 뒤를 잇는 짧은 후렴구는 여기에 활기를 불어넣는다. 「나를 받아주오」에서 "나는 왜 뭘 잘했다고 공연히 울어댔나"라는 이별의 슬픔은 바로 뒤의 "찐득찐득찐득찐득"과 같은 후렴구에 의해 순식간에 증발한다. "찐득찐득찐득찐득"이나 "설레설레설레설레" "엉엉엉엉엉엉엉엉"과 같은 짧은 반복은 시름 많은 현실을 잊게 한다. 「그 남자 왜」와 「아무것도 없잖어」는 각각 "나는 몰라"와 "없잖어"가 반복되면서 리듬감이 고통스런 상황을 압도해 버린다. 주로 1~3음절 되는 짧은 단어들은 '모른다' '없다'와 같은 단어의 일차적 의미를 환기하는 대신 반복 자체에서 만들어지는 리듬만으로 전에 없던 강렬한 카타르시스를 만들어낸다. 「그 남자는 왜」나 「멱살 한번 잡히십시다」에서는 "그 남자 왜" "도대체 왜" "한 번" "미처" "하하" "어랍쇼"와 같은 구어체의 극도로 짧은 단어가 가사보다 흥미롭다. 짧고 강렬한 단어의 배열 속에 하류계층의 비애와 설움이 순식간에 증발해 버리는 이런 묘한 역설 때문에 「횟집에서」의 "피곤에 찌든 주방장"이 조금도 처량해 보이지 않는 것이다. 정통 대중음악의 기준에서 보면, 완성도나 미학성이 현격하게 떨어지는 장기하의 음악의 의미를 결코 소홀히 할 수 없는 이유는 바로 이 후렴구 때문이다.

이렇게 생동감이나 솔직함으로 무장한 후렴구는 현실의 고달픔을 일시적으로 망각하려는 위안용일 수 있다. 사실 삼류대중은 매우 현실적이다. 이것은 고통이 없는 완벽한 현실을 원하지 않는다. 견딜 만한 적당한 고통과 이에 대한 적당한 망각 등 적당함이라는 점에서 장기하의 음악은 삼류의 수준을 고수한다.[9] 섣불리 대중을 계몽한다든지, 퇴폐와 저

속함으로 현실 윤리로부터 한참이나 후퇴하지도 않는다. 여기서 감상적
인 미화나 엘리트적인 폄하 없이 가감 없는 대중의 실체, 정확히 말하면
삼류의 실체에 접근하는 점은 장기하의 음악을 일반적인 인디음악과 차
별화시킨다. 인디음악생산자들이 예술적 일류를 지향하면서 시장경제
자체를 외면하거나 아니면 독자적인 생존 싸움으로 고립[10]되면서 삼류
와 말걸기를 포기하는 것과 장기하의 음악은 다르다. 대표작인 「싸구려
커피」를 위시하여 「바흠톨로메」 「엄마 몰래 SPACE」 「납골묘」 등 한결
같이 싸구려 삼류의 삶을 고집한다. 삼류는 원칙으로 무장한 근본주의
자와 달리, 꼼꼼하고 냉철하게 따지는 것에 익숙하지 않다. 원칙을 따지
지 않으니 특정인이 선택되거나 배제될 염려가 없다. 적당한 선만 넘지
않으면, 그 안에서 '모든 것을 포용'한다.

물론 이에 대해 비판의 소지가 없지 않다. 어떤 대상과도 무리 없이 결
합하는 삼류의식에는 고통스런 자기구별의 과정이 없다. 문제적 현실과
대면하지 않기 때문에 어떠한 현실에서도 생기발랄할 수 있는 것이다.
이는 현실에 대한 냉철한 성찰을 포기함으로써 결국은 지배 권력의 장
속으로 자발적으로 포섭되는 결과로 이이진다. 장기하의 음악이 인디음
악을 표방하고 있고 인디음악의 정신적 기반이 지배문화에 대한 반란에
있다는 점을 떠올려 보면, 장기하의 음악은 현실을 회피하고 있다는 혐
의를 부인하기 어렵다. 그간 특별한 하위문화가 대중의 환대를 받으면서

---

9) 1990년대 글로벌 자본주의 환경에서 청년들은 서양적인 것과 동양적인 것, 진보적
가치와 보수적 가치, 경제적 자산과 문화적 취향, 혹은 의식 있음과 의식 없음이라는
이분법이 더 이상 유효하지 않을 정도로 잡종적이다. 청년들은 인터넷과 여행을 통
해 국민국가의 단위를 넘어서 다원화된 문화를 경험하고, 민족적인 것을 가장 세계
적인 문화형식으로 소비하면서 고부가가치를 지닌 경제적 자산을 취득하여 가장 반
문화적이고 일탈적인 문화취향을 구매하기도 한다. 이렇게 보면 경계를 가지지 않
거나, 혹은 필요에 따라 경계를 훌쩍 넘어버리는 것이 잡종적 성격이다. 장기하의 음
악은 이렇게 잡종적인 청년문화를 그대로 보여주고 있다는 점에서 매우 대중적이
다. 이동연, 『문화부족의 사회, 히피에서 폐인까지』, 책세상, 2005, 118~124쪽.
10) 이동연, 「대중음악 운동개혁과 수용자운동의 평가와 전망」, 김창남 편, 앞의 책,
2004, 198쪽.

급속하게 주류문화에 편입되어갔던 경우를 <서태지와 아이들>, <노브
레인>, <크라잉넛> 등 여러 안티문화 속에서 적지 않게 보아왔다.[11]
지금 <장기하와 얼굴들>의 수공업 음반 판매량이 메이저 음반사의 판
매량을 압도하면서 장기하의 음악에 대한 관심은 매우 뜨겁다. 공중파
방송에서 연이은 인터뷰 요청과 대중가수와 연합한 공연이 줄을 잇는 것
만 보아도, 이제 장기하의 음악은 자본과 격의가 없어 보인다. 어느 시대
든 지배세력은 특이한 비주류를 선택하여, 이들이 용이하게 체제에 편입
될 수 있도록 도움을 줌으로써 이들을 자기의 영역으로 포섭해 왔다. 그
렇다면 장기하의 삼류정신이 지배계층의 특이한 소재로 주목받으면서
결국에는 일류중심체제에 순응하지 않는다는 보장은 없다.

　그러나 삼류정신을 단지 타협이라고 하기에는 그 의미가 너무 크다.
적당히 넘어가는 삼류정신은 단순한 굴복이 아니다. 세계와 공감하려는
과정에서 굳이 지배계층을 배제해야 할 필요를 발견하지 않았을 뿐이다.
그런 점에서 삼류는 수많은 이방을 허용한다는 점에서 특이한 소수에게
만 사랑을 받는 마니아와는 차원이 다르다. 마니아는 이방을 허용하지
않고 지조를 강요하는 일종의 순수혈통주의다. 그래서 마니아는 가부장
이데올로기처럼 억압적이다.[12] 그러나 장기하의 삼류정신은 자기만의
아우라를 주장하지 않는다. 예술적 완성도를 인정하기 어려운 단순한
후렴구는 역설적으로 모두가 쉽게 따라 부르며 어울릴 수 있는 모두의
광장을 창출한다. 소리를 질러 외치게 되어 있는 후렴구를 합창하는 가
운데 어느 누구도 배제하지 않는 '포용의 미학'을 만들어낸다. 「어려워」

---

11) 90년대 들어 신세대문화, 인디문화, 소수문화와 거의 유사하게 생겨나면서 하나의
유행의 형식으로 이해되는 경우가 많았다. 지난 2002대선 기간 중에 TV 선거광고에
서 힙합보이들이 랩 배틀 식으로 정책과 공약을 선전하고, 유세장에서는 비보이들
이 춤을 췄다. 또 한 후보는 꽤 유명한 인디 펑크밴드의 노래를 개사해서 선거로고송
으로 사용했다. 소위 반문화, 하위문화, B급문화로 분류되던 것들이 대통령 후보 선
거전에 적극적으로 사용된 것이다. 이동연 『대중문화 연구와 문화비평』, 문화과학
사, 2002, 297~314쪽.
12) 이성욱, 『김추자, 선데이서울 게다가 긴급조치』, 생각의 나무, 2004, 43쪽.

의 "내가 최근에 새롭게 알게 된 사실이 한 가지 더 있는데 술을 너무 많이 마시니까 머리가 나빠진다는 것 그렇다면 그냥 내가 내일부터는 술을 좀 작작 마시면 될 텐데 그게 너무 어려워"에서 어떠한 현실의 문제의식을 발견할 수 없다. 모두가 공감할 수 있는 적당한 삶의 애환이 가볍게 제시된다. 가장 현실 비판적으로 보이는 『청년실업』만 해도 그렇다. 이 음반은 20대 청년실업자의 핍진한 삶과 이를 강제하는 자본주의 체제의 모순을 드러내기는 하지만, 폭로보다는 발랄함에 에너지가 집중되어 있다. 「4차원의 세계는 언제나 시작이다」의 "쓰레기"라고 하는 말에서도 청년실업과 소외된 하층민의 현실을 격하게 보여주기보다, "4차원의 세계"라는 우스꽝스런 표현으로 비장함을 덮어버린다.

문제의 핵심을 은근슬쩍 비틀다가 그대로 웃고 마는 천연덕스러운 삼류의 모습에서 모두를 불러 모을 수 있는 공감대가 형성된다. 짙은 화장에 인공적인 헤어스타일, 짙은 선글라스, 무표정하면서도 쌍둥이 로봇처럼 움직이는 기계적인 미미시스터즈의 잡종스타일13)은 세계를 공격하려는 어떤 날선 의도도 보이지 않는다. 이질적이고 어색한 결합은 고독한 이방인의 나르시시즘이 아니다. 잡종스타일은 오히려 세계에 대해 무조건적이다 싶을 만큼 자기를 허용하며, '타인과의 교감을 꿈꾸는 삼류의 의지'일 수밖에 없다. <장기하와 얼굴들>이 홍대출신이면서도 홍대적이지 않은 것은 바로 이 삼류정신 때문이다. 홍대의 많은 인디밴드들이 일류를 꿈꾸며 음악적 고투를 벌이는 과정에서 아이러니하게도 자본의 후원을 받지 않을 도리가 없다. 그런데 <장기하와 얼굴들>은 홍대 출신이면서도 자본의 세례를 거의 받지 않은 삼류이니 자본에 대해 보답해야 할 의무가 없으며, 따라서 저항할 필요 역시 없는 것이다. 장기

---

13) 하위문화연구에서는 이러한 잡종스타일을 브리콜라지bricolage라는 용어로 해석하고 있다. 손에 닿는 아무것이나 즉흥적으로 조합해서 기존의 의미들을 삭제하거나 전복시키는 것을 중요한 하위문화적 저항으로 보고 있다. 그러나 장기하의 경우에는 저항의 의미보다 유희와 자기만족의 의미가 크므로 같은 맥락으로 보기는 힘들다. 딕 헵디지, 이동연 옮김, 『하위문화』, 현실문화연구, 1988, 141~145쪽.

하의 음악에 비극은 있으되 분노가 없고 처량함은 있지만 불경스러운 발언은 없는 것은 현실을 정면으로 돌파하지 않고 적당히 끌어안으면서 '어느 누구도 배제하지 않는 건강한 삼류정신' 때문이다.

목적 없는 표류 속에 내재된 감성의 자유

현재 한국사회에서 청년세대가 젊음을 발산하지 못하고 무기력증에 시달리는 것을 개인의 과실로 보는 경우는 거의 없다. 이전에는 볼 수 없었던 부모세대와의 경쟁으로까지 내몰리고 있는 상황에서 사회의 주력 부대로 청년세대를 기대하기는 어려워 보인다. 유신세대는 개별적으로는 20대의 부모들이기는 하지만, 전체적으로는 자신의 세대에게 주어질 분량을 떼어서 20대에게 지원해야 하기 때문에 경쟁관계로 인식할 수밖에 없었다. 그런 점에서 박정희 독재경제의 혹독한 수업을 마친 386세대에게 20대는 착취의 대상일 뿐이라는 88만원세대라는 논리가 대중의 관심을 끌었다.14) 이렇게 청년세대가 꽃을 피우기도 전에 사회로부터 퇴출당해야 하는 벼랑 끝 현실에서 장기하의 음악이 젊은 삼류대중에게서 오히려 현실 타개의 가능성을 발견하는 모습은 중요한 사회적 의미를 획득한다. 장기하의 음악이 오늘날 20~30대 88만원세대의 시대적 절망과 관련이 있다는 세간의 지적15)과 달리, 오히려 장기하의 음악은 삼류의 삶에서 '해방의 가능성을 포착'하고 있기 때문이다.

이러한 의의를 설명하기 위해서는 우선 장기하의 음악에 '진짜 현실이 누락'되어 있다는 사실을 인정할 필요가 있다. 현실의 밑바닥 삶이 가감 없이 드러난다면 음악이 결코 유쾌할 수가 없다. 장기하 음악의 고통이 막연한 고통이며, 슬픔 대신 가벼운 타령으로 슬픔의 극단으로까지

---

14) 우석훈 · 박권일, 앞의 책, 2007, 174쪽.
15) 하재근, 앞의 사이트(검색일: 2009. 6. 1).

몰고 가지 않는다는 사실 자체가 이미 현실 부재를 증명하는 것이나 다름없다. 물론 『싸구려 커피』나 『청년실업』 1~2집이 현실 20대의 실업과 가난으로부터 착상된 것임은 분명하다. 음악도 시대에 대한 반영이라는 점에서, 장기하의 음반들이 엄청난 주목을 받는 것과 청년실업군단이 백만을 넘어선 것은 분명한 함수관계가 있다. 실제로 한국사회의 실업문제는 일상이 되었다. 경제전문가에 따르면, 21세기 한국사회는 고도산업사회이면서 고도실업사회이며 앞으로 더욱 그렇게 될 것이라 비관론을 편다. 그럼에도 불구하고 장기하의 음악을 청년실업과 가난에 대한 정직한 보고서라고 하기에는 구체성이 너무 약하고, 음악 전면에 부각되는 몸짓은 또 너무 자유분방하다. 「싸구려 커피」의 경우는 "슥삭"하는 드럼소리, 미미시스터즈의 우스꽝스러운 외모와 율동, 정식 음악 훈련을 전혀 받지 않은 듯한 엉성한 보컬은 실업의 고통 대신 유쾌함을 환기한다. 『청년실업 1집 ─ 기상시간은 정해져 있다』와 『청년실업 2집 ─ 착각』은 코믹한 악동의 이미지를 부각시키는 바람에 문제의 심각성이 증발되고 만다.

하지만 역설적으로 '현실의 심각함을 비껴가는 것이야말로 가장 현실적'일 수 있다. 아이러니하게도 한국 사회에서 민주주의라는 구호는 독재정권에서 가장 많이 합창되었으며, 정치독재는 경제적 성공이라는 구체적 수치에 의해서 언제나 정당화되었다. 1%의 최상위 엘리트만을 위해 모든 계층이 희생하고 봉사하는 것을 당연히 여기는 회복할 수 없는 양극화 사회가 고착되었다. 민주주의라는 말이 무색하게 부와 명예는 세습되고, 계층 간 이동은 허울 좋은 명분일 뿐이다. 이런 현실에서 삼류인생들이 희망을 갖는다는 것이 오히려 비현실적이다. 물론 이들에게 희망이 부족한 적은 없었다. 일류사회는 언제나 청년들에게 좋은 사회라는 모델을 지속적으로 공급해왔다. 그러나 이들에게 지속적으로 공급되는 희망은 사실은 그럴싸한 말 고문인 경우가 대부분이었다.

이런 현실에서 장기하의 음악은 희망의 허구성을 폭로하는 대신, 유머와 익살을 현실을 돌파해 나가는 계기로 삼는다. 「아빠가 벽장」에서 중요한 것은 "옆집 아이들이 물어"보면 "아빠는 영국으로 출장가신 거"로 대답하라는 엄마의 말이 가부장부재의 시대를 날카롭게 꼬집으려는 의도는 없어 보인다. 음악에서 부각되는 것은 아빠는 영국으로 출장 가셨다는 짧은 말의 반복과 가벼운 멜로디의 결합을 통해 비루한 현실을 적극적으로 즐기는 양상이 포착된다. "그대는 내 맘 속의 포크레인 내 안을 삽질하는 포크레인"이라는 「포크레인」 속의 두 줄짜리 가사는 연인에 대한 그리움이라고 보기에는 진지함이 부족하다. 대신 "삽질하는"을 과장함으로써 심각한 상황을 유쾌하게 이끌어가려는 의도를 분명히 한다. 「바홈톨로메」도 마찬가지다. 의미를 알 수 없는 바홈톨로메라는 단어 자체가 이미 유희적이다. 사실 장기하의 음악에서 가장 중요한 것은 유쾌함이다. 진취적이고 자발적인 유희는 음악을 이데올로기의 도구로 삼지 않는다. 장기하의 음악은 자본주의적인 문화도 아닌, '자생적이고 목적 없는 유쾌함'을 사명감으로 여긴다.[16] 그리하여 단어의 1차적 의미 전달이 아니라 음성에서 나오는 외계적인 발음이 진지성을 포기하고 유쾌함으로 이행할 것을 권한다.

고독 속에서 자유로움의 계기를 찾는 것은 최근 들어 나타난 청년세대의 한 특징이기도 하다. 지금의 청년세대에게 고독이나 소외는 더 이상 진지한 개념이 아니다. 이들은 고독을 견디기보다 즐기고, 종국에는 고독을 넘어서 있다. 그러다 보니 유머에 대한 인식을 강박관념처럼 갖고 다닌다.[17] 「아무것도 없잖어」의 "풀이 가득 덮인 기름진 땅이 나온다 길래 죽을 똥 살 똥 왔는데"와 같은 표현이나, 「미토콘드리아」에서 "나는 박테리아 미토콘드리아 알렉산드리아 말라리아 소말리아 불가리아"와

---

16) 신현준 · 김남훈 인터뷰, 「노래운동과 인디음악의 접속에 관한 하나의 보고서」, 김창남 편, 앞의 책, 2004, 113쪽.
17) 이동연, 『문화부족의 사회, 히피에서 폐인까지』, 책세상, 2005, 213~214쪽.

같은 말장난은 '유머를 활용한 미학적 자기구제'를 도모한다. 대결은 누군가 희생자를 만들어 내기 마련이다. 그러나 의도적으로 현실을 망각하는 유머 속에는 어떠한 상처도 피해자도 만들어내지 않는다. 오히려 현실에 대해 의도적으로 무지해짐으로써 자유를 꿈꾸는 장기하의 음악 어법은 어느 누구에게도 피해를 주지 않는 '건강한 구원'의 모습을 보여준다. 사실 진정한 자유는 권력이 내게 부여한 자리에 대해 내가 무지할 때 비로소 가능하다. 권력은 언제나 논리와 지식으로 하위계층을 회유하고 설득한다.

이에 대해 장기하의 유머는 지배층이 고안한 논증의 방식대신 감각의 해방[18]을 선택한다. 『눈뜨고 코베인』부터 『별일 없이 산다』에 이르기까지 몸을 들썩거리게 하는 해방의 감각은 장기하의 음악 전체를 관통한다. 「느리게 걷자」에서 "워찍허까 워찍허까 워찍허까 워찍해"와 같은 사투리가 리듬을 타며 어깨를 들썩거리게 한다. 몸을 들썩거리게 만들기로는 「멱살 한번 잡히십시다」도 뒤지지 않는다. "뉘신지는 모르겠지만 당신 땜에 내가 잘못된 거요 변상까지는 바라지 않으니 멱살 한번만 잡히십시다"라는 표현에서 시비를 따지려는 의도는 없다. 오히려 "내 앞에 앉은 남자(어랍쇼) 나랑 눈빛이 똑같애(완전) 주위를 둘러보니(두리번두리번) 맙소사"를 유쾌하게 주고받는 가운데 관계의 속박을 벗어버린 자유로움이 발견된다. 이렇게 장기하의 음악은 체제가 요구하는 합리적 대응을 의도적으로 중지한다. 즉 장기하의 음악에는 어떤 전체주의적 억압이 없다. 높낮이가 별로 없는 음조와 읊조리듯 나른한 장기하의 목소리는 어떠한 긴장감도 유발하지 않는다. "워찍허까" "어랍쇼"와 같은 코믹한 단어들을 반복함으로써 몸으로 리듬을 타며 긴장을 풀어준다. 대중음악의 어법과는 전혀 어울리지 않게 정해진 리듬도 없이 몸이 가는 대로 흐느적거리는 몸의 감각이 진정한 해방의 기운을 느끼게 한다.

---

18) 자크 랑시에르, 주형일 옮김, 『미학 안의 불편함』, 인간사랑, 2008, 11~12쪽.

이는 최근 사회가 결여하고 있는 감성의 문제를 새롭게 환기한다. 오늘날 각종 시위와 집회로 시민들의 사회적 삶은 긴장의 연속이다. 저항은 이성의 긴장 속에서 작업하기 마련이다. 물론 세계의 문제점을 냉철하게 따져보는 지적 활동, 이를 통해 삶의 바탕을 성찰하는 이성의 작용은 분명한 의미가 있다. 하지만 냉철함만을 허용하는 가운데 인간은 없고, 합리의 이름 아래 목적만이 난무한다. 비만해진 이성에 감성을 횡령당할수록 역설적으로 중요해진 것은 비합리적인 감성이다. 장기하의 도발적 유머, 비합리적 감정이 갖는 시대적 의미는 여기에 있다. 장기하의 음악은 제어가 불가능한 감정의 도발을 거침없이 보여주면서 유용성으로 평가되는 사회운동을 돌아보게 만든다. 따라서 「군바리의 관계를 종식시키자」는 리얼리즘적으로 해석할 필요는 없다. "Go to Hell!! You BASTARDS!!!"라는 초고음의 하드 코어 한 괴성에서 시대 저항의 논리를 찾는 것은 무리다. 「하이웨이 몽키스타」도 마찬가지다. 샤우팅Shouting의 창법은 지나치게 거칠고 날카로워서 "고속도로 한복판에는 원숭이가 살고 있"는데 "먹이는 주는 사람 아무도 없는데 살아 있"다는 가사 속의 동물 생명권, 환경, 소외와 같은 정치적 메시지가 제대로 살아나지 못하고, 대신 약동하는 젊음의 에너지가 오히려 더 부각되고 있다.

음악적 완성도나 세련미 전혀 없는 장기하의 노래가 광범위한 대중을 확보하는 것도 바로 '음악적 혼란에 내재된 감성의 해방' 때문이다. 따라서 감성의 혼란을 도외시하고 장기하의 음악을 이질적인 비주류의 출현으로만 국한하거나, 혹은 획일적으로 저항의 메시지를 찾아 규격화하는 것은 무리가 있다. 장기하의 음악의 의미는 현실 재현에 있지 않다. 장기하의 음악에서 감성의 혼란이 중요한 것은 현실보다 인간에 대한 사려 깊은 이해를 가능하게 하기 때문이다. 흥미롭게도 이런 넉넉한 인간 이해는 촌스러운 아마추어리즘의 형태로 드러난다.

가공되지 않은 날것에 대한 시대적 요청

<장기하와 얼굴들>의 성공은 인디음악의 역사에서는 극히 보기 드문 사례에 속한다. 첫 번째 인디의 물결은 <크라잉넛>의 「말 달리자」가 만들어내는 파격과 역동적 몸놀림에서부터 시작되었다. 그렇게 보면 장기하의 「싸구려 커피」는 인디음악의 역사에서는 두 번째의 물결을 주도하는 셈이다.[19] 하지만 장기하의 음악은 <크라잉넛>의 등장과는 또 다른 사회적 함의를 갖는다. 2008년 등장한 장기하가 인디음악 가수로서는 엄두도 내기 힘든 한국대중음악상 시상식에서 최우수 록 노래상과 올해의 노래상, 네티즌이 뽑은 올해의 음악인 남자가수상을 수상했다. 인디음악 가수로서는 드물게 공중파 TV에서도 여러 차례 출연하였고, 언론의 정규뉴스에서도 집중 조명을 받았다. 평단에서도 장기하를 문화적 테마로 다루는 움직임이 일고 있다. 사실 한국 사회에서 대중음악 가수를 사회적 논의의 대상으로 삼은 경우는 <서태지와 아이들>[20] 이래 처음이다. 장기하의 급부상이 예사롭지 않은 것은 장기하의 음악이 '한국사회 청년대중의 익눌린 내면을 대변'하고 있기 때문이다.

그간 오랜 궁핍과 독재, 남북분단과 같은 유래가 없는 고통으로 한국사회의 피로감은 병적인 수준에 이르렀다. 성장지상주의 사회에서 여유와 자유를 말하기는 불가능했다. 장기하의 등장은 이런 사회적 배경과 밀접한 관련이 있다. 평단과 언론과 대중이 일제히 장기하에게 호감을 보인 것은 특이함보다 이 특이함에 내재된 엉성함, 즉 '아마추어리즘'이다. 붕가붕가레코드, 눈뜨고 코베인, 미미시스터즈, 깜악귀, 곰사장, 목

---

19) 성기완, 앞의 신문, 2009. 6. 8.

20) 한국사회에서 서태지는 단순한 가수라는 점을 넘어 신세대논의를 촉발시킨 중요한 매체다. 서태지의 등장은 랩을 통한 그 음악적 쿠데타와 함께 신세대 논의를 본격적으로 형성케 하는 계기가 되었다. 억압적인 사회문화적 제한과 지배이념에 의해 일방적으로 제시되는 사회적 정체성을 거부하는 저항이 서태지로 인해 본격적으로 부각되었다. 뿐만 아니라 이러한 저항이 종국적으로는 체제의 변혁과 연결되는 대신, 새로운 통제로 귀결된다는 비판도 서태지가 본격적으로 시동을 걸었다. 홍종윤, 「서태지론」, 서동진 외, 『신세대론 : 혼돈과 질서』, 현실문화연구, 1999, 231쪽.

말라 라는 이름부터 세련미에 열광하는 오늘날 대중음악의 흐름에서 한참이나 벗어나 있다. 의도적인 과장과 황당함은 가사에서 음조에서, 그리고 패션에서 분명하게 포착된다. 보컬인 장기하는 넥타이대신 빨간 장미를 목에 걸었다. 검은 테 안경과 콧수염도 빨간 장미와 어울리면서 점잖음을 조롱한다. 장기하 자신이 지속가능한 딴따라질, 즉 어설픔이라고 당당하게 선포하고 실천에 옮긴 것이 수공업음반이다. 가수가 직접 만든 가내수공업음반[21]은 작곡의 수준, 음질, 디자인까지 모든 면에서 상품으로 보기조차 민망한 그야말로 딴따라의 것이다. 자본주의가 발달할수록 아마추어는 배제되고, 날카로움, 전문화, 깔끔함, 세련된 부드러움, 그리고 권력에 대한 강한 욕망을 담은 프로페셔널리즘이 옹호된다. 예술적이고 문화적어야 한다는 강박관념은 자본주의시대에 만연해 있다. 하지만 유아적 황당함을 표방하는 장기하의 음악은 어떠한 프로페셔널리즘도 거부한다.[22] 흥미로운 점은 장기하의 구닥다리의 촌스러움이 시대의 욕망을 발산하고 있다는 것이다.

지금은 첨단 문명의 시대다. 예술 과학 철학 스포츠를 막론하고 어떤 분야도 미세한 부분까지 갈고 닦여지지 않은 곳이 없다. 첨단 문명의 시대에 인간들이 만지고 사용하고 먹고 보는 모든 것은 여러 단계의 세공을 거친 가공품들이다. 가공의 과정이 길고 어려울수록 문명이라는 이름으로 칭송해 온 것이 자본주의의 프로페셔널리즘이다. 하지만 가공의

---

21) <장기하와 얼굴들>의 소속사인 붕가붕가레코드의 모토는 수공업 소형 음반 제작 전문 레이블로서 CD 복사와 라벨 부착, 비닐 포장 등의 모든 과정을 대형 전문 업체에 맡기지 않고 가수들이 직접 제작한다. 최근에는 자신들의 첫 단독공연 실황을 담은 수공업 DVD도 제작했다. 이 DVD는 구매자가 직접 케이스를 조립해야 하는 수제 DVD다. 열악한 회사에서 일일이 수작업으로 제작하기에는 한계가 있어 구매자가 직접 제작하는 패키지를 고안해 판매 중이라는 장기하의 말은 전략이라기보다는 중요한 음악적 지향으로 보인다.

22) 프로페셔널의 사회는 권력지향의 사회이고, 어른의 사회이다. 한국사에서 오랫동안 권력을 독점해 온 주류사회, 공직자들의 사회, 재벌 간부들의 사회는 결국 어른의 사회이다. 그런 점에서 장기하의 아마추어리즘은 프로페셔널리즘에 대한 대타적 태도이기도 하면서, 어른 사회에 대한 거부이기도 하다. 성기완,『홍대 앞 새벽 세시』, 사문난적, 2009, 190~194쪽.

과정은 곧 원형을 상실하는 과정이다. 결국 장기하의 유아적 어설픔, 즉 아마추어리즘이 부상하는 것은 프로페셔널리즘에 대한 염증 때문이다. '가공되지 않은 날것에 대한 시대적 요청'이 장기하라는 분출구를 찾은 것이다. 「아빠가 벽장」 「엄마 몰래 SPACE」 「지구를 지키지 말거라」 「하늘은 UFO」 「바흠톨로메」 「포크레인」은 이미 제목 자체에서 어설픔을 과장한다. 느닷없는 고음과 알아들을 수 없는 주절거림, 그리고 현실성 없는 황당한 상상력은 결코 노련한 프로페셔널을 연상시키지 않는다. UFO나 "외계인이 내려와서 당신의 말씀을 전"한다는 「하늘은 UFO」, "아무도 보지 않는 섹시 금붕어"라는 맥락을 의도적으로 거부한 「바흠톨로메」의 문장 연결은 어떠한 포장도 없다.

특별히 남의 시선을 의식하지 않으며 혼자서 여기저기를 휘젓고 다니는 아마추어리즘은 '잡소리이나 잡담'의 형태로 목격된다. 「못 만날 거야」는 "아! 좋다"와 같은 잡담이 끊임없이 이어지면서 본 멜로디를 무색하게 한다. 사실은 「싸구려 커피」도 노래 전체가 잡담이다. "뭐 한 넋 닌 간 세숫대야에 고여 있는 물마냥 그냥 완전히 썩어가지고 이거는 뭐 감 삭이 없이"와 같이 끝없이 이어지는 하소연은 특정한 의도를 갖지 않는다. "뭐"라든가 "─가지고"라든가, "이거는" 혹은 "뭔가"와 같은 간투사들은 구어체의 절묘한 리듬감에 주목하게 한다. 주요정보를 의도적으로 생략한 구시렁거림23)을 통해 말놀이에 몰입하게 하면서 서투른 아마추어임을 분명히 한다. 오직 음악만이 있는 프로페셔널리즘은 세련되기는 했으나, 기계화되고 폐쇄적인 비인간화라는 한계를 드러낼 수밖에 없다. 따라서 잡소리를 걸러내는 대신 오히려 잡소리를 강조하는 장기하의 음악은 다듬어지지 않은 인간의 진면목을 보여준다.24)

---

23) 성기완은 장기하의 랩을 '구시렁랩'이라고 하며 한국적 랩의 가능성을 보여주었다고 극찬한다. 말─멜로디─리듬 복합체의 사설을 써내는 데 성공했다는 것이다. 성기완, 앞의 책, 2009, 264~265쪽.

24) 요즘 공중파 텔레비전 리얼 프로그램이 오랫동안 큰 인기를 끌고 있는 요인도 잡소리을 내는 인간에 대한 시대적 요청으로 볼 수 있다. 궁상맞고 볼품없으면서도 기죽

장기하의 아마추어리즘은 이런 잡음을 사회적 소리로 탈바꿈시킨다. 잡음은 열정보다는 권태 속에서, 그리고 욕망보다는 포기 속에서 나온다. 고음은 있으나 우스꽝스러워 문제의식에 둔감하며, 주절거리는 저음은 열정을 잃어버린 나른한 삶을 전면화 한다.25) 여기에 비하면 잡담의 연속이라 할 수 있는 장기하의 음악은 인디음악이면서도 거친 불온함을 전면에 내세운 전복의 의지가 없다. 「군바리와의 관계를 종식시키자」만 해도 "지옥에나 가버려"라는 유치한 문장과 "종식 종식해"와 "나쁜 놈들"이라는 반복 속에서 자기들끼리 지껄이는 잡담이 들어가면서 분노가 아니라 장난이 되면서 모든 문제를 넘겨버린다. 가공의 과정을 덜 거친 '잡담이 온정적인 인간의 원형을 간직'하고 있을지도 모른다는 긍정적 추론이 장기하의 음악에도 작용하는 것이다.

이런 점에서 장기하의 음악을 '쿨하다'고 평가하기는 어려워진다. 쿨의 문화26)는 개인적 반항을 역설적으로 초연하게 표현하는 것이다. 개인적이라는 말은 쿨이 집단적인 정치적 반응이 아니라 개인적 반항의 태도라는 말이다. 그러나 쿨은 연연해하거나 질척하게 감정을 섞어 표현하지 않는다. 감정의 분뇨를 제거해버리고 깨끗하게 현재와 과거를 지워버리는 초연함이 쿨의 의미라는 점에서, 쿨의 태도는 자신과 세계를 깔끔하게 분리한다. 이와 달리, 「넌 어제와 같은데」나 「못 만날 거야」

지 않는 삼류들이 연예오락프로를 장악하고 있다. 전문가들이 주도하던 방송 영역에서 오히려 이들은 끝없이 잡소리을 쏟아내면서 자신들의 아마추어리즘을 차별화 전략으로 삼는다. 장기하의 등장도 이러한 시대의 심리적 인프라가 구축되어 있기 때문에 가능한 일이다

http://weekly.chosun.com/site/data/html_dir/2009/06/03/2009060300909.html(검색일: 2009. 6. 10).

25) 이와 달리 <노브레인>의 「넌 내게 반했어」「만약 내가」「까불지마」「나의 락큰롤」이 귀청을 날카롭게 찢고, <크라잉넛>의 「말 달리자」「허리케인」「밤이 깊었네」는 절망적 어조로 기성세대의 전복을 시도한다. 특히 <크라잉넛>의 「말달리자」의 노래 톤은 절망적이다. "닥쳐"라는 원색적인 표현 속에서는 기성세대에 대한 거부의 의사표현이 분명하다. 성기완 앞의 책, 2009, 89~91쪽.

26) 쿨의 개념에 대한 역사적 전개는 딕 파운틴·데이비드 로빈스, 이동연 옮김, 『세대를 가로지르는 반역의 정신 Cool』, 사람과 책, 2003, 29쪽 참조.

「싸구려 커피」의 잡소리는 히스테리적 저항27)대신 인간에 대한 깊은 미련을 갖는 온정의 음악이다. 이러면서 자연스럽게 장기하의 음악은 가공되지 않은 인간의 참모습을 보여준다. 그 진수는 출세작인 「싸구려 커피」에서 만날 수 있다.

싸구려 커피라는 단어 자체가 이미 누추함의 상징이다. "눅눅한 비닐장판"에 "바퀴벌레 한 마리쯤 슥 지나가도" "이제는 아무렇지 않어"라거나, 아주 뜨겁지도 아주 차갑지도 않은 "미지근"한 커피는 이것도 저것도 아닌 어정쩡함의 진수를 보여준다. 호불호를 명쾌하게 재단하며 어느 쪽에서 자신의 입장을 정하지 않는다. 의식으로 가공되기 이전의 원초적인 인간을 보여주는 것이다. 「별일 없이 산다」도 흡사하다. 성장제일주의에서 밀려난 보잘것없는 청춘들은 지금 가난과 실업 등 주변부 존재로 밀려나는 현실이 엄청날 텐데도 "나는 별일 없이 산다 뭐 별 다른 걱정 없다", "나는 사는 게 재밌다 매일매일 신난다"는 모습은 무슨무슨 주의에 빠져 날을 세우기 이전의 순수한 인간의 모습일 수 있다.

물론 이를 두고 패배주의의 혐의28)를 두기도 한다. 하지만 패배주의라 하기에는 장기하의 음악에는 지향과 몰락이라는 이원적 논리구조가 없다. 함부로 재단하지 않는 원초적인 만족은 패배주의라기보다 삶의 본질에 대한 사려 깊은 성찰이다. 삶이란 것은 본디 명쾌하게 재단되는 것이 아니라는 것에 대한 깨달음은 결국 가공되지 않은 원초적 인간을 발견한 것이다. 최소한의 선만 지켜지면 누구에게도 화살을 겨누지 않는 인간의 원초적 모습을 프로페셔널은 결코 보여주지 못한다. 사실 어설픈 아마추어에게는 기준이 없으므로 비판할 대상이 없다. 비판은 기본적으로 상대와 분리의식을 갖는다. 그러나 세련되지 못하여 오만할 까닭이 없는 아마추어는 싸구려 감상 속에서 대상과의 합일을 꿈꾼다. 상대의 치부를 밑바닥까지 파헤치지 않고 적당한 선에서 멈춘다. 프로처럼 어떠한 형이

---

27) 이동연, 앞의 책, 2005, 114~115쪽.
28) 하재근, 앞의 사이트(검색일: 2009. 6. 1).

상학도 갖고 있지 않으며, 철학을 감추고 있다는 인상을 주지도 않는 장기하의 음악은 그런 점에서 큰 의미를 갖는다. 프로페셔널의 세계는 모든 분야에 가공의 테크놀로지가 원천보다 중요시되고, 가식과 허위가 판을 치는 세상이다. 그런 점에서 프로페셔널리즘보다 아마추어리즘을 더 중시하는 장기하의 음악은 중요한 시대적 의미를 갖는다.

날것으로서의 원초적 인간

장기하의 음악은 삼류가 외면당하는 현실에서 오히려 어설픈 아마추어를 표방한다. 아마추어나 삼류는 문화적 허세와 지적 허세가 없으니, 모든 대상을 감싸 안을 수 있는 넉넉함을 가졌다. 그리하여 장기하의 음악은 최상위 일류까지 감싸 안으며 아마추어리즘을 강퍅한 시대를 건너는 포용의 미학으로 재해석해 낸다. 삼류는 비운의 현실을 냉철하게 분석하기보다 온정적 동의로 세계와 교감하려는 인정미를 발휘한다. 고통에 대처하기보다 고통 속에서 마음껏 표류하며 감성의 해방을 누리는 기회를 스스로 마련한다. 이 과정에서 아마추어들은 프로페셔널로서는 상상조차 하기 어려운 가공되지 않은 날것으로서의 원초적 인간을 보여준다.

장기하의 음악에서 이런 온정주의, 삼류의식, 아마추어리즘은 여타의 인디음악과 분명하게 구별된다. 일반적인 인디음악과 달리, 시대와 척을 지지 않으면서도 무리 없이 시대를 넘어서는 여유는 삼류 아마추어가 아니면 가능하지 않다. 기존 인디음악은 시대의 절망에 민감한 나머지, 절망을 과장하면서 시대를 더욱 절망적으로 만들면서, 자폐적 쾌락에 빠지는 경우가 많았다. 음악을 이데올로기 운동으로 이해하지 않고, 현실을 극복의 대상으로 보지 않기 때문에 장기하의 음악에는 삼류의 주절거림과 아마추어의 따뜻함이 있다. 장기하의 삼류의식은 비참함과 추함의 반대편에 우아하고 격조 있는 삶이라는 이분법적 구도를 갖지 않는 것도 마찬가지 이유다. 장기하의 음악이 유쾌하고 생기발랄할 수밖에 없는 이유는 이분법의 악몽이 없이 '삼류 아마추어리즘의 인간 친화적인 온정주의' 때문이다. 히스테리적인 분열을 책동하는 일류지향의 시대에 오히려 장기하의 적극적인 삼류 되기와 아마추어리즘은 '사회의 균열을 봉합하고 견결한 동류의식'을 만들어낸다.

장기하의 음악이 광범위한 대중을 사로잡는 이유는 바로 이 삼류—아마추어리즘에 있다. 진지함은 없지만, 인간을 긴장시키지 않으니, 상대가 누구든 기꺼이 그 존재를 긍정하는 모습에서 대중들은 안도감을 느낀다. 어떠한 문화적 허세와 지적 허세도 발견할 수 없는 어설픈 삼류와 좀 모자란 아마추어들의 유쾌한 잡담에서 실업난에 시달리는 청년 대중들은 위로를 얻는다. 장기하의 음악이 가지는 사회적 의미는 바로 이 '삼류 아마추어리즘에서 나오는 사회적 활력'에 있다.

참고문헌

구영모, 「자본주의 생물 해적질을 통렬하게 고발하다」, 『당대비평』 제11
　　호, 2000.
김경욱, 「누가 커트 코베인을 죽였나」, 『누가 커트 코베인을 죽였는가』, 문
　　학과지성사, 2003.
김광명, 「리오타르의 칸트 숭고미 해석에 대하여」, 『칸트연구』 제18집, 2006.
김동식, 「달려라, 작가─생의 도약과 영원회귀의 잠재적 공존」, 김애란, 『달
　　려라 아비』, 창비, 2005.
김대환, 「동아시아 경제 개혁의 비교 연구 서설」, 정문길 외, 『발견으로서
　　의 동아시아』, 문학과지성사, 2000.
김만수, 『실업사회』, 갈무리, 2004.
김무경, 『자연회귀의 사회학』, 살림, 2007.
김미진·윤선정, 「캐릭터중심 관점에서 본 게임스토리텔링 시스템」, 『한
　　국콘텐츠학회 2005 추계종합학술대회논문집』 제3권 제2호, 2005.
김병익, 「존재의 허구, 그 불길한 틈」, 김경욱, 『누가 커트 코베인을 죽였는
　　가』, 문학과지성사, 2003.
김서영·박태순, 「MMORPG 콘텐츠 분석틀」, 『한국콘텐츠학회논문집』
　　제6권 제10호, 2006.
김수환, 「전체성과 그 잉여들: 문화기호학과 정치철학을 중심으로」, 『사회
　　와 철학』 제18호, 2009.
김양은·박상호, 「온라인게임 이용이 게임 몰입 및 중독에 미치는 영향에
　　관한 연구 : 이용과 충족 접근을 중심으로」, 『한국언론학보』 제51
　　권 제1호, 2007.
김연경, 「고양이의, 고양이에 의한, 고양이를 위한 소설」, 『고양이의, 고양
　　이에 의한, 고양이를 위한 소설』, 문학과지성사, 1997.
김영하, 「고압선」, 『엘리베이터에 낀 그 사나이는 어떻게 되었을까』, 문학
　　과지성사, 1999.

김원배, 「동북아시아의 도시 및 지역발전의 추세」, 『SDI Monograph Series 93－M－7』, 서울시정개발연구원, 1993.

김은실 「'동아시아 담론'의 문화 정체성에 대한 문제제기」, 정문길 외 『발견으로서의 동아시아』, 문학과지성사, 2000.

김진균·정근식 편저, 『근대주체와 식민지 규율권력』, 문학과학사, 1997.

김태만, 「아시아적 가치와 동아시아 발전의 원동력」, 『동북아시아문화학회 국제학술대회 발표자료집』, 2000.

김학재, 「여순사건과 예외상태 국가의 건설」, 『제노사이드연구』 제6호, 2009.

김 항, 『말하는 입과 먹는 입』, 새물결. 2009.

김형래, 「「아바타」의 홍행신화와 그 이면」, *Foreign Literature Studies* 제38호, 2010.

김희봉, 「인간 폭력의 근원과 의미」, 『현상과인식』 제76호, 1998.

동아시아공동체연구회, 『동아시아공동체와 한국의 미래』, 이매진, 2008.

명운화, 『바츠 히스토리아』, 새움, 2008.

박상수·조강필, 「중국경제의 글로벌화와 산업 리스트럭춰링에 대한 전망」, 『중국학연구』 제24집, 2003.

박숙자, 「'통쾌'에서 '명랑'까지 : 식민지 문화와 감성의 정치학」, 『한민족문화연구』 제30집, 2009.

박정자, 『로빈슨 크루소의 사치』, 기파랑, 2006.

박혜경, 「문명의 심연을 응시하는 반문명적 사유－천운영·윤성희·편혜영의 소설」, 『문학과사회』 2005년 여름호.

______, 「필사적으로 '나'를 찾아서－김연경과 김설의 작품들」, 『문학과사회』 1998년 여름호.

박태순, 「꿈과 게임－컴퓨터게임에 대한 정신분석학적 접근」, 한국콘텐츠학회, 『한국콘텐츠학회논문지』 제6권 제3호, 2006.

배윤기, 「의식의 공간으로서 로컬과 로컬리티의 정치」, 『로컬리티의 인문학』 제3호, 2010.

배주영·최영미, 「게임에서의 '영웅 스토리텔링' 모델화 연구」, 『한국콘텐츠학회논문지』 제6권 제4호, 2006.

백영서, 「중국에 '아시아'가 있는가?」, 정문길 외 『발견으로서의 동아시아』, 문학과지성사, 2000.

백영서 외, 『동아시아의 지역질서 – 제국을 넘어 공동체로』, 창비, 2005.

부산일보 문화부, 『부산일보』 2008. 12. 5.

성기완, 『홍대 앞 새벽 세시』, 사문난적, 2009.

＿＿＿, 「왜 인디밴드 장기하에 열광하나」, 『서울신문』, 2009. 6. 8.

신수정, 「리믹스, 원본도 아니고 가치도 아닌 – DJ 소설가의 탄생」, 김중혁, 『악기들의 도서관』, 문학동네, 2008.

신진욱, 「근대와 폭력」, 『한국사회학』 제38집 제4호, 2004.

신현준·김남훈 인터뷰, 「노래운동과 인디음악의 접속에 관한 하나의 보고서」, 김창남 편, 『대중음악과 노래운동, 그리고 청년문화』, 한울아카데미, 2004.

신형철, 「섬뜩하게 보기」, 『몰락의 에티카』, 문학동네, 2008.

심상용, 『현대미술의 욕망과 상실』, 현대미학사, 1999.

안영노, 「신세대 : 그들의 정치경제」, 김진송 외, 『신세대론: 혼돈과 질서』, 현실문화연구, 1994.

오병남, 「칸트의 미학이론에 있어서 숭고의 개념」, 『대한민국학술원 논문집(인문·사회과학편)』 제47집 제1호, 2008.

우석훈·박권일, 『88만원세대』, 레디앙, 2007.

우찬제, 「비루한 운명의 볼록 렌즈 – 천운영론」, 『문학과사회』 2004년 가을호.

원용찬, 『유한계급론』, 살림, 2007.

유홍림·홍철기, 「조르지오 아감벤의 포스트모던 정치철학」, 『정치사상연구』 제13집 2호, 2007.

윤선미, 「미디어와 자본주의 사회가 만들어낸 몸의 상품성」, 숙명여자대학교 지역학 연구소, 『지역학 논집』 제5집, 2001.

은희경, 『새의 선물』, 문학동네, 1999.

＿＿＿, 『대중문화연구와 문화비평』, 문화과학사, 2002.

이도흠, 「고통이 관리되는 사회의 내면과 기억」, 『문학과경계』 2005년 봄호.

이동연, 「대중음악 운동개혁과 수용자운동의 평가와 전망」, 김창남 편,

_____, 『대중음악과 노래운동, 그리고 청년문화』, 한울아카데미, 2004.

_____, 『문화부족의 사회, 히피에서 폐인까지』, 책세상, 2005.

_____, 『아시아 문화연구를 상상하기』, 그린비, 2006.

이득재, 『가족주의는 야만이다』, 소나무, 2001.

이삼성, 『20세기의 문명과 야만』, 한길사, 1998.

_____, 「테크놀로지교의 전도사 마이클 잭슨」, 『말』 제125호, 1996년 11월.

이성욱, 『김추자, 선데이서울 게다가 긴급조치』, 생각의 나무, 2004.

이성희, 「바라크와 유리성 ― 남포동과 광복동의 시간」, 『오늘의 문예비평』 2002년 겨울호.

이수훈, 『위기와 동아시아 자본주의』, 아르케, 2001.

이영미·안석희, 「1990년대 후반 이후 노래운동·민중가요의 변화」 김창남 편, 『대중음악과 노래운동, 그리고 청년문화』, 한울아카데미, 2004.

이윤희, 「영화 「아바타」가 보여주는 극사실적 애니메이션 스타일의 특이 성 연구」, 『만화애니메이션연구』 제20호, 2010.

이인화, 「작가 이인화의 '「리니지」' 게임론」, 『신동아』, 2005년 8월호.

_____, 『한국형 디지털 스토리텔링』, 살림, 2005.

이정희, 「드라우마와 여성 성장외 두 구도」, 『여성의 글쓰기, 그 차이의 서 사』, 예림기획, 2003.

이종훈, 「비주얼 이미지를 통해 본 스탈린주의의 성격과 담론」, 임지현· 김용우 엮음, 『대중독재 1 ― 강제와 동의 사이에서』, 책세상, 2004.

이진경, 『노마디즘 1』, 휴머니스트, 2002.

이평래·조관연 외, 『영화 속의 동서양 문화』, 집문당, 2002.

이해영, 「전쟁, 정치, 그리고 자본주의」, 『진보평론』 제11호, 1995.

이희은, 「문화적 시민권과 문화연구의 만남에 대한 모색」, 『언론과 사회』 제18권 2호, 2010.

임지현, 「'대중독재'의 지형도 그리기」, 임지현·김용우 엮음, 『대중독재 1 ― 강제와 동의 사이에서』, 책세상, 2004.

장기하,『눈 뜨고 코베인』, 파고뮤직, 2008. 4.

＿＿＿,『싸구려 커피』, 붕가붕가레코드, 2008. 6.

＿＿＿,『청년실업 2집 – 착각』, 붕가붕가레코드, 2008. 7.

＿＿＿,『청년실업 1집 – 기상시간은 정해져 있다』, 붕가붕가레코드, 2008. 12.

＿＿＿,『별일 없이 산다』, 붕가붕가레코드, 2009. 2.

장준호,「국제정치에서 "적과 동지의 구분"에 대한 소고: 칼 슈미트의 "정치적인 것"을 중심으로」,『국제정치논총』제45집 제3호, 2005.

전경란,『디지털 게임의 미학』, 살림, 2005.

정형철,「시각적 이미지와 식민주의적 응시」,『제14회 부산외국어대학교 비교문화학과 집담회 발표집』, 2010.

조연정,「백수가 간다」, 한재호,『부코스키가 간다』, 창비, 2009.

조   은,「'동아시아 가족'이 있는가」, 정문길 외,『발견으로서의 동아시아』, 문학과지성사, 2000.

조명래,『현대사회의 도시론』, 한울아카데미, 2002.

진중권,『진중권의 현대미학 강의』, 아트북스, 2003.

채재병,「동아시아의 주권인식과 지역협력」,『한국정치외교사논총』제27집 제2호, 2006.

천운영,「바늘」,『바늘』, 창비, 2001.

최유찬,「컴퓨터 게임, 그 퍼포먼셜 내러티브」, 김원보·최유찬 공편,『컴퓨터 게임과 문화』, 이룸, 2005.

최종렬,「서론, 뒤르켐주의 문화사회학」,『뒤르켐주의 문화사회학: 이론과 방법론』, 이학사, 2007.

편혜영,「문득,」「서쪽 숲」「저수지」「마술피리」「맨홀」,『아오이가든』, 문학과지성사, 2005.

한창완,「온라인게임의 사회적 기능 연구 –「리니지」를 중심으로」,『전자공학회지』제27권 제9호, 2000.

한혜원,『디지털 게임 스토리텔링』, 살림, 2005.

함재봉,『탈근대와 유교』, 나남출판, 1998.

현택수, 『일상 속의 대중문화 읽기』, 고려대학교출판부, 2003.

홍석준·임춘성, 『동아시아의 문화와 문화적 정체성』, 한울아카데미, 2009.

홍종윤, 「서태지론」, 서동진 외, 『신세대론 : 혼돈과 질서』, 현실문화연구 1999.

홍철기, 「아감벤의 예외상태 비판:『호모 사케르』와『예외상태』」,『오늘의 문예비평』 제60호, 2006.

황병주, 「박정희 체제의 지배 담론과 대중의 국민화」, 임지현·김용우 엮음,『대중독재 1 - 강제와 동의 사이에서』, 책세상, 2004.

게오르그 짐멜, 김덕영 외 옮김,『짐멜의 모더니티 읽기』, 새물결, 2005.

그램 젤로크, 노명우 옮김,『발터 벤야민과 메트로폴리스』, 효형출판, 2005.

기 드보르, 이경숙 옮김,『스펙타클의 사회』, 현실문화연구, 1996.

다니엘 데이언·엘리휴 캐츠, 「합의를 구성하기: 미디어 이벤트의 의례와 수사」, 최종렬,『뒤르켐주의 문화사회학: 이론과 방법론』, 이학사, 2007.

도미야마 이치로, 손지연 외 옮김,『폭력의 예감』, 그린비, 2009.

딕 파운틴·데이비드 로빈스, 이동연 옮김,『세대를 가로지르는 반역의 정신 Cool』, 사람과책, 2003.

딕 헵디지, 이동연 옮김,『하위문화』, 현실문화연구, 1998.

딩시만, 「동북아시아의 새로운 역할과 한중일의 협력 방안」,『21세기 동북아시아의 새로운 협력과 발전』,『부산일보 창간 50돌 기념 한중일 국제심포지엄 자료집』, 1996.

로버트 J. C. 영, 김용규 옮김,『백색신화』, 경성대학교출판부, 2008.

리하르트 반 뒬멘, 최윤영 옮김,『개인의 발견』, 현실문화연구, 2005.

마이크 데이비스, 김정아 옮김,『슬럼, 지구를 뒤덮다』, 돌베개, 2007.

미셸 마페졸리, 박재환·이상훈 옮김,『현대를 생각한다』, 문예출판사, 1997.

미셸 마페졸리, 신지은 옮김,『영원한 순간』, 이학사, 2010.

미셸 푸코, 김부용 옮김,『광기의 역사』, 인간사랑, 1991.

바네사 R. 슈와르츠, 노명우 외 옮김,『구경꾼의 탄생』, 마티, 2006.

발터 벤야민, 최성만 옮김,『역사의 개념에 대하여 외』발터 벤야민 선집 5, 길, 2009.

베르나르 앙리 레비, 박정자 옮김,『인간의 얼굴을 한 야만』, 프로네시스, 2008.

베른하르트 기센,「가해자의 트라우마: 독일 민족 정체성의 트라우마적 준거로서의 홀로코스트」, 최종렬,『뒤르켐주의 문화사회학: 이론과 방법론』, 이학사, 2007.

베아트리츠 꼴로미냐, 박훈태 옮김,『프라이버시와 공공성』, 문화과학사, 2000.

비비아나 A. 젤라이저, 숙명여자대학교 아시아여성연구소 옮김,『친밀성의 거래』, 에코리브르, 2009.

스탠리 코언, 조효제 옮김,『잔인한 국가 외면하는 대중』, 창비, 2009.

스티븐 컨, 임재서 옮김,『사랑의 문화사』, 말글빛냄, 2006.

슬라보예 지젝, 주은우 옮김,『당신의 징후를 즐겨라! 할리우드의 정신 분석』, 한나래, 1997.

__________, 한보희 옮김,『전체주의가 어쨌다구?』, 새물결, 2008.

샌더 L. 길먼, 곽재은 옮김,『성형 수술의 문화사』, 이소출판사, 2003.

아서 클라인만 외, 안종설 옮김,『사회적 고통』, 그린비, 2002.

앤디 메리필드, 남청수 외 옮김,『매혹의 도시, 맑스주의를 만나다』, 시울, 2005.

앤서니 기든스, 권기돈 옮김,『현대성과 자아정체성』, 새물결, 2001.

에띠엔느 발리바르 외, 강수영 옮김,『법은 아무 것도 모른다』, 인간사랑, 2008.

올리비에 라작, 백선희 옮김,『텔레비전과 동물원』, 마음산책, 2007.

울리히 벡, 홍성태 옮김,『위험사회』, 새물결, 1997.

울리히 벡·엘리자베트 벡–게른샤임, 강수영 외 옮김,『사랑은 지독한, 그러나 너무나 정상적인 혼란』, 새물결, 1999.

울리히 벡, 박미애 외 옮김,『글로벌 위험사회』, 길, 2010.

이마무라 히토시, 이수정 옮김,『근대성의 구조』, 민음사, 1999.

자크 랑시에르, 주형일 옮김,『미학 안의 불편함』, 인간사랑, 2008.

장 보드리야르 지음, 이상률 옮김,『소비의 사회』, 문예출판사, 1992.

제러미 리프킨, 이희재 옮김,『소유의 종말』, 민음사, 2001.

조르조 아감벤, 박진우 옮김, 『호모 사케르』, 새물결, 2008.

조르조 아감벤, 김항 옮김, 『예외상태』, 새물결, 2009.

지그문트 바우만, 정일준 옮김, 『쓰레기가 되는 삶들』, 새물결, 2008.

지그문트 바우만, 함규진 옮김, 『유동하는 공포』, 산책자, 2009.

지그문트 바우만, 이수영 옮김, 『새로운 빈곤』, 천지인, 2010.

칼 슈미트, 김효전 옮김, 『정치적인 것의 개념』, 법문사, 1992.

팀 에덴서, 박성일 옮김, 『대중문화와 일상, 그리고 민족정체성』, 이후, 2008.

프란츠 파농, 이석호 옮김, 『검은 피부, 하얀 가면』, 인간사랑, 1998.

필립 스미스, 「코드와 갈등: 전쟁을 의례로 보는 이론을 향하여」, 최종렬,
    『뒤르켐주의 문화사회학: 이론과 방법론』, 이학사, 2007.

한나 아렌트, 김정한 옮김, 『폭력의 세기』, 이후, 1999.

유순차이 대만판, 「유성화원 – 꽃보다 남자」, 프리지엠, 2001.

제임스 카메론, 「아바타」, L.A, 20세기폭스사, 2010.

http://www.pusannews.co.kr/(검색일: 2004. 12. 1).

http://www.youngsamsung.com/campus.do?cmd=view&seq=2064&tid
    =159&pf=P(검색일: 2005. 1. 10).

「리니지」 카페, http://cafe.daum.net/li2(검색일: 2009. 1. 15).

http://cafe.daum.net/semirae(검색일: 2009. 3. 30).

http://olv.moazine.com/rviewer/index.asp(검색일: 2009. 6. 1).

http://v.daum.net/link/3307435/http://ooljiana.tistory.com/535(검색일: 2009. 6. 1).

하재근, 「장기하와 쉐끼리 붐, 루저와 산티의 대두」, http://v.daum.net/link/
    3307435/http://ooljiana.tistory.com/535(검색일: 2009. 6. 1).

http://weekly.chosun.com/site/data/html_dir/2009/06/03/2009060300909.h
    tml(검색일: 2009. 6. 10).

http://weekly.chosun.com/site/data/html_dir/2009/06/03/200906030090
    9.html(검색일: 2009. 6. 10).

이시이 야수하루 일본판, 「꽃보다 남자」

      http://channel.pandora.tv/channel/playlist.ptv?ch_userid=godjhj1&
ref=spl#5644231.1(검색일: 2009. 12. 8).

송병준, 한국판, 「꽃보다 남자」

      http://www.conpia.com/tv/drama/index.php?iCurPage=1&gID
=918842709&category=, 2009(검색일: 2009. 12. 8).

http://cafe.daum.net/tkaqkranfrhks/3NC5/1089?docid=Nei0│3NC5│1089│
20090120093136&q=%B2%C9%BA%B8%B4%D9%20%B3%B
2%C0%DA%20%BD%C3%C3%BB%C0%DA%C3%FE&srchid=
BNei0│3NC5│1089│20090120093136(검색일: 2010. 5. 31).

http://sports.hankooki.com/lpage/lifenjoy/201010/sp2010102820132794470
.htm(검색일: 2010. 12. 6).

http://sports.hankooki.com/lpage/lifenjoy/201010/sp2010102820132794
470.htm(검색일: 2010. 12. 6).

문화, 백일몽, 대증요법

초판 1쇄 인쇄일	| 2011년 10월 5일
초판 1쇄 발행일	| 2011년 10월 7일
지은이	| 권유리야
펴낸이	| 정진이
총괄	| 박지연
편집 · 디자인	| 김현경 이하나 정유진 정문희
마케팅	| 정찬용
관리	| 한미애 김정훈 안성민
인쇄처	| 월드문화사
펴낸곳	| 새미

등록일 2005 13 14 제17-423호
서울시 강동구 성내동 447-11 현영빌딩 2층
Tel 442-4623 Fax 442-4625
www.kookhak.co.kr
kookhak2001@hanmail.net

ISBN	| 978-89-5628-580-1 *03800
가격	| 19,000원